Janet Evanovich

Mitten ins Herz

JANET EVANOVICH

Mitten ins Herz

Roman

Aus dem Amerikanischen
von Thomas Stegers

MANHATTAN

Die Originalausgabe erschien 2001 unter dem Titel
»Seven up«
bei St. Martin's Press, New York

Umwelthinweis:
Dieses Buch und der Schutzumschlag
wurden auf chlorfrei gebleichtem Papier gedruckt.
Die Einschrumpffolie (zum Schutz vor Verschmutzung)
ist aus umweltfreundlicher und recyclingfähiger PE-Folie.

Manhattan Bücher erscheinen im
Wilhelm Goldmann Verlag, München,
einem Unternehmen
der Verlagsgruppe Random House GmbH

1. Auflage

Satz: Uhl + Massopust, Aalen
Printed in Germany · GGP Media, Pößneck
ISBN 3-442-54544-7
www.manhattan-verlag.de

Ich danke Amy Lehmkuhl und Nicky Picha,
die den Originaltitel dieses Buchs vorgeschlagen haben.

Prolog

Den größten Teil meiner Kindheit über hegte ich beruflich nur bescheidene Ambitionen – ich wollte eine intergalaktische Prinzessin werden. Auf die Herrschaft über irgendwelche Weltraumhorden legte ich keinen gesteigerten Wert. Ich wollte immer nur das Cape und die sexy Stiefelchen tragen, in der Hand eine coole Waffe.

Wie das Leben so spielt, klappte es mit der Prinzessin nicht, also ging ich erst mal aufs College, und nach meinem Abschluss arbeitete ich bei einer Ladenkette als Einkäuferin für Damenunterwäsche. Das klappte dann auf die Dauer auch nicht, deswegen erpresste ich meinen Vetter, einen Kautionsmakler, mir einen Job als Kautionsdetektivin zu geben. Komisch, was das Schicksal für uns so bereithält. Das Cape und die sexy Stiefelchen habe ich nie bekommen, dafür habe ich jetzt eine coole Waffe. Zugegeben, es ist nur eine kleine 38er, und ich bewahre sie in einer Keksdose zu Hause in der Küche auf, aber es bleibt trotzdem eine Waffe, oder?

Damals, als ich noch zur Prinzessin ausgebildet werden wollte, hatte ich gelegentlich Zoff mit dem bösen Jungen aus meinem Viertel. Er war zwei Jahre älter als ich, und er hieß Joe Morelli. Ständig belästigte er einen.

Zoff habe ich heute noch mit Morelli, und belästigen tut er mich auch immer noch – aber es ist die Art von Belästigung, die Frauen gefällt. Morelli ist Polizist, und seine Waffe ist größer als meine, und er bewahrt sie nicht zu Hause in einer Keksdose auf.

Neulich, im Verlauf einer Libidoattacke, hat er mir einen Heiratsantrag gemacht. Er hatte mir die Jeans aufgeknöpft, einen Finger in den Hosenbund gehakt und mich zu sich herangezogen. »Was diesen Antrag betrifft, Pilzköpfchen ...«, hatte er gesagt.

»Welchen Antrag?«

»Den Heiratsantrag.«

»Ist das dein Ernst?«

»Es drängt.«

Das war nicht zu übersehen.

Ich muss gestehen, bei mir drängte es auch. Ich bekam ja schon Anwandlungen beim Anblick meiner elektrischen Zahnbürste. Das Problem war bloß, dass ich mich noch nicht reif für eine Ehe fühlte. Verheiratet zu sein ist meiner Meinung nach eine beängstigende Vorstellung. Man muss sich eine Toilette teilen, damit fängt es schon mal an. Und dann die Phantasien. Angenommen, die intergalaktische Prinzessin in mir kommt wieder zum Vorschein, und ich muss mich auf eine Mission begeben.

Morelli schüttelte den Kopf. »Überlegst du noch?«

»Es gibt viel zu bedenken.«

»Ich nenne dir nur mal die Vorteile: Hochzeitstorte, oraler Sex, und du darfst meine Kreditkarte benutzen.«

»Das mit der Hochzeitstorte gefällt mir am besten.«

»Das andere wird dir auch noch gefallen«, sagte Morelli.

»Ich muss mir das noch überlegen.«

»Gut«, sagte Morelli. »Lass dir Zeit. Aber kannst du nicht auch oben im Schlafzimmer überlegen?«

Sein Finger steckte noch immer am Hosenbund meiner

Jeans, und mir wurde allmählich heiß da unten. Unwillkürlich sah ich hinüber zur Treppe nach oben.

Morelli grinste und zog mich an sich. »Denkst du gerade an die Hochzeitstorte?«

»Nein«, sagte ich. »Und an die Kreditkarte auch nicht, wenn du das meinst.«

1

Mir schwante nichts Gutes, als Vinnie mich in sein Arbeitszimmer rief. Vinnie ist mein Chef und mein Vetter. Auf irgendeiner Klotür habe ich mal den Spruch gelesen: Vinnie rammelt wie ein Frettchen. Erst wusste ich nicht recht, wie das gemeint sein sollte, aber jetzt erscheint es mir einleuchtend, da Vinnie auch wie ein Frettchen aussieht. Der rubinrote Ring, der an einem Finger steckte, erinnerte mich an die billigen Blechjuwelen, die man auf der Kirmes an Spielautomaten gewinnen kann. Vinnie trug ein schwarzes Hemd und eine schwarze Krawatte, das schüttere schwarze Haar war pomadisiert und nach hinten gekämmt, in der Manier der Spielbankbosse in den alten Gangsterfilmen, und sein Gesichtsausdruck sagte klar und deutlich: nicht zufrieden.

Ich sah ihn über den Schreibtisch hinweg an und versuchte, keine Miene zu verziehen. »Was ist denn jetzt schon wieder?«

»Ich habe Arbeit für dich«, sagte Vinnie. »Eddie DeChooch, dieser Schweinehund, wird vermisst. Spür ihn auf und schaff mir den Flacharsch hierher. Der Kerl hat sich mit einer Lastwagenladung Schmuggelzigaretten aus Virginia erwischen lassen, und jetzt hat er seinen Gerichtstermin versäumt.«

Ich verdrehte die Augen so weit nach oben Richtung Schädeldecke, dass ich meine Haarwurzeln sehen konnte. »Ich laufe doch nicht hinter Eddie DeChooch her. Der Mann ist alt, er bringt Menschen um, und er geht mit meiner Oma aus.«

»Eddie DeChooch bringt kaum noch Menschen um«, beruhigte mich Vinnie. »Er hat den grauen Star. Bei seinem letzten Versuch, jemanden zu töten, hat er ein ganzes Magazin in ein Bügelbrett verschossen.«

Vinnie betreibt eine Kautionsagentur in Trenton, New Jersey. Vincent Plum, Kautionsmakler. Wird jemand eines Verbrechens angeklagt, hinterlegt Vinnie vor Gericht eine Barkaution; das Gericht setzt den Angeklagten bis zum Prozesstermin auf freien Fuß, und Vinnie kann nur hoffen, dass sein Schützling zum Gerichtstermin auch wieder erscheint. Sollte der Angeklagte sich dazu entschließen, auf das Vergnügen eines Gerichtsprozesses zu verzichten, ist Vinnie sein Geld los, es sei denn, ich spüre den Vermissten auf und führe ihn wieder der Justiz zu. Ich bin Stephanie Plum, Kautionsdetektivin, sprich: Kopfgeldjägerin. Ich hatte den Job damals angenommen, weil die Zeiten schlecht waren und nicht einmal die Tatsache, dass ich mit meiner Examensnote zu den oberen achtundneunzig Prozent meines College-Jahrgangs gehörte, mir zu einer besseren Position verhalf. Die wirtschaftliche Lage hat sich seitdem verbessert, und eigentlich gibt es keinen vernünftigen Grund, warum ich immer noch hinter den Bösen herrenne, außer dass es meine Mutter aufregt und ich bei der Arbeit keine Strumpfhose tragen muss.

»Lieber würde ich den Job Ranger übertragen, aber der ist außer Landes«, sagte Vinnie. »Bleibst nur noch du übrig.«

Ranger ist eine Art Söldner, der gelegentlich auch als Kopfgeldjäger tätig ist. Er ist ein Profi, bei allem, was er anfasst. Er kann einem Angst machen. »Was hat Ranger denn außer Landes zu tun? Was heißt überhaupt ›außer Landes‹? Asien? Amerika? Miami?«

»Er nimmt in Puerto Rico eine Verhaftung für mich vor.« Vinnie schob mir einen Schnellhefter hin. »Hier ist die Kautionsvereinbarung für DeChooch und eine Festnahmebefugnis. DeChooch hat mich Fünfzigtausend gekostet, für dich kommen also fünftausend dabei rum. Fahr rüber zu DeChooch und find heraus, warum er gestern nicht zur Anhörung vor Gericht erschienen ist. Connie hat bei ihm zu Hause angerufen, aber es ist keiner rangegangen. Scheiße, vielleicht liegt er tot in seiner Küche! Ein Rendezvous mit deiner Oma hat schon so manchen umgehauen.«

Vinnies Büro ist in der Hamilton Avenue, was auf den ersten Blick keine Topadresse für eine Kautionsagentur ist. Die meisten Agenturen befinden sich gegenüber vom Gefängnis. Der Unterschied besteht darin, dass viele Personen, für die Vinnie eine Kaution stellt, entweder Verwandte oder Nachbarn sind und in den Querstraßen zur Hamilton wohnen, in Chambersburg, kurz: Burg. Ich bin in Burg aufgewachsen, und meine Eltern wohnen noch immer da. Eigentlich ist es eine ziemlich sichere Wohngegend, weil die Kriminellen aus Burg peinlich darauf achten, ihre Taten lieber woanders zu begehen. Außer einmal vielleicht, als Jimmy Testament Zwei-Zehen-Garibaldi im Schlafanzug aus seinem Haus verschleppte und ihn auf die Müllkippe verfrachtete. Immerhin, die tödliche Prügelei fand nicht in Burg statt. Und die Männer, deren Leichen man im Keller des Süßwarenladens in der Ferris Street entdeckte, stammten nicht aus Burg, statistisch gesehen sind die also auch nicht relevant.

Connie Rosolli blickte auf, als ich aus Vinnies Arbeitszimmer trat. Connie ist unsere Büroleiterin. Sie schmeißt den Laden, wenn Vinnie Bösewichte aufscheucht und/oder mal wieder Unzucht mit Haustieren treibt.

Connie hatte ihr Haar auf den dreifachen Umfang ihres Kopfes hochtoupiert, trug einen rosa Pullover mit V-Ausschnitt, unter dem sich Brüste wölbten, zu denen eine wesentlich größere Frau gepasst hätte, und einen knappen schwarzen Strickrock, der einer wesentlich schmaleren Frau gestanden hätte.

Connie gehört zum Inventar, seit Vinnie das Geschäft gegründet hat. Sie hat nur deswegen so lange durchgehalten, weil sie sich nichts bieten lässt und den mageren Sold an besonders schlechten Tagen mit einem Griff in die Portokasse aufbessert.

Als sie mich mit dem Schnellhefter in der Hand sah, verzog sie das Gesicht. »Hast du wirklich vor, Eddie DeChooch hinterherzulaufen?«

»Ich kann nur hoffen, dass er tot ist.«

Lula fläzte sich auf dem Kunstledersofa, das an der Wand aufgestellt war und Kautionsnehmern sowie ihren bedauerlichen Angehörigen als Ankerplatz diente. Lulas Haut und der Sofabezug hatten beide den gleichen braunen Farbton, nur Lulas Haare hoben sich davon ab, heute waren sie kirschrot.

Neben Lula komme ich mir immer ein bisschen blass vor. Ich bin Amerikanerin italienisch-ungarischer Abstammung in der dritten Generation. Von meiner Mutter habe ich die helle Haut und die blauen Augen, dazu die gute Verdauung. Ich kann Kuchen essen und kriege – meistens jedenfalls – anschließend immer noch den obersten Knopf meiner Jeans zu. Väterlicherseits habe ich einen nicht zu bändigenden braunen Haarschof und eine Vorliebe für italienische Gesten geerbt. Ohne Begleitung, mit tonnenschwerer Wimperntusche und zehn Zentimeter hohen Absätzen gelingt es mir, einiges Aufsehen zu erregen – wenn ich einen guten Tag erwische. Im Vergleich zu Lula bin ich Aschenputtel.

»Ich würde dir ja gerne dabei helfen, den Kerl wieder hinter Gitter zu bringen«, sagte Lula. »Den Beistand einer Frau mit Übergröße könntest du bestimmt gut gebrauchen. Schade nur, dass ich den Anblick von Toten einfach nicht ab kann. Sehe ich einen Toten, kriege ich das kalte Grausen.«

»Ich weiß gar nicht, ob er wirklich tot ist«, sagte ich.

»Na gut«, sagte Lula. »Dann bin ich dabei. Wenn er lebt, poliere ich ihm die Fresse; wenn er tot ist, mache ich die Biege.«

Lula hatte eine große Klappe, aber in Wahrheit sind wir beide die reinsten Waschlappen, wenn Fresse polieren angesagt ist. Lula war früher mal Nutte, heute macht sie die Aktenablage bei Vinnie. Als Nutte war sie so gut wie heute bei der Aktenablage, und Akten ablegen kann sie echt schlecht.

»Sollen wir nicht lieber unsere Westen überziehen?«, sagte ich.

Lula holte ihre Handtasche aus der untersten Schreibtischschublade hervor. »Wie du willst, aber ich ziehe diese Kevlar-Weste nicht an. Wir haben sowieso keine in meiner Größe da, außerdem würde sie meine individuelle modische Note kaputtmachen.«

Ich trug Jeans und T-Shirt, keine besonders individuelle modische Note, also deswegen holte ich mir eine Weste aus dem hinteren Zimmer.

»Meine Fresse«, sagte Lula, als wir nach draußen auf den Bürgersteig traten, »was haben wir denn da?«

»Ich habe mir ein neues Auto gekauft.«

»Recht so, Mädchen. Ein Klasseschlitten.«

Es war ein schwarzer Honda CR-V, und die Raten brachten mich um. Ich musste mich entscheiden, wofür ich mein Geld ausgeben wollte, Essen oder cooles Auftreten, und cooles Auftreten hatte eindeutig den Vorrang. Alles hat schließlich seinen Preis.

»Wo fahren wir überhaupt hin?«, fragte Lula und ließ sich neben mir nieder. »Wo wohnt der Scheißer?«

»Wir fahren nach Burg. Eddie DeChooch wohnt drei Straßen weiter, vom Haus meiner Eltern aus.«

»Trifft er sich wirklich mit deiner Oma?«

»Sie hat ihn vor zwei Wochen zufällig bei einer Trauerfeier mit Leichenaufbahrung in Stivas Beerdigungsinstitut kennen gelernt, und anschließend sind sie Pizza essen gegangen.«

»Glaubst du, dass die beiden einen losgemacht haben?«

Beinahe hätte ich das Auto gegen die Bordsteinkante gesetzt. »Ihh! Sag so was nicht!«

»Man wird doch noch fragen dürfen«, erwiderte Lula.

DeChooch lebt in einem kleinen Zweifamilienhaus aus Backstein. Die eine Hälfte wird von Angela Marguchi, siebzig und ein paar Zerquetschte, und ihrer Mutter, neunzig und ein paar Zerquetschte, bewohnt, die andere Hälfte von DeChooch. Ich hielt vor DeChoochs Hälfte an, und Lula und ich gingen zur Haustür. Ich trug meine kugelsichere Weste, Lula ein elastisches Leopardenoberteil und eine gelbe Stretchhose. Lula ist von üppiger Gestalt, und sie neigt dazu, die Dehnbarkeit von Lycra voll auszureizen.

»Du gehst vor und guckst nach, ob er tot ist«, sagte Lula. »Wenn sich herausstellt, dass er nicht tot ist, sagst du mir Bescheid, und ich komme und poliere ihm die Fresse.«

»Von wegen.«

»Hm«, sagte sie, die Unterlippe vorgestreckt. »Glaubst du, ich würde mich nicht trauen, ihm die Fresse zu polieren?«

»Stell dich lieber neben die Tür«, sagte ich. »Nur für den Fall.«

»Gute Idee«, meinte Lula und trat zur Seite. »Normalerweise habe ich vor nichts Angst, aber ich will keine Blutspritzer auf mein Oberteil kriegen.«

Ich drückte die Klingel und wartete auf eine Reaktion. Es kam keine. Ich schellte ein zweites Mal. »Mr. DeChooch?«, rief ich.

Die Tür zum Nachbarhaus ging auf, und Angela Marguchi steckte den Kopf hindurch. Sie war fünfzehn Zentimeter kleiner als ich, hatte weißes Haar, einen vogelartigen Schädel, eine Zigarette zwischen den Lippen, und ihre Augen waren vor Alter und Qualm ganz schmal. »Was soll der Radau?«

»Ich wollte zu Eddie.«

Sie musterte mich aus der Nähe, und ihre Miene erhellte sich, als sie mich erkannte. »Stephanie Plum. Meine Güte, Sie habe ich ja eine Ewigkeit nicht mehr gesehen. Ich habe gehört, dieser Polizist von der Sitte hätte Sie geschwängert. Wie heißt er doch gleich? Joe Morelli.«

»Ein böses Gerücht.«

»Was ist nun mit DeChooch?«, fragte Lula. »Hat er sich mal blicken lassen in letzter Zeit?«

»Der ist nebenan, zu Hause«, sagte Angela. »Aber er geht kaum noch raus. Hat Depressionen. Will mit keinem reden und so.«

»Er geht nicht an die Tür.«

»Er geht nicht mal ans Telefon. Sie können ruhig ins Haus gehen. Er lässt die Tür immer unverschlossen. Er sagt, er wartet darauf, dass jemand kommt und ihn erschießt und ihn von seinem Leid erlöst.«

»Ganz bestimmt nicht wir«, sagte Lula. »Obwohl – wenn er ein bisschen was springen lässt, wüsste ich da jemanden, der…«

Vorsichtig drückte ich Eddies Haustür auf und trat in den Flur. »Mr. DeChooch?«

»Hauen Sie ab.«

Die Stimme kam aus dem Wohnzimmer rechts von mir.

Die Rollos waren heruntergezogen, und der Raum war dunkel. Ich blinzelte mit den Augen in die Richtung, aus der die Stimme kam.

»Ich bin's, Mr. DeChooch. Stephanie Plum. Sie haben Ihren Gerichtstermin verpasst. Vinnie macht sich schon Sorgen um Sie.«

»Ich gehe nicht zum Gericht«, sagte DeChooch. »Nirgendwo gehe ich hin.«

Ich trat weiter ins Zimmer und sah ihn jetzt in einer Ecke auf einem Stuhl sitzen. DeChooch war ein drahtiger kleiner Mann mit weißen zerzausten Haaren. Er trug nur Unterhemd und Boxershorts am Leib, an den Füßen schwarze Socken und schwarze Schuhe.

»Was sollen denn die Schuhe?«, fragte Lula.

DeChooch sah hinab. »Ich friere an den Füßen.«

»Ich mache Ihnen einen Vorschlag. Sie ziehen sich fertig an, und wir bringen Sie zum Gericht, damit Sie einen neuen Termin vereinbaren können«, sagte ich.

»Hören Sie schlecht? Ich habe Ihnen doch gesagt, dass ich nirgendwohin gehe. Gucken Sie mich doch an. Ich bin depressiv.«

»Sie haben keine Hose an. Vielleicht kommen daher Ihre Depressionen«, sagte Lula. »Ich jedenfalls wäre beruhigter, wenn ich nicht befürchten müsste, jeden Moment Ihren Piepmatz aus den Boxershorts baumeln zu sehen.«

»Sie haben ja keine Ahnung«, sagte DeChooch. »Sie haben keine Ahnung, was es bedeutet, alt zu sein und nichts mehr auf die Reihe zu kriegen.«

»Ja, ja, woher sollte ich auch?«, sagte Lula.

Lula und ich hatten nur Ahnung, was es bedeutet, *jung* zu sein und nichts mehr auf die Reihe zu kriegen. Lula und ich kriegen *nie* was auf die Reihe.

»Was tragen Sie da eigentlich?«, fragte mich DeChooch. »Ist das etwa eine kugelsichere Weste? Scheiße. Sehen Sie, was ich meine? Das ist einfach entwürdigend für mich. Das ist so, als würden Sie mich für zu blöd halten, Ihren Kopf zu treffen.«

»Sie hat sich nur gedacht, ein bisschen Vorsicht wäre ratsam, weil Sie damals doch das Bügelbrett umgenietet haben«, erklärte Lula.

»Das Bügelbrett! Das Bügelbrett! Was anderes kriege ich nicht mehr zu hören! Da macht man einen einzigen Fehler, und die Welt spricht nur noch darüber.« Er machte eine wegwerfende Geste mit der Hand. »Ach, Mist, warum soll ich Ihnen etwas vormachen. Ich zähle doch längst zum alten Eisen. Wissen Sie, weswegen man mich verhaftet hat? Ich wurde verhaftet, weil ich Zigaretten aus Virginia geschmuggelt habe. Ich kann nicht mal mehr richtig Zigaretten schmuggeln.« Er ließ den Kopf hängen. »Ich bin eine Niete. Eine Scheißniete. Da kann ich mich auch gleich erschießen.«

»Vielleicht haben Sie nur gerade eine Pechsträhne«, sagte Lula. »Wetten? Wenn Sie das nächste Mal wieder was schmuggeln, klappt es ganz bestimmt.«

»Meine Prostata ist hinüber«, sagte DeChooch. »Ich habe unterwegs angehalten, weil ich pissen musste. Dabei haben sie mich geschnappt, auf der Toilette der Raststätte.«

»Das ist wirklich ungerecht«, sagte Lula.

»Das ganze Leben ist eine Ungerechtigkeit. Im Leben geht es nie gerecht zu. Ich habe hart gearbeitet, und ich habe mir alles Mögliche – angeschafft. Und jetzt bin ich alt, und was passiert? Ich lasse mich beim Pinkeln verhaften. Oberpeinlich.«

Das Haus war in keinem besonderen Stil eingerichtet,

vermutlich hatten sich die Möbel im Laufe der Jahre einfach so angesammelt. Eine Mrs. DeChooch gab es nicht. Sie war vor Jahren gestorben. Und DeChooch-Ableger gab es, soweit mir bekannt war, auch keine.

»Ziehen Sie sich lieber was an«, sagte ich. »Wir müssen Sie wirklich dringend zum Gericht bringen.«

»Na schön«, sagte DeChooch. »Ist schließlich egal, wo ich rumhänge. Da kann ich auch im Gericht meine Zeit vertun.« Er stand auf, stieß einen mutlosen Seufzer aus und schlurfte mit hängenden Schultern zur Treppe. Dort drehte er sich um und sah uns an. »Ich brauche nur eine Minute.«

Das Haus ähnelte dem Haus meiner Eltern. Nach vorne raus lag das Wohnzimmer, in der Mitte das Esszimmer und nach hinten raus, zu einem schmalen Garten hin, die Küche. Oben befanden sich drei kleine Schlafzimmer und das Badezimmer.

Lula und ich saßen in der Dunkelheit und der Stille und lauschten den Schritten von DeChooch im Schlafzimmer über uns.

»Der hätte lieber die kleinen Muntermacher Prozac schmuggeln und sich gleich selbst ein paar einwerfen sollen«, sagte Lula.

»Ich finde, er sollte mal seine Augen untersuchen lassen«, sagte ich. »Meine Tante Rosa wurde auch am grauen Star operiert, und jetzt kann sie wieder sehen.«

»Ja, ja, mit gesunden Augen würde er sicher noch mehr Menschen töten. Das würde ihn ganz bestimmt aufmuntern.«

Also gut, sollte er sich seine Augen lieber doch nicht operieren lassen.

Lula sah hinüber zur Treppe. »Was macht er da bloß? Eine Hose anzuziehen kann doch nicht so lange dauern.«

»Vielleicht findet er sie nicht.«

»Glaubst du, dass er blind ist?«

Ich zuckte die Achseln.

»Ich höre ihn auch gar nicht mehr in seinem Zimmer rumoren«, sagte Lula. »Vielleicht ist er eingeschlafen. Das soll bei alten Leuten vorkommen.«

Ich ging zum Fuß der Treppe und rief nach oben. »Mr. DeChooch? Alles in Ordnung?«

Keine Antwort.

Ich rief noch mal.

»O Mann«, sagte Lula.

Ich lief die Treppe hoch, zwei Stufen auf einmal nehmend. Die Tür zu DeChoochs Schlafzimmer war geschlossen, ich schlug mit der Faust dagegen. »Mr. DeChooch?«

Immer noch keine Antwort.

Ich machte die Tür auf und schaute ins Zimmer. Es war leer. Das Badezimmer war auch leer, ebenso die beiden anderen Schlafzimmer. Von DeChooch keine Spur.

Scheiße.

»Was ist los?«, rief Lula von unten herauf.

»DeChooch ist weg.«

»Wie bitte?«

Lula und ich durchsuchten das ganze Haus. Wir sahen unter den Betten nach und in Kleiderschränken. Wir sahen im Keller nach und in der Garage. In DeChoochs Kleiderschrank hingen seine Klamotten, im Badezimmer lag noch seine Zahnbürste, und in der Garage stand friedlich sein Auto.

»Da brat mir doch einer einen Storch«, sagte Lula. »Wie ist der Mann bloß an uns vorbeigekommen? Wir haben die ganze Zeit vorne im Wohnzimmer gesessen. Wir hätten ihn doch an uns vorbeischleichen sehen müssen.«

Wir standen im Garten, und ich warf einen Blick hoch zum ersten Stock. Das Badezimmerfenster befand sich direkt über dem kleinen Vordach, das den Hinterausgang von der Küche zum Garten vor Regen schützte. Genau wie bei meinen Eltern. Als ich noch zur Schule ging, bin ich spätnachts auch immer aus dem Fenster geklettert, um mich mit meinen Freunden zu treffen. Meine Schwester Valerie, das Musterkind, hat so was natürlich nie gemacht.

»Möglicherweise ist er aus dem Fenster gestiegen«, sagte ich. »Und tief springen brauchte er auch nicht, dafür sind die beiden Mülltonnen ganz dicht an die Hauswand gerückt.«

»Der hat vielleicht Nerven. Erst macht er einen auf alt und schwach und depressiv, und dann, kaum hat man ihm den Rücken zugedreht, klettert er aus dem Fenster. Ich sag's ja, heutzutage kann man keinem Menschen mehr trauen.«

»Er hat uns reingelegt.«

»Aber hallo.«

Ich ging zurück ins Haus, durchsuchte die Küche und fand mit wenig Aufwand einen Schlüsselbund. Einen der Schlüssel probierte ich an der Haustür. Er passte. Ich schloss ab und steckte die Schlüssel in die Tasche. Meiner Erfahrung nach kehrt jeder Mensch früher oder später nach Hause zurück. Und wenn DeChooch nach Hause *käme*, könnte er auf die Idee kommen, die Tür zu verriegeln.

Ich klopfte an Angelas Tür und fragte sie, ob sie zufällig Eddie DeChooch bei sich versteckt hätte. Sie behauptete, ihn den ganzen Tag nicht gesehen zu haben; ich gab ihr daher meine Visitenkarte und wies sie an, mich zu benachrichtigen, falls DeChooch wieder auftauchte.

Lula und ich stiegen in mein neues Auto, und ich ließ den Motor an. Im selben Moment sah ich DeChoochs Schlüssel noch einmal vor meinem inneren Auge. Hausschlüssel.

Autoschlüssel, und da war noch ein dritter Schlüssel. Ich zog den Bund aus meiner Tasche und sah es mir an.

»Wofür ist wohl der dritte Schlüssel?«, fragte ich Lula.

»Der sieht aus, als gehörte er zu einem Vorhängeschloss für Schränke in Umkleideräumen oder Schuppentüren und so.«

»Hast du eben irgendwo einen Schuppen gesehen?«

»Nicht dass ich wüsste. Allerdings habe ich auch nicht weiter darauf geachtet. Glaubst du, er hält sich in einem Schuppen versteckt, neben Rasenmäher und Unkrautschere?«

Ich stellte den Motor ab. Wir stiegen aus und kehrten zurück zu dem Garten hinter DeChoochs Haus.

»Ich sehe hier keinen Schuppen«, stellte Lula fest. »Nur einige Mülleimer und eine Garage.«

Wir spähten zum zweiten Mal in die schummrige Garage.

»Hier steht nur das Auto«, sagte Lula.

Also gingen wir zur Rückseite, und dort befand sich ein Schuppen.

»Sieh einer an. Leider verschlossen«, sagte Lula. »Da müsste er schon Houdini sein, um sich von außen einzuschließen. Übrigens stinkt der Schuppen zum Himmel.«

Ich steckte den Schlüssel ins Schloss, und der Bügel sprang hoch.

»Moment noch«, sagte Lula. »Ich stimme dafür, dass wir den Schuppen lieber ungeöffnet lassen. Ich möchte gar nicht wissen, woher der eklige Geruch kommt.«

Ich riss an dem Griff, die Schuppentür flog weit auf, und Loretta Ricci starrte uns an: offener Mund, leerer Blick, fünf Löcher in der Brustmitte. Sie hockte auf der Erde, mit dem Rücken gegen die Wellblechwand gelehnt, das Haar schlohweiß von einer Portion Kalk, doch auch der hatte den Zersetzungsprozess, der nach dem Tod eintritt, nicht aufhalten können.

»Scheiße, diesmal ist es kein Bügelbrett.«

Ich knallte die Tür zu, hängte das Schloss wieder an seinen Platz und schaffte einen gebührenden Abstand zwischen mir und dem Schuppen. Jetzt bloß nicht kotzen, sagte ich mir, und holte ein paar Mal tief Luft. »Du hattest Recht«, sagte ich. »Ich hätte den Schuppen lieber nicht aufschließen sollen.«

»Du hörst ja nie auf mich. Jetzt haben wir den Salat. Alles nur, weil du so neugierig bist. Aber dabei bleibt es ja nicht. Ich weiß nämlich, was als Nächstes passiert. Du rufst die Polizei, und wir sitzen den ganzen Tag fest. Wenn du auch nur einen Funken Verstand hast, dann tu so, als hättest du nichts gesehen, und wir holen uns Pommes und 'ne Cola. Pommes und Cola könnte ich jetzt echt gut gebrauchen.«

Ich übergab ihr meine Autoschlüssel. »Hol dir von mir aus was zu essen, aber wehe, du bist in einer halben Stunde nicht wieder da. Ich verspreche dir: Wenn du mich im Stich lässt, schicke ich dir die Polizei auf den Hals.«

»O Mann, musst du mir so wehtun? Wann habe ich dich je im Stich gelassen?«

»Du lässt mich andauernd im Stich.«

»Hm«, sagte Lula.

Ich klappte mein Handy auf und rief die Polizei an. Nach wenigen Minuten hörte ich den Streifenwagen draußen vorfahren: Carl Costanza und sein Partner Big Dog.

»Habe ich mir gleich gedacht, dass du das bist, als der Anruf kam«, begrüßte mich Carl. »Ist ja auch schon vier Wochen her, dass du das letzte Mal eine Leiche gefunden hast. Es war mal wieder fällig.«

»So viele Leichen finde ich nun auch wieder nicht!«

»He«, sagte Big Dog, »trägst du da eine Kevlar-Weste?«

»Und neu ist sie auch«, sagte Costanza. »Hat noch keine Einschusslöcher.«

Die Polizei von Trenton ist Spitze, aber ihr Etat ist das Gegenteil. Als Polizist kann man in Trenton nur hoffen, dass einem der Weihnachtsmann eine kugelsichere Weste schenkt, denn Westen werden hauptsächlich durch gelegentliche Zuschüsse oder Spenden finanziert und nicht automatisch mit dem Dienstausweis ausgegeben.

Den Hausschlüssel von DeChooch hatte ich von dem Bund abgenommen und in meiner Tasche verstaut. Die beiden übrigen Schlüssel gab ich Costanza. »Loretta Ricci ist in dem Schuppen. Sie sieht nicht gerade vorteilhaft aus.«

Ich kannte Loretta Ricci vom Sehen, aber mehr auch nicht. Sie wohnte in Burg und war verwitwet. Ihr Alter schätzte ich auf fünfundsechzig. Manchmal hatte ich sie beim Einkaufen in der Metzgerei Giovichinni getroffen.

Vinnie beugte sich in seinem Stuhl vor und sah Lula und mich aus seinen zu Sehschlitzen verengten Augen böse an. »Wie bitte? Ihr habt DeChooch laufen lassen?«

»Es war nicht unsere Schuld«, sagte Lula. »Er hat sich davongeschlichen.«

»Verfluchte Hacke«, sagte Vinnie. »Hätte ich mir denken können, dass so ein Schleicher euch überfordert.«

»Hm«, sagte Lula. »Pass bloß auf.«

»Jede Wette, dass er sich in seinem Freizeitklub aufhält«, sagte Vinnie.

Vereine hatte es früher viele in Burg gegeben, und sie verfügten über Macht. Sie waren deswegen so mächtig, weil von dort aus das Nummernspiel betrieben wurde, eine Art Bingo. Dann trat der Staat Jersey auf den Plan und legalisierte das Glücksspiel, und die örtlichen Bingobetriebe gingen den Bach runter. Heute gibt es nur noch wenige Freizeitklubs, und ihre Mitglieder sitzen rum und blättern in alten Ausgaben von *Modern Maturity*, dem Blättchen für jung gebliebene Rentner, oder tauschen sich über die Vorzüge ihrer Herzschrittmacher aus.

»Ich glaube nicht, dass sich DeChooch in seinem Verein aufhält«, sagte ich zu Vinnie. »Wir haben nämlich Loretta Ricci in seinem Geräteschuppen gefunden, mausetot. Ich glaube, DeChooch hat sich längst nach Rio abgesetzt.«

Weil ich nichts Besseres zu tun hatte, fuhr ich nach Hause zu meiner Wohnung. Der Himmel war wolkenverhangen, Nieselregen hatte eingesetzt. Es war früher Nachmittag, und der grauenvolle Anblick von Loretta Ricci hatte mich fertig gemacht. Ich stellte den Wagen auf dem Mieterparkplatz ab, stieß die Schwingtür aus Glas auf, die zur Eingangshalle führte, und fuhr mit dem Aufzug in den ersten Stock.

Nachdem ich die Wohnungstür aufgeschlossen hatte, ging ich schnurstracks zum Anrufbeantworter, dessen rotes Lämpchen aufgeregt blinkte.

Die erste Nachricht war von Joe Morelli. »Ruf an.« Es klang nicht sehr freundlich.

Die zweite Nachricht war von meinem speziellen Freund MoonMan. »Ej, Mann, ej«, sagte er. »Hier ist MoonMan.« Mehr nicht, das war alles.

Die dritte Nachricht war von meiner Mutter. »Womit habe ich das verdient?«, fragte sie. »Wieso muss meine Tochter ständig Tote finden? Was habe ich falsch gemacht? Emily Beebers Tochter findet nie Tote. Joanne Malinoskis Tochter findet nie Tote. Nur meine Tochter. Womit habe ich das verdient?«

In Burg sprechen sich Neuigkeiten schnell herum.

Auch die vierte und letzte Nachricht war von meiner Mutter. »Ich koche heute zum Abendessen ein Hühnchen, und zum Nachtisch gibt es gestürzten Ananaskuchen. Ich decke für dich mit. Könnte ja sein, dass du nichts anderes vorhast.«

Meine Mutter ging ganz schön ran mit ihrem Kuchen.

Hamster Rex schlummerte in der Suppendose in seinem Käfig auf dem Küchentresen. Ich klopfte an die Seitenwand und sagte Guten Tag, aber Rex rührte sich nicht. Nach einer anstrengenden Nacht in seinem Laufrad galt es, Schlaf nachzuholen.

Ich überlegte, ob ich Morelli gleich zurückrufen sollte, entschied mich aber dann dagegen. Bei unserem letzten Gespräch hatten wir uns zum Schluss laut angebrüllt. Die Mittagsstunden in Gesellschaft von Mrs. Ricci hatten mir jegliche Kraft geraubt, mich noch mit Morelli zu streiten.

Ich trottete ins Schlafzimmer, ließ mich aufs Bett fallen und dachte nach. Nachdenken ist fast das Gleiche wie ein Nickerchen machen, lediglich die Intention ist eine andere. Ich war gerade mit intensivem Nachdenken beschäftigt, da klingelte das Telefon. Als ich es endlich geschafft hatte, mich von meinem Zustand loszusagen, war niemand mehr in der Leitung, nur eine weitere Nachricht von Mooner auf dem Anrufbeantworter.

»Reinfall«, sagte Mooner. Sonst nichts. Das war alles.

MoonMan war bekannt für seine Selbstexperimente mit Medikamenten, und meistens redete er unzusammenhängendes Zeug. Für gewöhnlich war es das Beste, man ignorierte ihn einfach.

Ich guckte in meinen Kühlschrank und fand: ein Glas Oliven, einen matschigen, angebräunten Salatkopf, eine Apfelsine mit blauen Schimmelflecken und eine Flasche Bier. Keinen gestürzten Ananaskuchen.

Einige Kilometer weiter, im Haus meiner Eltern, gab es

gestürzten Ananaskuchen. Ich überprüfte den Hosenbund von meiner Jeans. Da gab es keinen Platz mehr. Wahrscheinlich brauchte ich den Kuchen gar nicht.

Ich trank das Bier und aß einige Oliven. Sie schmeckten nicht schlecht, aber es war kein Kuchen. Resigniert seufzte ich. Ich würde einknicken. Ich wollte Kuchen essen, unbedingt.

Meine Mutter und meine Oma standen schon in der Tür, als ich vor unserem Haus vorfuhr. Kurz nachdem Grandpa mit seinem Eimer voller Kleingeld zum ewigen Glücksspieler in den Himmel aufgestiegen war, hatte Grandma Mazur ihre Zelte bei meinen Eltern aufgeschlagen. Vergangenen Monat hatte sie endlich ihre Fahrprüfung bestanden und sich eine rote Corvette zugelegt. Es dauerte genau fünf Tage, und sie hatte genügend Knöllchen gesammelt, um ihren Führerschein wieder los zu sein.

»Das Hühnchen steht auf dem Tisch«, sagte meine Mutter. »Wir wollten uns gerade hinsetzen.«

»Du hast Glück, dass wir erst später mit dem Abendessen anfangen«, sagte Grandma. »Das Telefon stand nicht still. Loretta Ricci ist in aller Munde.« Sie ließ sich an ihrem Platz nieder und schlug die Serviette auf. »Es hat mich allerdings nicht überrascht. Ich habe schon vor einiger Zeit beobachtet, dass die Frau es drauf angelegt hat. Die war ja scharf wie Nachbars Lumpi. Ist ausgeflippt nach Dominics Tod. Mannstoll geworden.«

Mein Vater, am Kopfende des Tisches, sah aus, als hätte er sich am liebsten erschossen.

»Die ist bei den Seniorentreffen von einem Mann zum nächsten gehüpft«, sagte Grandma. »Ich habe gehört, sie wäre ziemlich freizügig gewesen.«

Das Fleisch wurde immer zuerst vor meinen Vater gestellt, damit er sich ein Stück aussuchen konnte. Wahrscheinlich meinte meine Mutter, wenn er mit Essen beschäftigt wäre, würde er nicht gleich bei jeder Gelegenheit den Impuls verspüren, vom Stuhl aufzuspringen und meine Oma zu erwürgen.

»Wie schmeckt euch das Huhn?«, wollte meine Mutter wissen. »Ist es auch nicht zu trocken?«

Nein, antworteten alle, das Huhn sei nicht trocken. Das Huhn sei genau richtig.

»Letzte Woche habe ich im Fernsehen einen Film über so eine Frau wie die Ricci gesehen«, sagte Grandma. »Diese Frau war auch mannstoll, und einer der Männer, mit denen sie anbändelte, war ein Außerirdischer. Der hat sie auf sein Raumschiff mitgenommen und alles Mögliche mit ihr angestellt.«

Mein Vater beugte sich noch tiefer über seinen Teller und murmelte etwas Unverständliches, nur die Worte »verrückte alte Schachtel« waren klar und deutlich zu vernehmen.

»Was ist mit Eddie DeChooch?«, fragte ich sie. »Glaubst du, dass Loretta mit dem auch rumgemacht hat?«

»Nicht dass ich wüsste«, sagte Grandma. »Loretta stand auf scharfe Typen, und Eddie DeChooch kriegte keinen mehr hoch. Ich bin ein paar Mal mit ihm ausgegangen, und was zwischen seinen Beinen hing, war schlaff wie eine verwelkte Blume. Ich konnte machen, was ich wollte, da passierte null.«

Mein Vater sah Grandma an und ein Bissen Fleisch fiel ihm aus dem Mund.

Meine Mutter, am unteren Ende des Tisches, bekam einen hochroten Kopf. Sie atmete schwer und bekreuzigte sich. »Heilige Mutter Gottes«, sagte sie.

Ich spielte mit meiner Gabel. »Sag mal, würdest du mir noch ein Stück gestürzten Ananaskuchen geben, auch wenn ich jetzt gleich gehe?«

»Nein. Nie wieder würde ich dir einen geben«, drohte meine Mutter.

»Wie hat Loretta ausgesehen?«, fragte Grandma. »Was hat sie angehabt? War ihre Frisur zurechtgemacht? Doris Szuch hat mir gesagt, sie hätte Loretta noch gestern Nachmittag im Supermarkt getroffen, dann kann sie also nicht allzu verwest und von Würmern zerfressen gewesen sein.«

Mein Vater griff nach dem Tranchiermesser, aber meine Mutter hielt ihn mit einem eiskalten Blick in Schach, der »nicht mal denken darfst du an so was« besagte.

Mein Vater war früher bei der Post gewesen, heute ist er Rentner. Halbtags verdingt er sich als Taxifahrer, er kauft nur amerikanische Autos, und wenn meine Mutter mal nicht zu Hause ist, raucht er hinter der Garage Zigarren. Ich glaube nicht, dass er Grandma Mazur tatsächlich mit dem Tranchiermesser erstochen hätte – dennoch, würde sie an einem Hühnerknochen ersticken, er wäre vermutlich nicht untröstlich.

»Ich bin auf der Suche nach Eddie DeChooch«, sagte ich zu Grandma. »Ein NVGler. Hast du eine Ahnung, wo er sich verstecken könnte?«

NVG war unsere Abkürzung für »nicht vor Gericht erschienen«.

»Er hat zwei Freunde, Ziggy Garvey und Benny Colucci. Und dann wäre da noch sein Neffe Ronald.«

»Glaubst du, dass er das Land verlassen hat?«

»Nur weil er Loretta ein paar Kugeln verpasst hat? Das kann ich mir nicht vorstellen. Er wurde schon des Öfteren des Mordes verdächtigt, und nie hat er das Land verlassen. Jedenfalls habe ich nie davon gehört.«

»Ich halte das nicht mehr aus«, sagte meine Mutter. »Ich halte es nicht mehr aus, dass meine Tochter geflohenen Mördern nachstellt. Was fällt Vinnie ein, dir diesen Fall zu übertragen?« Sie warf einen Blick hinüber zu meinem Vater. »Frank. Er kommt aus deiner Familie. Red du doch mal mit ihm.« Meine Mutter wandte sich wieder an mich. »Warum kannst du nicht so sein wie deine Schwester Valerie? Sie ist glücklich verheiratet und hat zwei Kinder. Die findet keine Leichen und stellt keinen Mördern nach.«

»Stephanie ist doch auch fast glücklich verheiratet«, sagte Grandma. »Sie hat sich letzten Monat verlobt.«

»Siehst du vielleicht einen Ehering an ihrem Finger?«, fragte meine Mutter.

Alle schauten auf meine bloßen Finger.

»Ich will nicht darüber reden«, sagte ich.

»Ich glaube, Stephanie ist hinter einem anderen her«, sagte Grandma. »Ich glaube, die macht diesem Ranger schöne Augen.«

Mein Vater hielt inne, die Gabel mitten in einem Berg Kartoffeln. »Diesem Kopfgeldjäger? Dem Schwarzen?«

Mein Vater war ein Heuchler in Sachen Gleichberechtigung. Er malte keine Hakenkreuze an Kirchenwände, und er diskriminierte auch keine Minderheiten. Aber wenn man nicht italienischer Abstammung war, meine Mutter ausgenommen, dann gehörte man einfach nicht dazu.

»Er ist Amerikaner kubanischer Abstammung«, sagte ich.

Meine Mutter bekreuzigte sich noch mal.

2

Es war bereits dunkel, als ich von meinen Eltern aufbrach. Man konnte nicht damit rechnen, dass Eddie DeChooch zu Hause sein würde, aber ich fuhr trotzdem bei ihm vorbei. Die Fenster auf der Seite der Marguchis waren hell erleuchtet, DeChoochs Seite sah trostlos aus. Ich erhaschte einen flüchtigen Blick von einem gelben polizeilichen Absperrband, das immer noch um den Tatort im Garten gespannt war.

Eigentlich hatte ich etliche Fragen an Mrs. Marguchi, aber die konnten warten. Heute Abend wollte ich die Dame nicht stören. Der Tag war schlimm genug für sie verlaufen. Ich würde sie mir morgen vorknöpfen und auf dem Weg dorthin im Büro vorbeifahren und mir die Adressen von Garvey und Colucci besorgen.

Ich umrundete den Block und fuhr Richtung Hamilton Avenue. Das Haus, in dem sich meine Wohnung befindet, steht ein paar Kilometer von Burg entfernt. Es ist ein solider, dreigeschossiger Bau aus Backstein und Mörtel, der in den Siebzigerjahren hochgezogen wurde, als Sparsamkeit angesagt war. Es bietet nicht viel Komfort, dafür hat es einen anständigen Hauswart, der für ein Sechserpack Bier alles macht, der Aufzug funktioniert immer, und die Miete ist erträglich.

Ich stellte meinen Wagen auf dem Parkplatz ab und sah

hoch zu meiner Wohnung. Das Licht brannte. Jemand war zu Hause, ich jedenfalls nicht. Vermutlich Morelli. Er besaß einen Schlüssel. Bei dem Gedanken, ihm gleich gegenüberzustehen, überkam mich eine plötzliche Erregung, gefolgt von einem flauen Gefühl im Magen. Morelli und ich kannten uns seit der Kindheit, und wir haben es uns nie leicht gemacht.

Ich stieg die Treppe hoch, probierte diverse Mienen, die ich zur Schau tragen konnte, und entschied mich für: mit Vorbehalt glücklich. Eigentlich sind Morelli und ich uns unserer gegenseitigen Liebe ziemlich sicher. Wir wissen nur nicht, ob wir es für den Rest des Lebens auch in einer gemeinsamen Wohnung miteinander aushalten würden. Ich wollte nicht unbedingt einen Polizisten und Morelli nicht unbedingt eine Kopfgeldjägerin heiraten, und dann war da ja noch Ranger.

Ich schloss die Wohnungstür auf und sah mich zwei alten Männern gegenüber, die auf meinem Sofa saßen und ein Footballspiel am Fernsehen verfolgten. Von Morelli keine Spur. Die beiden standen auf und lächelten, als ich ins Zimmer trat.

»Sie müssen Stephanie Plum sein«, sagte der eine. »Darf ich vorstellen: Das ist mein Freund und Kollege Ziggy Garvey, und ich bin Benny Colucci.«

»Wie sind Sie in meine Wohnung gekommen?«

»Die Tür war auf.«

»Die Tür war nicht auf.«

Das Lächeln wurde breiter. »Es war Ziggy. Er hat ein Händchen für Türschlösser.«

Ziggy strahlte und wedelte mit den Fingern. »Ich bin zwar ein alter Tattergreis, aber meine Finger tun immer noch ihren Dienst.«

»Ich lege keinen Wert auf die Bekanntschaft mit Leuten, die in meine Wohnung einbrechen.«

Benny nickte nachdenklich. »Dafür haben wir Verständnis, aber in diesem Fall haben wir uns gedacht, ginge das in Ordnung, da wir etwas von außerordentlicher Wichtigkeit mit Ihnen zu besprechen haben.«

»Und Dringlichkeit«, ergänzte Ziggy. »Von außerordentlicher Dringlichkeit.«

Die beiden wechselten viel sagende Blicke und waren sich einig. Es war dringend.

»Übrigens haben Sie neugierige Nachbarn«, sagte Ziggy. »Wir haben draußen im Treppenhaus auf Sie gewartet, aber gegenüber wohnt eine Dame, die immer wieder ihre Tür aufgemacht und uns angestarrt hat. Das war uns auf die Dauer zu ungemütlich.«

»Ich glaube, sie hatte ein gewisses Interesse an uns. Sie verstehen schon. Aber auf solche abwegigen Dinge lassen wir uns nicht ein. Wir sind schließlich verheiratet.«

»Tja, wenn wir jünger wären...«, sagte Ziggy lachend.

»Was gibt es denn so Dringendes?«

»Ziggy und ich sind Freunde von DeChooch«, sagte Benny. »Ziggy, Eddie und ich, wir kennen uns seit Jahren. Ziggy und ich machen uns Sorgen um Eddie. Er ist plötzlich verschwunden. Wir haben die Befürchtung, er könnte in Schwierigkeiten stecken.«

»Meinen Sie, weil er Loretta Ricci ermordet hat?«

»Ach, nein, das ist überhaupt kein Thema. Eddie wird andauernd beschuldigt, irgendwen ermordet zu haben.«

Ziggy beugte sich verschwörerisch flüsternd vor: »Schwätzer, allesamt.«

Na klar, was sonst.

»Wir machen uns Sorgen, weil Eddie vielleicht nicht bei

klarem Verstand ist«, sagte Benny. »Er hat seit einiger Zeit Depressionen. Wenn wir ihn besucht haben, wollte er nicht mit uns reden. So schlimm war es noch nie.«

»Das ist nicht normal«, sagte Ziggy.

»Jedenfalls haben wir erfahren, dass Sie ihn suchen, und wir wollen nicht, dass ihm etwas zustößt.«

»Sie wollen nicht, dass ich auf ihn schieße.«

»Ja.«

»Ich schieße so gut wie nie auf Menschen.«

»Manchmal passiert es eben. Und es wäre doch schlimm, wenn es DeChooch trifft. Gott behüte«, sagte Benny. »Wir wollen verhindern, dass es DeChooch trifft.«

»Aber ich bitte Sie«, sagte ich. »Wenn es ihn trifft, dann war es nicht meine Kugel.«

»Da wäre noch etwas«, sagte Benny. »Wir suchen Choochy, weil wir ihm helfen wollen.«

Ziggy nickte. »Wir finden, er sollte mal einen Arzt aufsuchen. Vielleicht braucht er einen Psychiater. Und deswegen haben wir uns gedacht, dass wir in dieser Angelegenheit zusammenarbeiten könnten, weil Sie ihn doch auch suchen.«

»Kein Problem«, sagte ich. »Wenn ich ihn gefunden habe, sage ich Bescheid.« Aber erst nachdem ich ihn dem Gericht übergeben habe und er hinter Schloss und Riegel sitzt.

»Wir wollten Sie fragen, ob Sie schon irgendwelche Spuren entdeckt haben.«

»Nein. Keine.«

»Mist. Wir haben fest damit gerechnet, dass Sie schon welche haben. Es heißt, Sie sollen ziemlich gut in Ihrem Beruf sein.«

»Eigentlich bin ich gar nicht so gut, meistens habe ich nur Glück.«

Wieder tauschten die beiden viel sagende Blicke.

»Und? Haben Sie das Gefühl, dass das Glück auch diesmal auf Ihrer Seite ist?«

Von Glück konnte wohl kaum die Rede sein, wenn mir gerade ein deprimierter Rentner entwischt war, in dessen Schuppen ich eine Tote gefunden hatte, und ich gerade ein Abendessen mit meinen Eltern hinter mich gebracht hatte. »Das kann ich nicht sagen. Dazu ist es noch zu früh.«

Ein Kratzen an der Wohnungstür war zu vernehmen, die Tür wurde aufgestoßen, und Mooner schob sich in den Flur. Er trug einen Ganzkörperanzug aus Spandex, vorne auf der Brust prangte ein großes, silbernes »M«.

»Ej, Mann, ej«, sagte Mooner. »Ich habe versucht, dich anzurufen, aber du warst nie zu Hause. Ich wollte dir meinen neuen Super-Mooner-Anzug zeigen.«

»Was haben wir denn da?«, sagte Benny. »Der sieht ja aus wie eine schrille Tunte.«

»Ich bin ein Superheld, Mann, ej«, stellte Mooner klar.

»Ich würde eher sagen eine Supertunte. Laufen Sie den ganzen Tag in diesem Aufzug rum?«

»Nein, Mann, ej. Das ist nur mein Tarnanzug. Normalerweise trage ich den nur, wenn ich Supertaten vollbringe, aber ich wollte, dass meine Kollegin mal einen richtigen Eindruck kriegt, deswegen habe ich mich draußen im Treppenhaus umgezogen.«

»Können Sie auch fliegen wie Superman?«, wollte Benny von Mooner wissen.

»Nein, aber im Geist schon. Mein Geist kann sich emporschwingen.«

»Sagen Sie bloß.«

Ziggy schaute auf die Uhr. »Wir müssen aufbrechen. Sie geben uns doch Bescheid, wenn Sie was von Choochy hören, oder?«

»Natürlich.« Vielleicht.

Ich sah ihnen hinterher. Die beiden waren wie Dick und Doof. Benny hatte einige Kilo Übergewicht, und aus dem Hemdkragen quoll ein Doppelkinn. Ziggy dagegen sah aus wie ein gerupftes Huhn. Vermutlich wohnten die beiden in Burg und gehörten Choochs Freizeitklub an, aber ganz sicher war ich mir da nicht. Meine zweite Vermutung war, dass die beiden als ehemalige Kautionsnehmer bei Vincent Plum längst aktenkundig waren, andernfalls hätten sie mir bestimmt ihre Telefonnummern gegeben.

»Wie findest du meinen Anzug?«, fragte mich Mooner, nachdem Benny und Ziggy gegangen waren. »Dougie und ich haben einen ganzen Karton mit den Klamotten gefunden. Ich glaube, die sind eigentlich für Schwimmer oder Leichtathleten oder so gemacht. Aber Dougie und ich kennen keine Schwimmer, die was damit anfangen könnten, deswegen haben wir uns gedacht, man könnte sie zu Superman-Anzügen umfunktionieren. Sie lassen sich wie Unterwäsche tragen, und wenn man ein Superheld sein will, zieht man die Alltagsklamotten darüber einfach aus. Jetzt fehlt nur noch das Cape. Deswegen hat der alte Sack wahrscheinlich auch nicht erkannt, dass ich ein Superheld bin. Weil ich kein Cape trage.«

»Du glaubst doch nicht im Ernst, dass du ein Superheld bist, oder?«

»Du meinst in Wirklichkeit?«

»Ja.«

Mooner sah mich ungläubig an. »Superhelden sind eine Erfindung. Hat dir das nie einer gesagt?«

»Ich wollte nur mal nachfragen.«

Ich war mit Walter »MoonMan« Dunphy und Dougie »The Dealer« Kruper zusammen zur Schule gegangen.

Mooner wohnt zusammen mit zwei anderen Typen in einem schmalen Reihenhaus in der Grant Street. Gemeinsam bilden sie die Legion der Loser, drei ausgeflippte Kiffer, die von einem miesen Job zum nächsten wechseln und von der Hand in den Mund leben. Aber sie sind auch sanftmütig, harmlos und absolut verträglich. Eigentlich bin ich gar nicht viel mit Mooner zusammen, wir halten nur irgendwie Kontakt, und wenn sich unsere Wege mal kreuzen, weckt er mütterliche Gefühle in mir. Mooner ist wie eine dusselige streunende Katze, die sich ab und zu ihren Teller Geschnetzeltes abholt.

Dougie wohnt ein paar Häuser weiter in derselben Siedlung. Auf der Highschool war Dougie der Typ, der Buttondown-Hemden trug, als alle anderen T-Shirts trugen. Dougie war kein guter Schüler, trieb keinen Sport, spielte kein Instrument und fuhr keinen coolen Schlitten. Er besaß nur eine einzige Begabung: Er konnte Wackelpudding durch einen Strohhalm in die Nase ziehen.

Nach der letzten Klasse, wurde gemunkelt, sei er nach Arkansas gezogen und dort verstorben. Dann, vor einigen Monaten, tauchte er plötzlich wieder in Burg auf, gesund und munter. Letzten Monat war er wegen Hehlerei verhaftet worden. Sein Geschäft mit gestohlener Ware, das er von zu Hause aus betrieben hatte, war eher eine Serviceeinrichtung für die Nachbarschaft gewesen, denn es war definitiv die einzige Quelle, von der man Metamucil zu erschwinglichen Preisen beziehen konnte, und zum ersten Mal seit Jahren waren die Rentner in Burg pünktlich.

»Ich dachte, Dougie hätte sein Dasein als Dealer aufgegeben«, sagte ich.

»Nein, nein. Das heißt, wir haben diese Anzüge wirklich *gefunden*, wie man eben Sachen findet, in einer Abstellkammer. Wir haben Hausputz gemacht, und dabei sind wir darauf gestoßen.«

Das durfte ich ihm getrost abnehmen.

»Also, was sagst du?«, fragte er wieder. »Ist doch cool, oder?«

Der Anzug war aus leichtem Lycragewebe und saß wie angegossen an seiner schlaksigen Gestalt, ohne eine Falte, und das schloss die Region um sein Gemächt mit ein. Da blieb nicht viel Raum für Phantasie. Ranger in diesem Anzug, dagegen hätte ich nichts einzuwenden gehabt, aber Mooner in diesem Anzug, das gab mehr von dem Träger preis, als mir lieb war.

»Der Anzug ist toll.«

»Wenn wir schon die coolen Anzüge haben, könnten wir doch gleich in die Verbrechensbekämpfung einsteigen, haben Dougie und ich uns gedacht – wie Batman.«

Batman war ja ganz nett zur Abwechslung. Meistens traten Mooner und Dougie nämlich als Captain Kirk und Mr. Spock auf.

Mooner zog die Lycrakapuze vom Kopf, und sein langes braunes Haar fiel auf die Schultern. »Eigentlich wollten wir heute Abend schon mit der Verbrechensbekämpfung anfangen, aber Dougie ist weg.«

»Weg? Wie meinst du das?«

»Ej, Mann, ej. Verschwunden eben. Er hat mich Dienstag angerufen und gesagt, er hätte noch was zu tun, aber ich könnte ruhig vorbeikommen und mir die Wrestlingkämpfe im Fensehen angucken, gestern Abend. Die liefen im Pay-TV vom Wrestler-Weltverband, und wir wollten sie uns auf Dougies Superriesenbildschirm angucken. The Rock, Stone cold und Triple H und wie die Wrestler alle heißen. Jedenfalls ist Dougie nicht aufgetaucht. Wrestling würde der sich niemals entgehen lassen, wenn nicht was ganz Schlimmes dazwischenkommen würde. Er hat immer vier Piepser dabei, aber er reagiert auf keinen einzigen. Ich weiß nicht, was ich davon halten soll.«

»Hast du schon woanders nach ihm gesucht? Vielleicht hält er sich gerade bei einem Freund auf.«

»Ich sagte dir ja, das sieht ihm überhaupt nicht ähnlich. Der lässt sich keinen Wrestlingkampf im Fernsehen entgehen«, sagte Mooner. »Mann, ej, keiner lässt sich die Wrestlemania des Weltverbands entgehen. Er war schon ganz aufgeregt. Ich glaube, es ist was Schlimmes passiert.«

»Was könnte das denn sein?«

»Ich weiß es nicht. Ich habe nur so ein blödes Gefühl.«

Plötzlich klingelte das Telefon, und wir beide hielten den Atem an, als würde sich die erwartete Katastrophe ankündigen.

»Er ist hier«, tönte es am anderen Ende. Es war Grandma.

»Wer? Wo?«

»Eddie DeChooch! Mable hat mich abgeholt, nachdem du gegangen warst. Wir wollten Anthony Varga die letzte Ehre erweisen. Er ist im Beerdigungsinstitut Stiva aufgebahrt, und Stiva hat wirklich gute Arbeit geleistet. Ich weiß nicht, wie Stiva das hinkriegt. Anthony Varga hat seit zwanzig Jahren nicht mehr so gut ausgesehen. Er hätte sich schon zu Lebzeiten von Stiva aufpeppeln lassen sollen. Jedenfalls sind wir noch hier, und gerade ist Eddie DeChooch hereinspaziert.«

»Ich komme sofort.«

Man konnte noch so sehr unter Depressionen leiden oder noch so dringend wegen Mordes gesucht werden, einem Toten erwies man in Burg immer die letzte Ehre.

Ich schnappte mir meine Umhängetasche vom Küchentresen und schob Mooner aus der Wohnung. »Ich muss mich beeilen. Ich rufe ein paar Leute an und melde mich wieder bei dir. Du gehst in der Zwischenzeit nach Hause, vielleicht taucht Dougie ja wieder von alleine auf.«

»Ej, Mann. Nach Hause? Wohin? Zu mir oder zu Dougie?«

»Zu dir nach Hause. Und ab und zu guckst du im Haus von Dougie nach.«

Dass Mooner sich Sorgen um Dougie machte war schon beunruhigend, aber auch nicht weiter tragisch. Die beiden waren dicke Freunde, aber irgendwie auch Spinner. Andererseits hatte Dougie die Wrestlingkämpfe verpasst. Und in der Beziehung hatte Mooner Recht: Ich kenne keinen, der die Wrestlemania des Weltverbandes verpasst. Jedenfalls keinen in Jersey.

Ich rannte über den Hausflur, die Treppe hinunter, stürmte durch die Eingangshalle und die Haustür nach draußen, ins Auto. Das Beerdigungsinstitut Stiva liegt ein paar Kilometer von der Hamilton Avenue entfernt. Im Geist ging ich meine Ausrüstung durch: Pfefferspray und Handschellen in meiner Handtasche. Der Elektroschocker war wahrscheinlich auch da drin, aber er war bestimmt nicht geladen. Meine 38er lag zu Hause in der Keksdose. Für den Fall, dass es zu einem körperlichen Übergriff kommen sollte, hatte ich meine Nagelfeile dabei.

Das Beerdigungsinstitut ist in einem weißen Fachwerkhaus untergebracht, das früher mal ein privates Wohnhaus war. Für den Geschäftsbetrieb hatte man noch zusätzlich Garagen für die Leichenwagen und Schauräume angebaut. Die Fenster haben schwarze Läden, und die breite Vorderveranda ist mit einem wetterfesten grünen Teppich ausgelegt.

Ich stellte meinen Wagen auf dem Besucherparkplatz

ab und ging zum Haupteingang des Hauses. Auf der Veranda standen Männer in Gruppen zusammen, rauchten und tratschten. Arbeiter, unspektakulär gekleidet, deren Alter sich an Taille und Haaransatz zeigte. Ich drängte mich an ihnen vorbei ins Foyer. Anthony Varga lag in »Schlummerraum« Nummer eins. In »Schlummerraum« Nummer zwei war Caroline Borchek aufgebahrt. Grandma Mazur versteckte sich hinter einem künstlichen Gummibaum in der Eingangshalle.

»Er ist bei Anthony drin«, sagte Grandma. »Er spricht mit der Witwe. Taxiert sie wahrscheinlich gerade ab, ob sie als neues Opfer in Frage kommt, das er erschießen und zu den anderen in seinen Schuppen stopfen kann.«

In dem Schauraum mit Varga befanden sich etwa zwanzig Personen. Die meisten saßen auf Stühlen, einige standen am Sarg. Eddie DeChooch gehörte zu denen am Sarg. Ich konnte in den Raum gehen, mich an ihn heranschleichen und ihm die Handschellen anlegen. Es wäre wahrscheinlich die einfachste Methode, den Job hinter mich zu bringen. Leider hätte es auch einen Aufstand gegeben und die Trauergäste verärgert. Schwerer aber wog, dass Mrs. Varga sicher meine Mutter angerufen und ihr die ganze Geschichte brühwarm erzählt hätte. Eine andere Möglichkeit war, einfach auf ihn zuzugehen und ihn zu bitten, mit nach draußen zu kommen. Ich konnte auch warten, bis er von allein rauskam und ihn mir auf dem Parkplatz oder auf der Vorderveranda schnappen.

»Was sollen wir machen?«, wollte Grandma wissen. »Sollen wir einfach reinmarschieren und ihn uns packen, oder was?«

Ich hörte jemand hinter mir schwer atmen. Es war Loretta Riccis Schwester Madeline. Sie war gerade erst eingetroffen und hatte DeChooch entdeckt.

»Mörder!«, schrie sie ihn an. »Sie haben meine Schwester umgebracht!«

DeChooch wurde aschfahl und taumelte rückwärts, stolperte und stieß mit Mrs.Varga zusammen. Beide hielten sich am Sarg fest, um nicht hinzufallen. Der Sarg, auf dem mit einem Tuch verhangenen Rollwagen, neigte sich bedrohlich, und ein allgemeines Raunen ging durch den Raum, als Anthony Varga an den Rand rutschte und sein Kopf gegen das Seidenfutteral knallte.

Madeline fuhr mit der Hand in ihre Tasche, jemand schrie, sie würde eine Pistole zücken, und alle gerieten in Aufruhr. Einige warfen sich platt auf den Boden, andere drängten nach draußen auf den Gang zur Eingangshalle.

Stivas Assistent, Harold Baronne, stürzte sich mit einem Hechtsprung auf Madeline, bekam sie an den Knien zu fassen, prallte mit ihr gegen Grandma und mich, und alle fielen wir in einem Knäuel zu Boden.

»Nicht schießen!«, schrie Harold. »Beherrschen Sie sich!«

»Ich wollte mir nur ein Taschentuch holen, Sie Trottel«, fauchte Madeline. »Gehen Sie runter von mir!«

»Ja, und von mir auch«, sagte Grandma. »Ich bin alt. Meine Knochen sind zerbrechlich wie dünne Zweige.«

Ich kam wieder auf die Beine und sah mich um. Von Eddie DeChooch keine Spur. Ich lief nach draußen auf die Veranda, wo die Männer herumstanden. »Hat jemand von Ihnen Eddie DeChooch gesehen?«

»Ja«, sagte einer, »der ist gerade gegangen.«

»In welche Richtung?«

»Zum Parkplatz.«

Ich stürzte die Stufen hinunter und erreichte den Parkplatz gerade in dem Moment, als DeChooch in einem weißen Cadillac davonfuhr. Ich stieß ein paar tröstliche Verwünschungen aus und hängte mich an seine Fersen. Er war bereits eine Straße weiter, hielt sich auf dem Mittelstreifen und missachtete die Ampeln. Schließlich bog er ab nach Burg, und ich fragte mich schon, ob er nach Hause wollte. Ich verfolgte ihn die ganze Roebling Avenue entlang, vorbei an der Querstraße, die zu seinem Haus führte. Wir waren die einzigen Fahrzeuge auf der Roebling, und ich wusste, dass die Sache gelaufen war. So blind war DeChooch nun auch wieder nicht, dass er nicht mal mehr Scheinwerfer in seinem Rückspiegel erkannte.

Er schlängelte sich weiter durch Burg, erst die Washington, dann die Liberty entlang, und fuhr anschließend die Division hoch. Ich sah mich schon DeChooch so lange verfolgen, bis einer von uns beiden kein Benzin mehr hatte. Was dann? Ich hatte weder Pistole noch meine schusssichere Weste dabei. Ich konnte mich nur auf meine Überredungskünste verlassen.

An der Division, Ecke Emory hielt DeChooch an, ich kam zehn Meter hinter ihm zum Stehen. Es war eine dunkle Ecke, ohne Straßenbeleuchtung, aber DeChoochs Auto war deutlich in meinem Scheinwerferlicht zu sehen. DeChooch machte die Tür auf und stieg aus, mit wackligen Beinen und gebückt. Einen Moment lang sah er in meine Richtung, schirmte die Augen gegen das blendende Licht ab. Dann hob er seelenruhig einen Arm und feuerte drei Schüsse ab. *Peng. Peng. Peng.* Zwei versanken im Straßenpflaster neben meinem Wagen, der dritte prallte zischend von meiner vorderen Stoßstange ab.

So viel zum Thema Überredungskünste. Ich warf den Rückwärtsgang ein und trat das Gaspedal durch. Dann schwenkte ich in die Morris Street ein, bremste rasant ab, legte den ersten Gang ein und schoss aus der Seitenstraße hervor, raus aus Burg.

Das Zittern hörte erst auf, als ich den Wagen auf dem Mieterparkplatz vor meinem Haus abgestellt und mich versichert hatte, dass ich mir nicht in die Hose gemacht hatte. Alles in allem war ich einigermaßen stolz auf mich. Meine Stoßstange hatte eine hässliche Beule abgekriegt. Es hätte schlimmer kommen können, sagte ich mir. Die Beule hätte in meinem Kopf sein können. Ich hatte Eddie DeChooch nicht gleich ins Hemd treten wollen, weil er alt und depressiv war, aber in Wahrheit fing ich allmählich an ihn zu hassen.

Als ich aus dem Aufzug trat, sah ich Mooners Klamotten verstreut auf dem Boden liegen. Auf dem Weg zu meiner Wohnung sammelte ich sie ein. Vor der Tür blieb ich stehen und lauschte. Der Fernseher lief. Hörte sich nach einem Boxkampf an. Ich war mir sicher, dass ich den Fernseher ausgestellt hatte. Ich lehnte entnervt die Stirn an die Tür. Was sollte ich machen?

Ich stand immer noch so da, mit der Stirn gegen das Türblatt gelehnt, als sich die Tür plötzlich öffnete und Morelli mich angrinste.

»Schlimmen Tag gehabt?«

Ich sah mich um. »Bist du allein?«

»Wen hast du denn erwartet?«

»Batman, den Weihnachtsmann, Jack the Ripper, was weiß ich.« Ich warf Mooners Klamotten auf den Boden im Flur. »Mir geht noch ein bisschen die Muffe. Ich habe gerade eine Schießerei mit DeChooch hinter mir. Nur hatte er als Einziger von uns beiden eine Pistole.«

Ich schilderte Morelli die scheußlichen Einzelheiten und kam gerade an die Stelle, als ich gemerkt hatte, dass ich mir nicht in die Hose gemacht hatte, da klingelte das Telefon.

»Alles in Ordnung?«, wollte meine Mutter wissen. »Deine Großmutter ist gerade nach Hause gekommen und hat erzählt, du hättest Eddie DeChooch verfolgt.«

»Mir geht es gut, aber DeChooch ist mir durch die Lappen gegangen.«

»Myra Szilagy hat mir gesagt, die Knopffabrik würde Leute einstellen. Die gewähren sogar Sondervergütungen. Du könntest bestimmt einen guten Job am Fließband kriegen. Vielleicht sogar einen im Büro.«

Morelli lümmelte sich auf dem Sofa, verfolgte wieder den Boxkampf im Fernseher, als ich den Hörer auflegte. Er trug Jeans, ein schwarzes T-Shirt und darüber einen beigen Pullover mit Zopfmuster. Morelli war schlank, hatte einen Waschbrettbauch und einen dunklen südländischen Teint. Er war ein guter Polizist. Ein Blick von ihm, und es prickelte in meinen Brustwarzen. Und er war ein Fan der New York Rangers. Mit einem Wort, er war fast perfekt – bis auf die Tatsache, dass er Polizist war.

Neben Morelli auf dem Sofa lag Bob the Dog. Bob der Hund ist eine Kreuzung zwischen einem Golden Retriever und Chewbacca. Ursprünglich war er mir übergeben worden, dann aber zu dem Schluss gekommen, dass es ihm bei Morelli besser gefiel. Wahrscheinlich irgend so eine typische Männergeschichte. Jetzt also hielt er sich meistens bei Morelli auf. Mir ist das nur recht. Bob frisst nämlich so gut wie alles. Sich selbst überlassen, kann er ein ganzes Haus schnell bis auf ein paar Nägel und einige Kachelreste verputzen. Und da Bob des Öfteren solchen Plunder wie Möbelstücke, Schuhe oder Pflanzen verschlingt, scheidet er ebenso häufig ganze Berge Hundescheiße wieder aus.

Bob lächelte, wedelte mir mit dem Schwanz zu und ließ sich dann erneut vor dem Fernseher nieder.

»Ich nehme an, du kennst den Kerl, der sich draußen im Hausflur ausgezogen hat«, sagte Morelli.

»Das war Mooner. Er wollte mir seine Unterwäsche zeigen.«

»Kann ich absolut nachvollziehen.«

»Er sagte, Dougie wäre weg. Er wäre gestern Morgen weggegangen und seitdem nicht wieder aufgetaucht.«

Morelli riss sich von dem Boxkampf los. »Steht Dougie nicht ein Prozess bevor?«

»Ja, aber Mooner ist nicht der Ansicht, dass er den sausen lassen will. Er meint, es könnte Dougie was zugestoßen sein.«

»Mooner hat nur noch Rührei im Gehirn. Auf seine Meinung würde ich nicht allzu viel geben.«

Ich reichte Morelli das Telefon. »Ruf lieber mal rum. Krankenhäuser und so.« Die Gerichtsmedizin nicht zu vergessen. Als Polizist bekam Morelli dort leichter Auskunft als ich.

Eine Viertelstunde später hatte Morelli die Telefonliste abgearbeitet. Es war niemand eingeliefert worden, auf den die Beschreibung von Dougie passte, weder in den beiden Krankenhäusern St. Francis und Helen Fuld noch in der Gerichtsmedizin. Ich rief Mooner an und berichtete, was wir herausgefunden hatten.

»Mann, ej«, sagte Mooner. »Langsam wird es unheimlich. Nicht nur Dougie ist verschwunden. Jetzt sind auch meine Klamotten weg.«

»Keine Sorge. Die sind bei mir.«

»Mann, ej, du bist echt gut«, sagte Mooner. »Echt gut.«

Ich verdrehte die Augen und legte auf.

Morelli klopfte auf den Sofasitz neben sich. »Setz dich hin. Wir müssen uns mal über Eddie DeChooch unterhalten.«

»Was ist mit DeChooch?«

»Kein sehr netter Mensch.«

Unwillkürlich entfuhr mir ein Seufzer.

Morelli überhörte ihn. »Costanza hat gesagt, du hättest ein paar Takte mit DeChooch geredet, bevor er untergetaucht ist.«

»DeChooch hat Depressionen.«

»Er hat nicht zufällig Loretta Ricci erwähnt, oder?«

»Nein. Über Loretta ist kein Wort gefallen. Als ich Loretta fand, war ich ganz allein.«

»Tom Bell ist Chefermittler in der Sache. Ich bin ihm nach Feierabend über den Weg gerannt, und er sagte, Ricci sei bereits tot gewesen, als auf sie geschossen wurde.«

»Was?«

»Zur Todesursache könnte er sich erst nach der Autopsie äußern.«

»Wieso sollte jemand auf eine Tote schießen?«

Morelli hob fragend beide Hände.

Na toll. »Hast du sonst noch was für mich?«

Morelli sah mich grinsend an.

»Außer dem«, sagte ich.

Ich schlief, und im Schlaf erstickte ich. Ein schreckliches Gewicht lastete auf meiner Brust, und ich konnte nicht atmen. Normalerweise habe ich keine Erstickungsträume. Normalerweise träume ich, dass ich in einem Aufzug gefangen bin und dass der Aufzug durch die Decke des Gebäudes in den Himmel schießt. Ich träume, dass ich von einer rasenden Herde Stiere in einer Straße verfolgt werde. Und ich träume, ich hätte vergessen mich anzuziehen und würde nackt in den Supermarkt zum Einkaufen gehen. Das sind meine Träume. Einen Erstickungstraum habe ich noch nie gehabt. Bis jetzt. Ich riss mich aus den Träumen und schlug die Augen auf. Neben mir schlief Bob, sein großer Hundekopf und seine Vorderpfoten ruhten auf meiner Brust. Sonst war das Bett leer. Morelli war weg. Er hatte sich in aller Herrgottsfrühe aus dem Zimmer geschlichen, nur Bob hatte er mir dagelassen.

»Na dann, alter Knabe«, sagte ich. »Wenn du dich von mir herunterbequemen würdest, kann ich dir dein Futter geben.«

Bob verstand vielleicht nicht jedes Wort, aber wenn es ums Fressen ging, verfehlte er nie den Sinn. Er spitzte die Ohren, die Augen leuchteten, und er sprang umgehend vom Bett herunter und tanzte mit zufriedener Miene herum.

Ich stellte ihm eine ganze Schüssel Hundecrunchies hin, menschliche Nahrung suchte ich vergeblich. Keine Pop Tarts, keine Bretzel, kein Cap'n Crunch mit Früchten. Sonst lässt mich meine Mutter nie ohne eine Tüte mit Lebensmitteln aus dem Haus, aber das letzte Mal bei meinen Eltern war ich mit den Gedanken bei dem Fall Loretta Ricci, und die übliche Tüte hatte ich vergessen, auf dem Küchentisch stehen gelassen.

»Jetzt sieh sich einer das an«, sagte ich zu Bob. »Als Hausfrau bin ich eine Niete.«

Bob blickte mich an, als wollte er sagen: He, Lady, mich hast du gefüttert, so schlecht kannst du also nicht sein.

Ich schlüpfte in Jeans und Schuhe, zog die Jeansjacke über das Nachthemd und nahm Bob an die Leine. Dann huschte ich die Treppe hinunter ins Auto, um mit Bob zum Haus meiner Erzfeindin Joyce Barnhardt zu fahren und ihn dort seinen Haufen machen zu lassen. Auf diese Weise ersparte ich mir das Gewese mit der Kotschaufel, und es gab mir zusätzlich das Gefühl, dass ich so früh bereits etwas erreicht hatte. Vor einigen Jahren hatte ich Joyce dabei erwischt, wie sie mit meinem Mann – jetzt mein Ex-Mann – auf dem Esstisch vögelte, und gelegentlich überkommt mich die Anwandlung, ihr diese Freundlichkeit heimzuzahlen.

Joyce wohnt nur knapp dreihundert Meter von mir entfernt, aber die Entfernung reicht, und man ist in einer anderen Welt. Joyce hat immer hübsche Abfindungen von ihren Männern bekommen. Gatte Nummer drei war sogar so froh, sie loszuwerden, dass er ihr ohne Umschweife das gemeinsame Haus überließ. Es ist ein großes Haus auf einem kleinen Grundstück, in einem Viertel mit lauter Aufsteigern und Selbstständigen. Das Haus ist aus rotem Backstein und hat schicke weiße Säulen, die ein kleines Vordach vor dem Eingang stützen: Schweinchen Schlau in Neuschwanstein. In dem Viertel wird das Gesetz zur Beseitigung des Hundekots aufs Strengste beachtet, Bob und ich statten Joyce unsere Besuche daher nur im Schutz der Dunkelheit ab. Oder, wie heute, in aller Frühe, wenn die Straße noch nicht erwacht ist.

Wir stellten den Wagen ein paar Häuser vor Joyce' Haus ab. Bob und ich schlichen uns bis zu ihrem Vorgarten, Bob erledigte sein Geschäft, wir schlichen zurück zum Wagen und rasten zu McDonald's. Jede gute Tat verdient ihren Lohn. Ich bestellte mir einen McMuffin und Kaffee, Bob einen McMuffin und einen Vanillemilchshake.

Nach so viel Herumtreiberei waren wir erschöpft, also fuhren wir zurück zu meiner Wohnung, Bob legte sich wieder hin, ich stieg unter die Dusche. Anschließend schmierte ich mir Gel ins Haar und wühlte darin herum, bis ich viele kleine Locken hatte. Ich trug Wimperntusche und Eyeliner auf, den Lippen gönnte ich etwas Lipgloss. Vielleicht würde ich heute keinen Fall lösen, aber wenigstens sah ich verdammt gut aus.

Eine halbe Stunde später rauschten Bob und ich in Vinnies Büro, zu jeder Schandtat bereit.

»Oh«, sagte Lula, »Kollege Bob.« Sie bückte sich zu ihm hinunter und kraulte ihm das Fell. »Hallo. Wie geht's?«

»Wir sind immer noch hinter DeChooch her«, sagte ich. »Weiß jemand von euch, wo sein Neffe Ronald wohnt?«

Connie schrieb einige Adressen auf ein Stück Papier und gab es mir. »Ronald besitzt ein Haus in der Cherry Street, aber zu dieser Tageszeit hast du an seinem Arbeitsplatz bestimmt mehr Glück. Er hat ein Straßenbauunternehmen, Ace Pavers, das ist in der Front Street, unten am Fluss.«

Ich steckte die Adressen ein, rückte näher an Connie heran und senkte die Stimme: »Irgendwelche Gerüchte über Dougie Kruper auf dem Markt?«

»Zum Beispiel?«, fragte Connie.

»Zum Beispiel, dass er verschwunden ist.«

Die Tür zu Vinnies Arbeitszimmer flog auf, und Vinnie steckte den Kopf durch den Spalt. »Kruper verschwunden? Was soll das heißen?«

Ich sah hinüber zu Vinnie. »Wie kommt es, dass du das gehört hast? Ich habe geflüstert, und die Tür zu deinem Zimmer war zu.«

»Ich habe meine Ohren eben überall«, sagte Vinnie. »Ich kann jedes Wort verstehen.«

Connie fuhr mit den Fingern unter der Schreibtischkante entlang. »Du Blödmann«, sagte sie, »hast du wieder eine Wanze angebracht?« Sie leerte den Becher mit Stiften, wühlte in den Schubladen, schüttete den Inhalt ihrer Handtasche aus. »Wo ist sie, du elender Wicht?«

»Ich habe keine Wanze angebracht«, sagte Vinnie. »Ich verfüge eben über gute Ohren. Mein Radar.«

Connie entdeckte die Wanze schließlich auf der Unterseite ihres Telefons. Sie riss sie ab und zertrümmerte sie mit dem Kolben ihrer Pistole. Dann ließ sie die Waffe wieder in ihre Handtasche gleiten und warf die Wanze in den Mülleimer.

»He«, protestierte Vinnie, »das ist Betriebseigentum!«

»Was ist mit Dougie?«, fragte Lula. »Kommt er nicht zu seinem Prozess?«

»Mooner hat mir gesagt, er hätte sich zusammen mit Dougie die Wrestling-Kämpfe auf Dougies großem Bildschirm angucken wollen, aber Dougie wäre nicht gekommen. Er meint, Dougie wäre was Schlimmes zugestoßen.«

»Die Gelegenheit, Wrestler in ihren knappen Stretchhöschen auf einem Riesenbildschirm zu sehen, würde ich mir auch nicht entgehen lassen«, warf Lula ein.

Connie und ich pflichteten ihr bei. Man wäre doch verrückt, sich den Anblick von so viel saftigem Mannesfleisch auf einem Riesenbildschirm entgehen zu lassen.

»Ich weiß von nichts«, sagte Connie. »Aber ich höre mich mal um.«

Die Eingangstür zum Büro wurde krachend aufgestoßen, und Joyce Barnhardt stürmte herein. Ihr Haar war bis zum Äußersten aufgeplustert. Sie trug eine Militärhose und das passende Hemd dazu, die Hose spannte sich stramm über ihre Hinterbacken, und das Hemd stand bis zum Brustbein offen, erlaubte den Blick auf einen schwarzen BH und einen üppigen Spalt. Auf der Rückseite des Hemds stand in großen Lettern KAUTIONSDETEKTIV. Ihre Augen waren schwarz umrandet und die Wimpern dick mit Tusche bestrichen.

Bob versteckte sich unter Connies Schreibtisch, und Vinnie verzog sich in sein Arbeitszimmer und verschloss die Tür. Es war noch nicht lange her, da hatte Vinnie nach kurzer Beratung mit seinem Johannes eingewilligt, Joyce als Agentin einzustellen. Der Schwanz war mit dieser Entscheidung immer noch hoch zufrieden, nur Bauch und Kopf wussten nichts mit Joyce anzufangen.

»Vinnie, du Weichei. Ich habe genau gesehen, wie du in dein Büro abgetaucht bist. Komm sofort da raus«, kreischte Joyce.

»Wie schön, dass man dich mal wieder so gut gelaunt sieht«, sagte Lula zu Joyce.

»Irgend so ein Köter hat schon wieder auf meinen Rasen geschissen. Das ist schon das zweite Mal in dieser Woche.«

»Wer sich seine Bettgenossen aus dem Tierheim holt, muss eben mit so was rechnen«, sagte Lula.

»Treib's nicht zu weit, Fettsack.«

Lula sah sie böse an. »Wie nennst du mich? Fettsack? Wenn du noch einmal Fettsack zu mir sagst, bringe ich ein bisschen Ordnung in deine Maske.«

»Fettsack, Fettarsch, Dickerchen, Plumpsack...«

Lula warf sich auf Joyce, und beide gingen, einander kratzend und beißend, zu Boden. Bob blieb wohlweislich unter dem Schreibtisch, Vinnie blieb in seinem Büro, und Connie erhob sich nonchalant und wartete auf eine Gelegenheit, Joyce mit dem Elektroschocker eins in den Hintern zu verpassen. Joyce gab einen Quiekser von sich und ließ von Lula ab.

»Das erste Mal, dass ich so ein Ding benutze«, sagte Connie. »Irgendwie lustig.«

Bob kroch unter dem Schreibtisch hervor und musterte Joyce.

»Seit wann ist Bob wieder in deiner Obhut?«, fragte Lula und stemmte sich hoch.

»Er ist über Nacht geblieben.«

»Könnte es sein, dass der Haufen auf Joyce' Rasen Bobs übliche Maße hat?«

»Nicht unwahrscheinlich.«

»Wie hoch ist die Wahrscheinlichkeit? Zehn Prozent? Fünfzig Prozent?«

Wir sahen hinunter auf Joyce. Sie fing an zu zucken, sodass Connie ihr eine zweite Ladung mit dem Elektroschocker versetzte.

»Ich benutze diese Kotschaufeln so ungerne«, sagte ich.

»Ha!«, lachte Lula bellend. »Hab ich's mir doch gedacht!«

Connie gab Bob zur Belohnung einen Doughnut aus dem Karton auf dem Schreibtisch. »Braver Junge! Das hast du fein gemacht.«

3

»Bob ist so ein braver Hund, und ich bin so gut gelaunt, da werde ich dir bei der Suche nach Eddie DeChooch helfen«, sagte Lula.

Dort, wo Joyce sie an den Haaren gezogen hatte, standen einige Büschel senkrecht vom Kopf ab, und an ihrer Bluse fehlte ein Knopf. Wenn Lula mitkam, würde ich mich zweifellos sicherer fühlen, denn sie sah abgewrackt und ausgesprochen gefährlich aus.

Joyce lag immer noch am Boden, aber sie hatte ein Auge geöffnet, und ihre Finger bewegten sich schon wieder. Das Beste war, Lula, Bob und ich verschwanden, bevor Joyce auch das andere Auge aufschlug.

»Na? Was meinst du?«, fragte Lula, als wir zu dritt im Wagen saßen und Richtung Front Street gondelten. »Findest du, dass ich fett bin?«

Lula wirkt eigentlich nicht so, als schleppte sie viel Fett mit sich herum. Sie wirkte eher – stabil. Wie eine Bratwurst. Wie eine Riesenbratwurst.

»Fett nicht gerade«, sagte ich. »Eher stämmig.«

»Ich habe ja auch keine Zellulitis und so.«

Das stimmte. Bratwürste haben keine Zellulitis.

Ich fuhr auf der Hamilton Avenue westwärts zur Front Street, auf den Fluss zu. Lula saß vorne, hielt Wache, und Bob hockte hinten, hielt den Kopf aus dem Fenster, die Augen zu

Schlitzen verengt, und seine Ohren flatterten im Wind. Die Sonne schien, es fehlten nur zwei Grad, und wir hätten Frühling gehabt. Wenn Loretta Ricci nicht gewesen wäre, ich hätte die Suche nach Eddie DeChooch geschmissen und mich ans Meer abgesetzt. Die Tatsache, dass ich die nächste Rate für meinen CR-V zahlen musste, gab mir Antrieb, Richtung Ace Pavers zu fahren.

Das Straßenbauunternehmen Ace Pavers legte Asphaltdecken und war leicht zu finden. Das Büro war klein, die Werkstatt groß. In dem neben der Werkstatt angebauten und mit einer Vorlegekette verschlossenen Unterstellschuppen stand ein Monstrum von Straßenbetonmischer neben einigen anderen teerverschmierten Geräten.

Ich parkte, ließ Bob im Wagen zurück, und Lula und ich marschierten auf das Büro zu. Eigentlich hatte ich einen Büroleiter erwartet, stattdessen sahen wir uns Ronald DeChooch gegenüber, der mit drei Männern Karten spielte. Die Männer waren alle über vierzig, leger gekleidet, in Freizeithosen und Polohemden. Wie Angestellte sahen sie nicht aus, aber auch nicht wie Arbeiter. Eher wie die Klugschwätzer im Kabelfernsehen. Wie gut, dass es das Fernsehen gibt, denn jetzt versteht man in New Jersey endlich, wie man sich angemessen kleidet.

Sie spielten an einem klapprigen Tischchen und saßen auf Campingstühlen. Auf der Tischplatte lag ein Stapel Geldscheine, und keiner der Anwesenden schien sonderlich erfreut über unser Kommen.

DeChooch sah wie eine jüngere größere Ausgabe seines Onkels aus, mit einem gleichmäßig über den ganzen Körper verteilten Mehrgewicht von dreißig Kilo. Er legte sein Kartenblatt verkehrt herum auf den Tisch und erhob sich. »Kann ich Ihnen behilflich sein, meine Damen?«

Ich nannte meinen Namen und sagte, ich suchte Eddie DeChooch.

Die Tischrunde lachte.

»Dieser DeChooch«, sagte einer der Männer, »das ist schon ein ganzer Kerl. Ich habe gehört, er hätte Sie beide unten im Wohnzimmer warten lassen, während er oben aus dem Schlafzimmerfenster abgehauen ist.«

Das hatte noch mehr Gelächter zur Folge.

»Wenn Sie Choochy kennen würden, hätten Sie den Fenstern im Haus mehr Aufmerksamkeit geschenkt«, sagte Ronald. »Er ist schon des Öfteren aus Fenstern gestiegen. Einmal ist er in Florence Selzers Schlafzimmer erwischt worden. Flos Ehemann, Teppich-Joey, kam nach Hause und ertappte Choochy dabei, wie er sich gerade aus dem Fenster absetzen wollte, und schoss ihn in den – wie heißt das doch gleich? Glutamus maximus?«

Ein großer Mann mit einem dicken Bauch schaukelte auf seinem Stuhl nach hinten. »Joey ist danach spurlos verschwunden.«

»Ja?«, sagte Lula. »Was ist denn passiert?«

Der Mann hob mit einem fragenden Blick die Hände. »Keiner nix wissen. So was kommen vor.«

Von wegen. Wahrscheinlich diente er als Rammbohle wie seinerzeit Jimmy Hoffa. »Hat jemand von Ihnen Choochy gesehen? Weiß jemand, wo er sich aufhält?«

»Versuchen Sie's doch mal in seinem Freizeitklub«, schlug Ronald vor.

Allen Anwesenden war klar, dass er sich nicht in seinem Freizeitclub blicken lassen würde.

Ich legte meine Visitenkarte auf den Tisch. »Vielleicht denken Sie noch mal drüber nach.«

Ronald grinste. »Ich denke immer nur an das eine.«

Buah!

»Dieser Ronald ist ein Schleimbeutel«, sagte Lula, als wir wieder im Auto saßen. »Und er hat dich angeguckt, als wollte er dich zum Nachtisch verschlingen.«

Ich schauderte unwillkürlich, und wir fuhren los. Vielleicht hatten meine Mutter und Morelli ja Recht. Vielleicht sollte ich mir wirklich eine andere Arbeit suchen. Vielleicht sollte ich überhaupt nicht arbeiten. Ich könnte Morelli heiraten und eine perfekte Hausfrau werden, so wie meine Schwester Valerie. Ich würde mir ein paar Kinder zulegen und die Zeit damit herumbringen, in Malbüchern zu malen und meinen Kindern Geschichten über Dampfwalzen und kleine Bären vorzulesen.

»Das würde mir Spaß machen«, sagte ich zu Lula. »Ich hatte schon immer was für Dampfwalzen übrig.«

»Klar«, sagte Lula. »Wenn ich bloß wüsste, wovon du redest.«

»Über Kinderbücher. Kannst du dich noch an das Buch über die kleine Dampfwalze erinnern?«

»Ich hatte als Kind keine Bücher. Und wenn ich welche gehabt hätte, dann keine über Dampfwalzen, eher welche über Drogenbestecke.«

Ich kreuzte die Broad Street und begab mich zurück nach Burg. Ich wollte mit Angela Marguchi reden und mich, wenn es ging, noch mal in Eddies Haus umsehen. In den meisten Fällen konnte ich mich bei der Suche nach Kautionsflüchtlingen auf die Hilfe von Freunden und Verwandten des Betreffenden verlassen. Bei Eddie würde das vermutlich nicht funktionieren. Eddies Freunde und Verwandte hatten nicht die Gesinnung von Spitzeln.

Ich stellte den Wagen vor Angelas Haus ab und sagte Bob, es würde nur eine Minute dauern. Lula und ich waren auf halbem Weg zur Haustür, da fing Bob im Auto an zu bellen. Er hatte es nicht gern, wenn man ihn allein ließ. Und er wusste, dass mein Versprechen, es werde nur eine Minute dauern, eine Notlüge war.

»Der kann ja ganz schön laut bellen, der Hund«, stellte Lula fest. »Ich habe jetzt schon Kopfschmerzen.«

Angela steckte den Kopf durch die Tür. »Was soll der Krach?«

»Das ist nur Bob«, sagte Lula. »Er ist nicht gern allein im Auto.«

Angelas Miene hellte sich auf. »Ein Hund! Ach, ist der süß! Ich liebe Hunde!«

Lula machte die Autotür auf, und Bob sprang heraus. Er raste auf Angela zu, setzte seine Pfoten auf ihre Brust und stieß sie um. Angela landete auf dem Hintern.

»Sie haben sich doch nichts gebrochen, oder?«, fragte Lula sie und half ihr beim Aufstehen.

»Ich glaube nicht«, sagte Angela. »Ich habe einen Schrittmacher, der mich antreibt, und meine Hüften und Kniegelenke sind aus Edelstahl und Teflon. Ich muss nur aufpassen, dass ich nicht vom Blitz getroffen oder in einen Mikrowellenherd gesteckt werde.«

Bei der Vorstellung, Angela säße in einem Mikrowellenherd, fielen mir Hänsel und Gretel ein, denen ein ähnlicher Horror beschieden war. Das brachte mich darauf, dass Brotkrümel als Wegweiser ziemlich ungeeignet sind, was mich wiederum zu dem deprimierenden Eingeständnis führte, dass ich weit schlimmer dran war als Hänsel und Gretel, denn Eddie DeChooch hatte nicht einmal Brotkrümel hinterlassen.

»Eddie haben Sie wohl noch nicht wieder gesehen, oder?«, fragte ich Angela. »Ist er schon nach Hause gekommen?

Oder hat er angerufen und Sie gebeten, sich um seine Pflanzen zu kümmern?«

»Nein. Ich habe nichts von Eddie gehört. Wahrscheinlich der Einzige in ganz Burg, von dem ich nichts gehört habe. Mein Telefon steht nicht mehr still. Alle wollen wissen, was mit der armen Loretta passiert ist.«

»Hatte Eddie oft Besuch?«

»Er hatte ein paar Freunde. Ziggy Garvey und Benny Colucci. Und noch einige andere.«

»Ist jemand darunter, der einen weißen Cadillac fährt?«

»Eddie fährt einen weißen Cadillac. Sein Wagen ist im Eimer, da hat er sich den Cadillac von jemandem geliehen. Von wem, weiß ich nicht. Er hat ihn immer in der Zufahrtsstraße hinter der Garage abgestellt.«

»Hat Loretta Ricci ihn oft besucht?«

»Soweit ich weiß, war es das erste Mal, dass Loretta ihn besucht hat. Loretta ist ehrenamtliche Helferin bei der Einrichtung Essen auf Rädern für Senioren. Ich habe sie um die Abendessenszeit mit so einem Warmhaltekasten ins Haus gehen sehen. Wahrscheinlich hat ihr jemand gesagt, Eddie sei depressiv und würde sich nicht vernünftig ernähren. Vielleicht hat sich Eddie auch selbst bei der Einrichtung angemeldet. Obwohl ich mir das bei Eddie kaum vorstellen kann.«

»Haben Sie Loretta wieder aus dem Haus kommen sehen?«

»Nicht direkt, ich habe nur etwas später gesehen, dass das Auto weg war. Sie muss sich etwa eine Stunde im Haus aufgehalten haben.«

»Haben Sie Pistolenschüsse gehört?«, fragte Lula. »Dass ihr eine Kugel verpasst wurde? Dass sie geschrieen hat?«

»Schreie habe ich keine gehört«, sagte Angela. »Mom ist

taub wie eine Nuss. Sobald sie den Fernseher anstellt, kann man hier drin sein eigenes Wort nicht mehr verstehen. Und die Kiste läuft von sechs bis elf. Darf ich Ihnen etwas Kuchen anbieten? Ich habe gerade einen köstlichen Mandelring vom Bäcker geholt.«

Ich dankte Angela für das nette Angebot, sagte ihr aber, Lula, Bob und ich müssten jetzt an der Sache dranbleiben.

Wir gingen nach draußen und wandten uns gleich nach nebenan zur anderen Hälfte des Doppelhauses, die DeChooch gehörte. Der Zutritt war natürlich verboten, das Haus mit einem Band zur Sicherung des Tatorts abgesperrt, Teil laufender Ermittlungen. Polizei zur Bewachung des Hauses und des Schuppens war nicht mehr zu sehen, deswegen nahm ich an, dass sie bereits gestern eifrig alle Beweisstücke eingesammelt hatte.

»Wir sollten lieber nicht da reingehen, das Absperrband ist noch gespannt«, sagte Lula.

Ich pflichtete ihr bei. »Die Polizei mag so etwas nicht.«

»Gestern waren wir allerdings drin, und wir haben bestimmt im ganzen Haus Fingerabdrücke hinterlassen.«

»Willst du damit sagen, dass es dann egal wäre, ob wir heute wieder reingehen oder nicht?«

»Es wäre egal, wenn es keiner herausfinden würde«, sagte Lula.

»Ich besitze ja einen Schlüssel. Man könnte es also nicht unbedingt als Einbruch bezeichnen, was wir hier machen.« Das Problem war nur, dass ich den Schlüssel gestohlen hatte.

Außerdem habe ich als Kautionsdetektivin das Recht, die Wohnung eines Kautionsflüchtlings zu betreten, falls ein eindeutiger Verdacht vorliegt, dass sich die gesuchte Person dort aufhält. Sollte es hart auf hart kommen, würde mir schon ein stichhaltiger Grund einfallen. Mir ging vielleicht jedes Talent als Kopfgeldjägerin ab, dafür konnte ich es bestens vortäuschen.

»Du könntest wenigstens nachgucken, ob es wirklich Eddies Hausschlüssel ist«, schlug Lula vor. »Probier ihn doch mal aus.«

Ich führte den Schlüssel in das Schlüsselloch ein, und die Tür sprang auf.

»Scheiße«, sagte Lula. »Jetzt sieh dir an, was du angerichtet hast. Die Tür ist auf.«

Wir huschten in den finsteren Flur, und ich machte die Tür hinter uns zu und schloss sie wieder ab.

»Du stehst Schmiere«, sagte ich zu Lula. »Ich will bei der Arbeit nicht von der Polizei oder Eddie erwischt werden.«

»Verlass dich auf mich«, sagte Lula. »Schmierestehen ist meine Spezialität.«

Ich fing in der Küche an, kramte in allen Schränken und Schubladen, blätterte in dem Stapel Papiere auf der Ablage. Es war die Hänsel-und-Gretel-Nummer: Ausschau halten nach den Brotkrümeln, die mich auf eine Fährte bringen würden. Eine Telefonnummer, auf eine Papierserviette gekritzelt, ein Stadtplan mit einem dicken Pfeil, der auf ein Hotel zeigt, darauf hoffte ich. Stattdessen fanden sich nur die üblichen Utensilien, die sich in allen Küchen ansammeln. Eddie besaß Messer und Gabeln und Teller und Suppenschüsseln, einst von Mrs. DeChooch gekauft und ein Eheleben lang benutzt. In der Spüle stand kein schmutziges Geschirr. Alles war ordentlich in den Regalen untergebracht. Im Kühlschrank lagen nicht viele Lebensmittel, doch dafür war er besser sortiert als meiner. Ein halber Liter Milch, einige Scheiben Truthahnwurst aus Giovichinnis Metzgerei, Eier, ein Paket Butter, Gewürze. Ich knöpfte mir noch eine Gästetoilette im Erdgeschoss, das Esszimmer und das Wohnzimmer vor, spähte in den Garderobenschrank und fasste in alle Manteltaschen, während Lula durch einen Schlitz in der Wohnzimmergardine die Straße im Auge behielt.

Ich erklomm die Treppe und durchsuchte die Schlafzimmer, immer in der Hoffnung auf einen Brotkrümel. Alle Betten waren frisch bezogen. Auf dem Nachttisch im Eheschlafzimmer lag ein Kreuzworträtselheft, keine Brotkrümel. Ich verlegte mich aufs Badezimmer, blitzsauberes Waschbecken, blitzsaubere Badewanne. Die Hausapotheke zum Bersten voll, Darvon, Aspirin, siebzehn verschiedene Magentabletten, Schlafmittel, eine Dose Wick, Gebissreiniger, Hämorrhoidensalbe.

Das Fenster oberhalb der Badewanne war verschlossen. Ich stieg in die Badewanne und schaute hinaus. DeChoochs Fluchtweg erschien mir durchaus realistisch. Ich kletterte wieder aus der Badewanne heraus und musste in dem Moment an Loretta Ricci denken. Im ganzen Haus war keine Spur von ihr zu finden, kein Blutfleck, kein Hinweis, dass ein Kampf stattgefunden hatte. Alle Zimmer waren ungewöhnlich sauber und aufgeräumt. Das war mir gestern, als wir nach DeChooch gesucht hatten, auch schon aufgefallen.

Keine Notizen auf dem Block neben dem Telefon, keine Streichholzbriefchen achtlos auf die Küchenablage gepfeffert, keine Socken auf dem Fußboden, keine schmutzige Wäsche in dem Korb im Badezimmer. Wer weiß? Vielleicht entwickeln depressive alte Männer einen Sauberkeitsfimmel. Vielleicht hat DeChooch auch die ganze Nacht das Blut von allen Fußböden geschrubbt und dann Wäsche gewaschen. Unterm Strich jedenfalls kam heraus: Keine Brotkrümel.

Ich kehrte zurück ins Wohnzimmer und gab mir Mühe, keinen Flunsch zu ziehen. Es gab nichts mehr, wo ich hätte nachsehen können. Außer im Keller. Buah! In Häusern wie diesen sind Keller immer dunkel und gruselig, mit dröhnenden Heizungskesseln und spinnennetzverhangenen Holzlatten.

»Eigentlich müsste ich ja jetzt noch im Keller nachgucken«, sagte ich zu Lula.

»Mach nur«, sagte Lula. »Die Luft ist immer noch rein.«

Ich machte die Kellertür auf und drückte den Lichtschalter. Verkratzte Holzstufen, grauer Betonfußboden, spinnennetzverhangene Bretter und unheimliche Kellergeräusche. Meine Erwartungen wurden nicht enttäuscht.

»Stimmt irgendwas nicht?«, fragte Lula.

»Es ist gruselig.«

»Hmhm.«

»Ich trau mich nicht runterzugehen.«

»Ist doch bloß ein Keller«, stellte Lula fest.

»Dann geh du doch runter.«

»Ich doch nicht. Ich mag keine Keller. Da grusel ich mich immer so.«

»Hast du eine Pistole dabei?«

»Sehe ich so aus, als hätte ich keine dabei?«

Ich lieh mir Lulas Pistole aus und schlich die Kellertreppe hinunter. Keine Ahnung, was ich mit der Pistole machen sollte, vielleicht auf eine Spinne schießen.

Im Keller befanden sich eine Waschmaschine und ein Trockner, eine Aufhängeplatte für Werkzeuge, daran Schraubenzieher, Zangen, Hammer. Eine Werkbank mit einem Schraubstock. Die Werkzeuge sahen nicht so aus, als wären sie in letzter Zeit benutzt worden. In einer Ecke stapelten sich einige Pappkartons. Die Kisten waren verschlossen, aber nicht zugeklebt. Das verbrauchte Klebeband lag auf dem Boden. Ich glotzte in ein paar Kartons hinein, Weihnachtsschmuck, einige Bücher, ein Karton mit Kuchentellern und Schmortöpfen. Keine Brotkrümel.

Ich stieg die Treppe wieder hoch und machte die Kellertür zu. Lula sah immer noch aus dem Fenster.

»Oh, oh«, sagte sie.

»Wieso Oh, oh?« Dieses Oh, oh kann ich nicht ab!

»Ein Polizeiwagen ist gerade vorgefahren.«

»Scheiße.«

Ich schnappte mir Bobs Leine, und Lula und ich rannten zum Hinterausgang. Wir traten aus der Tür und krochen hinüber zu dem Vorbau, der Angelas Haushälfte als hintere Veranda diente. Lula brach Angelas Tür auf, und wir sprangen ins Haus.

Angela und ihre Mutter saßen bei Kaffee und Kuchen an ihrem kleinen Küchentisch.

»Hilfe! Polizei!«, schrie Angelas Mutter, als wir in den Raum platzten.

»Es ist doch nur Stephanie«, brüllte Angela ihre Mutter an. »Kennst du Stephanie noch?«

»Wer ist das?«

»Stephanie!«

»Was will sie?«

»Wir haben uns das mit dem Kuchen doch anders überlegt«, sagte ich, zog einen Stuhl an den Tisch heran und setzte mich.

»Was?«, schrie Angelas Mutter wieder. »Was?«

»Kuchen«, brüllte Angela als Antwort. »Sie möchten etwas von dem Kuchen haben.«

»Dann gib ihnen doch endlich was ab, Himmelherrgott noch mal, bevor sie uns erschießen.«

Lula und ich sahen auf die Pistole in meiner Hand.

»Steck die lieber weg«, sagte Lula. »Oder willst du, dass sich die alte Dame in die Hose macht?«

Ich gab Lula die Pistole und nahm mir ein Stück Kuchen.

»Keine Angst«, schrie ich. »Das ist nur eine Attrappe.«

»In meinen Augen sieht sie echt aus«, schrie Angelas Mutter. »Ich würde sagen, Kaliber 40, eine Glock, vierzehn Schuss. Damit könnte man einem gestandenen Mann ein großes Loch in den Schädel ballern. Früher bin ich selbst mit so einer rumgelaufen, aber als meine Augen nachließen, bin ich auf eine Schrotflinte umgestiegen.«

Wir zuckten zusammen, Carl Costanza klopfte an die Verandatür.

»Nur eine Routinekontrolle. Wir haben deinen Wagen draußen stehen sehen«, sagte Costanza zu mir und bediente sich von dem Stück Kuchen in meiner Hand. »Ich wollte nur sichergehen, dass du auch nicht auf dumme Gedanken kommst, zum Beispiel, den Tatort zu betreten.«

»Wer? Ich?«

Costanza lächelte mich an und ging mit meinem Kuchen weg.

Wir widmeten uns wieder der Kaffeetafel, die nun eine leere Kuchenplatte zierte.

»Ach, du Schreck«, sagte Angela. »Da hat doch eben noch eine ganze Torte gestanden. Wohin ist die denn so plötzlich verschwunden?«

Lula und ich wechselten viel sagende Blicke. An Bobs Schnauze klebte ein Stück vom Zuckerguss.

»Wir müssen sowieso jetzt gehen«, sagte ich und zerrte Bob zur Haustür. »Sagen Sie mir Bescheid, wenn Sie von Eddie DeChooch hören.«

»Das hat ja nicht viel gebracht«, stellte Lula fest, als wir wieder unterwegs waren. »Wir haben nichts über Eddie herausgefunden.«

»Er kauft seine Putenbrustscheiben bei Giovichinni«, sagte ich.

»Und? Was willst du damit sagen? Sollen wir unsere Köder jetzt mit Putenbrust versehen?«

»Nein. Ich will damit nur sagen, dass der Kerl sein ganzes Leben in Burg verbracht hat und dass er sich nicht woanders herumtreibt. Er ist hier im Ort und fährt mit einem weißen Cadillac durch die Gegend. So einer muss doch zu finden sein.« Wenn ich die Autonummer des Cadillacs hätte, wäre es leichter. Ich hatte schon meine Freundin Norma bei der Kraftfahrzeug-Zulassungsstelle angespitzt, aber es gab zu viele weiße Cadillacs im Land.

Ich setzte Lula am Büro ab und begab mich auf die Suche nach Mooner. Mooner und Dougie saßen für gewöhnlich den ganzen Tag vorm Fernseher und stopften dabei Käsecracker in sich rein. Leben taten die beiden vom Verkauf dubioser Konkursware. Irgendwann, so meine Vermutung, würde die ganze Ware in einem irren Feuer als Rauch gen Himmel aufsteigen, und Mooner und Dougie mussten mit weniger Luxus auskommen.

Ich stellte den Wagen vor Mooners Haus ab. Bob und ich marschierten zur Vorderveranda, und ich klopfte an die Haustür. Huey Kosa machte die Tür auf und grinste mich an. Huey Kosa und Zero Barth sind Mooners Mitbewohner, nette Typen, aber genau wie Mooner lebten sie irgendwie auf einem anderen Stern.

»Ej, Mann, ej«, sagte Huey.

»Ich wollte zu Mooner.«

»Der ist bei Dougie. Wäsche waschen und so. Dougster hat eine Waschmaschine. Dougster hat wirklich alles.«

Ich fuhr die kurze Strecke zu Dougies Haus mit dem Auto. Ich hätte auch zu Fuß gehen können, aber das gehört sich nicht in Jersey.

»Ej, Mann«, begrüßte mich Mooner, als ich mit den Fäusten gegen Dougies Tür haute. »Nett, dass man dich und Bob mal wieder sieht. Mi casa su casa. Na ja, eigentlich gehört das Haus ja Dougie, aber wie das auf Spanisch heißt, weiß ich nicht.«

Er trug wieder einen seiner Superman-Anzüge, diesmal einen grünen, ohne das eingestickte »M« auf der Brust, und sah damit eher aus wie GurkenMan und nicht wie MoonMan.

»Willst du wieder die Welt retten?«, fragte ich ihn.

»Nein. Nur meine Wäsche waschen.«

»Schon was von Dougie gehört?«

»Nein, Mann, ej. Nada.«

Von der Haustür gelangte man gleich ins Wohnzimmer, das spärlich möbliert war: Sofa, Sessel, Stehlampe und ein ziemlich großer Fernseher. Larry, Daryl und Daryl boten Bob Newhart auf dem großen Bildschirm eine Tüte überfahrener Tiere an.

»Es läuft gerade eine Bob-Newhart-Retro«, erklärte Mooner. »Es werden all die alten Klassiker gezeigt. Wahnsinn.«

»Ach so«, sagte ich und sah mich im Zimmer um. »Ist Dougie vorher schon mal einfach so verschwunden?«

»Nicht seit ich ihn kenne.«

»Hat Dougie eine Freundin?«

Mooner sah mich verdutzt an, als ginge die Frage über seinen Horizont.

»Eine Freundin?«, murmelte er schließlich. »Wow. Dougster mit Freundin, das kann ich mir gar nicht vorstellen. Jedenfalls habe ich ihn noch nie mit einer Freundin zusammen gesehen.«

»Und mit einem Freund?«

»Ich glaube, so einen hat er auch nicht. Dougster ist eher, hm, selbstgenügsam.«

»Also gut, versuchen wir es mal andersrum. Wo wollte Dougie hin, als er ging?«

»Hat er nicht gesagt.«

»Ist er mit dem Auto gefahren?«

»Ja. Mit dem Batmobil.«

»Wie sieht das Batmobil eigentlich aus?«

»Wie eine schwarze Corvette. Ich bin schon rumgefahren und habe alles abgesucht, aber ich habe nichts gefunden.«

»Melde es lieber gleich der Polizei.«

»Auf gar keinen Fall. Dougster wäre ganz schön angeschmiert mit seiner Kaution.«

Irgendwie passte mir das alles nicht. Mooner machte einen nervösen Eindruck, ein seltener Anblick bei ihm. Normalerweise ist Mooner die Ruhe in Person.

»Irgendwas geht doch da vor«, sagte ich. »Verheimlichst du mir was?«

»Nichts, Mann, ej. Ich schwöre.«

Es ist voll daneben, aber ich mag Dougie ganz gern. Er ist ein Trottel und Gauner, aber er ist ein liebenswerter Trottel und Gauner. Jetzt wurde er also vermisst, und ich hatte ein flaues Gefühl im Magen.

»Was ist mit Dougies Familie? Hast du mal mit einem von denen gesprochen?«, fragte ich.

»Nein, ej, Mann, ej. Die wohnen alle irgendwo in Arkansas. Dougster hat nie viel über die erzählt.«

»Gibt es hier im Haus ein Telefonbuch?«

»Ich habe nie eins gesehen. Wenn eins hier ist, dann höchstens in seinem Zimmer.«

»Bleib hier unten und pass auf, dass Bob nichts frisst. Ich schaue mal in Dougies Zimmer nach.«

Oben befanden sich drei kleine Schlafzimmer. Ich war schon mal da gewesen, ich wusste also, welches Zimmer Dougie gehörte. Und ich wusste auch, was mich in puncto Inneneinrichtung erwartete. Dougie verschwendete keine Zeit mit den niederen Pflichten des Haushalts. Diverse Kleidungsstücke lagen verstreut auf dem Boden seines Zimmers, das Bett war ungemacht, und die Kommode war übersät mit Papierschnipseln, Mädchenzeitschriften, Tellern mit fest angetrockneten Essensresten, mehreren Tassen und einem Modell des Raumschiffs Enterprise.

Am Bett stand zwar ein Telefon, ein Adressverzeichnis lag jedoch nicht daneben, nur ein gelber Notizblock. Jede Menge Namen und Telefonnummern waren darauf verzeichnet, wild durcheinander, einige von Kaffeeflecken verwischt. Ich überflog eine Seite und stellte rasch fest, dass einige Krupers in Arkansas aufgelistet waren, keiner in Jersey. Ich wühlte in dem Kram auf der Kommode und spähte aus purer Neugier in seinen Kleiderschrank.

Keine Spur. Nichts.

Eigentlich gab es keinen vernünftigen Grund, auch in den anderen beiden Zimmern nachzuschauen, aber ich bin von Natur aus neugierig. Bei dem zweiten Schlafzimmer handelte es sich um ein spartanisch eingerichtetes Gästezimmer. Das Bett war zerwühlt, wahrscheinlich übernachtete Mooner hier gelegentlich. Das dritte Schlafzimmer war bis an die Decke voll bepackt mit geklauter Ramschware. Kartons voller Toaster, Telefone, Wecker, stapelweise T-Shirts und weiß der Kuckuck was noch alles. Dougie hatte wieder mal zugeschlagen.

»Mooner!«, rief ich. »Komm her! Sofort!«

»Boah!«, entfuhr es Mooner, als er mich in der Tür zum dritten Schlafzimmer stehen sah. »Wo kommt denn das ganze Zeug auf einmal her?«

»Ich dachte, Dougie hätte mit der Hehlerei Schluss gemacht.«

»Ej, Mann, ej, er konnte nicht anders. Ich schwöre, er hat's versucht, aber es steckt ihm im Blut. Als wäre er zum Hehler geboren.«

Jetzt konnte ich mir auch Mooners Nervosität besser erklären. Dougie hatte sich wieder mit irgendwelchen üblen Kunden eingelassen. Nichts gegen üble Kunden, wenn alles gut läuft. Wenn es dazu führt, dass der eigene Freund von der Bildfläche verschwindet, sind sie ein Grund zur Besorgnis.

»Weißt du, woher diese Kartons stammen? Weißt du, mit wem Dougie zusammengearbeitet hat?«

»Ich habe nicht den geringsten Schimmer. Er bekam einen Telefonanruf, und dann stand auch schon ein Lastwagen in der Einfahrt, und wir kriegten diesen ganzen Warenbestand geliefert. Ich war etwas abgelenkt, weil gerade Rocky und Bullwinkle im Fernsehen kamen, und du weißt ja, wie schwierig es ist, sich von dem alten Rocky loszureißen.«

»Hatte Dougie Schulden? War irgendwas faul an der Sache?«

»Schien mir nicht so. Ich hatte das Gefühl, er war richtig gut drauf. Er meinte, der Kram ließe sich gut verhökern. Außer den Toastern. He, brauchst du einen Toaster?«

»Wie viel soll er kosten?«

»Zehn Dollar.«

»Abgemacht.«

Ich hielt kurz bei Giovichinni, ein paar Grundnahrungsmittel einkaufen, danach hetzten Bob und ich zum Mittagessen nach Hause. Beim Aussteigen klemmte ich den Toaster unter den einen, die Einkaufstüte unter den anderen Arm.

Wie aus dem Nichts nahmen plötzlich Benny und Ziggy Gestalt neben mir an.

»Darf ich Ihnen Ihre Einkaufstüte abnehmen?«, fragte Ziggy. »Eine Dame wie Sie sollte so schwere Tüten nicht allein tragen.«

»Was haben wir denn da? Einen Toaster«, sagte Benny, nahm mir das Gerät ab und sah sich den Verpackungskarton an. »Auch noch einen richtig guten, mit diesen extrabreiten Schlitzen für Muffins.«

»Danke, es geht schon«, sagte ich, aber sie hatten sich bereits die Tüte und den Toaster gepackt und waren im Nu ein paar Schritte vor mir an der Haustür.

»Wir haben uns gedacht, wir kommen mal vorbei und gucken nach, wie es so läuft«, sagte Benny und drückte den Aufzugknopf. »Hatten Sie Glück bei Ihrer Suche nach Eddie?«

»Ich habe ihn bei Stiva gesehen, aber er ist mir entwischt.«

»Ja, davon haben wir gehört. Bitter, so etwas.«

Ich schloss auf, und die beiden übergaben mir die Tüte und den Toaster und warfen einen verstohlenen Blick in meine Wohnung.

»Sie haben Eddie nicht zufällig hier versteckt, oder?«, wollte Ziggy wissen.

»Nein!«

Ziggy zuckte die Achseln. »War nur eine vage Vermutung.«

»Wer nicht wagt, der nicht gewinnt«, stellte Benny fest.

Dann waren sie auch schon wieder weg.

»Man braucht offenbar keinen Intelligenztest zu bestehen, um in die Verbrecherwelt aufgenommen zu werden«, sagte ich zu Bob.

Ich schloss den neuen Toaster an und steckte zwei Brotscheiben in die Schlitze. Bob schmierte ich Erdnussbutter auf normales Brot, für mich etwas auf die Toastscheiben. Schweigend, im Stehen verzehrten wir unsere Sandwichs und genossen einfach den Augenblick.

»Solange man Brot und Erdnussbutter hat«, sagte ich zu Bob, »ist das Hausfrauendasein gar nicht so schlimm.«

Ich rief meine Freundin Norma bei der Kraftfahrzeug-Zulassungsstelle an und erhielt das Kennzeichen von Dougies Corvette. Danach rief ich Morelli an, nur so, weil ich wissen wollte, ob er schon irgendwas herausgefunden hatte.

»Der Autopsiebericht im Fall Loretta Ricci ist noch nicht da«, sagte Morelli. »DeChooch ist noch nicht geschnappt, und Kruper ist auch noch nicht angeschwemmt worden. Jetzt bist du am Zug, Pilzköpfchen.«

Na, toll.

»Dann sehen wir uns also heute Abend«, sagte Morelli. »Ich hole dich und Bob um halb sechs ab.«

»In Ordnung. Ist irgendwas Besonderes?«

Schweigen in der Leitung. »Ich dachte, wir sind bei deinen Eltern zum Essen eingeladen.«

»Oh, Mist! Verdammt! Scheiße!«

»Vergessen, hm?«

»Ich war gestern erst da.«

»Heißt das, wir brauchen nicht hinzugehen?«

»Wenn das so einfach wäre.«

»Ich hole dich um halb sechs ab«, sagte Morelli und legte auf.

Ich mag meine Eltern gern. Ehrlich. Sie machen mich bloß wahnsinnig. Da wären zum Beispiel meine Schwester Valerie und ihre beiden perfekten Kinder. Zum Glück wohnen sie in Los Angeles, ihre Perfektheit wird also durch die Entfernung in gewisser Weise geschmälert. Und dann wäre da mein beängstigend ungeklärter Familienstand, den endgültig zu regeln meine Mutter sich berufen fühlt. Ganz zu schweigen von meinem Job, meiner Kleidung, meinen Essgewohnheiten, meinen Kirchgängen, besser gesagt, den ausbleibenden.

»Also, Bob«, sagte ich. »Wird Zeit, dass wir uns wieder an die Arbeit machen. Fahren wir in der Gegend rum.«

Ich wollte die Nachmittagsstunden nutzen und auf Autosuche gehen. Es galt, einen weißen Cadillac und ein Batmobil zu finden. Fang in Burg an, überlegte ich, und erweitere dann das Operationsgebiet. Im Geist ging ich eine Liste mit Restaurants und Diners durch, die Senioren mit Essen belieferten und Sonderangebote für Frühaufsteher hatten. Die Diners würde ich mir bis zum Schluss aufheben und gucken, ob irgendwo der weiße Cadillac auftauchte.

Rex warf ich ein Stück Brot in den Käfig und sagte ihm, ich sei gegen fünf wieder daheim. Ich hielt schon Bobs Leine in der Hand und wollte gerade aufbrechen, da klopfte es an meine Tür. Es war der Blumenlieferservice StateLine Florist.

»Herzlichen Glückwunsch«, sagte der Junge, überreichte mir eine Vase mit Blumen und ging wieder.

Es war komisch, denn mein Geburtstag ist im Oktober, und jetzt hatten wir April. Ich stellte die Vase auf der Küchenablage ab und las die beigefügte Karte.

Rosen sind rot.
Veilchen sind blau.
Wegen dir steht er mir,
du weißt es genau.

Unterschrieben von Ronald DeChooch. Schlimm genug, dass er mir in dem Freizeitklub so einen Schreck eingejagt hatte, jetzt schickte er mir auch noch Blumen.

4

»Ihh! Wie eklig!« Ich riss die Blumen aus der Vase und wollte sie wegwerfen, aber ich brachte es nicht übers Herz. Mir fiel es ja schon schwer, verwelkte Blumen wegzuwerfen, umso schwerer war es also, wenn die Blumen frisch und hübsch und unschuldig waren. Ich ließ die Karte zu Boden fallen und trampelte auf ihr herum. Dann riss ich sie in kleine Fetzen und schleuderte sie in den Mülleimer. Die Blumen standen immer noch auf der Ablage, glücklich und zufrieden, aber sie jagten mir Angst ein. Ich nahm die Vase und stellte sie vorsichtig nach draußen in den Hausflur. Dann sprang ich zurück in die Wohnung und verschloss die Tür, blieb ein paar Herzschläge lang stehen und versuchte herauszufinden, wie es mir dabei ging.

»Na gut, ich kann damit umgehen«, sagte ich zu Bob.

Bob sah nicht so aus, als hätte er eine Meinung dazu.

Ich schnappte mir eine Jacke vom Kleiderhaken im Flur; Bob und ich huschten an dem Blumenstrauß vorbei, die Treppe hinunter, nach draußen zum Auto.

Nach einer halben Stunde Herumkurverei in Burg kam ich zu dem Schluss, dass es eine blöde Idee war, nach dem Cadillac zu suchen. Ich hielt in der Roebling Street und wählte Connies Nummer auf meinem Handy.

»Schon irgendwas von irgendwem gehört?«, fragte ich. Connie war mit der halben Unterwelt in Jersey verwandt.

»Dodie Carmine hat sich ihre Titten operieren lassen.«

Das war klatschmäßig erste Sahne, aber nicht das, was ich hören wollte. »Sonst noch was?«

»Du bist nicht die Einzige, die hinter DeChooch her ist. Onkel Bingo hat mich angerufen und gefragt, ob wir unsere Angel ausgeworfen hätten. Dann hat mich meine Tante Flo angerufen und mir erzählt, dass irgendwas schief gelaufen ist in Richmond, als DeChooch wegen der Zigaretten runtergefahren ist. Mehr wusste sie auch nicht.«

»In dem Verhaftungsprotokoll steht, DeChooch sei bei der Festnahme allein gewesen. Ziemlich unwahrscheinlich, dass er keinen Partner gehabt hat.«

»Soweit ich weiß, hat er das allein durchgezogen. Hat das Geschäft in die Wege geleitet, einen Lastwagen gemietet und ist nach Richmond gefahren.«

»Ein blinder alter Tattergreis fährt wegen ein paar Glimmstängeln nach Richmond?«

»Du hast es erfasst.«

Metallica dröhnte volle Pulle aus dem Autoradio. Bob hockte auf dem Beifahrersitz und hatte seine Freude an Lars, dem Schlagzeuger der Band. Und ich hatte plötzlich einen verstörenden Gedanken.

»DeChooch wurde also zwischen hier und New York verhaftet.«

»Ja, auf der Raststätte in Edison.«

»Wäre es möglich, dass er einige Zigaretten hier in Burg abgeladen hat?«

Es herrschte einen Moment Schweigen. »Du denkst jetzt bestimmt an Dougie Kruper, oder?«, fragte Connie.

Ich klappte das Handy zu, gab Gas und raste zu Dougster. Ich klopfte erst gar nicht an, als Bob und ich vor der Tür standen, wir stürmten gleich ins Haus.

»He«, begrüßte uns Mooner, gemächlich aus der Küche spazierend, in der einen Hand einen Löffel, in der anderen eine offene Konservendose. »Ich esse gerade zu Mittag. Willst du auch was von dem orange-braunen Zeug aus der Dose? Ich habe genug da. Shop & Bag hat eine Verkaufsaktion für Dosen ohne Etiketten, zwei Stück zum Preis von einer.«

Ich war die Treppe schon halb hochgerannt. »Nein, danke. Ich will mir noch mal Dougies Warenlager ansehen. Hat er noch mehr als nur diese eine Fracht bekommen?«

»Ja. Vor ein paar Tagen hat so ein alter Typ einige Kisten geliefert. Nichts Besonderes. Nur ein paar Kisten.«

»Weißt du, was in den Kisten drin ist?«

»Qualitätsglimmstängel. Willst du welche haben?«

Ich bahnte mir meinen Weg durch die Hehlerware im dritten Schlafzimmer und entdeckte die Kiste mit Zigaretten. Verdammt.

»Das ist aber gar nicht gut«, sagte ich zu Mooner.

»Ich weiß. Die bringen einen um. Gras bekommt einem besser.«

»Superhelden rauchen kein Gras«, sagte ich.

»Unmöglich!«

»Ehrlich. Wenn man Drogen nimmt, kann man kein Superheld sein.«

»Als Nächstes behauptest du noch, sie würden auch kein Bier trinken.«

Schwere Frage. »Bei Bier weiß ich es nicht so genau.«

»Reinfall.«

Ich versuchte mir Mooner im nüchternen Zustand vorzustellen, aber da versagte meine Phantasie. Würde er auf einmal nur noch im dreiteiligen Anzug herumlaufen? Würde er die Republikaner wählen?

»Du musst das Zeug loswerden«, sagte ich.

»Meinst du, ich soll es verkaufen?«

»Nein. Du sollst es loswerden. Wenn die Polizei herkommt, wirst du wegen Aneignung fremden Eigentums angezeigt.«

»Die Polizei ist andauernd hier. Die zählt zu Dougies besten Kunden.«

»Ich meine, wenn sie in offizieller Angelegenheit herkommt. Im Rahmen der Ermittlungen, um Dougies Verschwinden aufzuklären.«

»Ach so«, sagte Mooner.

Bob beäugte die Dose in Mooners Hand. Das Zeug darin sah mir ganz nach Hundefutter aus. Natürlich kann bei einem Hund wie Bob alles zu Hundefutter mutieren. Ich schob Bob aus dem Zimmer, und wir gingen nach unten.

»Ich muss ein paar Leute anrufen«, sagte ich zu Mooner. »Ich sag dir Bescheid, wenn sich irgendwas ergibt.«

»Ja. Und ich?«, fragte Mooner. »Was soll ich machen? Soll ich – irgendwie helfen?«

»Du musst das Zeug im Schlafzimmer loswerden.«

Die Blumen standen immer noch im Hausflur, als Bob und ich aus dem Aufzug traten. Bob schnüffelte an dem Strauß und genehmigte sich eine Rose. Ich zog ihn hinter mir her in die Wohnung und hörte als Erstes die Nachrichten auf dem Anrufbeantworter ab. Beide waren von Ronald. Hoffentlich gefallen Ihnen die Blumen, lautete die erste, die haben mich eine Stange Geld gekostet. In der zweiten schlug er vor, wir sollten uns treffen, weil zwischen uns was laufen würde.

So ein Quatsch.

Ich schmierte mir noch ein Erdnussbuttersandwich, um den Gedanken an Ronald loszuwerden. Bob bekam auch ein Sandwich. Dann nahm ich das Telefon mit ins Wohnzimmer und rief alle mit Namen Kruper an, die auf dem gelben Zettel standen. Ich sagte, ich sei eine Freundin und auf der Suche nach Dougie. Als mir Dougies Adresse in Burg genannt wurde, tat ich überrascht, dass er wieder nach Jersey zurückgekehrt sei. Ich wollte Dougies Verwandte nicht unnötig aufregen.

»Dieser Rundruf war die absolute Fehlanzeige«, sagte ich zu Bob. »Was jetzt?«

Ich hätte mit einem Foto von Dougie hausieren gehen können, aber die Chancen, dass sich jemand an ihn erinnerte, reichten von dünn gesät bis nicht vorhanden. Ich hatte ja schon Schwierigkeiten, mich an Dougie zu erinnern, wenn ich direkt vor ihm stand. Ich erkundigte mich nach seiner Kreditwürdigkeit und fand heraus, dass er eine Master Card besaß. Damit ließen sich Dougies Kontenbewegungen rekonstruieren, mehr nicht. Alles darüber hinaus war Terra incognita. Ich hatte Freunde, Verwandte und Geschäftskonten überprüft. Damit erschöpfte sich im Wesentlichen mein Rüstzeug. Schlimmer noch, ich hatte so ein hohles, flaues Gefühl im Magen. Das Gefühl, das mir sagte, dass irgendwas nicht stimmte. Natürlich wollte ich nicht, dass Dougie tot war, aber ich hatte auch keinen Beweis, dass er lebte.

Ist doch albern, redete ich mir ein. Dougie trödelt gerne in der Gegend rum. Weiß der Himmel, wo der steckt. Kann sein, er pilgert gerade nach Graceland, spielt Blackjack in Atlantic City oder verliert seine Jungfräulichkeit an eine Kassiererin der Spätschicht im 7-Eleven.

Und das hohle, flaue Gefühl im Magen ist vielleicht nur Hunger. Klar, natürlich! Was sonst! Nur gut, dass ich ein paar Tastykakes bei Giovichinni gekauft hatte. Ich holte den Kuchen hervor und gab Bob das Stück Kokosschichttorte, ich aß dafür die Karamellkrapfen.

»Und?«, fragte ich Bob. »Geht es dir jetzt besser?«

Mir jedenfalls ging es besser. Nach einem Stück Kuchen geht es mir immer besser. Mir ging es sogar so gut, dass ich beschloss, wieder loszuziehen und mich auf die Suche nach Eddie DeChooch zu machen, diesmal in einem anderen Viertel. Diesmal wollte ich Ronalds Viertel absuchen. Ich wusste ja, dass er nicht zu Hause war, das war ein zusätzlicher Anreiz.

Bob und ich durchquerten die ganze Stadt bis zur Cherry Street. Die Cherry Street ist eine Art Wohnenklave im nordöstlichen Zipfel von Trenton. Das Viertel besteht hauptsächlich aus Zweifamilienhäusern auf kleinen Grundstücken, und die Stimmung ist ein bisschen so wie in Burg. Es war später Nachmittag. Die Schule war aus. In den Wohnzimmern und Küchen liefen die Fernseher. Auf dem Herd köchelte der Eintopf.

Ich kroch im Schritttempo an Ronalds Haus vorbei, hielt Ausschau nach dem weißen Cadillac, nach Eddie DeChooch. Es war ein Einfamilienhaus mit einer roten Backsteinfassade, nicht so protzig wie das von Joyce mit den Säulen, aber auch nicht gerade besonders geschmackvoll. Das Garagentor war geschlossen. In der Einfahrt stand ein Minivan. Der gepflegte Vorgarten war um eine blau-weiße und etwa einen Meter hohe Statue der Jungfrau Maria herum angelegt. Sie sah gefasst und mit sich im Reinen aus in ihrem Gipsschrein. Das konnte ich von mir in meinem Fiberglas-Honda nicht behaupten.

Bob und ich gondelten die Straße entlang, spähten in Einfahrten hinein, angestrengt nach schemenhaften Gestalten suchend, die sich hinter sauberen Gardinen bewegten. Zweimal fuhren wir die Cherry Street ab, dann nahmen wir uns den Rest des Viertels vor, unterteilten es in Planquadrate. Wir entdeckten viele große alte Autos, aber wir sahen keinen großen alten Cadillac, und Eddie DeChooch sahen wir auch nicht.

»Nichts unversucht lassen«, sagte ich zu Bob, ein Rechtfertigungsversuch für die verschwendete Zeit.

Bob sah mich mit einem Blick an: *Wie du willst.* Er steckte den Kopf durchs Fenster und sah sich nach süßen Minipudeln um.

Ich bog in die Olden Avenue, Richtung Heimat. Gerade wollte ich die Greenwood kreuzen, da glitt Eddie DeChooch in seinem weißen Caddy vorbei, in die entgegengesetzte Richtung.

Mitten auf der Kreuzung vollführte ich eine Kehrtwende. Die Rushhour stand bevor, und es fuhren viele Autos auf der Straße. Zu dutzenden lehnten sich die Fahrer aus dem Fenster, hupten und machten mir Zeichen mit der Hand. Ich drängelte mich in den Verkehrsstrom und versuchte gleichzeitig, Eddie im Blickfeld zu behalten. Er war etwa zehn Autos weiter vorne. Ich sah, wie er den Wagen in die State Street lenkte, Richtung Innenstadt. Als ich die Kehrtwende endlich geschafft hatte, hatte ich Eddie aus den Augen verloren.

Ich kam nach Hause, und zehn Minuten später schellte Joe an der Tür.

»Was haben denn die Blumen draußen im Treppenhaus zu bedeuten?«, wollte er wissen.

»Die hat Ronald DeChooch mir geschickt. Mehr will ich dazu nicht sagen.«

Morelli sah mich eine Sekunde an. »Muss ich ihn erschießen?«

»Er leidet unter der Einbildung, dass wir beide uns zueinander hingezogen fühlen.«

»Unter der Einbildung leiden viele.«

Bob trottete zu Morelli und stupste ihn an, um seine Aufmerksamkeit zu erlangen. Morelli umarmte Bob und streichelte ihm übers Fell. Der Glückspilz.

»Ich habe Eddie heute gesehen«, sagte ich.

»Und?«

»Ich habe ihn wieder aus den Augen verloren.«

Morelli grinste. »Berühmte Kopfgeldjägerin lässt alten Kerl entwischen – zweimal.« Er schloss die Lücke zwischen uns und schlang seine Arme um mich. »Brauchst du Trost?«

»An was hast du gedacht?«

»Wie viel Zeit haben wir?«

Ich stieß einen Seufzer aus. »Es reicht nicht.« Wehe, ich kam fünf Minuten zu spät zum Abendessen nach Hause: Die Spagetti wären labbrig, das Schmorfleisch wäre trocken, und alles wäre meine Schuld. Ich hätte allen das Abendessen verdorben. Wieder mal. Meine perfekte Schwester Valerie dagegen hatte uns nie ein Abendessen verdorben. Meine Schwester Valerie war so klug, tausende Kilometer weit weg zu ziehen, ans andere Ende des Landes. Das nenne ich perfekt.

Meine Mutter machte Joe und mir die Tür auf, und Bob, mit schlappenden Ohren und strahlenden Augen, sprang sofort ins Haus.

»Ach, ist er nicht niedlich?«, sagte Grandma. »Zum Knuddeln.«

»Stell den Kuchen oben auf den Kühlschrank«, sagte meine Mutter. »Und wo ist das Schmorfleisch? Lass den Hund ja nicht in die Nähe von dem Schmorfleisch.«

Mein Vater saß bereits am Tisch, den Blick auf das Schmorfleisch gerichtet, das Endstück des Fleischklopses im Visier.

»Was ist denn nun mit der Hochzeit?«, fragte Grandma, als wir alle am Tisch saßen und in unserem Essen herumstocherten. »Ich war gerade im Schönheitssalon, und die Mädchen wollten den Termin wissen. Und ob wir schon einen Saal gemietet hätten. Marilyn Biaggi wollte damals für den Polterabend ihrer Tochter Carolyn die Feuerwache haben, aber die war für den Rest des Jahres ausgebucht.«

Meine Mutter sah heimlich auf meinen Ringfinger. Es steckte immer noch kein Ring daran. Genau wie gestern. Meine Mutter presste die Lippen zusammen und schnitt ihre Scheibe Fleisch in kleine Stücke.

»Wir überlegen noch einen Termin«, sagte ich, »aber wir haben uns noch für keinen festen entschieden.« Eine faustdicke Lüge. Wir hatten noch nie über einen Termin gesprochen. Jedes Gespräch über einen möglichen Termin hatten wir wie die Pest gemieden.

Morelli legte einen Arm um meine Schultern. »Steph hat vorgeschlagen, die Hochzeit sausen zu lassen und einfach so zusammenzuleben, aber ich halte das für keine gute Idee.« Auch Morelli konnte lügen, dass sich die Balken bogen, und manchmal hatte er einen üblen Sinn für Humor.

Meine Mutter atmete geräuschvoll ein und spießte ein Stück Fleisch so heftig auf, dass ihre Gabel klirrend gegen das Porzellan stieß.

»Das soll ja heutzutage modern sein, habe ich gehört«, sagte Grandma. »Ich kann darin nichts Schlimmes entdecken. Wenn ich Lust hätte, mit einem Mann in eine Bude zu ziehen, würde ich das auch einfach machen. Was bedeutet schon so ein blödes Stück Papier? Ich wäre sogar mit Eddie DeChooch zusammengezogen, aber sein Penis ist nicht ganz funktionstüchtig.«

»Du lieber Himmel«, sagte mein Vater.

»Ich will damit nicht sagen, dass mich an einem Mann nur der Schwanz interessiert«, fügte Grandma hinzu, »aber das zwischen Eddie und mir war nur eine körperliche Anziehung. Wenn's ans Reden ging, hatten wir uns nicht viel zu sagen.«

Meine Mutter schlug sich an die Brust, als wollte sie sich erdolchen. »Ich halt's nicht aus. Ihr bringt mich noch ins Grab«, sagte sie. »Wäre ich doch schon tot, das wäre einfacher.«

»Das sind nur die Wechseljahre«, flüsterte Grandma Joe und mir zu.

»Das sind nicht die Wechseljahre!«, kreischte meine Mutter. »Du bist schuld! Du machst mich verrückt!« Sie zeigte mit dem Finger auf meinen Vater. »Und du machst mich auch verrückt! Und du auch!«, fauchte sie mich an. »Ihr alle macht mich verrückt! Einmal nur möchte ich ein Abendessen erleben ohne Gespräche über Geschlechtsteile oder über Außerirdische oder Schießereien. Und ich möchte Enkelkinder haben. Ich möchte, dass sie nächstes Jahr hier an diesem Tisch sitzen, und es sollen keine unehelichen Enkelkinder sein. Meint ihr vielleicht, ich würde ewig leben? Bald bin ich tot, und dann tut es euch Leid.«

Wir saßen mit heruntergeklappten Kinnladen da, wie gelähmt. Keiner sagte einen Ton, geschlagene sechzig Sekunden lang.

»Wir heiraten im August«, platzte ich hervor. »In der dritten Augustwoche. Es sollte eine Überraschung sein.«

Die Miene meiner Mutter hellte sich auf. »Wirklich? In der dritten Augustwoche?«

Nein. Es war die pure Erfindung. Ich weiß auch nicht, wieso ich plötzlich darauf kam. Es war mir einfach so rausgerutscht. In Wahrheit war meine Verlobung eher eine lockere

Angelegenheit. Der Heiratsantrag war nämlich zu einem Zeitpunkt erfolgt, als der Wunsch, den Rest unseres Lebens gemeinsam zu verbringen, von dem Wunsch, den Sex auf eine regelmäßige Basis zu stellen, kaum zu unterscheiden war. Da sich mein Sexualtrieb im Vergleich zu Morellis bescheiden ausnimmt, spricht er sich in der Regel eher für eine Ehe aus als ich. Wir waren gebunden, um uns zu binden, ich glaube, die Formulierung wäre treffender gewesen. Für uns ein unbehaglicher Umstand, denn er bleibt so vage, dass er Morelli und mich davon entbindet, eine Ehe ernsthaft in Erwägung zu ziehen – solche Erwägungen führen im Allgemeinen sowieso nur zu gegenseitigem Anschreien und Türenknallen.

»Hast du dir schon mal Kleider angeschaut?«, fragte Grandma. »Bis August bleibt nicht mehr viel Zeit. Du brauchst ein Hochzeitskleid. Und dann die Blumen und der Empfang. Und ein Termin in der Kirche muss auch ausgemacht werden. Hast du in der Kirche mal nachgefragt?« Grandma sprang vom Stuhl auf. »Ich muss sofort Betty Szajack und Marjorie Swit anrufen und ihnen die Neuigkeit erzählen.«

»Nein! Warte!«, sagte ich. »Es ist nicht offiziell.«

»Nicht offiziell? Was soll das heißen?«, fragte meine Mutter.

»Es wissen nicht viele Leute.« Joe zum Beispiel nicht.

»Und Joes Oma?«, fragte Grandma. »Weiß die Bescheid? Joes Oma möchte ich nicht über den Weg laufen. Sonst verhext die uns noch alles.«

»Kein Mensch kann hexen«, sagte meine Mutter. »Hexerei gibt's nicht.« Noch während sie das sagte, konnte ich beobachten, wie sie den Drang sich zu bekreuzigen unterdrückte.

»Außerdem«, stellte ich klar, »will ich kein riesiges Hochzeitsfest mit Hochzeitskleid und so. Ich will… eine Grillparty.« Unglaublich, was ich da von mir gab. Schlimm genug, dass ich meinen Hochzeitstermin verkündet hatte, jetzt hatte ich auch schon alles Weitere geplant. Eine Grillparty! Ausgerechnet! Als hätte ich jede Kontrolle über mein Mundwerk verloren.

Ich sah zu Joe und formte unhörbar mit den Lippen das Wort *Hilfe*.

Joe grinste bloß. *Das hast du ganz allein zu verantworten, meine Liebe,* gab er mir stillschweigend zu verstehen.

»Da werde ich aber erleichtert sein, wenn du glücklich verheiratet bist«, sagte meine Mutter. »Meine beiden Mädchen – glücklich verheiratet.«

»Da fällt mir ein«, sagte Grandma zu meiner Mutter, »gestern Abend, als du gerade einkaufen warst, hat Valerie angerufen. Sie hat irgendwas von Verreisen erzählt, aber ich habe nicht ganz herausbekommen, um was es ging, weil im Hintergrund so viel Geschrei war.«

»Was denn für ein Geschrei?«

»War bestimmt nur der Fernseher. Valerie und Steven schreien sich nie an. Die beiden sind das perfekte Paar. Und die Mädchen sind perfekte kleine Damen.«

Würg!

»Hat sie gesagt, ich soll zurückrufen?«, fragte meine Mutter.

»Davon war nicht die Rede. Irgendwas ist dazwischengekommen, und wir wurden unterbrochen.«

Grandma richtete sich in ihrem Stuhl auf. Von ihrem Platz aus konnte sie durchs Wohnzimmer nach draußen auf die Straße blicken, und etwas hatte ihre Aufmerksamkeit erregt.

»Vor unserem Haus hält ein Taxi«, sagte sie.

Wir reckten die Hälse, um das Taxi zu sehen. In Burg ist ein Taxi, das vor einem Haus hält, eine große Attraktion.

»Du liebe Güte!«, sagte Grandma. »Ich könnte schwören, dass das Valerie ist, die aus dem Taxi steigt.«

Wir sprangen alle von unseren Sitzen und gingen zur Tür, da stürzten meine Schwester und ihre Kinder auch schon ins Haus.

Valerie ist zwei Jahre älter als ich und drei Zentimeter kleiner. Wir haben beide lockiges braunes Haar, nur hat Valerie ihr Haar blond gefärbt und trägt es kurz, à la Meg Ryan. Anscheinend ist das üblich in Kalifornien.

Als wir noch klein waren, aß Valerie gerne Vanillepudding, sie hatte gute Schulnoten, und ihre weißen Turnschuhe waren immer sauber. Ich aß gerne Schokoladenkuchen, der Hund fraß meine Schulhefte, und meine Knie waren immer aufgeschlagen.

Valerie heiratete direkt nach ihrem Collegeabschluss und wurde gleich schwanger. Eigentlich bin ich neidisch. Ich heiratete auch und ließ mich gleich wieder scheiden. Ich war natürlich an einen idiotischen Weiberheld geraten, Valerie dagegen an einen echt netten Kerl. Es blieb Valerie überlassen, Mister Perfect zu finden.

Meine Nichten sehen so aus wie Valerie, bevor Valeries Meg-Ryan-Phase begann. Lockiges braunes Haar, große braune Augen und der Teint mit einem etwas stärkeren italienischen Einschlag als bei mir. In Valeries Genpol hat das Ungarische kaum überlebt, und zu ihren Töchtern Angie und Mary Alice ist noch weniger durchgesickert. Angie ist neun und geht auf die vierzig zu, und Mary Alice glaubt, sie sei ein Pferd.

Meine Mutter war tränenselig, die Hormone kochten hoch, sie drückte die Kinder an sich und gab Valerie einen

Kuss. »Ich kann es gar nicht glauben«, rief sie andauernd aus. »Ich kann es gar nicht glauben. So eine Überraschung. Ich hatte keine Ahnung, dass du uns besuchen willst.«

»Ich habe angerufen«, erklärte Valerie. »Hat Grandma euch das nicht gesagt?«

»Ich habe dich am Telefon nicht verstanden«, sagte Grandma. »Es war immerzu Krach, und dann wurden wir getrennt.«

»Jedenfalls bin ich jetzt da«, sagte Valerie.

»Rechtzeitig zum Abendessen«, stellte meine Mutter fest. »Ich habe einen leckeren Schmorbraten, und zum Nachtisch gibt es Kuchen.«

Hektisches Gewusel brach aus, wir holten mehr Stühle und stellten noch zusätzliche Teller und Gläser auf den Tisch. Das Abendessen entwickelte sich zu einer regelrechten Party, es herrschte eine Stimmung wie an einem Feiertag.

»Wie lange willst du bleiben?«, fragte meine Mutter.

»Bis ich genug Geld beisammen habe, um ein Haus zu kaufen«, sagte Valerie.

Mein Vater erbleichte.

Meine Mutter war entzückt. »Willst du zurück nach New Jersey ziehen?«

Valerie suchte sich ein mageres Stück Fleisch aus. »Das scheint mir das Beste zu sein.«

»Wurde Steve versetzt?«, fragte meine Mutter.

»Steve kommt nicht nach.« Mit einem chirurgischen Schnitt trennte Valerie das einzige Fitzelchen Fett ab, das an dem Fleisch hing. »Steve hat mich verlassen.«

Dahin war die Feiertagsstimmung.

Morelli war der Einzige, der sein Besteck nicht absetzte. Ich sah ihn von der Seite an und glaubte festzustellen, dass er krampfhaft ein Lachen unterdrückte.

»Das kann einem echt die Laune vermiesen«, sagte Grandma.

»Dich verlassen?«, wiederholte meine Mutter. »Was meinst du damit, er hätte dich verlassen? Du und Steve, ihr passt doch perfekt zusammen.«

»Das habe ich auch immer gedacht. Ich weiß nicht, was schief gelaufen ist. Ich dachte, alles ist bestens zwischen uns, und dann auf einmal, *husch*, und er ist weg.«

»Husch?«, sagte Grandma.

»Einfach so«, antwortete Valerie. »Husch.« Sie biss sich auf die Unterlippe, damit nicht auffiel, dass sie bebte.

Meine Mutter, mein Vater und ich gerieten bei dem Anblick der bebenden Lippe in Panik. Gefühlsausbrüche sind nicht unsere Art. Unsere Art ist eher Launenhaftigkeit und Sarkasmus. Alles, was über Launenhaftigkeit und Sarkasmus hinausging, war Neuland für uns. Wir wussten absolut nicht, wie wir damit umgehen sollten. Valerie ist die Eisprinzessin. Abgesehen davon, war ihr Leben immer perfekt verlaufen. So etwas *passiert* Valerie einfach nicht.

Ihre Augen wurden rot und tränennass. »Reich mir bitte mal die Soße«, bat sie Grandma Mazur.

Meine Mutter schoss von ihrem Stuhl hoch. »Ich hole dir heiße Soße aus der Küche.«

Sie ließ die Küchentür hinter sich zuklappen. Es folgte ein Schrei, und dann hörte man einen Teller an der Wand zerscheppern. Ich sah mich unwillkürlich nach Bob um, aber Bob schlief friedlich unterm Tisch. Die Küchentür wurde wieder aufgestoßen, und seelenruhig spazierte meine Mutter mit der Soßenschüssel in der Hand herein.

»Das ist nur vorübergehend«, sagte sie. »Steve nimmt bestimmt wieder Vernunft an.«

»Ich dachte, wir würden eine gute Ehe führen. Ich habe

schöne Gerichte gekocht, und ich habe das Haus sauber gehalten. Ich bin ins Fitnessstudio gegangen, um attraktiv zu bleiben. Ich habe mir sogar eine Frisur wie Meg Ryan zugelegt. Ich begreife nicht, was schief gelaufen ist.«

Valerie war schon immer diejenige in der Familie, die klare Worte fand. Immer die Beherrschte. Ihre Freunde hatten sie die heilige Valerie getauft, weil sie immer so heiter und gelassen wirkte, so wie Ronald DeChoochs Statue der Jungfrau Maria. Und jetzt zerbröselte die Welt um sie herum, und sie, sie war weder heiter noch gelassen, noch drehte sie durch. In erster Linie wirkte sie traurig und verwirrt.

Von meiner Warte aus gesehen, war das einigermaßen seltsam, denn als meine Ehe sich auflöste, konnte man mich noch kilometerweit schreien hören. Und als Dickie und ich vor Gericht zogen, so wurde mir später unterstellt, hätte es einen Moment gegeben, in dem sich mein Kopf um die eigene Achse gedreht hätte, wie bei dem Jungen in dem Film *Der Exorzist*. Dickie und ich hatten keine großartige Ehe geführt, aber unsere Scheidung war ihr Geld wert.

Ich ließ mich zu einem Männer-sind-Schweine-Blick in Richtung Morelli hinreißen.

Morellis Augen verfinsterten sich, und ein Grinsen zuckte um seine Mundwinkel. Er strich mit einer Fingerkuppe hinten über meinen Hals, und eine Hitzewelle schwappte durch meinen Körper bis hinunter zu meiner Muschi. »Liebe Güte«, sagte ich.

Das Grinsen wurde breiter.

»Jedenfalls bist du finanziell abgesichert«, sagte ich. »Kriegt man nach kalifornischem Gesetz nicht die Hälfte zugesprochen?«

»Die Hälfte von nichts ist nichts«, sagte Valerie. »Das Haus ist über seinen Wert hinaus belastet. Und auf dem Bankkonto ist auch nichts drauf, weil Steve unser Geld auf die Cayman Islands transferiert hat. Wirklich ein gerissener Geschäftsmann, der Kerl, wie man mir immer wieder bestätigt hat. Das fand ich ja auch fast das Anziehendste an ihm.« Sie holte tief Luft und schnitt Angies Fleisch, dann schnitt sie die Scheibe Fleisch von Mary Alice.

»Alimente für die Kinder«, sagte ich. »Wie steht es damit?«

»Theoretisch müsste er die Mädchen und mich unterstützen, aber Steve ist verschwunden. Ich glaube, er hat sich mit unserem Geld auf die Cayman Islands abgesetzt.«

»Das ist ja schrecklich!«

»Wenn ich die Wahrheit sagen soll: Steve ist mit unserem Babysitter durchgebrannt.«

Uns blieb die Spucke weg.

»Sie ist letzten Monat achtzehn geworden«, sagte Valerie. »Ich habe ihr ein Beanie Baby zum Geburtstag geschenkt.«

Mary Alice quengelte. »Ich will Heu. Pferde essen kein Fleisch. Pferde müssen Heu fressen.«

»Wie süß«, sagte Grandma. »Mary Alice hält sich immer noch für ein Pferd.«

»Ich bin ein männliches Pferd«, sagte Mary Alice.

»Du bist kein männliches Pferd, meine Süße«, sagte Valerie. »Männer sind Abschaum.«

»Manche Männer sind in Ordnung«, sagte Grandma.

»Alle Männer sind Abschaum«, sagte Valerie. »Außer Daddy natürlich.«

Von Joe als Ausnahme vom Abschaum war nicht die Rede.

»Männliche Pferde können schneller galoppieren als weibliche Pferde«, sagte Mary Alice und katapultierte mit ihrem Löffel eine Ladung Kartoffelpüree hinüber zu ihrer Schwester. Der Batzen verfehlte sein Ziel und landete auf dem Boden. Bob schnellte unter dem Tisch hervor und fraß das Kartoffelpüree auf.

Valerie funkelte ihre Tochter böse an. »Das ist aber gar nicht nett. Man schießt nicht mit Püree auf andere Leute.«

»Ja«, pflichtete Grandma ihr bei. »Kleine Damen schießen nicht mit Kartoffelpüree auf ihre Schwestern.«

»Ich bin keine kleine Dame«, sagte Mary Alice. »Wie oft soll ich euch das noch sagen. Ich bin ein Pferd!« Sie schoss eine Ladung rüber zu Grandma.

Grandma verengte ihre Augen zu Schlitzen und warf Mary Alice eine grüne Bohne an den Kopf.

»Grandma hat mich mit einer Bohne beworfen!«, schrie Mary Alice. »Sie hat mich mit einer grünen Bohne beworfen. Sie soll damit aufhören!«

So viel zum Thema perfekte kleine Damen.

Bob verschlang die Bohne auf der Stelle.

»Hör auf, den Hund zu füttern«, sagte mein Vater.

»Ich hoffe, es macht euch nichts aus, wenn ich wieder bei euch wohne«, sagte Valerie. »Es ist nur so lange, bis ich einen Job gefunden habe.«

»Wir haben nur ein Badezimmer«, sagte mein Vater. »Ich muss morgens unbedingt als Erster ins Badezimmer. Sieben Uhr ist meine Zeit im Badezimmer.«

»Ich freue mich, dass du und die Mädchen wieder im Haus seid«, sagte meine Mutter. »Du kannst Stephanie bei der Hochzeit helfen. Stephanie und Joe haben gerade einen Termin festgelegt.«

Valerie, mit ihren roten verheulten Augen, schluckte noch mal. »Meinen Glückwunsch«, sagte sie.

»Die Hochzeitszeremonie der Tutsi dauert sieben Tage und endet mit der rituellen Durchstechung des Jungfernhäutchens«, sagte Angie. »Danach lebt die Braut bei der Familie des Mannes.«

»Ich habe mal eine Sendung über Außerirdische im Fernsehen gesehen«, steuerte Grandma bei. »Da hatten die Frauen gar kein Jungfernhäutchen. Die Leute hatten überhaupt nichts zwischen den Beinen.«

»Haben Pferde Jungfernhäutchen?«, wollte Mary Alice wissen.

»Männliche Pferde jedenfalls nicht«, sagte Grandma.

»Es ist wirklich schön, dass du heiratest«, sagte Valerie. Dann brach sie in Tränen aus. Es war kein Schniefen, keine verdruckten Tränen. Valerie schluchzte lange, laut und feucht, saugte zwischendurch Luft ein und brüllte elendig. Die beiden kleinen Damen fingen ebenfalls an zu weinen, schrien mit offenem Mund, wie es nur Kinder fertig bringen. Danach fing meine Mutter an, schnäuzte sich in die Serviette. Zu guter Letzt heulte Bob los: *Uuuuuh. Uuuuuh!*

»Ich werde nie wieder heiraten«, sagte Valerie zwischen einzelnen Schluchzern. »Nie. Nie. Nie wieder. Ehe ist Teufelswerk. Der Mann ist der Antichrist. Ab jetzt werde ich lesbisch.«

»Wie geht das eigentlich?«, fragte Grandma. »Das wollte ich immer schon wissen. Muss man dazu einen künstlichen Penis tragen? Ich habe im Fernsehen mal was darüber gesehen, da trugen die Frauen so Sachen, die waren aus schwarzem Leder, und sie waren geformt wie große, schwere …«

»Ich halt's nicht aus! Ihr bringt mich noch ins Grab!«, rief meine Mutter wieder. »Bringt mich doch lieber gleich um. Ich will sterben!«

Meine Schwester und Bob brüllten und heulten wieder los, Mary Alice schrie sich die Kehle aus dem Hals, und

Angie hielt sich die Ohren zu, damit sie von alldem nichts hören musste. »La, la, la la«, sang sie vor sich hin.

Mein Vater aß seinen Teller leer und schaute in die Tischrunde. Wo blieb sein Kaffee? Wo blieb sein Kuchen?

»Dafür schuldest du mir eine ganz große Nummer«, flüsterte Morelli mir ins Ohr. »Eine richtig versaute Nacht.«

»Ich kriege Kopfschmerzen«, sagte Grandma. »Ich halte diesen Radau nicht aus. Unternimm doch mal jemand was! Stellt das Fernsehen an. Holt eine Flasche Schnaps. Aber tu doch jemand was!«

Ich erhob mich gequält von meinem Stuhl, ging in die Küche und holte den Kuchen. Kaum stand er auf dem Tisch, hörte das Geschrei auf. Wenn wir uns auf eins in der Familie konzentrieren können, dann ist es Nachtisch.

Schweigend fuhren Morelli, Bob und ich nach Hause. Keiner wusste, was er sagen sollte. Morelli steuerte den Wagen auf den Mieterparkplatz hinter meinem Haus und drehte sich zu mir um.

»Im August?«, fragte er, die Stimme eine Tonlage höher als sonst, da er seine Skepsis nicht verhehlen konnte. »Du willst also im August heiraten?«

»Es ist mir so herausgerutscht. Dieses ganze Ihr-bringt-mich-noch-ins-Grab-Gejammere von meiner Mutter war dran schuld.«

»Verglichen mit deiner Familie ist meine die reinste Brady-Bunch-Sippe.«

»Du machst vielleicht Witze! Deine Oma ist verrückt. Sie hat den bösen Blick.«

»Das ist so eine italienische Macke.«

»Das ist die Macke einer Verrückten.«

Ein Wagen schwenkte auf den Parkplatz, kam mit einem

Ruck zum Stehen, die Tür flog auf, und Mooner plumpste auf den Boden. Joe und ich sprangen aus dem Wagen und liefen zu ihm. Als wir vor ihm standen, stemmte er sich hoch in eine sitzende Haltung. Er hielt sich den Kopf, und zwischen den Fingern tröpfelte Blut hervor.

»Ej, Mann, ej«, sagte Mooner. »Ich glaube, man hat auf mich geschossen. Ich guckte gerade Fernsehen, und da habe ich auf der vorderen Veranda ein Geräusch gehört. Ich drehte mich um, und ein unheimliches Gesicht sah mich durchs Fenster an. Es war eine uralte unheimliche Frau mit echt unheimlichen Augen. Es war dunkel, aber ich habe sie trotzdem durch die schwarze Scheibe erkannt. Dann plötzlich hat sie eine Kanone in der Hand und schießt auf mich. Zertrümmert einfach Dougies Fenster und alles. Mann, ej, so was sollte gesetzlich verboten werden.«

Mooner wohnt zwei Straßen vom St.-Frances-Krankenhaus entfernt, aber er fährt am Krankenhaus vorbei und bittet mich um Hilfe. Womit habe ich das verdient?, fragte ich mich. Ich merkte, dass ich mich schon wie meine Mutter anhörte, und im Geist gab ich mir eine Ohrfeige.

Wir hoben Mooner auf den Rücksitz meines Wagens. Joe fuhr ihn ins Krankenhaus, ich folgte dem Wagen in Joes Truck. Zwei Stunden später waren alle polizeilichen Formalitäten und die medizinische Versorgung erledigt, und Mooner trug einen riesigen Verband um den Kopf. Die Kugel hatte ihn oberhalb der Augenbraue gestreift und war in Dougies Wohnzimmerwand quer geschlagen.

Jetzt standen wir in Dougies Wohnzimmer und untersuchten das Einschussloch im Vorderfenster.

»Hätte ich doch bloß den Superman-Anzug getragen«, sagte Mooner. »Mann, ej, das hätte sie ganz schön durcheinander gebracht.«

Joe und ich sahen uns an. Durcheinander gebracht? Konnte man wohl sagen.

»Glaubst du, dass er bei sich zu Hause sicher ist?«, fragte ich Joe.

»Schwer zu sagen, was Mooner unter sicher versteht«, sagte Joe.

»Amen«, sagte Mooner. »Sicherheit kommt auf Schmetterlingsflügeln daher.«

»Keine Ahnung, was das zu bedeuten hat«, sagte Joe.

»Mann, ej, es bedeutet, dass Sicherheit flüchtig ist.«

Joe zog mich zur Seite. »Vielleicht liefern wir ihn lieber in die Entzugsklinik ein.«

»Ich hab's gehört, Mann. Eine Scheißidee. Die Leute da sind komisch drauf. Die ziehen einen irgendwie runter. Das sind alle irgendwie Kiffer.«

»Ach, herrje, wie kämen wir dazu, dich mit irgendwelchen Kiffern zusammenzuwerfen«, sagte Joe.

Mooner nickte. »Genau. Mann, ej.«

»Er könnte ein paar Tage bei mir bleiben«, sagte ich. Kaum hatte ich es ausgesprochen, bereute ich es auch schon. Was war los mit mir heute? Es war, als gäbe es keine Verbindung zwischen meinem Mund und meinem Verstand.

»Wow! Das würdest du echt für Mooner tun? Das macht echt Eindruck.« Mooner drückte mich an sich. »Es wird dir auch nicht Leid tun. Ich bin ein angenehmer Mitbewohner.«

Joe war nicht halb so begeistert wie Mooner. Joe hatte sich bereits Hoffnungen auf die Nacht gemacht. Es hatte da so eine Bemerkung am Tisch bei meinen Eltern gegeben, ich würde ihm versauten Sex schulden. Wahrscheinlich hatte er nur Spaß gemacht. Andererseits, vielleicht auch nicht. Bei Männern wusste man nie. Vielleicht war es das Beste, ich nahm Mooner mit zu mir.

Achselzuckend sah ich zu Joe: He, was soll ich armes Mädchen schon machen?

»Na gut«, sagte Joe. »Schließen wir ab und gehen wir. Du nimmst Mooner mit, und ich nehme Bob.«

Mooner und ich standen im Hausflur vor meiner Wohnung. Mooner hatte einen Matchbeutel dabei, der eine Garnitur Kleidung zum Wechseln und eine breite Auswahl Drogen enthielt, wie ich vermutete.

»Eins muss klar sein«, sagte ich. »Du kannst gerne hier bleiben, aber du darfst keine Drogen nehmen.«

»Mann, ej«, sagte Mooner.

»Hast du Drogen in der Tasche?«

»Sehe ich vielleicht so aus?«

»Du siehst aus wie ein Kiffer.«

»Ja, aber das ist nur, weil du mich kennst.«

»Pack die Tasche auf dem Boden aus.«

Mooner schüttete die Tasche auf dem Boden aus. Die Kleidungsstücke packte ich zurück, alles andere wurde beschlagnahmt. Haschpfeifen, Blättchen und diverse verbotene Substanzen. Ich schloss meine Wohnungstür auf, spülte den Inhalt der Plastikbeutelchen die Toilette hinunter und warf die anderen Gegenstände in den Müll.

»Keine Drogen, solange du hier bei mir wohnst!«, sagte ich.

»He, ist ja echt cool«, sagte Mooner. »Eigentlich braucht Mooner gar keine Drogen. Mooner ist nur ein Freizeitkiffer.«

Ja, ja, von wegen Freizeitkiffer.

Ich gab Mooner ein Kissen und eine Decke und ging zu Bett. Um vier Uhr wurde ich von dem brüllend lauten Fernseher im Wohnzimmer geweckt. In T-Shirt und Baumwollshorts schlurfte ich hinüber und blinzelte Mooner aus verquollenen Augen an.

»Was soll das? Kannst du nicht schlafen?«

»Normalerweise schlafe ich wie ein Murmeltier. Ich weiß auch nicht, was los ist. Ist mir alles ein bisschen zu heftig. Ich bin total fertig, Mann. Irgendwie fühle ich mich so unruhig, verstehst du das?«

»Ja, ja. Du brauchst wohl einen Joint.«

»Das ist Medizin, Mann, ej. In Kalifornien kriegt man Pot auf Rezept.«

»Das kannst du dir abschminken.« Ich ging zurück ins Schlafzimmer, schloss die Tür ab und legte mir das Kissen auf den Kopf.

Als ich das nächste Mal durch meine Wohnung taperte, war es sieben. Mooner lag auf dem Boden, und im Fernsehen liefen die üblichen Sonntagvormittagscartoons. Ich schaltete die Kaffeemaschine an, gab Rex frisches Wasser und etwas zu fressen und steckte eine Scheibe Toast in meinen neuen Toaster. Der Duft frisch aufgebrühten Kaffees brachte Mooner auf die Beine.

»Yo«, sagte er. »Was gibt's zum Frühstück?«

»Toast und Kaffee.«

»Deine Oma hätte mir Pfannkuchen gemacht.«

»Meine Oma ist aber nicht da.«

»Du willst es mir nur unerträglich machen. Mann. Wahrscheinlich hast du schon längst mehrere Doughnuts verschlungen, und für mich fällt nur eine Scheibe Toast ab. Ich habe auch meine Rechte.« Er schrie mich nicht gerade an, aber er sprach auch nicht leise. »Ich bin ein Mensch, und ich habe Rechte.«

»Welche Rechte sollen das sein? Das Recht auf Pfannkuchen? Oder das Recht auf Doughnuts?«

»Weiß ich auch nicht mehr.«

Oje.

Er ließ sich aufs Sofa fallen. »Diese Wohnung ist deprimierend. Die macht mich irgendwie nervös. Wie hältst du es bloß hier aus?«

»Willst du nun Kaffee oder nicht?«

»Ja! Ich will Kaffee, und zwar sofort.« Seine Stimme schaltete eine Stufe höher, er schrie jetzt regelrecht. »Soll ich hier vielleicht ewig auf meinen Kaffee warten?«

Ich knallte einen Becher auf die Küchenablage, schüttete Kaffee hinein, dass er überschwappte, und schob ihn Mooner hin. Dann rief ich Morelli an.

»Ich brauche Drogen«, sagte ich zu Morelli. »Du musst mir unbedingt Drogen besorgen.«

»Sprichst du von Tabletten?«

»Nein. Ich spreche von Marihuana. Ich habe Mooners gesamten Vorrat gestern Abend die Toilette hinuntergespült, und jetzt halte ich es nicht mehr aus mit ihm. Er hat das totale prämenstruale Syndrom.«

»Ich dachte, du wolltest ihn auf Entzug setzen.«

»Lohnt sich nicht. Bekifft gefällt er mir besser.«

»Warte«, sagte Morelli. Und legte auf.

»Der Kaffee ist vielleicht ätzend, Mann, ej«, sagte Mooner. »Ich brauche einen Milchkaffee.«

»Gut! Dann holen wir eben deinen Scheißmilchkaffee!« Ich schnappte mir meine Tasche und die Schlüssel und schob Mooner vor mir her nach draußen.

»Ej, Mann, ich habe meine Schuhe vergessen«, sagte er.

Ich verdrehte übertrieben genervt die Augen und stöhnte besonders laut. Mooner schlich geduckt zurück in die Wohnung, um sich seine Schuhe zu holen. Toll. Ich war nicht mal auf Turkey, aber jetzt zeigte ich auch alle Anzeichen eines prämenstrualen Syndroms.

5

Im Café sitzen und Milchkaffee schlürfen, das war nach meinem Terminplan eigentlich nicht vorgesehen, also entschied ich mich für den Autoschalter von McDonald's, wo die Speisekarte zum Frühstück Milchkaffee mit Vanillegeschmack und Pfannkuchen vorsah. Sie hatten nicht den Durchmesser von Grandmas Pfannkuchen, aber schlecht waren sie auch nicht, und man brauchte nichts dafür zu tun.

Der Himmel war wolkenverhangen, es sah bedrohlich nach Regen aus. Nicht weiter überraschend: Aprilschauer sind in Jersey reine Routine. Beständiger, grauer Niesel, der landesweit zerzauste Frisuren und eine Dauerglotzermentalität hervorbringt. In der Schule hat man uns beigebracht: Regen im April beschert uns Blumensegen im Mai. Aprilregen bescheren uns außerdem alle zwei Tage eine Massenkarambolage auf dem Jersey Turnpike, Nebenhöhlenentzündungen und rotztriefende Nasen. Die positive Kehrseite ist, dass wir in Jersey vermehrt Grund haben, uns neue Autos zuzulegen, und weltweit erkennt man uns an der unverwechselbaren nasalen Version der englischen Sprache.

»Wie geht's deinem Kopf?«, fragte ich Mooner auf dem Heimweg.

»Bis oben voll mit Milchkaffee. Mann, ej, mein Kopf fühlt sich irgendwie saftig an.«

»Ich meinte eigentlich, was die zwölf Nahtstiche in deinem Kopf machen.«

Mooner tastete den Verband ab. »Alles in Ordnung.« Er saß mit halb geöffnetem Mund da, suchte mit den Augen die hintersten Nischen seines Gehirns ab, und plötzlich ging ihm ein Licht auf. »Ach ja«, sagte er. »Eine unheimliche alte Dame hat auf mich geschossen.«

Das ist der Vorteil an lebenslangem Haschgenuss, man verliert das Kurzzeitgedächtnis. Stößt einem was Schreckliches zu, hat man es zehn Minuten später schon wieder vergessen.

Leider ist genau das auch der Nachteil am Haschgenuss: Passiert eine Katastrophe – wird zum Beispiel der engste Freund vermisst –, kann es sein, dass wichtige Nachrichten oder Ereignisse im Tran verloren gehen. Und es besteht die Möglichkeit, dass man sich ein Gesicht am Fenster nur einbildet und der Schuss eigentlich von einem vorbeifahrenden Auto aus abgefeuert wurde.

Im Fall Mooner war diese Möglichkeit bereits hohe Wahrscheinlichkeit.

Ich fuhr an Dougies Haus vorbei, nur um sicherzugehen, dass es nicht niedergebrannt war, während wir geschlafen hatten.

»Sieht alles normal aus«, sagte ich.

»Irgendwie einsam«, sagte Mooner.

Ziggy und Benny saßen in der Küche, als wir wieder in meine Wohnung kamen. Beide hatten einen Becher Kaffee und eine Scheibe Toast in der Hand.

»Entschuldigen Sie die Störung«, sagte Ziggy. »Wir wollten mal Ihren neuen Toaster begutachten.«

Benny wedelte mit der Toastscheibe. »Das ist ein ausgezeichneter Toast. Sehen Sie mal, wie gleichmäßig braun der ist. Nirgendwo an den Rändern verkohlt. Und trotzdem rundum knusprig.«

»Kaufen Sie das nächste Mal Marmelade ein«, sagte Ziggy. »Etwas Erdbeermarmelade auf dem Toast wäre lecker.«

»Sie sind schon wieder in meine Wohnung eingebrochen! So was kann ich auf den Tod nicht ausstehen.«

»Sie waren nicht zu Hause«, sagte Ziggy. »Wir wollten nicht, dass es so aussieht, als würden draußen im Hausflur vor Ihrer Wohnung Männer herumlungern.«

»Genau. Wir wollten Ihren guten Namen nicht besudeln«, sagte Benny. »Sie gehören schließlich nicht zu dieser gewissen Sorte Frauen. Obwohl sich ja seit Jahren Gerüchte halten, Sie und dieser Joe Morelli hätten was miteinander. Bei dem Kerl müssen Sie sich vorsehen. Der hat einen schlimmen Ruf.«

»Wen haben wir denn da?«, sagte Ziggy. »Die kleine Schwuchtel. Wo ist denn deine Uniform, mein Süßer?«

»Ja. Und was soll der Verband? Bist du von deinen Stilettos gefallen?«, fragte Benny.

Ziggy und Benny stießen sich mit den Ellbogen in die Seiten und lachten sich kaputt, als handelte es sich um einen großartigen Insiderwitz.

Mir schoss ein Gedanke durch den Kopf. »Sie kennen nicht zufällig den Grund für seinen Kopfverband, oder?«

»Wie kommen Sie denn darauf?«, sagte Benny. »Weißt du irgendwas, Ziggy?«

»Ich habe von nichts 'ne Ahnung«, antwortete der.

Ich lehnte mich an den Küchentresen und verschränkte die Arme. »Also, was haben Sie hier zu suchen?«

»Wir haben uns gedacht, wir sollten uns mal wieder melden«, sagte Ziggy. »Unser letztes Gespräch ist schon eine ganze Weile her, und wir wollten fragen, ob sich irgendwas Neues ergeben hat.«

»Keine vierundzwanzig Stunden ist das her«, sagte ich.

»Wie gesagt, eine ganze Weile.«

»Es hat sich nichts Neues ergeben.«

»Wirklich schade aber auch«, sagte Benny. »Dabei hat man uns Sie doch so empfohlen. Wir hatten uns große Hoffnungen gemacht, dass Sie uns weiterhelfen könnten.«

Ziggy trank seinen Kaffee aus, wusch den Becher ab und stellte ihn auf den Abtropfständer. »Besser, wir gehen jetzt.«

»Schwein«, sagte Mooner.

An der Tür hielten Ziggy und Benny inne.

»Das ist sehr unfreundlich«, sagte Ziggy. »Wir wollen darüber hinwegsehen, da Sie ein Freund von Miss Plum sind.« Er bat Benny mit einem Blick um Beistand.

»Ja, genau«, sagte Benny. »Diesmal haben wir das überhört, aber Sie sollten sich ein paar Manieren angewöhnen. Man redet nicht in diesem Ton mit älteren Menschen.«

»Sie haben Schwuchtel zu mir gesagt!«, schrie Mooner.

Ziggy und Benny sahen sich verdutzt an.

»Ja«, sagte Ziggy. »Na und?«

»Lungern Sie das nächste Mal ruhig im Hausflur herum«, sagte ich und schloss hinter den beiden die Tür ab. »Und jetzt denk mal scharf nach«, sagte ich zu Mooner. »Hast du irgendeinen Verdacht, warum jemand auf dich schießen könnte? Bist du ganz sicher, dass du das Frauengesicht am Fenster wirklich gesehen hast?«

»Mann, ej, ich weiß es nicht. Das Nachdenken fällt mir irre schwer. Mein Verstand arbeitet wie verrückt.«

»Irgendwelche komischen Telefonanrufe in letzter Zeit?«

»Nur einer, aber so komisch war er nun auch wieder nicht. Als ich bei Dougie war, hat eine Frau angerufen und gesagt, ich hätte etwas, was nicht mir gehört. Und ich darauf, ja, und …«

»Hat sie noch etwas gesagt?«

»Nein. Ich habe sie gefragt, ob sie einen Toaster oder einen Superman-Anzug haben will, da hat sie aufgelegt.«

»Mehr ist von deinem Lagerbestand nicht mehr übrig? Was ist mit den Zigaretten?«

»Die Zigaretten habe ich abgestoßen. Ich kenne da einen starken Raucher …«

Mooner war wie gefangen in einer Zeitschleife. Meine Erinnerungen an ihn reichten zurück zur Highschool, da hatte er schon genauso ausgesehen wie heute. Langes, braunes Haar, in der Mitte gescheitelt und hinten zu einem Pferdeschwanz zusammengebunden. Blasser Teint, schlanker Körperbau, nicht überdurchschnittlich groß. Er trug ein Hawaiihemd und Jeans, die wahrscheinlich im Schutz der Dunkelheit in Dougies Haus abgeliefert worden waren. All die Highschool-Jahre hindurch hatte er auf einer Marihuanawolke gedämpfter Behaglichkeit geschwebt, hatte in der Mensa ununterbrochen geplappert und gekichert, in der Englischstunde darauf sein Nickerchen gehalten. Und heute – heute schwebte er immer noch durchs Leben. Ohne Arbeit. Ohne Verantwortung. Eigentlich ganz sympathisch, wenn ich so drüber nachdenke.

Samstags morgens arbeitete Connie meistens im Büro. Ich rief sie dort an und klopfte so lange in der Leitung an, bis sie ihr Gespräch beendet hatte.

»Das war Tante Flo«, erklärte sie. »Ich habe dir doch von dem Stress erzählt, den es gegeben hat, als DeChooch da unten war. Tante Flo meint, es könnte damit zusammenhängen, dass Louie D. ins Gras gebissen hat.«

»Louie D.? Der ist doch im Drogengeschäft, oder nicht?«

»Ein ganz großes Tier sogar. Jedenfalls war er das. Ist an einem Herzinfarkt gestorben, als DeChooch seine Ware abholte.«

»Könnte es sein, dass der Herzinfarkt durch eine Kugel ausgelöst wurde?«

»Glaube ich kaum. Das hätten wir bestimmt erfahren, wenn Louie D. kaltgemacht worden wäre. So was spricht sich schnell herum. Schließlich wohnt seine Schwester hier.«

»Kenne ich die? Wer ist die Frau?«

»Estelle Colucci. Benny Coluccis Frau.«

Ach du liebe Scheiße! »Die Welt ist klein.«

Ich legte auf. Gleich darauf rief meine Mutter an.

»Wir müssen dir noch ein Kleid für die Hochzeit aussuchen«, sagte sie.

»Ich will kein Kleid tragen.«

»Guck dir doch wenigstens mal welche an.«

»Na gut. Angucken ja.« Nein, lieber doch nicht.

»Wann hast du Zeit?«

»Ich weiß nicht. Im Moment habe ich zu tun. Ich arbeite.«

»Heute ist Samstag«, sagte meine Mutter. »Was sind denn das für Menschen, die samstags arbeiten? Du brauchst mehr Ruhe. Großmutter und ich kommen jetzt gleich vorbei.«

»Nein!« Zu spät. Sie hatte schon aufgelegt.

»Wir müssen sofort von hier verschwinden«, sagte ich zu Mooner. »Ein Notfall. Nichts wie weg!«

»Was denn für ein Notfall? Man wird doch nicht wieder auf mich schießen, oder?«

Ich nahm das schmutzige Geschirr vom Tresen und stellte es in die Spülmaschine. Dann schnappte ich mir Mooners Bettdecke und Kissen und lief damit ins Schlafzimmer. Meine Oma hatte mal eine Zeit lang bei mir gewohnt, und bestimmt besaß sie noch einen Schlüssel zu meiner Wohnung. Der Himmel bewahre mich davor, dass meine Mutter meine Wohnung aufschließt und Chaos vorfindet. Das Bett war nicht gemacht, aber dazu wollte ich mir jetzt nicht die Zeit nehmen. Ich sammelte die verstreut liegenden Kleidungsstücke und Handtücher ein und warf alles in den Wäschekorb. Noch ein Rollkommando durch Wohnzimmer und Küche, dann nahm ich meine Tasche und meine Jacke und schrie Mooner zu, er solle sich beeilen.

Unten in der Eingangshalle liefen wir meiner Mutter und meiner Oma in die Arme.

Mist!

»Du hättest nicht hier unten auf uns zu warten brauchen«, sagte meine Mutter. »Wir wären schon hochgekommen.«

»Ich warte nicht auf euch«, stellte ich klar. »Ich wollte gerade los. Es tut mir Leid, aber ich muss heute Morgen arbeiten.«

»Was hast du denn vor?«, wollte Grandma wissen. »Bist du einem verrückten Killer auf der Spur?«

»Ich bin auf der Suche nach Eddie DeChooch.«

»Hatte ich also beinahe Recht«, sagte Grandma.

»Eddie DeChooch kannst du auch ein andermal suchen«, sagte meine Mutter. »Ich habe bei Tinas Brautmoden einen Termin für dich gemacht.«

»Wehe, du nimmst den nicht wahr«, sagte Grandma. »Wir haben ihn nur bekommen, weil in letzter Minute jemand abgesprungen ist. Außerdem brauchen wir einen Grund, um mal aus dem Haus zu kommen. Die Galoppiererei und das Gejammer sind nicht mehr zum Aushalten.«

»Ich will kein Hochzeitskleid«, sage ich. »Ich will im engsten Kreis feiern.« Oder gar nicht.

»Tinas Brautmoden ist echt krass«, sagte Mooner.

Meine Mutter wandte sich Mooner zu. »Sind Sie Walter Dunphy? Sie habe ich ja eine Ewigkeit nicht gesehen.«

»Mann, ej!«, sagte Mooner zu meiner Mutter.

Grandma Mazur und er vollführten daraufhin eine Folge von komplizierten Handbewegungen zur Begrüßung, die ich mir nie merken konnte.

»Wir sollten besser losgehen«, trieb Grandma uns an. »Sonst kommen wir noch zu spät.«

»Ich will kein Hochzeitskleid!«

»Wir gucken doch nur«, sagte meine Mutter. »Wir wollen uns nur eine halbe Stunde lang Kleider angucken, dann kannst du tun und lassen, was du willst.«

»Also gut! Eine halbe Stunde. Mehr nicht. Und nur *gucken*!«

Tinas Brautmoden liegt im Herzen von Burg und nimmt eine Hälfte eines Zweifamilienhauses aus rotem Backstein ein. Tina selbst bewohnt ein winziges Apartment im ersten Stock, im Erdgeschoss liegen die Geschäftsräume. Die andere Hälfte des Hauses, das sich in Tinas Besitz befindet, ist vermietet. Tina ist weit und breit als skrupellose Vermieterin verschrien, und fast alle Mieter ziehen nach Ablauf ihres einjährigen Mietvertrags wieder aus. Aber da Mietwohnungen in Burg mehr als rar sind, findet sie immer problemlos ein hilfloses Opfer.

»Wie für Sie gemacht!«, sagte Tina, trat einen Schritt zurück und musterte mich. »Sitzt perfekt. Phantastisch.«

Ich hatte mich mit einem knöchellangen Seidenkleid herausgeputzt. Das Oberteil war mit Nadeln abgesteckt, damit es passte, der runde Ausschnitt ließ den Brustansatz nur ahnen, und der Glockenrock hatte eine meterlange Schleppe.

»Wirklich wunderschön«, sagte meine Mutter.

»Wenn ich das nächste Mal heirate, kaufe ich mir auch so ein Kleid«, sagte Grandma. »Vielleicht fahre ich aber auch lieber nach Las Vegas und heirate in einer der Elvis-Kirchen.«

»Mann, ej«, sagte Mooner. »Schlag zu.«

Ich drehte mich leicht zur Seite, um mich in dem dreiteiligen Spiegel besser sehen zu können. »Finden Sie es nicht ein bisschen – zu weiß?«

»Überhaupt nicht«, sagte Tina. »Das Kleid ist cremefarben. Cremefarben unterscheidet sich erheblich von weiß.«

Das Kleid stand mir tatsächlich gut. Ich sah aus wie Scarlett O'Hara, die sich für ihre Hochzeit in Tara schmückte. Ich machte ein paar Bewegungen, Tanzschritte simulierend.

»Es ist hübsch, aber ich will kein Kleid«, sagte ich.

»Ich kann eins in Ihrer Größe bestellen. Ohne Kaufverpflichtung«, sagte Tina.

»Ohne Kaufverpflichtung«, sagte Grandma. »So ein Angebot darf man nicht ausschlagen.«

»Wenn es keine Kaufverpflichtung gibt«, sagte meine Mutter.

Ich brauchte Schokolade. Kiloweise Schokolade.

»O Schreck«, sagte ich. »Schon so spät? Ich muss los.«

»Cool«, sagte Mooner. »Gehen wir jetzt auf Verbrecherjagd? Ich brauche unbedingt einen Mehrzweckgurt für meinen Superman-Anzug. Da könnte ich meine ganze Ausrüstung zur Verbrechensbekämpfung reinstecken.«

»Was denn für eine Ausrüstung?«

»Ich habe es noch nicht genau überlegt, aber ich dachte zum Beispiel an Antigravitationsstrümpfe, um an Hauswänden hochzuklettern. Und ein Spray, das mich unsichtbar macht.«

»Ist mit deinem Kopf wirklich alles in Ordnung? Keine Kopfschmerzen oder Schwindelgefühle?«

»Nein. Mir geht's gut. Ich habe nur Hunger.«

Leichter Regen fiel, als Mooner und ich aus Tinas Laden traten.

»Das war eine echt herbe Erfahrung«, sagte Mooner. »Ich kam mir vor wie eine Brautjungfer.«

Wie ich mir selbst vorkam, weiß ich nicht so genau. Ich versuchte, mich als Braut zu sehen, aber der Schuh passte mir nicht, eher sah ich mich als komplette Vollidiotin. Wieso hatte ich mich bloß von meiner Mutter beschwatzen lassen, Hochzeitskleider anzuprobieren? Was hatte ich mir dabei gedacht? Ich schlug mir mit der Handfläche gegen die Stirn und stöhnte.

»Ej, Mann, ej«, lautete Mooners Kommentar.

Allerdings. Ich steckte den Schlüssel in den Anlasser und schob die CD von Godsmack in den Player. Ich wollte nicht mehr an das Hochzeitstrauma denken, und nichts eignet sich besser als Heavy Metal, um einem noch den letzten Rest Vernunft aus dem Hirn zu blasen. Ich steuerte Mooners Haus an, und als wir in die Roebling Avenue bogen, übten wir beide uns ordentlich im Headbanging.

Wir schrummelten auf eingebildeten Gitarren und schüttelten die Mähnen, und beinahe hätte ich den weißen Cadillac übersehen. Er stand vor Pater Carollis Haus, neben der Kirche. Pater Carolli ist steinalt und wohnt in Burg, so lange ich denken kann. Durchaus möglich, dass er und Eddie DeChooch befreundet waren und Eddie Rat bei ihm suchte.

Ich schickte ein kurzes Stoßgebet zum Himmel, Eddie DeChooch möge gerade im Haus des Paters sein. Dort konnte ich ihn festnehmen, in der Kirche würde sich das nicht gut machen. In Kirchen stand immer dieser ganze heilige Kram herum, den es zu beachten galt. Und wenn erst meine Mutter dahinter kommen würde, dass ich eine Kirche geschändet hatte, wäre der Ofen aus.

Ich ging zu Carollis Haus und klopfte an die Tür. Keine Reaktion.

Mooner schob die Sträucher im Vorgarten beiseite und spähte durch ein Fenster. »Kann keinen Menschen sehen.«

Beide schauten wir hinüber zur Kirche.

Verflucht. Wahrscheinlich beichtete DeChooch gerade. *Vergeben Sie mir, Pater, ich habe Loretta Ricci abgemurkst.*

»Also gut«, sagte ich. »Gucken wir mal in der Kirche nach.«

»Soll ich vorher nicht noch schnell nach Hause fahren und meinen Superman-Anzug holen?«

»Ich glaube, das wäre nicht das Geeignete für eine Kirche.«

»Nicht schick genug?«

Ich drückte die Kirchentür auf und blinzelte in den schummrigen Innenraum. An sonnigen Tagen erstrahlte die Kirche im Licht, das durch die Bleiglasfenster fiel. An regnerischen Tagen machte sie einen tristen, kühlen Eindruck. Die einzige Wärme entströmte heute einigen Votivkerzen, die vor einer Statue der Jungfrau Maria flackerten.

Die Kirche sah leer aus. Aus den Beichtstühlen kam kein Flüstern, auf den Kirchenbänken kniete kein Betender, es gab nur die Flammen der brennenden Kerzen und den Geruch von Weihrauch.

Ich wollte schon kehrtmachen, als ich ein Kichern vernahm. Das Geräusch kam vom Altarraum.

»Hallo?«, rief ich. »Ist da jemand?«

»Nur wir Angsthasen.«

Das war die Stimme von DeChooch.

Mooner und ich gingen vorsichtig durch den Mittelgang nach vorne und spähten hinter den Altar. DeChooch und Carolli saßen auf dem Boden, mit dem Rücken an den Altar gelehnt, zwischen sich eine Flasche Rotwein. Eine leere Flasche lag einen Meter daneben.

Mooner begrüßte die beiden mit dem Peace-Zeichen. »Ej, Alter, ej«, sagte er.

Pater Carolli erwiderte den Gruß ebenfalls mit einem Peace-Zeichen und dem dazugehörigen Mantra: »Ej, Alter, ej.«

»Was wollen Sie?«, fragte DeChooch. »Sehen Sie denn nicht? Ich bin in einer Kirche.«

»Sie trinken!«

»Das ist Medizin. Ich habe Depressionen.«

»Sie müssen mit mir zum Gericht, damit Sie auf Kaution wieder freigelassen werden können«, erklärte ich DeChooch.

DeChooch trank einen tiefen Zug aus der Flasche und wischte sich mit dem Handrücken den Mund ab. »Wir sind hier in einer Kirche. In einer Kirche dürfen Sie mich nicht verhaften. Der liebe Gott wäre stinksauer. Und Sie würden in der Hölle schmoren.«

»Das ist ein Gebot«, sagte Carolli.

Mooner grinste. »Die beiden sind total breit.«

Ich kramte in meiner Umhängetasche und holte die Handschellen hervor.

»Igitt. Handschellen«, sagte DeChooch. »Da habe ich aber Angst.«

Ich legte ihm eine Handschelle um das linke Gelenk und packte mir das andere. DeChooch zog eine Neunmillimeter aus der Manteltasche, bat Carolli, die baumelnde Handschelle festzuhalten, und schoss auf die Verbindungskette. Beide Männer schrien auf, als die Kugel die Kette durchtrennte und Druckwellen ihre knochigen Arme erzittern ließen.

»He, was machen Sie da«, sagte ich. »Die Handschellen haben mich sechzig Dollar gekostet.«

DeChooch kniff die Augen etwas zusammen und sah Mooner an. »Kennen wir uns nicht?«

»Mann, ej, ich bin Mooner. Wir sind uns schon mal bei Dougie begegnet.« Mooner hielt zwei eng aneinander liegende Finger hoch. »Dougie und ich, wir gehören zusammen. Wir beide sind ein Team.«

»Ich wusste doch, dass ich Sie wieder erkannt habe!«, sagte DeChooch. »Ich kann Sie und Ihren miesen, raubgierigen Partner nicht ausstehen. Ich hätte mir denken können, dass Kruper nicht allein hinter der Sache steckt.«

»Ej, Mann, ej«, sagte Mooner.

DeChooch zielte mit der Pistole auf Mooner. »Sie halten sich wohl für oberschlau, was? Meinen, Sie könnten einen alten Mann ausnehmen. Immer noch mehr Geld herausschlagen – ist das Ihr Ding?«

Mooner klopfte mit der Faust gegen die Stirn. »Ich bin doch nicht blöd.«

»Ich will es jetzt haben. Sofort«, sagte DeChooch.

»Ich würde nur zu gerne Geschäfte mit Ihnen machen«, sagte Mooner. »Was wollen Sie haben? Toaster oder Superman-Anzüge?«

»Arschloch«, sagte DeChooch und feuerte eine Kugel ab, die Mooners Knie treffen sollte, aber ungefähr zwanzig Zentimeter danebenging und mit einem *Zing* im Boden landete.

»Mensch!«, sagte Carolli, der sich die Ohren zuhielt. »Da wird man ja taub von. Stecken Sie das Ding weg.«

»Erst wenn ich ihn zum Reden gebracht habe«, sagte

DeChooch. Erneut zielte er auf Mooner, und Mooner machte sich, um sein Leben laufend, durch den Mittelgang davon.

Im Geist sah ich mich DeChooch heldenhaft die Waffe aus der Hand schlagen, in Wirklichkeit war ich wie gelähmt. Wenn mir jemand mit einer Pistole vor der Nase herumfuchtelt, verflüssigt sich mein Körperinneres.

DeChooch feuerte den nächsten Schuss ab, der an Mooner vorbeisegelte und ein Stück aus dem Taufstein herausschlug.

Carolli klatschte DeChooch mit der flachen Hand auf den Hinterkopf. »Hören Sie auf damit!«

DeChooch taumelte vorwärts, die Waffe entlud sich, und der Schuss ging in ein meterhohes Gemälde, eine Kreuzigungsdarstellung, an der gegenüberliegenden Wand.

Wir standen mit offenen Mündern da, und hastig bekreuzigten wir uns.

»Heiliger Strohsack«, sagte Carolli. »Sie haben Jesus erschossen. Das kostet Sie einige Ave Marias.«

»Es war ein Unfall«, verteidigte sich DeChooch. Er kniff wieder die Augen zusammen und betrachtete das Gemälde. »Wo habe ich ihn denn getroffen?«

»Am Knie.«

»Da bin ich aber erleichtert«, sagte DeChooch. »Wenigstens war es kein tödlicher Schuss.«

»Was ist nun mit Ihrem Gerichtstermin?«, sagte ich. »Ich würde es als eine persönliche Gunst Ihrerseits betrachten, wenn Sie mich zur Wache begleiten und dort einen neuen Termin ausmachen würden.«

»Sie sind vielleicht eine Nervensäge«, sagte DeChooch. »Wie oft soll ich es Ihnen denn noch sagen? Das können Sie sich abschminken. Ich habe Depressionen. Ich lasse mich doch damit nicht ins Gefängnis sperren. Haben Sie schon mal im Gefängnis gesessen?«

»Eigentlich nicht.«

»Dann will ich Ihnen eins verraten: Bei Depressionen sollte man den Ort tunlichst meiden. Außerdem habe ich noch was Dringendes zu erledigen.«

Ich kramte wieder in meiner Tasche. Irgendwo mussten doch das Pfefferspray und die Schreckschusspistole sein.

»Es gibt auch noch andere, die nach mir suchen, und die sind brutaler als Sie, sehr viel brutaler«, sagte DeChooch. »Mich ins Gefängnis zu sperren würde es denen leicht machen, mich aufzuspüren.«

»Ich bin auch brutal!«

»Lady, Sie sind eine blutige Anfängerin«, sagte DeChooch.

Ich zog eine Dose Haarspray hervor, das Pfefferspray blieb unauffindbar. Ich musste effizienter werden. Vielleicht sollte ich das Pfefferspray und den Elektroschocker besser in die Innentasche mit Reißverschluss stecken, aber wo sollte ich dann meine Kaugummis und die Pfefferminzbonbons hintun?

»Ich gehe jetzt«, sagte DeChooch. »Und folgen Sie mir ja nicht, sonst muss ich Sie erschießen.«

»Nur noch eine Frage. Was wollten Sie von Mooner?«

»Das ist eine Privatsache zwischen ihm und mir.«

DeChooch ging durch einen Seiteneingang, und Carolli und ich sahen ihm hinterher.

»Sie haben soeben einen Mörder laufen lassen«, sagte ich zu Carolli. »Sie haben mit einem Mörder zusammengesessen und getrunken.«

»Ach was. Choochy ist kein Mörder. Wir kennen uns seit Jahrzehnten. Er hat ein gütiges Herz.«

»Immerhin hat er auf Mooner geschossen.«

»Er war aufgeregt. Seit seinem Herzinfarkt regt er sich immer so schnell auf.«

»Ach? Er hatte einen Herzinfarkt?«

»Nur einen leichten. Kaum der Rede wert. Ich hatte schon schlimmere.«

O Mann.

Kurz vor seinem Haus holte ich Mooner ein. Er ging im Laufschritt, halb rannte er, halb schlurfte er dahin, schaute über die Schulter nach hinten, die Mooner-Version eines Hasen, der vor einer Meute Jagdhunde davonrennt. Als ich meinen Wagen vor dem Haus abstellte, war Mooner bereits durch die Tür verschwunden, hatte eine Haschzigarette entdeckt und zündete sie an.

»Es wird auf dich geschossen«, sagte ich. »Lass das Doperauchen lieber bleiben. Dope macht blöd, und gerade jetzt musst du kühlen Kopf bewahren.«

»Ej, Mann, ej«, sagte Mooner beim nächsten Ausatmen.

Genau.

Ich zerrte Mooner aus dem Haus, rüber zu Dougie. Es hatte sich etwas Neues ergeben. DeChooch war hinter irgendwas her, und er war davon ausgegangen, Dougie hätte es an sich genommen. Aber jetzt glaubte er, es befände sich in Mooners Besitz.

»Was meinte DeChooch?«, fragte ich Mooner. »Hinter was ist er her?«

»Was weiß ich. Hinter den Toastern jedenfalls nicht.«

Wir standen in Dougies Wohnzimmer. Dougie hielt gewiss nicht viel auf Ordnung in seinem Haushalt, aber das Zimmer kam mir ungewöhnlich durcheinander vor. Die Sofakissen lagen herum, und die Tür des Garderobenschranks stand offen. Ich spähte in die Küche, und es bot sich mir das gleiche Bild. Die Schranktüren waren aufgerissen, ebenso die Schubladen unter dem Tresen. Die Kellertür stand auf, und auch die Tür zu der kleinen Speisekammer. So hatte es gestern Abend noch nicht ausgesehen.

Ich stellte meine Tasche auf den Esstisch und wühlte in meinen Sachen, kramte das Pfefferspray und den Elektroschocker hervor.

»Es ist jemand hier gewesen«, sagte ich zu Mooner.

»Ja, ja, das kommt häufiger vor.«

Ich drehte mich um und sah ihn ungläubig an. »Häufiger?«

»Das dritte Mal in dieser Woche. Wahrscheinlich hat jemand nach unserem Versteck gesucht. Und dann dieser alte Kerl. Was will der? Dougie gegenüber war er superfreundlich, kam sogar noch ein zweites Mal hierher und so. Und jetzt brüllt er mich an. Das ist doch, ej, Mann, ej, verwirrend ist das doch.«

Ich stand mit offenem Mund da, fast gingen mir die Augen über. »Soll das heißen, DeChooch ist noch mal hier gewesen, nachdem er die Zigaretten abgeliefert hatte?«

»Ja. Bloß, ich wusste nicht, dass es DeChooch war. Ich kannte seinen Namen nicht. Dougie und ich haben ihn immer nur den alten Sack genannt. Ich war hier, als er die Zigaretten ablieferte. Dougie hatte mich angerufen, ob ich ihm beim Ausladen helfen könnte. Und dann, ein paar Tage später, hat er Dougie noch mal besucht. Ich habe ihn aber nicht gesehen, ich weiß es nur, weil Dougie es mir erzählt hat.« Mooner zog ein letztes Mal an dem Stummel. »Mann, ej, so ein Zufall aber auch. Wer hätte gedacht, dass du hinter dem alten Sack her bist.«

Die nächste Ohrfeige.

»Ich schau mich mal in den übrigen Räumen um. Du bleibst hier. Wenn du mich schreien hörst, ruf die Polizei.«

Bin ich nun mutig oder nicht? Im Grunde genommen war

ich mir ziemlich sicher, dass niemand zu Hause war. Seit einer Stunde regnete es, vielleicht sogar schon länger, und ich hatte keine Anzeichen gefunden, dass jemand mit nassen Sohlen das Haus betreten hatte. Sehr wahrscheinlich war das Haus gestern Abend, nachdem wir gegangen waren, durchsucht worden.

Ich knipste das Kellerlicht an und schritt langsam die Treppe hinunter. Es war ein kleines Haus mit einem kleinen Keller, und ich brauchte nicht weit zu gehen, um festzustellen, dass der Keller gründlich auf den Kopf gestellt worden war, dass aber niemand mehr da war. Ich wiederholte das Ganze im ersten Stock, auch hier das gleiche Spiel. Im Keller und im Gästezimmer oben waren Kartons aufgerissen und ihr Inhalt auf den Boden geleert worden.

Es war klar, Mooner hatte keine Ahnung, was DeChooch gesucht hatte. Mooners Intelligenz reichte nicht für eine kriminelle Karriere.

»Fehlt irgendwas?«, fragte ich ihn. »Ist Dougie jemals aufgefallen, dass etwas fehlte, nachdem das Haus durchsucht worden war?«

»Ein Bratenstück.«

»Wie bitte?«

»Ich schwöre. In des Tiefkühltruhe hat ein Bratenstück gelegen, das jemand weggenommen hat. Es war ein kleiner Braten, etwa fünf Kilo. Übrig geblieben von einer Rinderkeule, die Dougie zufällig mal gefunden hat. Du weißt, Havarieware, von einem LKW gefallen. Mehr als das eine Stück war nicht drangeblieben. Wir wollten sie aufheben, falls wir mal Lust bekämen, uns was zu kochen.«

Ich ging zurück in die Küche und guckte in der Tiefkühltruhe und im Kühlschrank nach. In der Tiefkühltruhe waren Eiskrem und eine Pizza, im Kühlschrank Cola und Pizzareste.

»Zieht einen ganz schön runter«, sagte Mooner. »Irgendwas stimmt nicht mit dem Haus, wenn Dougster nicht da ist.«

Ich wollte es mir nicht eingestehen, aber in der Sache mit DeChooch brauchte ich Hilfe. Vermutlich hielt er den Schlüssel zu dem Verschwinden von Dougie in der Hand, und immer wieder lief er mir davon.

Connie wollte gerade Feierabend machen, als Mooner und ich ins Büro kamen. »Gut, dass du da bist«, sagte sie. »Ich habe einen NVGler für dich. Roseanne Kreiner. Geschäftsfrau aus dem horizontalen Gewerbe. Ihre Räume befinden sich in der Stark, Ecke Twelfth Street. Soll angeblich einen ihrer Kunden halb zu Tode geprügelt haben. Wahrscheinlich wollte er nicht für ihre Dienstleistung zahlen. Sollte nicht allzu schwer sein, die Frau aufzutreiben. Die wollte bestimmt nur ihre Arbeitszeit nicht für den Gang zum Gericht opfern.«

Ich nahm Connie die Akte ab und stopfte sie in meine Tasche. »Was von Ranger gehört?«

»Er hat heute Morgen seinen NVGler abgeliefert.«

Hurra! Ranger war wieder im Lande. Ich konnte ihn also um Hilfe bitten.

Ich rief seine Nummer an, aber es meldete sich niemand. Ich hinterließ eine Nachricht und versuchte, ihn über seinen Piepser zu erreichen. Kurz darauf klingelte mein Handy, und ein Kribbeln breitete sich in meinem Magen aus. Ranger.

»Yo«, meldete er sich.

»Kannst du mir bei der Festnahme eines NVGlers helfen?«

»Wo ist das Problem?«

»Der Mann ist alt, und wenn ich ihn erschieße, stehe ich als Niete da.«

Ich hörte Ranger am anderen Ende der Leitung lachen. »Was hat er verbrochen?«

»Alles Mögliche. Es ist Eddie DeChooch.«

»Soll ich mit ihm reden?«

»Nein. Du sollst mir nur ein paar Tipps geben, wie ich ihn kriegen kann, ohne ihn zu töten. Ich habe Angst, er gibt den Löffel ab, wenn ich ihm mit dem Elektroschocker drohe.«

»Verfolg ihn zusammen mit Lula, nehmt ihn in die Zange und leg ihm Handschellen an.«

»Alles schon versucht.«

»Er ist Lula und dir wirklich entwischt? Der Kerl muss an die achtzig sein, Babe. Er kann nicht sehen, nicht hören, und er braucht anderthalb Stunden, um seine Blase zu entleeren.«

»Die Situation war etwas verworren.«

»Versuch ihn doch das nächste Mal in den Fuß zu schießen«, sagte Ranger. »Das funktioniert meistens.« Er kappte die Verbindung.

Wunderbar.

Als Nächstes rief ich Morelli an.

»Es gibt Neuigkeiten«, sagte Morelli. »Beim Zeitungskaufen habe ich Costanza getroffen. Der Autopsiebericht von Loretta Ricci ist fertig. Sie ist an einem Herzinfarkt gestorben.«

»Und danach wurde sie erschossen?«

»Du hast es erfasst, Pilzköpfchen.«

Höchst seltsam.

»Du hast doch heute deinen freien Tag, nicht? Könntest du mir einen Gefallen tun?«, sagte ich zu Morelli.

»Oje.«

»Könntest du vielleicht Babysitter für Mooner spielen? Er ist irgendwie in diesen DeChooch-Mist verstrickt, und ich glaube, so ganz allein in meiner Wohnung ist er nicht sicher.«

»Bob und ich haben uns gerade niedergelassen, um uns das Spiel im Fernsehen anzugucken. Darauf haben wir uns schon die ganze Woche gefreut.«

»Mooner kann mit euch gucken. Ich bringe ihn bei dir vorbei.«

Bevor Morelli widersprechen konnte, legte ich auf: Ich machte nur nach, was alle anderen mir vormachten.

Roseanne Kreiner stand an ihrer Ecke im Regen, klitschnass und stocksauer. Als Mann hätte ich sie nicht näher als fünf Meter an meinen Schwengel rankommen lassen. Sie trug hochhackige Schuhe und einen schwarzen Müllsack am Leib. Schwer zu sagen, was sie unter dem Beutel anhatte, möglicherweise gar nichts. Sie spazierte auf und ab und winkte vorbeifahrenden Autos zu, und wenn sie nicht anhielten, zeigte sie ihnen den Finger. Im Verhaftungsprotokoll war ihr Alter mit zweiundfünfzig angegeben.

Ich fuhr an die Seite und kurbelte das Fenster herunter. »Machen Sie's auch mit Frauen?«

»Meine Liebe, ich mache es mit Schweinen, Kühen, Enten und Frauen. Solange die Kohle stimmt, opfere ich meine Zeit. Zwanzig für Handarbeit. Überstunden kosten extra.«

Ich wedelte mit einem Zwanzigdollarschein, und sie stieg ein. Ich drückte den Knopf für die automatische Türverriegelung und raste zur Polizeiwache.

»Eine Seitenstraße reicht«, sagte sie.

»Ich muss Ihnen etwas gestehen.«

»Oh, Scheiße. Sind Sie von der Polizei? Sagen Sie jetzt nicht, dass Sie von der Polizei sind.«

»Ich bin nicht von der Polizei. Ich bin Kautionsdetektivin. Sie haben Ihren Gerichtstermin versäumt, und Sie müssen einen neuen vereinbaren.«

»Darf ich den Zwanziger trotzdem behalten?«

»Dürfen Sie.«

»Wollen Sie ein bisschen rumfummeln dafür?«

»Nein!«

»Ist ja gut! Ist ja gut! Deswegen brauchen Sie nicht gleich so zu schreien. Ich will nur nicht, dass Sie sich angeschmiert vorkommen. Bei mir kriegen die Leute was für ihr Geld.«

»Und der Kerl, dem Sie eine verpasst haben?«

»Der wollte mich austricksen. Glauben Sie vielleicht, ich stehe zu meinem Vergnügen jeden Tag an meiner Ecke? Ich habe eine kranke Mutter in einem betreuten Wohnprojekt. Wenn ich die monatlichen Zahlungen nicht leiste, zieht sie zu mir.«

»Wäre das so schlimm?«

»Lieber würde ich es mit einem Walross treiben.«

Ich stellte den Wagen auf dem Parkplatz der Polizeiwache ab, nahm die Handschellen, um sie Roseanne anzulegen, aber sie fing an, mit den Händen herumzufuchteln.

»Sie werden mir keine Handschellen anlegen«, sagte sie. »Niemals.«

Irgendwie löste sich bei dieser Fuchtelei und dem Gezänk die automatische Türverriegelung, und Roseanne sprang aus dem Wagen und rannte auf die Straße. Sie hatte einen guten Vorsprung, aber sie trug Stöckelschuhe, und ich hatte meine Laufschuhe an. Zwei Straßen weiter war die Jagd zu Ende, und ich hatte sie eingeholt. Wir waren beide nicht gut in Form. Sie keuchte, und ich hatte ein Gefühl, als würde ich Feuer einatmen. Ich legte ihr die Handschellen an, und sie setzte sich hin.

»Nicht hinsetzen«, sagte ich.

»Denkste. Ich gehe nirgendwohin.«

Meine Tasche hatte ich im Auto gelassen, und das stand ziemlich weit weg von hier. Wenn ich hinlief und mein Handy holte, würde Roseanne bei meiner Rückkehr wohl nicht mehr da sein. Sie hockte, schmollend, und ich stand neben ihr, innerlich kochend.

Manchmal lohnte das Aufstehen morgens einfach nicht.

Ich verspürte das dringende Bedürfnis, ihr einen kräftigen Fußtritt in die Nieren zu versetzen, aber das würde wahrscheinlich einen blauen Fleck hinterlassen, und Roseanne würde Vinnie wegen Kopfgeldjägerbrutalität verklagen. Vinnie schätzte so etwas ganz und gar nicht.

Es regnete immer heftiger, und wir beide waren bis auf die Haut durchnässt. Meine Haare klebten mir im Gesicht, und meine Levi's fing an sich aufzulösen. Wir beide ließen uns auf ein Kräftemessen ein. Als Eddie Gazarra zur Mittagspause rausfuhr, fand das Kräftemessen ein Ende. Eddie ist Polizist in Trenton, und er ist mit meiner Kusine Shirley der Heulsuse verheiratet.

Eddie kurbelte das Fenster herunter, schüttelte den Kopf und machte nur *ts ts ts*.

»Probleme mit einem NVGler«, sagte ich zu Eddie.

Eddie grinste. »Nicht möglich!«

»Kannst du mir helfen, sie in deinen Wagen zu bugsieren?«

»Es regnet! Da werde ich ja nass!«

Ich funkelte ihn an.

»Das kriegst du nicht umsonst«, sagte Gazarra.

»Nicht wieder Babysitten.« Seine Kinder waren niedlich, aber als ich das letzte Mal auf sie aufgepasst hatte, war ich eingeschlafen, und sie hatten mir die Haare um fünf Zentimeter gekürzt.

Er machte noch mal *ts ts ts*. »He, Roseanne«, rief er. »Kann ich dich mitnehmen?«

Roseanne stand auf und schaute ihn an. Überlegte.

»Wenn du einsteigst, kriegst du zehn Dollar von Stephanie«, sagte Gazarra.

»Nein, kriegt sie nicht«, schrie ich. »Sie hat schon zwanzig von mir bekommen.«

»Durftest du dafür auch ein bisschen fummeln?«, fragte Gazarra.

»Nein!«

Wieder das *ts ts ts*.

»Also«, sagte Roseanne. »Was ist jetzt?«

Ich strich mir die Haare aus dem Gesicht. »Wenn Sie Ihren Fettarsch nicht in den Polizeiwagen heben, kriegen Sie einen Tritt in die Seite.«

Wenn alles nichts hilft, kann man's ja mal mit einer leeren Drohung probieren.

6

Ich stellte meinen Wagen auf dem Mieterparkplatz ab und schleppte mich hoch in meine Wohnung. Im Treppenhaus warteten Benny und Ziggy.

»Wir haben Ihnen Erdbeermarmelade mitgebracht«, sagte Benny. »Eine ziemlich gute sogar. Die von Smucker.«

Ich nahm das Glas und schloss die Wohnungstür auf. »Was gibt's?«

»Uns ist zu Ohren gekommen, Sie hätten DeChooch dabei erwischt, wie er sich mit Pater Carolli einen hinter die Binde gegossen hat.«

Die beiden lachten, weideten sich an der Vorstellung.

»Choochy ist schon ein Mordskerl«, sagte Ziggy. »Hat er wirklich auf Jesus geschossen?«

Ich schloss mich ihrem Lachen an. Choochy war tatsächlich ein Mordskerl. »Spricht sich ja schnell herum«, sagte ich.

»Wir sind eben auf Draht, wie man so schön sagt«, erklärte Ziggy. »Aber wir wollten es aus Ihrem eigenen Mund hören. Wie sah DeChooch aus? Ging es ihm gut? Ich meine, hat er verrückt gespielt oder so?«

»Er hat ein paar Schüsse auf Mooner abgegeben, ihn aber nicht getroffen. Carolli meinte, seit seinem Herzinfarkt rege er sich immer schnell auf.«

»Und hören kann er auch nicht mehr gut«, sagte Benny.

Die beiden wechselten daraufhin viel sagende Blicke. Das Lachen erstarb.

Meine Levi's triefte, und auf dem Küchenboden bildete sich eine Pfütze. Ziggy und Benny hielten Abstand.

»Wo ist dieser kleine dusselige Kerl abgeblieben?«, fragte Benny. »Treibt er sich nicht mehr mit Ihnen herum?«

»Er hatte was zu erledigen.«

Sobald Benny und Ziggy gegangen waren, schälte ich mich aus meinen Klamotten. Rex rannte in seinem Laufrad. Gelegentlich hielt er inne, das Wesen des Regens war ihm ein Rätsel. Manchmal hockte er unter seiner Wasserflasche, und Tropfen fielen auf seinen Kopf, aber seine Erfahrungen mit Wetter waren im Allgemeinen begrenzt.

Ich streifte ein frisches T-Shirt über, zog eine saubere Jeans an und föhnte mir die Haare. Danach hatte mein Haar jede Menge Volumen, aber keine Form, zur Ablenkung trug ich hellblauen Lidschatten auf.

Gerade stieg ich in meine Schuhe, da klingelte das Telefon.

»Deine Schwester ist auf dem Weg zu dir«, sagte meine Mutter. »Sie braucht jemanden, mit dem sie reden kann.«

Valerie musste wirklich verzweifelt sein, dass sie mich als Gesprächspartnerin suchte. Wir mögen uns einigermaßen, aber wir haben uns nie nahe gestanden. Es gibt zu viele grundlegende Unterschiede in unserem Charakter. Und als sie nach Kalifornien zog, haben wir uns noch mehr voneinander entfremdet.

Schon seltsam, wie sich die Dinge so entwickeln. Immer hatten wir gedacht, Valerie führte die perfekte Ehe.

Erneut klingelte das Telefon. Es war Morelli.

»Er summt«, sagte er nur. »Wann kommst du und holst ihn ab?«

»Er summt?«

»Bob und ich wollen uns das Spiel ansehen, und dieser Furchenscheißer hört nicht auf mit seinem Gesumme.«

»Vielleicht ist er nervös.«

»Und ob! Sollte er auch. Wenn er nicht aufhört zu summen, erwürge ich ihn eigenhändig.«

»Versuch's mal mit Füttern.«

Ich legte auf.

»Wenn ich bloß wüsste, wonach die alle suchen«, sagte ich zu Rex. »Ich weiß, dass es mit Dougies Verschwinden zu tun hat.«

Es klopfte an der Tür, und meine Schwester hüpfte herein. Sie sah Doris-Day-Meg-Ryan-mäßig flott aus. Für kalifornische Verhältnisse vielleicht geeignet, aber in Jersey ist »flott« total out.

»Du siehst ja irre flott aus«, sagte ich. »Ich weiß nicht, wann du jemals so flott ausgesehen hast.«

»Ich sehe nicht flott aus – ich bin nur gut drauf. Ab jetzt wird keine Träne mehr vergossen, nie wieder. Niemand gibt sich gerne mit einem Trauerkloß ab. Ich will vorwärts kommen im Leben, und ich will glücklich sein. Ich werde so wahnsinnig glücklich sein, dagegen wirkt Smily wie ein Versager.«

Buah!

»Und weißt du auch, warum ich glücklich sein kann? Ich bin glücklich, weil ich angepasst bin.«

Nur gut, dass Valerie zurück nach Jersey gezogen war. Das mit dem Angepasstsein ließe sich schon wieder richten.

»Hier wohnst du also«, sagte sie und schaute sich um. »Ich war noch nie hier.«

Ich sah mich ebenfalls um, und was ich entdeckte, fand ich nicht sonderlich beeindruckend. Eigentlich habe ich viele gute Einrichtungsideen für meine Wohnung, aber irgendwie komme ich nie dazu, in dem Lampenladen den Kerzenständer aus Glas und in dem Töpferladen die Obstschale aus Messing zu kaufen, die schon so lange im Schaufenster stehen. Vor meinen Fenstern hängen praktische Vorhänge und Jalousien, meine Möbel sind einigermaßen neu, aber nicht besonders extravagant. Ich wohne in einer billigen 08/15-Schachtel aus den Siebzigern, die genauso aussieht wie eine billige 08/15-Schachtel aus den Siebzigern. Lifestyle-Queen Martha Stewart würde einen Anfall kriegen.

»Ach, Mensch«, sagte ich. »Das mit Steve tut mir wirklich Leid. Ich wusste nicht, dass es zwischen euch beiden Probleme gab.«

Valerie ließ sich auf das Sofa plumpsen. »Ich auch nicht. Er hat mich völlig überrumpelt. Eines Tages kam ich aus dem Fitnessstudio nach Hause und merkte, dass Steves Kleider weg waren. Dann fand ich einen Zettel auf dem Küchentresen, er käme sich wie ein Gefangener vor und er müsste einfach mal raus. Tags darauf kam die Nachricht von der Zwangsvollstreckung des Hauses.«

»Meine Güte.«

»Das könnte auch sein Gutes haben. Ich meine, es könnte mir alle möglichen neuen Perspektiven eröffnen. Zum Beispiel brauche ich unbedingt einen Job.«

»Hast du dir schon was überlegt?«

»Ich möchte Kopfgeldjägerin werden.«

Das verschlug mir die Sprache. Valerie? Kopfgeldjägerin?

»Hast du es Mom schon erzählt?«

»Nein. Findest du, ich sollte es ihr sagen?«

»Nein!«

»Als Kopfgeldjägerin kann man sich seine Arbeitszeit

doch selbst einteilen, oder? Ich könnte also zu Hause sein, wenn die Mädchen aus der Schule kommen. Außerdem sind Kopfgeldjäger irgendwie knallhart, und das soll die neue Valerie auch sein: gut drauf, aber knallhart.«

Valerie trug einen roten Strickpullover von Talbots, Designerjeans mit Bügelfalte und Halbschuhe aus Schlangenleder.

Knallhart erschien mir doch ein bisschen weit hergeholt.

»Ich glaube für die Kopfgeldjagd bist du nicht der geeignete Typ«, sagte ich.

»Natürlich bin ich der geeignete Typ für die Kopfgeldjagd«, entgegnete sie begeistert. »Ich muss mich nur entsprechend darauf einstellen.« Sie richtete sich auf und fing an, das Ameisenlied zu singen.

»Schau dir nur diese kleine Ameise an, tapfer geht sie an den Gummibaum ran …«, sang Valerie. *»Und sie ist frohen Muts, und sie ist frohohohen Muts!«*

Wie gut, dass meine Pistole in der Küche lag, ich verspürte nämlich den unwiderstehlichen Drang, Valerie zu erschießen. Ich finde, sie übertrieb es reichlich mit der Gut-drauf-Masche.

»Grandma hat gesagt, du würdest gerade an einem großen Fall arbeiten, und ich habe mir gedacht, dass ich dir vielleicht dabei helfen könnte«, sagte Valerie.

»Ich weiß nicht. Der Mann ist ein Killer.«

»Aber er soll doch ziemlich alt sein, oder?«

»Ja, ein alter Killer.«

»Hört sich doch gut an für den Anfang«, sagte Valerie und sprang vom Sofa auf. »Schnappen wir ihn uns!«

»Ich weiß gar nicht so genau, wo ich nach ihm suchen soll«, sagte ich.

»Wahrscheinlich füttert er Enten im Park. Das machen

alte Männer gerne. Abends gucken sie fern, tagsüber füttern sie Enten im Park.«

»Es regnet. Ich glaube nicht, dass er bei Regen Enten füttern geht.«

Valerie schaute aus dem Fenster. »Da hast du auch wieder Recht.«

Plötzlich war ein kräftiges Pochen an der Wohnungstür zu hören, und danach ein Geräusch, als probierte jemand den Knauf zu drehen, um zu sehen, ob die Tür vielleicht offen war. Dann wieder ein Pochen.

Morelli, war mein erster Gedanke. Er liefert Mooner bei mir ab.

Ich machte die Tür auf, und Eddie DeChooch trat in den Flur. In einer Hand hielt er eine Pistole, und er sah aus, als meinte er es ernst.

»Wo steckt er?«, fragte DeChooch. »Ich weiß, dass er hier bei Ihnen wohnt. Wo ist die Ratte?«

»Meinen Sie Mooner?«

»Ich meine dieses miese kleine Dreckstück, das mich verscheißert. Er hat etwas, das mir gehört, und das will ich wiederhaben.«

»Woher wissen Sie, dass Mooner es hat?«

DeChooch zwängte sich an mir vorbei ins Schlafzimmer, dann ins Badezimmer. »Sein Freund hat es nicht. Und ich habe es auch nicht. Bleibt als Einziger dieser debile Mooner übrig.« DeChooch riss Schranktüren auf und knallte sie wieder zu. »Wo ist er? Ich weiß, dass Sie ihn irgendwo versteckt haben.«

Ich zuckte die Achseln. »Er sagte, er hätte einige Sachen zu erledigen. Seitdem habe ich ihn nicht wieder gesehen.«

Er setzte Valerie die Pistole an die Schläfe. »Wer ist denn die Süße?«

»Meine Schwester Valerie.«

»Vielleicht sollte ich sie lieber erschießen.«

Valerie schielte zur Pistole hin. »Ist das eine echte Pistole?«

DeChooch schwenkte die Pistole zwanzig Zentimeter seitwärts und drückte ab. Die Kugel verfehlte um Haaresbreite meinen Fernseher und blieb in der Wand stecken.

Valerie wurde kreidebleich und quiekte.

»Meine Fresse, die hört sich ja an wie eine Maus«, sagte DeChooch.

»Was soll ich denn jetzt mit der Wand machen?«, fragte ich ihn. »Sie haben ein riesiges Einschussloch reingeballert.«

»Zeigen Sie das mal Ihrem Freund, und sagen Sie ihm, wenn er nicht in die Gänge kommt, sieht sein Kopf so aus wie die Wand.«

»Wenn Sie mir sagen, was Sie suchen, kann ich Ihnen vielleicht helfen, es wieder zu finden.«

DeChooch schob sich rückwärts aus der Wohnungstür, die Pistole auf Valerie und mich gerichtet. »Kommen Sie mir ja nicht nach«, sagte er, »sonst knallt's.«

Valerie wurden die Knie weich, und sie sackte hart zu Boden.

Ich wartete ein paar Herzschläge lang ab, bevor ich die Tür aufmachte und nach draußen auf den Gang schaute. DeChoochs Drohungen musste man ernst nehmen. Als ich schließlich das Treppenhaus ausspionierte, konnte ich DeChooch nirgendwo entdecken. Ich machte die Tür zu, schloss ab und lief zum Fenster. Meine Wohnung liegt nach hinten raus, und von meinem Fenster aus überblickt man den Mieterparkplatz. Nicht besonders malerisch, aber ganz praktisch, um verrückte alte Männer auf der Flucht zu beobachten.

Ich sah, wie DeChooch aus dem Haus trat und in dem

weißen Cadillac davonfuhr. Die Polizei suchte nach ihm, ich suchte nach ihm, und dabei fuhr er unbehelligt mit seinem weißen Cadillac in der Gegend herum. Er war ein gerissener Gauner. Wieso bekamen wir ihn dann nicht zu fassen? Ich meinerseits kannte die Antwort auf diese Frage: Ich war unfähig.

Valerie saß immer noch auf dem Boden, kreidebleich.

»Das mit der Kopfgeldjagd solltest du dir noch mal überlegen«, schlug ich ihr vor. Vielleicht galt dasselbe für mich.

Valerie fuhr zum Haus meiner Eltern zurück, um sich ihre Valiumration einzupfeifen, ich rief Ranger an.

»Ich schmeiße das Handtuch«, sagte ich. »Ich übergebe dir den Fall.«

»Du schmeißt doch sonst nicht so leicht das Handtuch«, sagte Ranger. »Was ist der Grund?«

»DeChooch lässt mich auflaufen.«

»Sonst noch was?«

»Dougie Kruper wird vermisst, und ich glaube, DeChooch ist an seinem Verschwinden nicht unschuldig. Ich befürchte, dass ich Dougie gefährde, weil ich die Verhaftung von DeChooch andauernd vermassle.«

»Dougie Kruper wurde wahrscheinlich von Außerirdischen entführt.«

»Willst du nun den Fall übernehmen oder nicht?«

»Nein.«

»Dann eben nicht. Leck mich.« Ich schmiss Ranger aus der Leitung und streckte dem Apparat die Zunge heraus. Im Flur schnappte ich mir meine Tasche und meine Regenjacke und stürmte aus der Wohnung, die Treppe hinunter.

Mrs. DeGuzman stand in der Eingangshalle. Mrs. DeGuzman ist von den Philippinen und spricht kein Wort Englisch.

»Demütigend«, sagte ich zu ihr.

Mrs. DeGuzman lächelte und wackelte mit dem Kopf, wie die Zierhunde, die manche Autofahrer hinten auf ihre Hutablage stellen.

Ich stieg in meinen CR-V, blieb einen Moment sitzen und dachte nur: *Mach dich auf den Tod gefasst, DeChooch.* Und: *Schluss mit lustig, ab jetzt herrscht Krieg.* Andererseits fiel mir auch nicht ein, wo ich weiter nach ihm hätte suchen sollen, deswegen fuhr ich erst mal ins Einkaufszentrum.

Es war beinahe fünf Uhr, als ich zurückkehrte. Ich schloss die Tür zu meiner Wohnung auf und unterdrückte einen Schrei. In meinem Wohnzimmer saß ein Mann. Ich sah noch mal hin, es war Ranger. Er saß entspannt in einem Sessel und musterte mich nachdenklich.

»Du hast mich einfach rausgeschmissen«, sagte er. »Mach das nicht noch mal mit mir.«

Seine Stimme war leise, aber die Autorität war wie immer unmissverständlich aus ihr herauszuhören. Ranger trug eine schwarze Baumwollhose, einen dünnen langärmligen schwarzen Sweater, dessen Ärmel hochgekrempelt waren, und teure schwarze Halbschuhe. Das Haar war raspelkurz geschnitten. Ich kannte ihn nur mit langen Haaren und in der Uniform des S.W.A.T, dem Sondereinsatzkommando der Armee, deswegen hatte ich ihn nicht gleich erkannt.

»Ist das deine Tarnkleidung?«, fragte ich.

Er sah mich an, ohne zu antworten. »Was ist in der Tasche?«

»Schuhe.«

Er lachte. »Eine Frau kann nie genug Schuhe besitzen.«

»Was willst du hier?«

»Ich dachte, wir könnten vielleicht ins Geschäft kommen. Wie dringend ist es dir mit DeChooch?«

O Mann. »An was für ein Geschäft hast du dabei gedacht?«

»Du findest DeChooch. Hast du Schwierigkeiten ihn festzunehmen, rufst du mich an. Wenn mir die Verhaftung gelingt, verbringst du eine Nacht mit mir.«

Mir blieb das Herz stehen. Es war ein Spiel, das seit einiger Zeit zwischen Ranger und mir lief, aber die Sache war noch nie zuvor so deutlich ausgesprochen worden.

»Eigentlich bin ich ja mit Morelli verlobt«, sagte ich.

Ranger lachte immer noch.

Scheiße.

Man hörte, wie ein Schlüssel ins Türschloss geschoben wurde, und die Tür flog auf. Morelli schlenderte herein, und er und Ranger nickten sich kurz zu.

»Ist das Spiel aus?«, fragte ich Morelli.

Morelli sah mich mit Todesverachtung an. »Das Spiel ist aus, und mit der Babysitterei ist es auch aus. Ich will diesen Typ nie wieder in meinem Leben sehen.«

»Wo ist er?«

Morelli drehte sich um und sah nach. Mooner war weg. »Mist!«, sagte Morelli. Er ging zurück in den Hausflur, fasste Mooner am Jackenkragen und stieß ihn in die Wohnung – die polizeimäßige Entsprechung zur Katzenmutter, die ihr unartiges Junges am Genick packt.

»Ej, Alter, ej«, sagte Mooner.

Ranger stand auf und steckte mir eine Karte zu, auf der ein Name und eine Adresse standen. »Der Besitzer des weißen Cadillacs«, sagte er. Er streifte sich seine schwarze Lederjacke über und ging. Mister Gesprächig.

Morelli deponierte Mooner in einem Sessel vor dem Fernseher, zeigte mit dem Finger auf ihn und sagte, er solle ja dort sitzen bleiben.

Ich sah Morelli neugierig an.

»Bei Bob funktioniert es«, erklärte Morelli. Er schaltete den Fernseher ein und bedeutete mir, ins Schlafzimmer zu gehen. »Wir müssen mal miteinander reden.«

Es hatte eine Zeit gegeben, da hatte allein der Gedanke, mit Morelli in einem Schlafzimmer zu sein, mich in Panik versetzt. Nun ließ er meine Brustwarzen hart werden.

»Was ist los?«, fragte ich und machte die Tür hinter mir zu.

»Mooner hat mir erzählt, du hättest heute ein Hochzeitskleid ausgesucht.«

Ich schloss die Augen und ließ mich nach hinten aufs Bett fallen. »Ja, habe ich! Ich habe mich hinreißen lassen.« Ich stöhnte. »Meine Mutter und meine Oma sind plötzlich aufgetaucht, und ehe ich mich's versehe, sind wir bei Tina, und ich probiere Brautkleider an.«

»Du würdest mir doch Bescheid sagen, wenn wir heiraten, oder? Ich meine, du würdest nicht einfach eines Tages im Brautkleid vor meiner Tür stehen und sagen, wir hätten in einer Stunde einen Termin in der Kirche.«

Ich setzte mich auf und sah ihn missmutig an. »Deswegen brauchst du nicht gleich so zickig zu sein.«

»Männer sind nicht zickig«, sagte Morelli. »Männer sind genervt. Zickig sind Frauen.«

Wütend sprang ich vom Bett auf. »Diese sexistische Bemerkung ist mal wieder typisch für dich.«

»Nun mal halblang«, sagte Morelli. »Ich bin italienischer Abstammung. Italiener neigen nun mal zu sexistischen Bemerkungen.«

»So funktioniert das nicht.«

»Überleg dir das lieber, Pilzköpfchen, bevor deiner Mutter die Rechnung für das Kleid ins Haus flattert.«

»Und du? Was willst du? Willst du heiraten?«

»Klar. Von mir aus sofort.« Er fasste hinter sich und schloss die Schlafzimmertür ab. »Zieh deine Sachen aus.«

»Was?«

Morelli stieß mich aufs Bett und beugte sich über mich. »Ehe ist eine Geisteshaltung.«

»In meiner Familie nicht.«

Er schob mein Hemd hoch und schaute darunter.

»Hör auf! Warte!«, sagte ich. »Ich kann nicht, mit Mooner nebenan im Zimmer.«

»Mooner sieht fern.«

Seine Hand bedeckte mein Schambein, und sein Zeigefinger vollführte irgendeine Zauberei, meine Augen wurden glasig, und der Sabber tropfte mir aus den Mundwinkeln. »Die Tür ist doch abgeschlossen, oder?«

»Ja«, sagte Morelli. Er hatte mir die Hose bis auf die Knie heruntergezogen.

»Guck doch lieber mal nach.«

»Was soll ich nachgucken?«

»Ob Mooner auch nicht an der Tür lauscht.«

»Ist mir egal, ob er an der Tür lauscht oder nicht.«

»Mir aber nicht.«

Morelli seufzte und drehte sich zur Seite. »Ich hätte mir Joyce Barnhardt zur Freundin nehmen sollen. Sie hätte Mooner aufgefordert, dabei zuzugucken.« Er öffnete die Tür einen Spalt, sah hinaus, machte die Tür noch weiter auf. »Oh, Scheiße«, sagte er.

Ich war sofort auf den Beinen, die Hose wieder hoch gezogen. »Was ist? *Was ist?*«

Morelli war schon aus dem Zimmer, ging durchs Haus, öffnete Türen und schloss sie wieder. »Mooner ist weg.«

»Wie ist das möglich?«

Morelli blieb stehen und sah mich an. »Kann uns das nicht egal sein?«

»Nein!«

Der nächste Seufzer. »Wir waren nur ein paar Minuten im Schlafzimmer. Er kann noch nicht weit sein. Ich gehe los, ihn suchen.«

Ich ging durchs Zimmer zum Fenster und schaute runter auf den Parkplatz. Ein Auto fuhr gerade davon. Man konnte bei dem Regen kaum etwas erkennen, aber es sah so aus, als gehörte der Wagen Ziggy und Benny. Dunkel, amerikanische Marke, Mittelklasse. Ich rannte durch den Hausflur, die Treppe hinunter, unten an der Tür holte ich Morelli ein. Wir stürmten durch den Eingang auf den Parkplatz und hielten inne. Von Mooner keine Spur. Die dunkle Limousine war auch nicht mehr zu sehen.

»Ich halte es für möglich, dass er bei Ziggy und Benny ist«, sagte ich. »Probieren wir es doch in ihrem Freizeitklub.« Mir fiel sonst kein anderer Ort ein, wo sie Mooner hätten hinbringen können. Zu sich nach Hause würden sie ihn wohl kaum schleppen.

Wir gingen zu Joes Truck und stiegen ein. »Ziggy, Benny und Chooch gehören alle dem Dominoklub in der Mulberry Street an«, sagte Morelli. »Warum denkst du, dass er bei Benny und Ziggy ist?«

»Ich glaube, ich habe ihren Wagen vom Parkplatz fahren sehen. Ich habe den Verdacht, dass Dougie und DeChooch, Benny und Ziggy in etwas verwickelt sind, das mit dem Zigarettenverkauf seinen Anfang genommen hat.«

Wir kurvten durch Burg zur Mulberry Street, und tatsächlich, vor dem Freizeitklub Domino stand Bennys dunkelblaue Limousine. Ich stieg aus und hielt meine Hand an die Motorhaube. Sie war warm.

»Wie willst du vorgehen?«, fragte Morelli. »Soll ich im Wagen warten? Oder soll ich dir mit Gewalt Zutritt verschaffen?«

»Ich bin doch nicht bescheuert, nur weil ich eine emanzipierte Frau bin. Verschaff mir Zutritt.«

Morelli klopfte an die Tür, und ein alter Mann machte auf, die Vorhängekette blieb gespannt.

»Ich möchte zu Benny«, sagte Morelli.

»Benny hat zu tun.«

»Sagen Sie ihm, Joe Morelli möchte ihn sprechen.«

»Er hat trotzdem zu tun.«

»Sagen Sie ihm, wenn er nicht herauskommt, werde ich seinen Wagen anzünden.«

Der alte Mann verschwand und kehrte in nicht mal einer Minute zurück. »Benny meint, wenn Sie ihm den Wagen anzünden, müsste er Sie töten. Und er würde Sie bei Ihrer Oma verpetzen.«

»Sagen Sie Benny, wehe, er würde Walter Dunphy da drin festhalten. Dunphy steht nämlich unter dem besonderen Schutz meiner Oma, und wenn Dunphy etwas zustößt, wird meine Oma Benny mit dem bösen Blick belegen.«

Zwei Minuten später öffnete sich die Tür zum dritten Mal, und Mooner wurde nach draußen gestoßen.

»Alle Achtung«, sagte ich zu Morelli. »Ich bin schwer beeindruckt.«

»Ej, Alter, ej«, sagte Mooner.

Wir luden Mooner in den Truck und fuhren zurück zu meiner Wohnung. Unterwegs überfiel ihn das große Kichern, und Morelli und ich konnten uns denken, womit Benny Mooner geködert hatte.

»Was für ein irres Glück«, sagte Mooner, lächelnd und verwundert. »Ich wollte nur mal Luft schnappen und mir Shit holen, und da standen die beiden Typen auf dem Parkplatz. Und jetzt mögen sie mich gern.«

Solange ich denken kann, sind meine Mutter und meine Oma sonntags morgens zur Kirche gegangen. Auf dem Rückweg von der Kirche gehen sie immer an der Bäckerei vorbei und kaufen eine Tüte Doughnuts mit Marmeladenfüllung für meinen Vater, den Sünder. Wenn Mooner und ich den richtigen Zeitpunkt erwischten, würden wir ein bis zwei Minuten nach den Doughnuts eintrudeln. Meine Mutter würde sich freuen, weil ich zu Besuch kam. Mooner würde sich freuen, weil er einen Doughnut bekam. Und ich würde mich freuen, weil Grandma den neuesten Klatsch und Tratsch über alles und jeden wüsste, einschließlich Eddie DeChooch.

»Ich habe große Neuigkeiten«, sagte Grandma, als sie an die Tür kam. »Stiva hat sich gestern die Leiche von Loretta Ricci gesichert, und heute Abend um sieben ist die erste Aufbahrung. Leider nur bei geschlossenem Sarg, aber es könnte sich trotzdem lohnen. Vielleicht lässt sich ja sogar Eddie blicken. Ich will mein neues rotes Kleid anziehen. Es wird sicher picke packe voll. Hinz und Kunz kommen.«

Angie und Mary Alice saßen im Wohnzimmer vor dem Fernseher, der Ton war so laut, dass die Fensterscheiben vibrierten. Mein Vater war ebenfalls im Wohnzimmer, wie gepfählt hockte er in seinem Lieblingssessel und las Zeitung, vor Anstrengung traten seine Fingerknöchel weiß hervor.

»Deine Schwester liegt mit einer Migräne im Bett«, sagte Grandma. »Dieser Gutelaunefimmel hat sie wohl überanstrengt. Und deine Mutter kocht Kohlrouladen. In der Küche liegen Doughnuts, und wenn das nichts hilft – in meinem Schlafzimmer habe ich was Hartes zu trinken. Das hier ist ein Tollhaus.«

Mooner nahm sich ein Doughnut und schlurfte ab ins Wohnzimmer, um zusammen mit den Kindern fernzusehen. Ich schüttete mir einen Becher Kaffee ein und ließ mich mit meinem Doughnut am Küchentisch nieder.

Grandma setzte sich mir gegenüber. »Was hast du heute vor?«

»Ich habe einen Hinweis bekommen, wo Eddie DeChooch sich aufhalten könnte. Er fährt einen weißen Cadillac, und gerade habe ich den Namen der Besitzerin erfahren. Mary Maggie Mason.« Ich holte die Karte aus meiner Hosentasche und las sie. »Irgendwie kommt mir der Name bekannt vor.«

»Die halbe Welt kennt Mary Maggie Mason«, sagte Grandma. »Sie ist ein Star.«

»Ich habe noch nie von ihr gehört«, sagte meine Mutter.

»Das kommt, weil du nie ausgehst«, sagte Grandma. »Mary Maggie ist eine von den Schlammwrestlerinnen im Snake Pit. Sie ist die Beste von allen.«

Meine Mutter schaute von ihrem Topf mit Reis, Fleisch und Tomaten auf. »Woher weißt du das überhaupt?«

»Elaine Barkolowski und ich gehen nach dem Bingospiel manchmal noch ins Snake Pit. Donnerstags treten die männlichen Wrestler an, die tragen alle nur Tangahöschen über ihrem Gehänge. Die Männer sind nicht so spitze wie die ganz Großen, The Rock zum Beispiel, aber schlecht sind sie auch nicht gerade.«

»Das ist ja widerlich«, sagte meine Mutter.

»Ja«, sagte Grandma. »Der Eintritt kostet fünf Dollar, aber es lohnt sich.«

»Ich muss los, arbeiten«, sagte ich zu meiner Mutter. »Kann Mooner eine Weile bei euch bleiben?«

»Er nimmt doch keine Drogen mehr, oder?«

»Nö. Der ist clean.« Seit genau zwölf Stunden. »Aber

schließ für alle Fälle lieber den Klebstoff und den Hustensaft weg.«

Ich fuhr zu der Adresse von Mary Maggie Mason, die Ranger mir gegeben hatte. Es war ein schickes hohes Gebäude, lauter Eigentumswohnungen mit Blick auf den Fluss. Ich glitt über das unterirdische Parkdeck und sah mir die Autos an: kein weißer Cadillac, aber dafür ein silbermetallicfarbener Porsche mit dem Autokennzeichen MMM-YUM.

Ich stellte meinen Wagen in der für Gäste reservierten Bucht ab und fuhr mit dem Aufzug in den sechsten Stock. Ich trug Jeans, Boots und, über einem schwarzen Polohemd, meine schwarze Lederjacke. Irgendwie kam ich mir unangemessen gekleidet vor für die Umgebung. Das Haus verlangte nach grauer Seide, Stöckelschuhen und einer bis zur Perfektion mit Laser behandelten und polierten Haut.

Mary Maggie Mason kam nach meinem zweiten Klopfzeichen an die Tür. Sie trug einen Jogginganzug, und das braune Haar hatte sie zu einem Pferdeschwanz zusammengebunden. »Ja?«, fragte sie. Die Augen hinter ihrer Hornbrille sahen mich scheel an, und in der Hand hielt sie ein Buch von Nora Roberts. Mary Maggie, die Schlammwrestlerin, liest Liebesromane. Nach dem zu urteilen, was ich von der Tür aus sah, las Mary Maggie sogar alles Mögliche: Die ganze Wohnung war voller Bücher.

Ich reichte ihr meine Karte und stellte mich vor. »Ich suche einen gewissen Eddie DeChooch«, sagte ich. »Man hat mich davon unterrichtet, dass er mit Ihrem Auto in der Stadt herumfährt.«

»Den weißen Cadillac? Ja. Eddie brauchte ein Auto, und ich fahre nie mit dem Caddy. Ich habe ihn von meinem verstorbenen Onkel Ted geerbt. Eigentlich sollte ich ihn verkaufen, aber er hat was Nostalgisches.«

»Woher kennen Sie Eddie?«

»Er ist einer der Besitzer des Snake Pit. Eddie, Pinwheel Soba und Dave Vincent. Was wollen Sie von Eddie? Sie wollen ihn doch nicht etwa festnehmen, oder? Er ist ein süßer alter Kerl.«

»Er hat seinen Gerichtstermin nicht wahrgenommen, und er muss einen neuen vereinbaren. Wissen Sie, wo ich ihn finden kann?«

»Nein. Tut mir Leid. Vergangene Woche war er mal hier. Ich weiß nicht mehr genau, an welchem Tag. Er wollte sich den Wagen ausborgen. Sein eigener Wagen ist die letzte Schrottkiste. Immer ist irgendwas daran kaputt. Deswegen leihe ich ihm des Öfteren meinen Cadillac. Er fährt gerne damit, weil er groß ist und weiß lackiert, deswegen findet er ihn abends auf dem Parkplatz leichter wieder. Eddie sieht nicht mehr gut.«

Es ging mich ja nichts an, aber ich an ihrer Stelle würde meinen Wagen keinem Blinden leihen. »Sie lesen wohl sehr viel.«

»Ich bin eine Leseratte. Wenn ich mich vom Wrestling zurückziehe, mache ich eine Krimi-Buchhandlung auf.«

»Kann man denn von Krimis leben?«

»Nein. Keiner kann vom Verkauf von Kriminalliteratur leben. Die Läden dienen alle nur als Fassade für Spielsalons.«

Wir standen die ganze Zeit im Hausflur, und ich spähte so gut es ging die Wohnung aus, ob sich Eddie nicht vielleicht doch bei Mary Maggie versteckte.

»Das ist ein schönes Haus«, sagte ich. »Mir war gar nicht klar, dass man mit Schlammwrestling so viel verdienen kann.«

»Mit Schlammwrestling an sich kann man kein Geld verdienen. Ich halte mich mit den Rechteverkäufen über

Wasser. Und ich habe einige Unternehmen als Sponsoren gewonnen.« Mary Maggie schaute verstohlen auf die Uhr. »Ach, du liebe Güte. Schon so spät? Ich muss gehen. Ich muss in einer halben Stunde beim Training sein.«

Ich fuhr aus der Tiefgarage heraus und hielt in einer Seitenstraße, um ein paar Anrufe zu tätigen. Als Erstes rief ich Ranger an.

»Yo«, meldete er sich.

»Wusstest du, dass DeChooch zu einem Drittel am Snake Pit beteiligt ist?«

»Ja. Vor zwei Jahren in einem Falschspiel gewonnen. Ich dachte, das hättest du gewusst.«

»Habe ich nicht gewusst!«

Schweigen.

»Was weißt du sonst noch alles?«, fragte ich.

»Wie viel Zeit haben wir?«

Ich schmiss ihn aus der Leitung und rief Grandma an.

»Kannst du bitte einige Adressen für mich im Telefonbuch nachschlagen?«, bat ich sie. »Ich möchte wissen, wo Pinwheel Soba und Dave Vincent wohnen.«

Ich hörte Grandma umständlich blättern, endlich kam sie wieder an den Apparat. »Sind beide nicht verzeichnet.«

Scheiße. Die Adressen konnte ich mir zur Not von Morelli besorgen, aber Morelli würde mir verbieten, mich mit den Besitzern des Snake Pit anzulegen. Er würde mir einen Vortrag halten, dass ich vorsichtig sein sollte, wir würden uns gegenseitig im Anbrüllen übertreffen, und zur Beruhigung würde ich dann wieder viel Schokolade essen müssen.

Ich holte tief Luft und wählte noch mal Rangers Nummer.

»Ich brauche zwei Adressen«, sagte ich.

»Soll ich raten?«, antwortete er. »Pinwheel Soba und Dave Vincent. Pinwheel ist in Miami. Da ist er letztes Jahr hingezogen. Er hat in South Beach einen Klub aufgemacht. Vincent wohnt in Princeton. Zwischen DeChooch und Vincent soll es böses Blut geben.« Er nannte mir Vincents Adresse und legte auf.

Ich sah etwas Silbernes aufblitzen, und als ich aufschaute, brauste Mary Maggie in ihrem Porsche um die Ecke. Ich hängte mich an sie dran, verfolgte sie nicht direkt, behielt sie aber im Blickfeld. Wir beide fuhren in dieselbe Richtung, nach Norden. Ich blieb hinter ihr, und es kam mir ziemlich weit vor für eine Fahrt zum Trainingsstudio. Ich fuhr an der Straße, wo ich hätte abbiegen müssen, vorbei und folgte ihr durch die Innenstadt und weiter nach Norden. Wenn sie wachsam gewesen wäre, hätte ich ihr auffallen müssen. Es ist schwierig für ein einzelnes Auto, eine richtige Beschattung durchzuführen. Zum Glück war Mary Maggie nicht auf eine Beschattung gefasst.

Als sie in die Cherry Street einbog, ging ich auf Abstand. Ich parkte um die Ecke von Ronalds Haus und beobachtete, wie Mary Maggie aus ihrem Wagen stieg, zum Hauseingang ging und schellte. Die Tür wurde geöffnet, und Mary Maggie trat ein. Zehn Minuten später öffnete sich die Tür erneut, und Mary Maggie kam heraus. Sie blieb noch einen Moment auf der Veranda stehen und unterhielt sich mit Ronald. Dann stieg sie in ihr Auto und fuhr davon. Diesmal ging es tatsächlich zum Trainingsstudio. Ich sah, wie sie das Gebäude betrat, danach fuhr ich los.

Ich nahm die Route 1 nach Princeton, kramte einen Stadtplan hervor und suchte Vincents Adresse. Princeton gehört eigentlich nicht zu New Jersey. Es ist eine Insel der Reichen und verschrobenen Intellektuellen inmitten der tosenden See der Megalopolis, ein richtiges Städtchen, umspült vom Land der Einkaufsstraßen. Die Frisuren sind bescheidener, die Absätze niedriger, die Arschbacken zusammengekniffen.

Vincent besaß ein großes gelb-weißes Haus im Kolonialstil auf einem knapp ein viertel Hektar großen Grundstück am Stadtrand. Etwas zurückgesetzt davon befand sich eine Doppelgarage. In der Einfahrt standen keine Autos, keine Fahne wehte, die Eddie DeChoochs Anwesenheit anzeigte. Ich stellte mich mit meinem Wagen ein Haus weiter, auf die gegenüberliegende Straßenseite, und beobachtete. Es war langweilig. Nichts passierte. Keine Autos gondelten vorbei. Auf dem Bürgersteig spielten keine Kinder. Aus keinem Fenster dröhnte Heavy Metal. Eine Bastion der Achtbarkeit und des Anstands. Etwas einschüchternd. Die Tatsache, dass das Haus mit den Gewinnen aus dem Snake Pit gekauft worden war, änderte nichts an dem Eindruck der durch Geld geadelten Hochnäsigkeit. Ich glaube nicht, dass sich Dave Vincent seinen friedlichen Sonntag von einer Kopfgeldjägerin, die Eddie DeChooch suchte, vermiesen lassen würde. Vielleicht war mein Einsatz zu hoch, denn vermutlich würde es Mrs. Vincent wohl nicht riskieren, ihre gesellschaftliche Stellung zu beflecken, indem sie Figuren wie Eddie DeChooch Zuflucht gewährte.

Nach einer Stunde vergeblicher Beschattung sah ich einen schwarz-weißen Polizeiwagen die Straße hinaufkriechen und hinter mir an den Bordstein fahren. Na, Klasse. Ich sollte aus dem Viertel geekelt werden. Wenn mich in Burg jemand beim Spionieren vor seinem Haus erwischte, schickte er seinen Hund nach draußen, damit er an meinen Autoreifen pinkelte. Zur Unterstützung würde eine Schimpfkanonade folgen, ich sollte ja verschwinden. In Princeton wurde ein perfekt gekleideter Vertreter des Rechts vorgeschickt, um sich mit perfekter Höflichkeit nach meinem Begehr zu erkundigen. Das hat doch Stil, oder nicht?

Es hätte nichts gebracht, Officer Perfect Stress zu machen, also stieg ich aus, ging zu dem Wagen hinter mir, während er meine Autonummer überprüfte. Ich reichte ihm meine Karte und den Kautionsvertrag, aus dem hervorging, dass ich das Recht hatte, Eddie DeChooch festzunehmen, und nannte ihm die übliche Erklärung: Routineüberwachung.

Anschließend setzte er mir auseinander, dass die guten Menschen in diesem Viertel es nicht gewohnt seien, überwacht zu werden, und es sei wohl das Beste, ich würde diese Überwachung etwas diskreter durchführen.

»Selbstverständlich«, sagte ich und fuhr weg. Wenn ein Polizist dein Freund ist, dann ist er der beste Freund, den man kriegen kann. Wenn man andererseits nicht auf vertrautem Fuß mit einem Polizisten steht, ist es klüger, ihn nicht zu reizen.

Es würde sowieso nichts bringen, das Haus von Vincent weiter zu beobachten. Wenn ich mit Dave Vincent reden wollte, dann lieber an seinem Arbeitsplatz. Es konnte nicht schaden, das Snake Pit mal in Augenschein zu nehmen. Es würde mir nicht nur Gelegenheit geben, mit Vincent zu reden, ich konnte mich auch noch mal an Mary Maggie Mason heranmachen. Sie schien ein ganz netter Mensch zu sein, aber wer weiß, was dahinter steckte.

Ich fuhr auf der Route 1 in südliche Richtung und entschied unterwegs spontan, mir noch mal die Tiefgarage unter Mary Maggies Haus vorzuknöpfen.

7

Ich glitt hinunter in die Tiefgarage und schaute mich nach dem weißen Cadillac um. Ich suchte jedes Deck ab, aber das Glück blieb mir versagt. Vielleicht ganz gut so, denn was hätte ich machen sollen, wenn ich Choochy gefunden hätte? Ich fühlte mich nicht in der Lage, ihn ohne Hilfe festzunehmen, und der Gedanke, mich auf Rangers Angebot einzulassen, löste sogleich einen Spontanorgasmus in mir aus, gefolgt von einer Panikattacke. Überhaupt: Was würde passieren, wenn ich eine Nacht mit Ranger verbrachte? Angenommen, er war so wahnsinnig toll, dass ich für alle anderen Männer verdorben war. Angenommen, er war besser im Bett als Joe. Joe war zwar auch kein Schlappschwanz, aber Joe war sterblich, und bei Ranger war ich mir nicht so sicher.

Wie sollte meine Zukunft aussehen? Würde ich Ranger heiraten? Nein. Ranger war kein Mann für die Ehe. Was sage ich, nicht mal Joe war ein Mann für die Ehe.

Aber es gab ja noch die andere Seite. Angenommen, ich würde seinen Ansprüchen nicht genügen. Unwillkürlich kniff ich die Augen zusammen. Ach, das wäre furchtbar. Mehr als peinlich.

Angenommen, *er* würde meinen Ansprüchen nicht genügen. Meine erotischen Phantasien wären dahin. An wen sollte ich in Zukunft denken, wenn es nur noch hieß: ich und mein Duschkopf?

Ich schüttelte den Kopf, um wieder zur Vernunft zu kommen. Ich wollte mich nicht mit dem Gedanken an eine Nacht mit Ranger befassen. Das war viel zu kompliziert.

Es war bereits Abendessenszeit, als ich bei meinen Eltern ankam. Valerie war aus dem Bett aufgestanden und saß mit Sonnenbrille am Tisch. Angie und Mooner verdrückten vor dem Fernseher ein Erdnussbuttersandwich. Mary Alice ritt im Galopp durchs Haus, scharrte mit den Füßen am Teppich und wieherte. Grandma war fertig angezogen für die Aufbahrung. Mein Vater beugte sich über seinen Schmorbraten. Meine Mutter saß am Kopfende des Tisches und hatte gerade den totalen Hitze-Flash. Sie lief puterrot im Gesicht an, die Haare klebten an ihrer Stirn, und ihr Blick sprang gehetzt durch den Raum, jedem trotzend, der es auch nur wagte anzudeuten, sie befände sich mitten in den Wechseljahren.

Grandma ignorierte meine Mutter und reichte mir die Apfelsoße. »Ich habe gehofft, du würdest zum Abendessen kommen. Du könntest mich in deinem Auto zur Trauerfeier bringen.«

»Wird gemacht«, sagte ich. »Ich wollte sowieso hin.«

Meine Mutter sah mich gequält an.

»Was ist?«, fragte ich.

»Nichts.«

»Sag schon.«

»Deine Kleidung. Wenn du in dem Aufzug zu Loretta Riccis Aufbahrung gehst, kriege ich die ganze nächste Woche wieder tausend Anrufe. Was soll ich den Leuten sagen? Sie denken, du könntest dir nichts Anständiges zum Anziehen leisten.«

Ich schaute an meiner Jeans herab auf meine Schuhe. Für

mich sahen die Sachen anständig aus, aber mit einer Frau in den Wechseljahren sollte man nicht diskutieren.

»Ich habe Kleider dabei, die man zu solchen Gelegenheiten trägt«, sagte Valerie. »Ach, wisst ihr was? Ich komme mit dir und Grandma. Das wird bestimmt lustig! Serviert Stiva immer noch seine Plätzchen?«

Im Krankenhaus damals musste es eine Verwechslung gegeben haben – oder sollte ich tatsächlich eine Schwester haben, die Leichenhallen lustig findet?

Valerie sprang von ihrem Sitz auf und zog mich an der Hand nach oben ins Schlafzimmer. »Ich habe genau das richtige Outfit für dich!«

Nichts ist schlimmer als fremder Leute Kleidung tragen. Na gut, ausgenommen weltweiter Hunger und Typhusepidemien, aber davon mal abgesehen: Geliehene Kleider passen einfach nie richtig. Valerie ist einige Zentimeter kleiner als ich, und sie wiegt ein paar Pfunde weniger. Wir haben die gleiche Schuhgröße, aber unser Modegeschmack könnte unterschiedlicher nicht sein. Valeries Kleider bei der Aufbahrung von Loretta Ricci tragen zu müssen, das war wie Halloween in der Hölle.

Valerie rupfte ein Kleid aus ihrem Schrank. *»Trara!«*, jubelte sie. »Ist das nicht wunderschön? Es ist perfekt. Und ich habe auch das perfekte Oberteil dazu. Und das perfekte Paar Schuhe. Alles ist harmonisch aufeinander abgestimmt.«

Valerie war schon immer auf Harmonie aus. Schuhe und Handschuhe passen bei ihr stets zusammen, ebenso Röcke und Blusen. Valerie kann sogar Halstücher tragen, ohne sich zum Affen zu machen.

Fünf Minuten später hatte sie mich komplett ausstaffiert. Der Rock war malvenfarbig und limonengrün, mit rosa und gelben Lilien gemustert. Der Stoff war durchsichtig, und der

Saum reichte bis zur Wade. Meiner Schwester in L. A. stand das vielleicht gut, aber ich kam mir vor wie ein Duschvorhang aus den Siebzigern. Das Oberteil war eine elastische, eng anliegende, weiße Baumwollbluse mit Pagenärmeln und Spitzenkragen. Bei den Schuhen handelte es sich um rosa Riemchensandalen mit zehn Zentimeter hohen Absätzen.

Nie in meinem Leben wäre ich auf die Idee gekommen, rosa Schuhe anzuziehen.

Ich betrachtete mich in dem Ganzkörperspiegel und strengte mich an, keine Schnute zu ziehen.

»Jetzt sieh sich einer das an«, sagte Grandma, als wir Stivas Beerdigungsinstitut betraten. »Rammelvoll. Wir hätten eher kommen sollen. Die guten Plätze vorne am Sarg sind bestimmt alle schon besetzt.«

Noch standen wir erst in der Empfangshalle, und an ein Durchkommen war gar nicht zu denken, in den Aufbahrungsräumen herrschte ein Kommen und Gehen. Es war Punkt sechs Uhr, und wenn wir früher da gewesen wären, hätten wir uns draußen anstellen müssen, wie Fans bei einem Rockkonzert.

»Ich kriege keine Luft«, beklagte sich Valerie. »Man wird mich wie eine Mücke zerquetschen. Meine Kinder werden als Waisen aufwachsen.«

»Trampel den Leuten einfach auf die Füße oder tritt ihnen in die Kniekehlen«, sagte Grandma. »Dann machen sie dir Platz.«

Im Türrahmen zu Raum eins standen Benny und Ziggy. Sollte Eddie zur Tür hereinkommen, sie würden ihn nicht verfehlen. Tom Bell, der leitende Beamte im Fall Ricci, war ebenfalls anwesend. Halb Burg war auf den Beinen.

Ich spürte eine Hand an meinem Hintern, fuhr herum und

erwischte Ronald DeChooch, der anzüglich grinste. »Hallo, Frettchen«, sagte er. »Mir gefällt Ihr flauschiges Kleid. Wetten, dass Sie kein Höschen darunter tragen?«

»Hören Sie, Sie schwanzlose Ratte«, blaffte ich ihn an, »wenn Sie noch einmal meinen Hintern anfassen, besorge ich mir jemanden, der Sie abknallt.«

»Auch noch frech«, sagte Ronald. »Das gefällt mir.«

Valerie war in der Zwischenzeit abgetaucht, von der vorwärts drängenden Menge hinweggespült, und Grandma schlängelte sich durch bis zum Sarg direkt vor mir. Eine gefährliche Sache, so ein geschlossener Sarg, denn in Grandmas Gegenwart hatten sich Sargdeckel bekanntermaßen schon auf mysteriöse Weise von allein geöffnet. Das Beste war, man hielt sich immer in ihrer Nähe auf und achtete peinlichst darauf, dass sie nicht ihre Nagelfeile hervorholte und sich an dem Verschluss zu schaffen machte.

Constantine Stiva, der beliebteste Bestattungsunternehmer in Burg, hatte Grandma entdeckt, eilte herbei, um auf sie aufzupassen, und holte sie auf ihrem Weg zu der Verstorbenen ein.

»Edna«, sagte er, nickte dabei mit dem Kopf und setzte sein Bestattungsunternehmerlächeln auf, »wie schön, dass man Sie auch mal wieder sieht.«

Regelmäßig einmal die Woche richtete Grandma ein Chaos bei Stiva an, aber Stiva hatte nicht die Absicht, es sich mit einer zukünftigen Kundin zu verscherzen, die kein junges Huhn mehr war und bereits mit einer handgeschnitzten Totenkiste der obersten Preisklasse liebäugelte.

»Das bin ich Loretta ja wohl schuldig, ihr die letzte Ehre zu erweisen«, sagte Grandma. »Schließlich war sie in meiner Seniorengruppe.«

Stiva hatte sich zwischen Grandma und Loretta gezwängt.

»Selbstverständlich«, sagte er. »Das ist sehr liebenswürdig von Ihnen.«

»Wie ich sehe, ist es wieder eine Aufbahrung mit geschlossenem Sargdeckel«, sagte Grandma.

»Auf Wunsch der Familie«, stellte Stiva mit puddingweicher Stimme und mildem Gesichtsausdruck klar.

»Wahrscheinlich ist es besser so, wenn man bedenkt, dass sie erschossen und bei der Autopsie sicher furchtbar zerschnippelt wurde.«

Stiva zeigte leise Anzeichen von Nervosität.

»Schade, dass diese Autopsie vorgenommen werden musste«, sagte Grandma. »Loretta erhielt einen Schuss in die Brust, sie hätte also in einem offenen Sarg aufgebahrt werden können. Nun, ich glaube, bei so einer Autopsie wird das Gehirn entnommen, und da wird es schwierig, hinterher wieder eine gute Frisur hinzukriegen.«

Die drei Personen, die zufällig in der Nähe standen, räusperten sich empört und verdrückten sich flugs Richtung Tür.

»Wie sah sie denn nun aus?«, fragte Grandma nach. »Hätten Sie noch etwas aus ihr machen können, wenn das mit dem Gehirn nicht gewesen wäre?«

Stiva fasste Grandma am Ellbogen. »Gehen wir doch lieber in die Eingangshalle, da ist es nicht so voll, und wir können von den Plätzchen naschen.«

»Gute Idee«, sagte Grandma. »Ich könnte was Süßes vertragen. Hier gibt es sowieso nichts Interessantes zu sehen.«

Ich folgte ihnen nach draußen; unterwegs blieb ich stehen und unterhielt mich mit Benny und Ziggy.

»Hier lässt er sich bestimmt nicht blicken«, sagte ich. »So verrückt ist er nun auch wieder nicht.«

Ziggy und Benny zuckten beide gleichzeitig die Achseln.

»Nur für den Fall«, sagte Ziggy.

»Was sollte die Geschichte heute Morgen mit Mooner?«

»Er wollte sich mal den Klub ansehen«, sagte Ziggy. »Er kam aus Ihrem Haus, um frische Luft zu schnappen, wir sind ins Gespräch gekommen, und so kam eins zum anderen.«

»Ja. Wir hatten gar nicht vor, den armen kleinen Kerl zu entführen«, sagte Benny. »Wir wollen ja nicht, dass die alte Dame von Morelli uns mit dem bösen Blick belegt. Wir glauben zwar nicht an diesen Kram aus der Alten Welt, aber warum ein Risiko eingehen?«

»Sie soll Carmine Scallari mit dem bösen Blick belegt haben, und wie wir gehört haben, gab es anschließend gewisse – *Schwellungsprobleme*«, sagte Ziggy.

»Man erzählt sich, dass er sogar dieses neue Wundermittel ausprobiert hat, aber das hätte auch nichts geholfen«, sagte Benny.

Unfreiwillig mussten sich Benny und Ziggy schütteln. Sie wollten sich auf keinen Fall dem gleichen Dilemma ausgesetzt sehen wie Carmine Scallari.

Ich schaute den beiden über die Schulter, in die Eingangshalle, und entdeckte Morelli. Er stand seitlich, an eine Wand gelehnt, ließ seinen Blick über die Menge schweifen. Morelli trug Jeans und schwarze Laufschuhe, ein Tweedsakko, darunter ein schwarzes T-Shirt. Er sah schlank aus, eine Raubkatze. Männer näherten sich ihm, unterhielten sich mit ihm über Sport und zogen dann weiter. Frauen beobachteten ihn aus der Distanz, fragten sich, ob er wohl so gefährlich war, wie er aussah, ob er so schlimm war wie sein Ruf.

Er erhaschte meinen Blick quer durch den Raum und lockte mich mit gekrümmtem Finger zu sich, die universelle

Geste für »Los! Herkommen!«. Als ich bei ihm war, legte er besitzergreifend einen Arm um mich, küsste mich auf den Hals, gleich unterhalb des Ohrs. »Wo ist Mooner?«

»Der guckt fern, mit Valeries Kindern. Machst du dir Hoffnungen, Eddie hier zu erwischen?«

»Nein. Ich hatte mir Hoffnungen gemacht, dich hier zu erwischen. Ich finde, du solltest Mooner heute über Nacht bei deinen Eltern unterbringen, und du kommst zu mir nach Hause.«

»Verlockendes Angebot, aber ich bin mit Grandma und Valerie hier.«

»Ich bin gerade erst gekommen«, sagte Morelli. »Hat Grandma es wieder fertig gebracht, den Sargdeckel zu öffnen?«

»Stiva hat sie abgefangen.«

Morelli fuhr mit den Fingern den Spitzenkragen an der Bluse entlang. »Gefällt mir, die Spitze«, sagte er.

»Und der Rock?«

»Sieht aus wie ein Duschvorhang. Irgendwie erotisch. Da frage ich mich doch gleich, ob du überhaupt Unterwäsche darunter trägst?«

Schreck lass nach! »Das Gleiche hat Ronald DeChooch auch zu mir gesagt.«

Morelli schaute sich um. »Ich habe ihn beim Reinkommen nicht gesehen. Ich wusste gar nicht, dass Ronald und Loretta Ricci in den gleichen Kreisen verkehrten.«

»Vielleicht ist Ronald aus dem gleichen Grund hier wie Ziggy und Benny und Tom Bell.«

Mrs. Dugan trat auf mich zu, übers ganze Gesicht strahlend. »Meinen Glückwunsch«, sagte sie. »Ich habe gehört, Sie wollen heiraten. Das freut mich riesig für Sie. Und was für ein Glück, dass Sie den Versammlungssaal des polnischen Nationalvereins für die Hochzeitsfeier gekriegt haben. Da hat Ihre Großmutter wohl ihre Beziehungen spielen lassen.«

Versammlungssaal des polnischen Nationalvereins? Ich sah Morelli an und verzog das Gesicht. Morelli schüttelte nur stumm den Kopf.

»Entschuldigen Sie«, sagte ich zu Mrs. Dugan. »Ich muss unbedingt mit Grandma Mazur sprechen.«

Mit gesenktem Kopf pflügte ich durch die Menge hinüber zu Grandma. »Mrs. Dugan hat mir gerade erzählt, du hättest den Versammlungssaal des polnischen Nationalvereins für meine Hochzeitsfeier angemietet«, flüsterte ich ihr hörbar zu. »Stimmt das?«

»Lucille Stiller hatte ihn für die goldene Hochzeit ihrer Eltern reserviert, aber gestern Abend ist ihre Mutter gestorben. Als wir davon erfuhren, haben wir gleich zugeschlagen. So ein Glück hat man nicht alle Tage!«

»Ich will aber keine Hochzeitsfeier im Versammlungssaal des polnischen Nationalvereins.«

»Alle lecken sich die Finger nach einer Hochzeitsfeier im Versammlungssaal des polnischen Nationalvereins«, sagte Grandma. »Das ist für so eine Festivität der schönste Ort in ganz Burg.«

»Ich will keinen großen Empfang. Ich will nur eine kleine Feier in unserem Garten.« Oder gar nichts. Ich bin mir ja nicht einmal sicher, ob es überhaupt eine Hochzeit gibt!

»Und bei Regen? Wo sollen wir die Leute dann unterbringen?«

»Ich will nicht, dass viele Leute kommen.«

»Allein zu Joes Familie gehören ja schon hundert Personen«, sagte Grandma.

Joe stand hinter mir. »Ich kriege gleich einen Panikanfall«, sagte ich zu ihm. »Ich kann nicht mehr atmen. Meine Zunge schwillt an. Ich ersticke.«

»Ersticken ist auch ein schöner Tod«, sagte Joe.

Ich sah auf die Uhr. Die Aufbahrung würde noch anderthalb Stunden dauern. Vielleicht hatte ich Glück und Eddie käme hereinspaziert, wenn ich ging. »Ich brauche frische Luft«, sagte ich. »Ich gehe mal für ein paar Minuten nach draußen.«

»Es sind einige Leute da, mit denen ich noch kein Wort gewechselt habe«, sagte Grandma. »Wir treffen uns dann später.«

Joe kam mit mir nach draußen, und wir standen auf der Veranda, atmeten die Luft von der Straße ein, froh, dem Nelkenterror entronnen zu sein, und genossen die Autoabgase in vollen Zügen. Die Autos hatten die Scheinwerfer bereits eingeschaltet, und es herrschte ununterbrochener Verkehr. Das Beerdigungsinstitut hinter uns strahlte eine festliche Stimmung aus; keine Rockmusik, dafür viel Gerede und Gelächter. Wir ließen uns auf einer Stufe nieder und beobachteten, in trautes Schweigen versunken, die Blechlawine. So saßen wir gemütlich da, als plötzlich der weiße Cadillac vorbeirollte.

»War das nicht gerade Eddie DeChooch?«, fragte ich.

»Sah ganz danach aus«, sagte Joe.

Keiner von uns beiden rührte sich. Wir hätten ohnehin nichts machen können – unsere Autos waren zwei Straßen weiter geparkt.

»Eigentlich müssten wir was unternehmen, um ihn zu verhaften«, sagte ich zu Joe.

»Und an was hast du gedacht?«

»Jetzt ist es zu spät, aber du hättest auf einen Reifen zielen können.«

»Das muss ich mir fürs nächste Mal merken.«

Fünf Minuten später hockten wir immer noch da, und DeChooch fuhr ein zweites Mal vorbei.

»Meine Güte«, sagte Joe. »Was ist denn mit dem Kerl los?«

»Vielleicht sucht er einen Parkplatz.«

Morelli war schon auf den Beinen. »Ich hole meinen Truck. Lauf rein und sag Tom Bell Bescheid.«

Morelli rannte los, und ich begab mich auf die Suche nach Bell. Auf der Treppe begegnete mir Myron Birnbaum. Moment mal! Myron Birnbaum war im Begriff zu gehen. Das hieß, er gab seinen Parkplatz auf, und DeChooch suchte doch nach einem. Wie ich Myron Birnbaum kannte, hatte er bestimmt ganz in der Nähe geparkt. Ich brauchte also nur Birnbaums Platz freizuhalten, bis DeChooch vorbeifuhr. DeChooch würde einparken, und dann saß er in der Falle. Mann, ich war wirklich ganz schön clever.

Ich hängte mich an Birnbaums Fersen, und es kam wie erwartet: Er hatte sein Auto an der nächsten Straßenecke abgestellt, drei Wagen vor Stivas Kutsche, hübsch eingeklemmt zwischen einem Toyota und einem Ford-Jeep. Ich wartete so lange, bis er rausgesetzt hatte, stellte mich dann auf den freien Platz und winkte alle Parkplatzsucher weiter. Eddie DeChooch konnte kaum bis zu seiner Kühlerhaube sehen, ich brauchte mir also keine Sorgen zu machen, dass er mich von weitem erkannte. Ich hatte vor, den Platz für ihn freizuhalten und mich hinter dem Ford-Jeep zu verstecken, wenn der Cadillac in Sichtweite kam.

Plötzlich hörte ich Absätze auf dem Bürgersteig klappern und drehte mich um, Valerie kam angehüpft.

»Was machst du da?«, sagte sie. »Hältst du jemandem den Parkplatz frei? Soll ich dir helfen?«

Eine Oma in einem zehn Jahre alten Oldsmobil bremste

scharf vor dem freien Platz ab und setzte ihren rechten Blinker.

»Tut mir Leid«, sagte ich und bedeutete ihr weiterzufahren. »Der Platz ist belegt.«

Die alte Dame reagierte mit einer Geste, als wollte sie mich verscheuchen.

Ich schüttelte den Kopf. »Versuchen Sie es drüben auf dem öffentlichen Parkplatz.«

Valerie stand neben mir, wedelte mit den Armen, zeigte in die Richtung, wo sich der Platz befand und sah aus wie die Männer, die Flugzeuge zur Startbahn dirigieren. Sie trug fast genau die gleiche Kleidung wie ich, sie unterschied sich nur in ihrer Farbkombination. Valeries Schuhe waren lila.

Die alte Dame drückte auf die Hupe und schob sich im Schneckentempo in die Lücke. Valerie sprang zurück, ich dagegen stemmte die Fäuste in die Seiten, funkelte die Frau böse an und rührte mich nicht von der Stelle.

Auf dem Beifahrersitz hockte noch eine alte Dame. Sie kurbelte das Fenster herunter und steckte den Kopf hindurch. »Der Parkplatz gehört *uns*!«

»Das hier ist ein Polizeieinsatz«, sagte ich. »Sie müssen sich woanders einen Parkplatz suchen.«

»Sind Sie von der Polizei?«

»Ich bin Kautionsdetektivin.«

»Genau«, sagte Valerie. »Das ist meine Schwester, und sie ist von der Abteilung Strafverfolgung.«

»Kautionsdetektive sind keine Polizisten«, sagte die Frau.

»Die Polizei ist bereits unterwegs«, erwiderte ich.

»Soll ich Ihnen sagen, was Sie sind? Sie sind eine aufgeblasene Tussi. Sie halten diesen Parkplatz für Ihren Freund frei. Bei der Polizei würde man niemals in solchen Kleidern rumlaufen.«

Das Oldsmobil steckte bereits zu einem Drittel in der Parklücke, mit dem hinteren Teil blockierte es eine Spur der Hamilton Avenue. In den Augenwinkeln sah ich etwas Weißes aufblitzen, und bevor ich Gelegenheit hatte zu reagieren, krachte DeChooch in das Oldsmobil. Der Oldtimer machte einen Hopser nach vorne und knallte hinten in den Ford-Jeep, verfehlte mich um Haaresbreite. Der Cadillac stieß sich schräg kippend von dem linken hinteren Kotflügel ab, und ich sah, dass DeChooch schwer zu schaffen hatte, die Kontrolle über den Wagen nicht zu verlieren. Er drehte sich um und sah mich unmittelbar an. Für einen Augenblick blieb die Zeit stehen, dann machte sich DeChooch davon.

Verdammt!

Die beiden Omas drückten mit Gewalt die Türen des Oldsmobil auf und zwängten sich heraus.

»Jetzt sehen Sie sich meinen Wagen an!«, sagte die Fahrerin. »Ein Wrack!« Mit einer Drehung wandte sie sich mir zu. »Alles Ihre Schuld. Sie waren das. Ich hasse Sie.« Sie schlug mit ihrer Handtasche auf meine Schulter ein.

»Aua«, sagte ich. »Das tut weh.«

Zwar war sie einige Zentimeter kleiner als ich, hatte aber einige Pfunde mehr auf den Rippen als ich. Ihr Haar war kurz geschnitten, eine frische Dauerwelle. Sie war über sechzig, trug knallroten Lippenstift, hatte sich dunkelbraune Augenbrauen gemalt, und ihre Bäckchen waren mit roten, als Rouge getarnten Flecken verziert. Sie stammte auf keinen Fall aus Burg. Sah mir eher nach Hamilton Township aus.

»Ich hätte Sie gleich bei der ersten Gelegenheit überfahren sollen«, schimpfte sie.

Wieder drosch sie mit ihrer Handtasche auf mich ein, aber diesmal bekam ich den Riemen zu fassen und riss ihr die Tasche aus der Hand.

Hinter mir vernahm ich einen überraschten Aufschrei von Valerie.

»Meine Handtasche«, kreischte die Frau. »Hilfe! Ein Dieb! Sie hat meine Handtasche geklaut!«

Um uns herum hatte sich bereits eine kleine Menge angesammelt, Autofahrer und Trauergäste. Die alte Dame packte sich einen der Männer, die am Rand standen. »Die Frau da stiehlt mir die Handtasche. Erst hat sie den Unfall verursacht, und jetzt stiehlt sie meine Handtasche. Holen Sie die Polizei!«

Plötzlich schoss Grandma aus der Menschentraube hervor. »Was ist hier los? Ich bin gerade erst gekommen. Was soll der ganze Wirbel?«

»Die hat meine Handtasche geklaut«, sagte die Frau.

»Nein«, erwiderte ich.

»Doch.«

»Nein!«

»Doch. Haben Sie wohl«, sagte die Frau und schubste mich mit einem Schlag mit der flachen Hand auf die Schulter zur Seite.

»Nehmen Sie Ihre Pfoten von meiner Enkeltochter«, sagte Grandma.

»Ja. Und von *meiner* Schwester«, mischte sich Valerie ein.

»Das geht Sie gar nichts an«, schrie die Frau Grandma und Valerie an.

Sie schubste Grandma, Grandma schubste die Frau, und ehe man sich's versah, prügelten die beiden aufeinander ein, und Valerie stand daneben und kreischte.

Ich trat vor, um die beiden voneinander zu trennen, und in dem ganzen Wirrwarr aus fuchtelnden Armen und schrillen Drohungen verpasste mir jemand einen Hieb auf die Nase. Ich sah helle, funkelnde Sterne vor meinen Augen tanzen, und ich sackte in die Knie. Grandma und die alte Dame hörten sofort auf mit der Prügelei und boten mir Taschentücher und guten Rat an, wie ich das Nasenbluten am besten zum Stoppen bringen könnte.

»Ruf doch mal jemand einen Krankenwagen«, schrie Valerie. »Die Feuerwehr. Den Notarzt. Den Bestattungsunternehmer.«

Morelli kam und half mir auf die Beine. »Boxen können wir von der Liste möglicher Berufsalternativen für dich wohl streichen, oder?«

»Die alte Dame hat angefangen.«

»Nach deiner Nase zu urteilen, hat sie es auch zu Ende gebracht.«

»Anfängerglück.«

»DeChooch ist mir auf der Straße mit hundert Sachen entgegengekommen«, sagte Morelli. »Ich konnte nicht mehr rechtzeitig wenden, sonst hätte ich ihn verfolgt.«

»So geht's mir schon mein ganzes Leben lang.«

Als meine Nase nicht mehr blutete, verfrachtete Morelli Grandma, Valerie und mich in den CR-V und folgte uns auf der Fahrt zu meinen Eltern. Vor dem Haus angekommen, winkte er zum Abschied, weil er nicht zugegen sein wollte, wenn uns meine Mutter erblickte. Ich hatte Blutflecken auf meinem Rock und der Bluse, und in dem Stoff war ein kleiner Riss. Meine Knie waren aufgeschlagen und bluteten, und um ein Auge herum zeichnete sich ein Veilchen ab. Grandma befand sich in ähnlicher Verfassung, allerdings ohne blaues Auge und zerrissenes Kleid. Aber irgendwas war mit ihren Haaren geschehen, denn sie standen ihr steil vom Kopf, sodass sie aussah wie Don King.

Neuigkeiten sprechen sich in Burg mit Lichtgeschwindigkeit herum. Als wir das Haus betraten, hatte meine Mutter bereits sechs Telefonanrufe erhalten und wusste jede Einzelheit unserer Schlägerei. Sie bekreuzigte sich und lief in die Küche, um Eiswürfel für mein blaues Auge zu holen.

»So schlimm war es gar nicht«, sagte Valerie zu meiner Mutter. »Die Polizei hat den Streit geschlichtet. Der Notarzt meinte, Stephanies Nase sei wahrscheinlich nicht gebrochen. Bei gebrochenen Nasen könnten sie sowieso nicht viel ausrichten, stimmt's, Stephanie? Höchstens ein Pflaster draufkleben.« Sie nahm meiner Mutter die Eispackung ab und legte sie sich auf den Kopf. »Habt ihr Alkohol im Haus?«

Mooner schlurfte vom Fernseher herüber. »Ej, Mann, ej«, sagte er. »Was liegt an?«

»Eine kleine Auseinandersetzung über einen Parkplatz.«

Er nickte mit dem Kopf. »Wie im Leben, immer geht's ums Anstellen, oder?« Sprach's und ließ sich wieder vorm Fernseher nieder.

»Du lässt ihn doch nicht etwa hier bei mir, oder?«, fragte meine Mutter. »Er soll nicht auch noch hier einziehen.«

»Glaubst du, das würde gut gehen?«, fragte ich hoffnungsfroh.

»Nein!«

»Dann werde ich ihn wohl nicht hier lassen.«

Angie schaute von ihrem Platz vorm Fernseher auf. »Stimmt es, dass eine alte Frau dich geschlagen hat?«

»Es war ein Versehen.«

»Wenn man einen Schlag auf den Kopf kriegt, schwillt danach das Gehirn an. Gehirnzellen werden abgetötet, und die erneuern sich nicht.«

»Darfst du so spät fernsehen?«

»Ich brauche nicht ins Bett zu gehen, weil ich morgen

nicht zur Schule muss«, sagte Angie. »Wir haben uns noch nicht an der neuen Schule angemeldet. Außerdem sind wir es gewohnt, so lange aufzubleiben. Mein Vater hatte öfters Geschäftsessen, und wir durften aufbleiben, bis er nach Hause kam.«

»Aber jetzt ist er weg«, sagte Mary Alice. »Er hat uns verlassen, damit er mit dem Babysitter schlafen kann. Einmal habe ich gesehen, wie er sie geküsst hat, und Daddy hatte eine Gabel in seiner Hose, und die Gabel guckte weit raus.«

»Das kommt schon mal vor bei Gabeln«, sagte Grandma.

Ich sammelte meine Klamotten und meinen Mitbewohner Mooner ein und begab mich auf den Heimweg. Wenn ich in einer besseren Verfassung gewesen wäre, hätte ich den Umweg über den Snake Pit gemacht, aber das musste noch einen Tag warten.

»Verklicker mir doch noch mal, warum alle Welt hinter diesem Eddie DeChooch her ist«, sagte Mooner.

»Ich bin hinter ihm her, weil er nicht vor Gericht erschienen ist. Und die Polizei ist hinter ihm her, weil sie glaubt, er sei in einen Mord verwickelt.«

»Er glaubt, ich hätte etwas, das ihm gehört.«

»Genau.« Beim Fahren beobachtete ich Mooner, ob sich in seinem Kopf vielleicht etwas gelöst hatte, ob eine wichtige Information an die Oberfläche getrieben war.

»Na, was glaubst du?«, sagte Mooner. »Glaubst du, dass Samantha die ganzen Zaubertricks auch kann, wenn sie nicht mit der Nase zuckt?«

»Nein«, sagte ich. »Ich glaube, sie muss mit der Nase zucken.«

Mooner widmete dieser Frage sorgfältigste Erwägung. »Ja«, sagte er schließlich. »Das glaube ich auch.«

Es war Montagmorgen, und ich fühlte mich, als hätte mich ein Lastwagen überrollt. Auf meinem Knie hatte sich Schorf gebildet, und meine Nase tat weh. Ich quälte mich aus dem Bett und humpelte ins Badezimmer. Ihh! Beide Augen waren blau. Eins sogar blauer als das andere. Ich stellte mich unter die Dusche und ließ mich stundenlang berieseln. Als ich wieder aus der Kabine hervortorkelte, ging es meiner Nase schon besser, dafür sah mein Auge schlimmer aus als vorher.

Das musste ich mir merken: Zwei Stunden unter der heißen Dusche ist für blaue Augen im Frühstadium nicht gesund.

Ich trocknete mir die Haare mit dem Föhn und band sie zu einem Pferdeschwanz zusammenn. Dann legte ich meine übliche Ausgehuniform aus Jeans und körperbetontem T-Shirt an und ging in die Küche, auf der Suche nach Frühstück. Seit Valerie aufgekreuzt ist, ist meine Mutter viel zu abgelenkt, um an die traditionelle Restetüte für mich zu denken, ohne die sie mich nie aus dem Haus gehen lässt, folglich fand sich kein gestürzter Ananaskuchen in meinem Kühlschrank. Ich goss mir ein Glas Orangensaft ein und schob eine Scheibe Brot in den Toaster. Es war still in meiner Wohnung. Friedlich. Nett. Allzu nett. Allzu friedlich. Ich ging aus der Küche heraus und sah mich um. Es schien alles in Ordnung zu sein. Alles, bis auf die zerknüllte Steppdecke und das Kissen auf dem Sofa.

Oh, Scheiße! Mooner war nicht da. Mist! Mist! Mist! Ich rannte zur Tür. Sie war abgeschlossen. Die Sicherheitskette hing lose herunter. Ich machte die Tür auf und sah nach. Im Hausflur war niemand. Ich sah aus dem Wohnzimmerfenster nach unten auf den Parkplatz. Kein Mooner zu sehen. Keine verdächtigen Gestalten oder Autos. Ich rief bei

Mooner an. Es ging niemand ran. Ich schrieb Mooner eine Nachricht auf einen Zettel, ich sei gleich wieder da und er solle auf mich warten. Er konnte draußen im Hausflur warten oder in meine Wohnung einbrechen. Scheiße, alle Welt bricht schließlich in meine Wohnung ein. Ich heftete den Zettel an meine Wohnungstür und zog los.

Erster Halt war Mooners Haus. Zwei Mitbewohner, kein Mooner. Zweiter Halt war Dougies Haus. Wieder kein Glück. Ich fuhr noch beim Freizeitklub vorbei, bei Eddie und bei Ziggy. Danach wieder zurück zu meiner Wohnung. Keine Spur von Mooner.

Dann rief ich Morelli an. »Er ist weg«, sagte ich. »Als ich heute Morgen aufstand, war er weg.«

»Ist das so schlimm?«

»Ja, sehr schlimm.«

»Ich halte die Augen offen.«

»Es sind keine, äh …«

»Leichen angespült? Tote in Müllcontainern entdeckt? Abgetrennte Gliedmaßen in den Nachtschalter des Videoverleihs gestopft worden? Nichts dergleichen. War eine ruhige Nacht. Keine von den harten.«

Ich legte auf und rief Ranger an. »Hilfe«, sagte ich.

»Ich habe gehört, du hättest eins auf die Hörner gekriegt gestern Abend«, sagte Ranger. »Wir müssen mal wieder ein bisschen Selbstverteidigung üben, Babe. Von einer alten Dame eins auf die Nuss zu kriegen ist nicht gut fürs Image.«

»Ich habe im Moment andere Sorgen. Ich habe auf Mooner aufgepasst, und er ist verschwunden.«

»Vielleicht hat er sich nur einfach von dir getrennt.«

»Vielleicht auch nicht.«

»Ist er mit dem Auto unterwegs?«

»Sein Auto steht noch unten auf dem Parkplatz.«

Ranger ließ das Schweigen eine Weile andauern. »Ich höre mich um und melde mich wieder bei dir.«

Ich rief meine Mutter an. »Du hast nicht zufällig Mooner gesehen, oder?«, fragte ich sie.

»Was?«, schrie sie. »Was hast du gesagt?«

Ich hörte Angie und Mary Alice im Hintergrund toben. Sie brüllten sich an, und es klang, als würden sie auf Kochtöpfe schlagen.

»Was ist denn bei euch los?«, rief ich ins Telefon.

»Deine Schwester ist bei einem Vorstellungsgespräch, und die Mädchen veranstalten einen Umzug durchs Haus.«

»Hört sich an, als wäre der Dritte Weltkrieg ausgebrochen. Ist Mooner heute Morgen bei euch aufgekreuzt?«

»Nein. Ich habe ihn seit gestern Abend nicht mehr gesehen. Er ist ein bisschen seltsam, findest du nicht? Weißt du genau, dass er keine Drogen mehr nimmt?«

Ich ließ den Zettel für Mooner an meiner Wohnungstür kleben und machte mich auf den Weg ins Büro. Connie und Lula saßen an Lulas Schreibtisch und blickten auf die Tür zu Vinnies privatem Kuschelnest.

Connie bedeutete mir still zu sein. »Joyce ist da drin, mit Vinnie«, flüsterte sie. »Jetzt machen sie schon zehn Minuten miteinander rum.«

»Du hättest dabei sein sollen, als es losging und Vinnie muhte wie eine Kuh. Wahrscheinlich hat Joyce ihn wieder gemolken«, sagte Lula.

Hinter der Tür war ein Grunzen und Stöhnen zu vernehmen. Das Grunzen hörte auf, und Lula und Connie beugten sich gespannt vor.

»Jetzt kommt meine Lieblingsszene«, sagte Lula. »Hiernach fangen sie immer mit dem Hinternversohlen an, und Joyce bellt wie ein Hund.«

Ich drückte ebenfalls mein Ohr an die Tür, lauschte auf die Schläge, wollte hören, wenn Joyce wie ein Hund bellte. Irgendwie war ich peinlich berührt, konnte mich aber auch nicht losreißen.

Plötzlich zog jemand unsanft an meinem Pferdeschwanz. Ranger hatte sich hinter mich gestellt und an den Haaren gepackt. »So sieht also deine Suche nach Mooner aus.«

»Psst! Ich will hören, wenn Joyce wie ein Hund bellt.«

Ranger drückte sich fest an mich, und ich spürte, wie die Wärme seines Körpers auf meinen überging. »Lohnt nicht, darauf zu warten, Babe.«

Man hörte einen Klaps, ein Kreischen, dann herrschte Stille.

»Das hat Spaß gemacht«, sagte Lula, »aber die Unterhaltungsshow hat ihren Preis. Joyce betritt Vinnies Arbeitszimmer nur, wenn sie was von ihm will. Und im Augenblick gibt es nur einen einzigen einträchtigen Fall von Kautionsflucht.«

Ich sah Connie an. »Eddie DeChooch? Vinnie würde den Fall doch nicht Joyce übergeben, oder?«

»Normalerweise begibt er sich immer nur dann unter Niveau, wenn Verkehr mit Pferden dabei herausspringt«, sagte Connie.

»Genau, Pferdesex ist der Fahrschein zum Erfolg«, sagte Lula.

Die Tür öffnete sich, und Joyce stolzierte heraus. »Ich brauche die Unterlagen zum Fall DeChooch«, sagte sie.

Ich stürzte mich auf sie, aber Ranger hielt mich immer noch an den Haaren fest, deswegen kam ich nicht weit. »Vinnie«, schrie ich, »komm sofort her!«

Die Tür zu Vinnies privatem Arbeitszimmer wurde zugeknallt, und man hörte das Schloss einrasten.

Lula und Connie sahen Joyce hasserfüllt an.

»Das kann dauern, bis wir die Unterlagen komplett haben«, sagte Connie. »Einige Tage.«

»Kein Problem«, sagte Joyce. »Ich melde mich wieder.« Sie warf mir einen Blick zu. »Hübsches Auge. Sehr attraktiv.«

Ich musste unbedingt mal wieder Bob in ihrem Vorgarten sein Geschäft verrichten lassen. Vielleicht konnte ich mich auch in ihr Haus schleichen und Bob auf ihr Bett scheißen lassen.

Ranger ließ meinen Pferdeschwanz los, nur seine Hand blieb in meinem Nacken liegen. Ich versuchte ruhig zu bleiben, aber der Körperkontakt ließ mich vibrieren, bis hinunter zu meinen Zehen und den Zwischenräumen.

»Von meinen Informanten hat keiner jemanden gesehen, auf den Mooners Beschreibung passen würde«, sagte Ranger. »Ich finde, wir sollten mit Dave Vincent über die Sache reden.«

Lula und Connie sahen zu mir herüber. »Was ist mit Mooner?«

»Er ist verschwunden«, sagte ich. »Genau wie Dougie.«

8

Ranger fuhr einen schwarzen Mercedes, der aussah, als wäre er gerade aus dem Verkaufsraum gerollt. Rangers Autos waren immer schwarz, immer neu und immer fragwürdiger Herkunft. An der Blende klemmten ein Piepser und ein Handy, und unter dem Armaturenbrett befand sich ein Polizeiscanner. Außerdem wusste ich aus eigener Erfahrung, dass irgendwo im Auto eine Schrotflinte mit abgesägtem Lauf und ein Sturmgewehr versteckt waren und dass an seinem Gürtel eine Halbautomatik steckte. Ranger ist einer der wenigen Zivilisten in Trenton, die verdeckt Waffen tragen dürfen. Er besitzt Bürogebäude in Boston, hat eine Tochter in Florida aus einer gescheiterten Ehe, war als Söldner in weltweitem Einsatz und verfügt über einen Moralkodex, der nicht hundertprozentig mit unserem Rechtssystem übereinstimmt. Ich habe keinen blassen Schimmer, wer er eigentlich ist, aber ich mag ihn.

Das Snake Pit hatte noch nicht geöffnet, aber auf dem kleinen Parkplatz neben dem Gebäude standen Autos, und die Eingangstür war nur angelehnt. Ranger stellte seinen Wagen neben einem schwarzen BMW ab, und wir gingen hinein. Eine Putztruppe war gerade dabei, die Theke zu polieren und den Fußboden zu wischen. An der Seite standen drei muskelbepackte Kerle, tranken Kaffee und unterhielten sich, wahrscheinlich Wrestler, die die Abfolge der Kämpfe besprachen. Ich verstand, warum Grandma von ihren Bingospielen früher aufbrach, um ins Snake Pit zu gehen: Die Aussicht, dass einem oder mehreren der Kaffeetrinker in dem Schlammbad die Unterwäsche vom Leib gerissen wurde, hatte etwas Reizvolles. Eigentlich finde ich ja, dass nackte Männer komisch aussehen mit ihrem baumelnden Gehänge zwischen den Beinen. Trotzdem, die Neugier überwiegt. Es ist wie bei Autounfällen, wo man auch wie gebannt hinguckt, obwohl man genau weiß, dass das, was man zu sehen kriegt, schrecklich ist.

An einem Tisch saßen zwei Männer, die eine Tabellenkalkulation überprüften, jedenfalls sah es so aus. Die beiden waren über fünfzig, hatten fitnessgestählte Körper, trugen bequeme Baumwollhosen und dünne Pullover. Sie schauten auf, als wir eintraten. Einer der beiden grüßte Ranger.

»Dave Vincent und sein Buchprüfer«, sagte Ranger zu mir. »Vincent ist der in dem beigen Pullover, der mir zugenickt hat.«

Wie geschaffen für das Haus in Princeton.

Vincent erhob sich und kam uns entgegen. Er lächelte, als er mein Auge von nahem sah. »Sie müssen Stephanie Plum sein.«

»Ich hätte sie erledigen können«, sagte ich. »Sie hat mich kalt erwischt. Es war ein Versehen.«

»Wir suchen Eddie DeChooch«, wandte sich Ranger an Vincent.

»Alle Welt sucht Eddie DeChooch«, erwiderte Vincent. »Der Kerl ist durchgeknallt.«

»Wir dachten, er würde vielleicht Kontakt zu seinen Geschäftspartnern halten.«

Dave Vincent zuckte die Achseln. »Ich habe ihn schon eine ganze Weile nicht mehr gesehen.«

»Er fährt Mary Maggies Auto.«

Vincent reagierte einigermaßen genervt. »In Privatangelegenheiten meiner Angestellten mische ich mich nicht ein. Wenn Mary Maggie DeChooch einen Wagen leihen will, dann ist das ihre Sache.«

»Falls sie ihn irgendwo versteckt, wird es zu meiner Sache«, konterte Ranger.

Wir machten kehrt und gingen.

»Na«, sagte ich, als wir am Auto waren. »Das lief ja ganz gut.«

Ranger grinste mich an. »Das werden wir sehen.«

»Was jetzt?«

»Jetzt sind Benny und Ziggy dran. Die sind in ihrem Klub.«

»Oje«, entfuhr es Benny, als wir vor der Tür standen. »Was ist denn jetzt schon wieder?«

Ziggy stand einen Schritt hinter ihm. »Wir haben nichts damit zu tun.«

»Womit?«

»Mit allem«, sagte Ziggy. »Wir haben nichts mit alledem zu tun.«

Ranger und ich sahen uns an.

»Wo ist er?«, fragte ich Ziggy.

»Wer?«

»Mooner.«

»Ist das eine Fangfrage?«

»Nein«, sagte ich. »Das ist ehrlich gemeint. Mooner wird vermisst.«

»Ganz bestimmt?«

Ranger und ich fixierten die beiden schweigend.

»So eine Scheiße«, sagte Ziggy schließlich.

Am Ende waren wir genauso schlau wie vorher. Abgesehen davon, dass ich mir wie in einer Abbott-und-Costello-Nummer vorkam.

»Das lief ja fast so gut wie das Gespräch mit Dave Vincent«, sagte ich zu Ranger.

Wieder erntete ich ein Lächeln. »Steig ein. Als Nächstes statten wir Mary Maggie einen Besuch ab.«

Ich salutierte und stieg in den Wagen. Ich hatte nicht den Eindruck, dass wir hier irgendwas erreichten, aber es machte Spaß, an so einem schönen Tag mit Ranger herumzukutschieren. Es befreite mich von jeglicher Verantwortung. Ich war eindeutig die Untergebene, und ich fühlte mich beschützt. In Begleitung von Ranger würde es niemand wagen, auf mich zu schießen, und wenn doch, würde ich ganz sicher nicht daran sterben, davon ging ich aus.

Schweigend fuhren wir zu Mary Maggies Haus, parkten in zweiter Reihe vor ihrem Porsche und glitten mit dem Aufzug in den sechsten Stock.

Mary Maggie kam nach dem zweiten Klingeln an die Tür. Ihr stockte der Atem, als sie uns sah, und sie wich einen Schritt zurück. Normalerweise ließe sich so etwas als ein Zeichen von Angst oder Schuldgefühlen auslegen, in diesem Fall jedoch handelte es sich um die gängige weibliche Reaktion auf ein Zusammentreffen mit Ranger. Es ehrt Mary Maggie, dass keine Gesichtsröte und kein Gestottere folgten. Ihre Aufmerksamkeit wanderte von Ranger zu mir. »Sie schon wieder«, sagte sie.

Ich winkte ihr mit einem Finger zu.

»Was haben Sie denn mit Ihrem Auge gemacht?«

»Kleine Auseinandersetzung um einen Parkplatz.«

»Sieht aus, als hätten Sie verloren.«

»Aussehen kann täuschen«, sagte ich. In diesem Fall nicht unbedingt, aber manchmal.

»DeChooch ist gestern Abend in der Stadt herumgefahren«, sagte Ranger. »Vielleicht haben Sie ihn ja gesehen.«

»Nö.«

»Er fuhr Ihren Wagen, und er war in einen Unfall verwickelt. Mit Fahrerflucht.«

An Mary Maggies Gesichtsausdruck war deutlich zu erkennen, dass sie zum ersten Mal von diesem Unfall hörte.

»Das liegt an seinen Augen. Er dürfte abends gar nicht fahren«, erklärte sie.

Sag bloß? Von seinem Geisteszustand ganz zu schweigen, danach hätte er überhaupt nichts auf der Straße zu suchen. Der Mann ist verrückt.

»Jemand verletzt?«, fragte Mary Maggie.

Ranger schüttelte den Kopf.

»Sie rufen uns doch an, wenn Sie ihn sehen, oder?«, sagte ich.

»Natürlich«, sagte Mary Maggie.

»Die ruft uns bestimmt nicht an«, sagte ich zu Ranger, als wir im Aufzug waren.

Ranger sah mich nur stoisch an.

»Was ist?«, fragte ich.

»Nur Geduld.«

Die Aufzugtüren öffneten sich zur Tiefgarage, und ich sprang aus der Kabine. »Geduld? Mooner und Dougie werden vermisst, und ich hab Joyce Barnhardt im Nacken. Wir fahren herum und reden mit Leuten, aber wir erfahren nichts, und nichts passiert, und anscheinend kümmert es überhaupt keinen.«

»Wir hinterlassen Nachrichten. Üben Druck aus. Wenn

man an der richtigen Stelle Druck ausübt, schlüsselt sich allmählich alles auf.«

»Hm«, sagte ich, immer noch mit dem Gefühl, dass wir nichts erreicht hatten.

Ranger schloss den Wagen mit der Fernbedienung auf. »Gefällt mir nicht, wie das Hm klingt.«

»Das mit dem Druck ausüben ist für mich ein bisschen – unverständlich.«

Wir waren allein in der Tiefgarage, nur Ranger und ich und zwei Parkdecks aus Beton voller Autos. Der ideale Schauplatz für einen Bandenmord oder einen Überfall von einem geistesgestörten Vergewaltiger.

»Unverständlich«, wiederholte Ranger.

Er packte mich am Jackenkragen, zog mich an sich und küsste mich. Seine Zunge berührte meine Zunge, und ich verspürte eine Glut wie knapp vor dem Höhepunkt. Seine Hände glitten unter meine Jacke und umkreisen meine Taille. Hart drückte er sich an mich. Plötzlich zählte gar nichts mehr, außer einem von Ranger ausgelösten Orgasmus. Ich wünschte ihn mir. Jetzt. Eddie DeChooch konnte mich mal. Irgendwann in naher Zukunft würde er sowieso gegen ein Brückengeländer fahren, und damit wäre der Fall erledigt.

Ja, aber was ist mit der Hochzeit?, murmelte eine leise Stimme tief in meinem Gehirn.

Halt die Klappe, sagte ich zu der Stimme. *Das soll mich jetzt nicht kümmern.*

Und deine Beine?, fragte die Stimme. *Hast du dir heute Morgen die Beine rasiert?*

Meine Fresse, ich bekam kaum Luft vor lauter Gier nach diesem blöden Orgasmus, und dann sollte ich mir auch noch einen Kopf um meine Beine machen? Wo bleibt da die Gerechtigkeit? Womit hatte ich das verdient? Wieso bin ich diejenige, die sich Gedanken wegen der Haare an meinen Beinen macht? Wieso sind es immer die Frauen, die sich Gedanken wegen der dämlichen Haare machen?

»Erde an Stephanie«, sagte Ranger.

»Zählt es als Vorschuss auf die Festnahme von DeChooch, wenn wir es jetzt miteinander machen?«

»Wir machen es nicht miteinander.«

»Warum nicht?«

»Wir befinden uns in einer Tiefgarage. Und wenn ich dich erst mal hier rausgeschafft habe, hast du deine Meinung geändert.«

Ich sah ihn mit zusammengekniffenen Augen an. »Worum geht's dann dabei?«

»Es geht darum, dass man mit dem richtigen Druck den Abwehrmechanismus eines Menschen knacken kann.«

»Soll das heißen, das Ganze eben war nur eine Vorführung? Du hast mich in diesen – *Zustand* – versetzt, nur um etwas zu beweisen?«

Er hielt noch immer meine Taille umschlungen, drückte mich an sich. »Wie ernst ist der *Zustand* denn?«, fragte er.

Ein klein wenig ernster, und ich würde spontan innerlich verbrennen. »Nicht allzu ernst«, antwortete ich.

»Lügner.«

»Und wie ernst steht es bei dir?«

»Erschreckend ernst.«

»Du komplizierst mein Leben.«

Er hielt mir die Autotür auf. »Steig ein. Als Nächster steht Ronald DeChooch auf unserer Liste.«

Der vordere der Büroräume des Straßenbauunternehmens Ace Pavers war leer, als Ranger und ich ihn betraten. Ein junger Kerl spähte um die Ecke und fragte, was wir hier wollten. Wir sagten, wir wollten Ronald sprechen. Eine halbe Minute später kam Ronald aus dem hinteren Teil des Gebäudes angeschlurft.

»Ich habe schon gehört, eine alte Dame hätte Ihnen eine aufs Auge gegeben, aber mir war nicht klar, dass sie wirklich ganze Arbeit geleistet hat«, sagte Ronald zu mir. »Ein sauberes Veilchen.«

»Haben Sie Ihren Onkel in letzter Zeit gesehen?«, fragte Ranger ihn.

»Nein. Ich habe nur erfahren, dass er in den Unfall vor dem Beerdigungsinstitut verwickelt war. Der Mann dürfte bei Dunkelheit eigentlich gar nicht ans Steuer.«

»Das Auto, mit dem er fuhr, gehört Mary Maggie Mason«, sagte ich. »Kennen Sie sie?«

»Der bin ich schon mal begegnet.« Er sah hinüber zu Ranger. »Arbeiten Sie auch an diesem Fall?«

Ranger nickte kaum wahrnehmbar.

»Gut zu wissen«, sagte Ronald.

Wieder draußen, fragte ich Ranger: »Was sollte das denn? Wollte der Labersack damit sagen, dass es was ausmacht, wenn du mit von der Partie bist? Dass er die Suche jetzt ernster nimmt?«

»Nehmen wir mal Dougies Haus unter die Lupe«, schlug Ranger vor.

Bei Dougie hatte sich nichts verändert, seit ich das letzte Mal da war. Keine Anzeichen einer neuerlichen Durchsuchung. Keine Anzeichen, dass Dougie oder Mooner zwischendurch mal vorbeigeschaut hatten. Ranger und ich durchkämmten ein Zimmer nach dem anderen. Ich klärte ihn über die vorherigen Durchsuchungen und den fehlenden Schmorbraten auf.

»Glaubst du, es hat etwas zu bedeuten, dass sie einen Schmorbraten haben mitgehen lassen?«, fragte ich Ranger.

»Nur eines der vielen ungelösten Rätsel im Leben«, sagte Ranger.

Wir gingen ums Haus herum und spionierten Dougies Garage aus.

Der kleine kläffende Hund von nebenan verließ seinen Posten auf der hinteren Veranda der Belskis und sprang uns ausgelassen entgegen, jaulte und schnappte mit der Schnauze nach unseren Hosenbeinen.

»Glaubst du, es würde jemand merken, wenn ich ihn über den Haufen schieße?«, fragte Ranger.

»Mrs. Belski würde mit dem Hackmesser auf dich losgehen.«

»Hast du mal Mrs. Belski nach den Leuten gefragt, die das Haus durchsucht haben?«

Ich schlug mir mit dem Handballen an die Stirn. Wieso hatte ich nicht daran gedacht, mit Mrs. Belski zu reden? »Nein.«

Die Belskis wohnen seit Ewigkeiten in ihrem Reihenhaus. Sie sind über sechzig, fleißige, robuste Leute polnischer Herkunft. Mr. Belski ist Rentner, vorher war er bei der Stucky Tool and Die Company beschäftigt. Mrs. Belski hat sieben Kinder großgezogen. Jetzt hatten sie Dougie zum Nachbarn. Weniger gute Menschen hätten einen Kleinkrieg mit Dougie geführt, aber die Belskis hatten ihr Schicksal als Gottes Fügung angenommen und sich arrangiert.

Der Hintereingang der Belskis stand offen, und Mrs. Belski steckte den Kopf durch die Tür. »Hat Spotty Sie belästigt?«

»Nein«, sagte ich. »Spotty ist brav.«

»Er regt sich immer auf, wenn er Fremde sieht«, sagte Mrs. Belski und kam über den Rasen, um Spotty zu holen.

»Ich habe gehört, ein paar Fremde hätten in Dougies Haus herumgeschnüffelt.«

»In Dougies Haus treiben sich immer fremde Leute herum. Waren Sie da, als er seine *Star-Treck*-Party hatte?« Sie schüttelte den Kopf. »Merkwürdige Geschichte!«

»Und in letzter Zeit? In den vergangenen zwei Tagen?«

Mrs. Belski nahm Spotty auf den Arm und drückte ihn fest an sich. »So etwas wie die *Star-Treck*-Party ist nicht mehr vorgekommen.«

Ich erklärte Mrs. Belski, dass jemand in Dougies Haus eingebrochen sei.

»Nein!«, sagte sie. »Wie schrecklich.« Sie warf einen ängstlichen Blick hinüber zu Dougies Hintereingang. »Dougie und sein Freund Walter schlagen manchmal ein bisschen über die Stränge, aber im Grunde sind sie feine Kerle. Zu Spotty jedenfalls sind sie immer nett.«

»Haben Sie jemand Verdächtigen um das Haus streichen sehen?«

»Zwei Frauen waren da«, sagte Mrs. Belski. »Eine in meinem Alter, vielleicht ein bisschen älter. Über sechzig. Die andere war um einige Jahre jünger. Ich kam gerade von meinem Spaziergang mit Spotty zurück, und die Frauen hatten ihren Wagen abgestellt und schlossen die Haustür auf. Sie hatten einen Schlüssel zu Dougies Haus. Vermutlich Verwandte, habe ich mir gedacht. Glauben Sie, dass das die Diebe waren?«

»Wissen Sie noch, was für ein Auto sie gefahren haben?«

»Nein. Für mich sehen alle Autos gleich aus.«

»War es ein weißer Cadillac? Ein Sportwagen?«

»Nein. Keins von beiden. An einen weißen Cadillac oder einen schicken Sportwagen würde ich mich erinnern.«

»War sonst noch jemand da?«

»Ein alter Mann ist mal vorbeigekommen. Ziemlich dünn.

In den Siebzigern. Jetzt, wo Sie mich fragen: Kann sein, dass er einen weißen Cadillac fuhr. Dougie kriegt viel Besuch. Ich achte nicht immer darauf. Mir ist kein Verdächtiger aufgefallen, ausgenommen die Frauen, die einen Schlüssel besaßen. An die kann ich mich erinnern, weil die eine mich so angestarrt hat, irgendwas war mit ihren Augen. Ihre Augen waren unheimlich. Ihr Blick war wütend und wahnsinnig.«

Ich bedankte mich bei Mrs. Belski und gab ihr meine Visitenkarte.

Als ich wieder mit Ranger im Wagen saß, musste ich an das Gesicht denken, das Mooner an dem Abend, an dem auf ihn geschossen wurde, im Fenster gesehen hatte. Es war ihm nicht gelungen, die Person zu erkennen oder sich wenigstens einzelne Merkmale des Gesichts zu merken – außer den unheimlichen Augen. Und jetzt erzählte mir Mrs. Belski von einer über sechzigjährigen Frau mit unheimlichen Augen. Und dann war da noch die Frau, die Mooner angerufen und ihn beschuldigt hatte, er besäße etwas, das ihr gehörte. Vielleicht war das die Frau mit dem Schlüssel. Aber woher hatte sie den Schlüssel? Vielleicht von Dougie selbst.

»Was jetzt?«, fragte ich Ranger.

»Jetzt warten wir ab.«

»Warten ist mir schon immer schwer gefallen. Ich habe eine andere Idee. Wir könnten mich als Köder benutzen. Ich rufe Mary Maggie an und sage ihr, dass ich den »gewissen Gegenstand« habe und dass ich bereit bin, ihn gegen Mooner einzutauschen. Und dann bitte ich sie, ihn Eddie DeChooch zu übergeben.«

»Glaubst du, dass Mary Maggie die Kontaktperson ist?«

»Das herauszufinden wäre doch einen Versuch wert.«

Eine halbe Stunde nachdem Ranger mich zu Hause abgesetzt hatte, rief Morelli an. »*Was* spielst du?«, schrie er ins Telefon.

»Ich spiele den Köder.«

»Meine Güte.«

»Ist doch eine prima Idee«, sagte ich. »Wir reden den Leuten ein, dass ich das habe, wonach sie suchen...«

»Wir?«

»Ranger und ich.«

»Ranger.«

Im Geist sah ich Morelli die Zähne zusammenbeißen.

»Ich will nicht, dass du mit Ranger zusammenarbeitest.«

»Das gehört zu meinem Job. Wir sind Kopfgeldjäger.«

»Ich will, dass du dir einen anderen Job suchst.«

»Stell dir vor: Von deinem Job als Polizist bin ich auch nicht gerade begeistert.«

»Wenigstens ist mein Job legal«, sagte Morelli.

»Mein Job ist genauso legal wie deiner.«

»Wenn du mit Ranger zusammenarbeitest, nicht«, sagte Morelli. »Der Mann ist ein Fall für den Psychiater. Außerdem gefällt mir nicht, wie er dich ansieht.«

»Wie sieht er mich denn an?«

»Genauso wie ich.«

Ich spürte, dass ich anfing zu hyperventilieren. Langsam atmen, sagte ich mir. Keine Panik.

Ich wimmelte Morelli ab, schmierte mir ein Sandwich mit Erdnussbutter und Olivenmus und rief meine Schwester an.

»Ich mache mir Sorgen wegen meiner Hochzeit«, sagte ich. »Wenn deine Ehe schon in die Brüche gegangen ist – wie stehen da erst meine Chancen?«

»Männer ticken nicht ganz richtig«, sagte Valerie. »Ich

habe alles gemacht, was von mir erwartet wurde, und es war falsch. Wie ist so etwas möglich?«

»Liebst du ihn noch?«

»Ich glaube nicht. Am liebsten würde ich ihm in die Fresse schlagen.«

»Gut«, sagte ich. »Ich muss jetzt Schluss machen.« Ich legte auf.

Als Nächstes blätterte ich im Telefonbuch, aber eine Mary Maggie Mason stand nicht drin. Das überraschte mich nicht. Ich rief Connie an und bat sie, mir die Nummer herauszusuchen. Connie hat Quellen für nicht verzeichnete Telefonnummern.

»Wo ich dich gerade an der Strippe habe: Ich hätte da einen Schnellschuss für dich«, sagte Connie. »Melvin Baylor. Er ist heute Morgen nicht vor Gericht erschienen.«

Melvin wohnt von meinen Eltern aus zwei Straßen weiter. Melvin ist ein total netter vierzigjähriger Mann, dessen Frau ihn bei der Scheidung ausgezogen hat bis aufs Hemd. Um das Ganze noch schlimmer zu machen, gab die Frau zwei Wochen nach der Einigung ihre Verlobung mit dem arbeitslosen Nachbarn bekannt.

Letzte Woche haben seine Ex und der Nachbar geheiratet. Der Nachbar ist immer noch arbeitslos, fährt aber einen neuen BMW und guckt sich seine Rateshows jetzt auf einem Superriesenbildschirm an. Melvin dagegen ist in eine Einzimmerwohnung über Virgil Seligs Garage gezogen und fährt einen zehn Jahre alten braunen Nova. Am Abend der Hochzeit seiner Ex schlang Melvin wie üblich sein kaltes Müsli mit fettarmer Milch hinunter und steuerte anschließend zutiefst deprimiert mit seinem stotternden Nova die Casey Bar an. Da Melvin nicht viel verträgt, war er nach zwei Martinis schon gut abgefüllt. Er stieg in seine Rostlaube, und zum ersten Mal in seinem Leben bewies er Rückgrat, platzte in die Hochzeitsfeier seiner Ex-Frau und erleichterte sich vor zweihundert Leuten auf der Hochzeitstorte. Alle Männer im Saal spendeten ihm stürmisch Beifall.

Lois' Mutter, die fünfundachtzig Dollar für dieses dreistöckige Luxusteil hingeblättert hatte, ließ Melvin wegen Erregung öffentlichen Ärgernisses, anstößigen Verhaltens, Störung eines privaten Festes und Zerstörung fremden Eigentums verhaften.

»Ich bin sofort da«, sagte ich. »Stell schon mal die Unterlagen für mich zusammen. Masons Nummer hole ich mir ab, wenn ich da bin.«

Ich schnappte mir meine Tasche und rief Rex zu, ich würde nicht lange wegbleiben. Ich lief über den Hausflur, die Treppe hinunter und rasselte in der Eingangshalle mit Joyce zusammen.

»Ich habe gehört, du hättest dich heute den ganzen Morgen bei verschiedenen Leuten nach DeChooch erkundigt«, sagte Joyce. »DeChooch ist ab jetzt mein Fall. Also zieh Leine.«

»Klar.«

»Und ich will die Akte haben.«

»Die habe ich verloren.«

»Schlampe«, sagte Joyce.

»Rotznase.«

»Saftarsch.«

»Stinkstiefel.«

Joyce machte auf dem Absatz kehrt und stürmte aus dem Haus. Wenn meine Mutter das nächste Mal Hühnchen kochte, würde ich mir das Gabelbein nehmen und Joyce einen saftigen Herpes an den Hals wünschen.

Im Büro war nicht viel los. Die Tür zu Vinnies Arbeitszimmer war geschlossen, Lula schlief auf dem Sofa, und Connie hatte mir Mary Maggies Telefonnummer herausgesucht und die Festnahmeverfügung für Melvin bereitgelegt.

»Bei ihm zu Hause geht keiner ran«, sagte Connie. »Und auf der Arbeit hat er sich krankgemeldet. Wahrscheinlich hat er sich unter sein Bett verkrochen und gibt sich der Hoffnung hin, es sei alles nur ein schlechter Traum.«

Ich stopfte die Festnahmeverfügung in meine Tasche und rief von Connies Apparat aus Mary Maggie Mason an.

»Ich würde Eddie gern ein Geschäft anbieten«, sagte ich zu ihr. »Ich weiß nur nicht, wie ich mit ihm in Verbindung treten kann. Ich dachte, vielleicht ruft er Sie ja gelegentlich an, weil er doch Ihr Auto benutzt, nur so, um Bescheid zu sagen, dass noch alles in Ordnung ist mit dem Wagen.«

»Was für ein Geschäft?«

»Ich habe etwas, nach dem Eddie sucht, und ich würde es gern gegen Mooner eintauschen.«

»Gegen Mooner?«

»Eddie wird das schon verstehen.«

»Na gut«, sagte Mason. »Ich werd's ihm ausrichten, falls er anruft, aber ich kann für nichts garantieren.«

»Natürlich«, sagte ich. »Ich meine ja auch nur für den Fall.«

Lula schlug ein Auge auf. »Schwindelst du den Leuten wieder was vor?«

»Ich bin nur der Köder«, sagte ich.

»Mach keinen Scheiß!«

»Was ist das eigentlich, wonach dieser Chooch sucht?«, wollte Connie wissen.

»Das weiß ich auch nicht«, sagte ich. »Das ist ja gerade das Problem.«

Normalerweise ziehen die Leute nach einer Scheidung aus Burg weg. Melvin bildete eine Ausnahme. Ich glaube, nach der Trennung war er erst mal viel zu erschöpft und niedergeschlagen, um sich auf die Suche nach einer geeigneten Bleibe zu machen.

Ich hielt vor Seligs Haus und ging zur Garage auf der Rückseite. Es war eine baufällige Doppelgarage mit einem baufälligen Stockwerk obendrauf, eine Einzimmerwohnung für eine Person. Ich stieg die Treppe zur Wohnung rauf und klopfte. Ich lauschte an der Tür. Nichts. Ich hämmerte gegen die Tür, legte mein Ohr an das verkratzte Holz und lauschte erneut. Dann rührte sich etwas.

»He, Melvin«, rief ich. »Machen Sie auf.«

»Hauen Sie ab«, sagte Melvin durch die Tür. »Mir geht es nicht gut. Hauen Sie ab.«

»Ich bin's, Stephanie Plum«, sagte ich. »Ich muss mit Ihnen reden.«

Die Tür öffnete sich, und Melvin schaute heraus, das Haar ungekämmt, die Augen blutunterlaufen.

»Sie hätten heute Morgen eigentlich bei Gericht erscheinen sollen«, sagte ich.

»Ich konnte nicht. Ich bin krank.«

»Dann hätten Sie wenigstens Vinnie vorher anrufen sollen.«

»Oh! Daran habe ich nicht gedacht.«

Ich roch seinen Atem. »Haben Sie was getrunken?«

Er schaukelte auf den Ballen vor und zurück, und ein dämliches Grinsen machte sich auf seinem Gesicht breit. »Nö.«

»Sie riechen nach Hustensaft.«

»Kirschschnaps. Habe ich zu Weihnachten geschenkt bekommen.«

Oje. In dem Zustand konnte ich nicht mit ihm vor Gericht erscheinen. »Wir müssen Sie dringend ausnüchtern, Melvin.«

»Mir geht's gut. Ich kann bloß meine Füße nicht spüren.« Er sah an sich herab. »Vor einer Minute konnte ich sie noch spüren.«

Ich geleitete ihn aus der Wohnung, schloss die Tür hinter uns ab und stieg vor ihm die wacklige Treppe hinunter, damit er sich nicht noch das Genick brach. Dann verfrachtete ich ihn in meinen CR-V und schnallte ihn an. Mit offenem Mund und hervortretenden Augen baumelte er im Gurt. Ich brachte ihn zu meinen Eltern und musste ihn dort regelrecht hinter mir her ins Haus ziehen.

»Oh, wie schön. Wir kriegen Gesellschaft«, sagte Grandma Mazur und half mir, Melvin in die Küche zu schleppen.

Meine Mutter bügelte und sang dabei tonlos.

»So habe ich sie noch nie singen hören«, sagte ich zu meiner Oma.

»Das tut sie schon den ganzen Tag«, stellte Grandma fest. »Langsam mache ich mir Sorgen. Seit einer Stunde bügelt sie dasselbe Hemd.«

Ich drückte Melvin auf einen Stuhl am Esstisch, gab ihm schwarzen Kaffee und machte ihm ein Schinkensandwich.

»Mom?«, sagte ich. »Geht's dir gut?«

»Ja, natürlich. Ich muss nur noch bügeln, meine Liebe.«

Melvin verdrehte die Augen Richtung Grandma. »Wissen Sie, was ich gemacht habe? Ich habe auf der Hochzeit meiner Ex-Frau auf den Kuchen uriniert. Den ganzen Zuckerguss bepinkelt. Vor allen Leuten.«

»Es gibt Schlimmeres«, sagte Grandma. »Stellen Sie sich vor, Sie hätten auf der Tanzfläche eine Furz gelassen.«

»Wissen Sie, was passiert, wenn man auf Zuckerguss pinkelt? Der ist hinüber! Der schmilzt.«

»Was war mit den kleinen Figuren von Braut und Bräutigam obendrauf?«, erkundigte sich Grandma. »Haben Sie die auch getroffen?«

Melvin schüttelte den Kopf. »So hoch bin ich nicht gekommen. Ich habe nur auf die unterste Etage gepinkelt.« Er legte den Kopf auf die Tischplatte. »Ich kann es nicht fassen, dass ich mich dermaßen entblößt habe.«

»Wenn Sie noch ein bisschen üben, treffen Sie das nächste Mal auch die oberste Etage«, sagte Grandma.

»Ich gehe nie wieder auf ein Hochzeitsfest«, sagte Melvin. »Am liebsten wäre ich tot. Vielleicht ist es das Beste, ich bringe mich um.«

Valerie kam mit einem Wäschekorb in die Küche. »Was ist los?«

»Ich habe auf einen Kuchen gepinkelt«, sagte Melvin. »Ich war total breit.«

»So kann ich ihn unmöglich dem Richter vorführen«, sagte ich.

»Er kann seinen Rausch auf dem Sofa ausschlafen«, sagte meine Mutter und stellte das Bügeleisen ab. »Jeder packt sich einen Arm oder ein Bein, und wir schleppen ihn rüber.«

Ziggy und Benny standen auf dem Mieterparkplatz, als ich nach Hause kam.

»Sie wollen uns ein Geschäft anbieten, habe ich gehört«, sagte Ziggy.

»Ja. Ist Mooner bei Ihnen?«

»Kann man nicht sagen.«

»Dann kommen wir nicht ins Geschäft.«

»Wir haben Ihre gesamte Wohnung durchsucht, und wir haben es nicht gefunden«, sagte Ziggy.

»Das kommt, weil es woanders ist«, klärte ich sie auf.

»Wo?«

»Das sage ich Ihnen erst, wenn ich Mooner gesehen habe.«

»Wir könnten Ihnen ordentlich wehtun«, sagte Ziggy. »Wir könnten Sie sogar zum Reden bringen.«

»Das würde meiner zukünftigen Schwiegermutter gar nicht gefallen.«

»Wissen Sie, was ich glaube?«, sagte Ziggy. »Ich glaube, Sie schwindeln uns nur vor, dass Sie es haben.«

Ich zuckte die Achseln und wandte mich ab. »Sagen Sie mir Bescheid, wenn Sie Mooner gefunden haben, dann wickeln wir das Geschäft ab.«

Andauernd wird in meine Wohnung eingebrochen, seit ich diesen Job habe. Ich kann die besten Türschlösser kaufen, aber es nützt nichts. Jeder kann reinkommen. Viel beängstigender allerdings finde ich, dass ich mich allmählich daran gewöhne.

Ziggy und Benny hatten nicht nur alles so belassen wie es vorher war, nein, sie hatten sogar mein Geschirr gespült und den Tresen abgewischt. Meine Küche war sauber und aufgeräumt.

Das Telefon klingelte. Es war Eddie DeChooch.

»Ich habe gehört, Sie hätten das Gesuchte.«

»Ja.«

»Ist es in gutem Zustand?«

»Ja.«

»Ich schicke jemanden zum Abholen vorbei.«

»Moment noch. Was ist mit Mooner? Das Geschäft läuft nur, wenn ich Mooner dagegen eintauschen kann.«

DeChooch räusperte sich verächtlich. »Mooner? Ist mir nicht begreiflich, wieso Sie sich mit diesem Versager abgeben. Mooner gehört nicht zum Geschäft. Ich biete Ihnen Geld.«

»Ich will kein Geld.«

»Quatsch, alle wollen Geld. Aber gut, wie wär's hiermit: Ich entführe Sie und foltere Sie so lange, bis Sie es mir freiwillig rausrücken.«

»Meine zukünftige Schwiegermutter belegt Sie mit dem bösen Blick.«

»Die alte Morelli ist nicht ganz dicht. Ich glaube nicht an diesen Humbug.«

DeChooch legte auf.

Ich hatte zwar viele rasante Reaktionen auf meinen Köderauswurf erzielt, aber bei der Wiederauffindung von Mooner hatte ich keine Fortschritte gemacht. Ein dicker, trauriger Kloß steckte mir im Hals. Ich hatte Angst. Anscheinend wollte keiner Mooner eintauschen. Wenn Mooner und Dougie nun tot waren? Das wollte ich nicht, und ich wollte auch nicht wie Valerie werden, am Tisch hocken und mit offenem Mund flennen.

»Mist!«, schrie ich. *»Mist! Mist! Mist!«*

Rex schob sich rückwärts aus seiner Suppendose heraus und sah mich an, seine Barthaare zitterten. Ich brach eine Ecke von einer Erdbeer-Pop-Tart ab und gab sie Rex. Er stopfte sich die Pop-Tart zwischen die Backen und kehrte zurück in seine Dose. Rex ist ein Hamster von schlichtem Gemüt.

Ich rief Morelli an und lud ihn zum Abendessen ein. »Du musst nur das Essen mitbringen«, sagte ich.

»Brathühnchen? Fleischbaguette? Chinakost?«, zählte Morelli auf.

»Chinakost.«

Ich eilte ins Badezimmer, duschte, rasierte mir die Beine, damit die blöde Stimme in meinem Kopf mir nicht wieder alles vermasselte, und wusch mir die Haare mit einem Schampoo, das nach Limonade roch. In meiner Schublade mit Unterwäsche kramte ich so lange, bis ich meinen schwarzen Spitzentanga und den dazu passenden BH fand. Darüber zog ich wie üblich T-Shirt und Jeans und trug Wimperntusche und Lippenstift auf. Wenn ich entführt und gefoltert werden sollte, dann wollte ich mich vorher wenigstens noch ein bisschen vergnügen.

Als ich mir die Strümpfe überstreifte, kamen Bob und Morelli herein.

»Ich habe Frühlingsrollen, Gemüsezeugs, Krabbenzeugs, Schweinezeugs, so ein Reiszeug und noch irgendwelches Zeug, das eigentlich für jemand anderen gedacht war, aber dann doch in meinem Beutel landete«, sagte Morelli. »Und Bier habe ich mitgebracht.«

Wir stellten alles auf den Sofatisch und schalteten den Fernseher an. Morelli warf Bob eine Frühlingsrolle zu. Bob schnappte sie in der Luft und verschlang sie mit einem Bissen.

»Ich habe ihn gefragt, und er hat sich bereit erklärt, mein Trauzeuge zu sein«, sagte Morelli.

»Demnach findet die Hochzeit also statt.«

»Ich dachte, du hättest schon ein Kleid gekauft.«

Ich schaufelte mir von dem Krabbenzeugs auf den Teller. »Nur zur Ansicht.«

»Wo liegt das Problem?«

»Ich will keine großartige Hochzeitsfeier. Es kommt mir beknackt vor. Aber meine Großmutter und meine Mutter wollen mir unbedingt eine aufschwatzen. Plötzlich stehe ich da und habe so ein Kleid an. Und als Nächstes ist auch schon ein Saal reserviert. Als würde mir jemand den Verstand aus dem Schädel saugen.«

»Wie wär's, wenn wir einfach allein losgehen und heiraten?«

»Wann?«

»Heut Abend geht es nicht. Da spielen die Rangers. Wie wär's mit morgen? Oder Mittwoch?«

»Ist das dein Ernst?«

»Ja. Willst du die letzte Frühlingsrolle noch haben?«

Mein Herz blieb vor Schreck stehen. Als es wieder anfing zu pochen, ließ es jeden zweiten Schlag aus. Verheiratet? Ach, du Scheiße. Ich war aufgeregt, oder? Deswegen hatte ich diesen Brechreiz. Es war bloß die Aufregung. »Braucht man dafür nicht irgendwelche Blutuntersuchungen und Genehmigungen und so 'n Kram?«

Morelli fiel plötzlich mein T-Shirt auf. »Hübsch.«

»Das Hemd?«

Er fuhr mit der Fingerkuppe an dem Spitzenrand meines BHs entlang. »Das auch.« Seine Hand glitt unter den Stoff, und ehe ich michs versah, war das Hemd über meinem Kopf abgestreift und beiseite gelegt. »Zeig mir doch erst mal, was du so zu bieten hast«, sagte er. »Überzeug mich, dass es sich lohnt, dich zu heiraten.«

Neugierig hob ich eine Augenbraue. »Bist du nicht derjenige, der die Überzeugungsarbeit leisten muss?«

Morelli zog am Reißverschluss meiner Jeans. »Du wirst mich auf Knien anflehen, dich zu heiraten, Pilzköpfchen, noch ehe die Nacht um ist.«

Ich wusste aus Erfahrung, dass er Recht hatte. Morelli wusste, was zu tun war, damit eine Frau morgens mit einem Lächeln im Gesicht aufwachte. Das Gehen würde morgen vielleicht ein bisschen schwer fallen, aber das Lächeln würde mir leicht fallen.

9

Um halb sechs meldete sich Morellis Piepser. Morelli sah auf die Anzeige und seufzte. »Ein Informant.«

Ich blinzelte in der Dunkelheit, während er im Zimmer umherging. »Musst du schon gehen?«

»Nein. Ich muss nur jemanden anrufen.«

Er spazierte ins Wohnzimmer. Einen Moment lang war es still, dann tauchte er wieder im Türrahmen zum Schlafzimmer auf. »Bist du in der Nacht aufgestanden und hast das Essen weggeräumt?«

»Nein.«

»Es steht nicht mehr auf dem Sofatisch.«

Bob.

Ich stemmte mich aus dem Bett, stieß in die Ärmel meines Bademantels und schlurfte los, das Schlachtfeld in Augenschein zu nehmen.

»Ich habe einige kleine Drahtgriffe gefunden«, sagte Morelli. »Es sieht so aus, als hätte Bob das Essen samt Kartons verputzt.«

Bob lief vor der Wohnungstür hin und her, sein Magen war aufgebläht, und er sabberte.

Großartig. »Mach du deinen Anruf, ich gehe solange mit Bob raus«, sagte ich zu Morelli.

Ich lief zurück ins Schlafzimmer, zog mir Jeans und ein Sweatshirt an und rammte meine Füße in ein Paar Boots.

Dann legte ich Bob die Leine an und schnappte mir die Autoschlüssel.

»Wofür die Autoschlüssel?«, fragte Morelli.

»Falls ich Hunger auf Doughnuts habe.«

Von wegen Doughnuts. Bob sollte seinen Haufen machen, einen großen Haufen Chinakost, und zwar auf Joyce' Rasen. Vielleicht konnte ich ihn sogar dazu bringen, ordentlich abzureihern.

Wir fuhren mit dem Aufzug. Bob sollte sich nicht unnötig bewegen. Wir rannten zum Auto und brausten los.

Bob drückte sich die Nase am Fenster platt, keuchte und rülpste, sein Magen war zum Bersten voll.

Ich trat das Gaspedal bis zum Anschlag durch. »Beiß die Zähne zusammen, alter Knabe«, sagte ich. »Wir sind gleich da. Es dauert nicht mehr lange.«

Vor Joyce' Haus bremste ich scharf ab, lief auf die Beifahrerseite, machte die Tür auf, und Bob sprang heraus. Wie eine Rakete schoss er auf Joyce' Rasen zu, ging in die Hocke und legte einen Haufen hin, der doppelt so groß war wie er selbst. Er hielt einen Moment inne und würgte dann einen Brei aus Kartonpappe und Krabbenkotze-Chop-Suey hervor.

»Braver Hund!«, flüsterte ich.

Bob schüttelte sich und war mit einem Satz wieder im Auto. Ich warf die Tür hinter ihm zu, lief auf meine Seite, und bevor uns der Gestank einholen konnte, waren wir schon wieder verschwunden. Wieder mal gute Arbeit geleistet.

Morelli stand an der Kaffeemaschine, als ich nach Hause kam. »Keine Doughnuts?«, fragte er.

»Habe ich vergessen.«

»Noch nie hast du Doughnuts vergessen. So kenne ich dich gar nicht.«

»Mich beschäftigen im Moment andere Dinge.«

»Zum Beispiel die Frage, ob du heiraten sollst, oder?«

»Ja, das auch.«

Morelli goss zwei Becher Kaffee ein und gab mir einen. »Ist dir schon mal aufgefallen, dass der Heiratswunsch abends viel stärker ist als morgens?«

»Soll das heißen, dass du nicht mehr heiraten willst?«

Morelli lehnte sich an den Küchentresen und trank einen Schluck aus seiner Kaffeetasse. »So leicht kommst du mir nicht davon.«

»Es gibt viele Dinge, über die wir noch nie gesprochen haben.«

»Und das wäre?«

»Kinder. Angenommen wir kriegen Kinder, und es stellt sich heraus, dass wir sie gar nicht mögen.«

»Wer Bob gerne hat, hat auch Kinder gern«, sagte Morelli.

Bob war im Schlafzimmer und leckte Fusseln vom Teppich.

Zehn Minuten nachdem Morelli und Bob aus dem Haus gegangen waren, rief Eddie DeChooch an.

»Wie sieht's aus?«, fragte er. »Kommen wir nun ins Geschäft oder nicht?«

»Ich will Mooner.«

»Wie oft soll ich Ihnen noch sagen, dass er nicht bei mir ist. Ich weiß nicht, wo er steckt. Und von meinen Bekannten hat ihn auch niemand gesehen. Vielleicht hat er die Muffe gekriegt und ist weggelaufen.«

Darauf wusste ich nichts zu erwidern, denn diese Möglichkeit bestand durchaus.

»Sie bewahren es doch auch kühl auf, oder?«, sagte De-

Chooch. »Ich brauche es in einem guten Zustand. Ich riskiere sonst Kopf und Kragen.«

»Ja. Es ist gekühlt. Der Zustand ist bestens, Sie werden es nicht glauben. Bringen Sie mir Mooner, dann können Sie sich selbst davon überzeugen.«

Wovon um Himmels willen redete er eigentlich?

Ich rief im Büro an, aber Connie war noch nicht da. Ich hinterließ eine Nachricht für sie, sie möge zurückrufen, und ging unter die Dusche. Im Badezimmer resümierte ich mein Leben. Ich war hinter einem depressiven Rentner her, der mich als dumme Göre vorführte. Zwei meiner Freunde waren spurlos verschwunden. Ich selbst sah aus, als hätte ich gerade mit George Foreman im Ring gestanden. Ich hatte ein Hochzeitskleid, das ich nicht tragen wollte, und ich hatte einen Saal angemietet, den ich gar nicht nutzen wollte. Morelli wollte mich heiraten, und Ranger wollte mir … Was Ranger mit mir vorhatte, daran sollte ich lieber gar nicht denken. Ach ja, und dann war da ja noch Melvin Baylor, der zu Hause bei meinen Eltern auf dem Sofa lag.

Ich stieg aus der Dusche, zog mich an und trieb nur minimalen Aufwand mit meinen Haaren, da rief Connie an.

»Hast du von Tante Flo und Onkel Bingo noch mehr erfahren?«, fragte ich sie. »Ich muss wissen, was in Richmond schief gelaufen ist. Wonach die alle suchen. Es ist etwas, das kühl aufbewahrt werden muss. Vermutlich Medikamente.«

»Woher weißt du, dass es kühl aufbewahrt werden muss?«

»Von DeChooch.«

»Hast du mit DeChooch gesprochen?«

»Er ruft mich an.« Manchmal fasse ich es selbst nicht, was für ein Leben ich führe. Ich bin hinter einem NVGler her, und der ruft mich an. Ist das nicht absurd?

»Mal sehen, was sich machen lässt«, sagte Connie.

Als Nächstes rief ich Grandma an.

»Ich brauche Informationen über Eddie DeChooch«, sagte ich. »Kannst du dich mal umhören?«

»Was genau willst du wissen?«

»Er hatte Ärger in Richmond, und jetzt sucht er nach irgendetwas. Ich will wissen, wonach.«

»Ich kümmere mich drum.«

»Ist Melvin Baylor noch da?«

»Nein. Er ist nach Hause gegangen.«

Ich verabschiedete mich gerade von Grandma, als es klopfte. Ich öffnete die Tür einen Spalt und schaute hinaus. Es war Valerie. Sie trug einen maßgeschneiderten schwarzen Hosenanzug, dazu ein weißes, gestärktes Hemd und eine schwarz-rot gestreifte Herrenkrawatte. Die Meg-Ryan-Zottel klebten ihr hinter den Ohren.

»Oh, ein neuer Look«, stellte ich fest. »Gibt's einen Anlass?«

»Mein erster Tag als Lesbe.«

»Das wüsste ich aber.«

»Doch, ich meine es ernst. Worauf soll ich noch warten? Ich habe mich entschieden, einfach ins kalte Wasser zu springen. Ich werde mir Arbeit suchen und eine Freundin. Es gibt keinen Grund, zu Hause zu sitzen und wegen einer gescheiterten Beziehung zu schmollen.«

»Ich dachte nicht, dass es ernst gemeint war, neulich Abend. Hast du denn schon, äh, Erfahrung als Lesbe?«

»Nein, aber so schwer kann es ja nicht sein.«

»Ich weiß nicht, ob mir das gefällt«, sagte ich. »Sonst bin ich immer das schwarze Schaf in der Familie. Diese neue Entwicklung könnte meine Stellung erheblich verändern.«

»Sei nicht albern«, sagte Valerie. »Das ist denen doch völlig schnuppe, ob ich lesbisch bin oder nicht.«

Valerie hatte eben schon viel zu lange in Kalifornien gelebt.

»Jedenfalls«, sagte sie, »habe ich ein Vorstellungsgespräch. Sehe ich gut aus? Ich will meine sexuelle Orientierung nicht verschweigen, aber ich will auch nicht gleich wie eine Kampflesbe auftreten.«

»Meinst du die Motorradlesben in Montur?«

»Genau. Ich stehe eher auf lesbischen Schick.«

Bei meiner geringen lesbischen Erfahrung war mir nicht ganz klar, was unter lesbischem Schick zu verstehen war. Ich kannte Lesben nur aus dem Fernsehen.

»Bei den Schuhen bin ich mir nicht sicher«, sagte ich. »Schuhe sind immer ein heikles Kapitel.«

Sie trug zierliche schwarze Lackledersandalen mit niedrigem Absatz. Die Fußnägel waren grellrot lackiert.

»Kommt ganz darauf an, ob du lieber mit Herren- oder Damenschuhen rumlaufen willst«, sagte ich. »Bist du vom Typ her eher die frauliche oder eher die männliche Lesbe?«

»Gibt es zwei verschiedene Arten von Lesben?«

»Das weiß ich nicht. Hast du dich denn nicht mal sachkundig gemacht?«

»Nein. Ich dachte, lesbisch wäre Unisex.«

Wenn sie als Lesbe schon Probleme damit hatte, was sie *anzog*, was würde da erst passieren, wenn sie sich *auszog*?

»Ich habe mich um einen Job im Einkaufszentrum beworben«, sagte Valerie. »Und es gibt noch ein zweites Angebot in der Stadt. Ich wollte dich fragen, ob wir die Autos tauschen können. Ich will einen guten Eindruck machen.«

»Was für ein Auto fährst du denn jetzt?«

»Onkel Sandors 53er Buick.«

»Ein Kraftpaket«, sagte ich. »Eindeutig lesbisch. Eignet sich viel besser als mein CR-V.

»Das hätte ich nie gedacht.«

Ich schämte mich ein bisschen, denn ich hatte keine Ahnung, ob ein Buick Baujahr '53 wirklich so eine Lieblingskarre von Lesben war oder nicht. Ich hatte nur absolut keine Lust zu tauschen. Dieser Buick von Onkel Sandor ist mir ein Gräuel.

Ich verabschiedete mich und wünschte ihr noch viel Glück, als sie durch den Hausflur stolzierte. Rex war aus seiner Suppendose hervorgekrochen und sah mich an. Entweder hielt er mich jetzt für ziemlich gerissen, oder er fand, dass ich eine niederträchtige Schwester war. Bei Hamstern wusste man nie. Deswegen eignen sie sich so gut als Haustiere.

Ich hängte mir meine schwarze Tasche aus Leder um die Schulter, schnappte mir meine Jeansjacke und schloss die Wohnungstür ab. Es wurde Zeit, sich um Melvin Baylor zu kümmern. Ich verspürte eine leichte Unruhe. Es war Eddie DeChooch, der mich beunruhigte. Es passte mir nicht, dass er einfach so mir nichts, dir nichts auf Menschen schoss. Und jetzt, wo ich mich selbst von ihm bedroht fühlte, passte es mir noch weniger.

Ich schlich die Treppe hinunter, hastete durch die Eingangshalle und schaute durch die Glastür nach draußen auf den Parkplatz. Von DeChooch war nichts zu sehen.

Mr. Morganstern trat aus dem Aufzug.

»Hallöchen, Süße«, sagte Mr. Morganstern. »Oh. Sind Sie mit einem Türpfosten zusammengestoßen?«

»Gehört zu meinem Job«, antwortete ich.

Mr. Morganstern war sehr alt, zweihundert Jahre oder so.

»Gestern habe ich Ihren jungen Freund aus dem Haus gehen sehen. Er ist vielleicht nicht ganz richtig im Kopf, aber reisen tut er offenbar im großen Stil. Ein Mann, der im großen Stil reist, so einen Mann muss man einfach mögen.«

»Was für einen jungen Freund meinen Sie?«

»Ich spreche von Mooner. Der Mann, der immer im Superman-Anzug rumläuft und langes braunes Haar hat.«

Mein Herz setzte aus. Ich wäre nie auf den Gedanken gekommen, dass meine Nachbarn etwas über Mooner wissen könnten. »Wann haben Sie ihn gesehen? Wie viel Uhr war das?«

»Es war frühmorgens. Die Bäckerei weiter unten macht um sechs Uhr auf, und ich bin zu Fuß hin- und zurückgegangen, also muss ich Ihren Freund so gegen sieben gesehen haben. Er kam mir direkt im Eingang entgegen. Er war in Begleitung einer Dame, und beide sind in eine große schwarze Limousine gestiegen. Ich bin noch nie in so einem großen Auto gefahren. Es muss schon was Besonderes sein.«

»Hat er irgendwas zu Ihnen gesagt?«

»Er hat gesagt: ›Ej, Mann, ej.‹«

»Wie sah er aus? Normal? Oder eher bedrückt?«

»Er sah aus wie immer. Als würde er sagen: ›Oh, keiner zu Hause?‹«

»Und wie sah die Frau aus?«

»Hübsch sah sie aus. Klein, bräunliches Haar. Jung.«

»Sehr jung?«

»Ungefähr sechzig.«

»Die Limousine war nicht zufällig beschriftet, oder? Mit dem Firmenschild des Autoverleihers zum Beispiel.«

»Nicht dass ich wüsste. Es war bloß eine große schwarze Limousine, mehr nicht.«

Ich machte auf dem Absatz kehrt, ging wieder nach oben und rief die Firmen an, die große Limousinen vermieteten. Es dauerte eine halbe Stunde, bis ich alle Eintragungen im Telefonbuch durch hatte. Nur zwei Firmen hatten gestern früh Kunden abgeholt. Beide hatten dazu ihre Town

Cars geschickt, und beide Male war es zum Flughafen gegangen. Keine Fuhre war von einer Frau bestellt worden, und keiner der Fahrer hatte eine Frau abgeholt.

Wieder eine Sackgasse.

Ich fuhr zu Melvin und klopfte an seine Wohnungstür.

Melvin öffnete mir mit einer Tüte tiefgefrorener Maiskörner auf dem Kopf. »Ich glaube, ich sterbe«, sagte er. »Mein Kopf explodiert. Meine Augen brennen.«

Er sah schrecklich aus, schlimmer als gestern, und das wollte was heißen. »Ich komme nachher noch mal wieder«, sagte ich zu ihm. »Trinken Sie bitte nichts mehr.«

Fünf Minuten später trudelte ich im Büro ein. »He«, sagte Lula. »Dein Auge ist heute schon schwarz und grün. Das ist ein gutes Zeichen.«

»Ist Joyce schon da gewesen?«

»Die ist vor einer Viertelstunde reingeschneit«, sagte Connie. »Hat rumgetobt und geschimpft. Irgendwas von einem Krabbenkotz-Chop-Suey gebrabbelt.«

»Die ist total ausgerastet«, sagte Lula. »Hat lauter unsinniges Zeug erzählt. So wütend habe ich sie noch nie gesehen. Du weißt nicht zufällig Näheres über dieses Krabbenzeugs, oder?«

»Ich? Wieso ich?«

»Wie geht's eigentlich Bob? Wüsste der was zu dem Kotz-Chop-Suey zu sagen?«

»Bob geht's gut. Heute Morgen hatte er Magenprobleme, aber jetzt ist er wieder gesund.«

Connie und Lula klatschten die Hände gegeneinander.

»Wusst ich's doch!«, sagte Lula.

»Ich wollte gerade losfahren und mal bei einigen Leuten zu Hause vorbeischauen«, sagte ich. »Hat jemand Lust mitzukommen?«

»Oh, oh«, sagte Lula. »Du bist immer nur dann auf Begleitung scharf, wenn du Angst hast, dass jemand hinter dir her ist.«

»Könnte sein, dass Eddie DeChooch hinter mir her ist.« Wahrscheinlich waren noch andere Personen hinter mir her, aber Eddie DeChooch schien mir der Verrückteste von allen zu sein, der, der mich am ehesten erschießen würde. Obwohl, die alte Dame mit den unheimlichen Augen holte stark auf.

»Mit Eddie DeChooch werden wir schon fertig«, sagte Lula und kramte ihre Handtasche aus der untersten Schreibtischschublade hervor. »Ein armer alter Mann mit Depressiönchen.«

Und einer Waffe.

Zuerst suchten wir Mooners Mitbewohner auf.

»Ist Mooner da?«, fragte ich.

»Nein. Vielleicht ist er bei Dougie. Da ist er oft.«

Als Nächstes gingen wir zu Dougie. Als Mooner angeschossen worden war und bei mir übernachtet hatte, hatte ich ihm Dougies Haustürschlüssel abgenommen. Damit schloss ich jetzt die Tür auf, und Lula und ich streiften einmal durchs Haus. Mir fiel nichts Ungewöhnliches auf. Ich ging zurück in die Küche und schaute im Kühlschrank und im Tiefkühlfach nach.

»Was soll denn das bezwecken?«, fragte Lula.

»Nur so. Zur Überprüfung.«

Danach fuhren wir zu DeChoochs Haus. Das Absperrband der Polizei war weg, und die Haushälfte, die DeChooch gehörte, sah dunkel und unbewohnt aus.

Ich stellte den Wagen ab, und Lula und ich gingen durch alle Räume. Wieder fiel mir nichts Ungewöhnliches auf. Aus lauter Neugier schaute ich auch hier im Kühlschrank und im Tiefkühlfach nach. Im Tiefkühlfach lag ein Schmorbraten.

»Wie ich sehe, macht dich Schmorbraten an«, stellte Lula fest.

»Dougie hat man einen Schmorbraten aus dem Tiefkühlfach geklaut.«

»Hm.«

»Das könnte er sein. Das könnte der gestohlene Schmorbraten sein.«

»Habe ich dich richtig verstanden? Eddie DeChooch soll in Dougies Haus eingebrochen sein und einen Schmorbraten gestohlen haben?«

Jetzt, wo es ausgesprochen wurde, kam es mir auch ziemlich blöde vor. »Könnte doch sein«, sagte ich.

Wir fuhren noch am Freizeitklub und an der Kirche vorbei, kurvten einmal durch Mary Maggies Tiefgarage, machten einen Schlenker zu Ace Pavers und landeten vor Ronald DeChoochs Haus im Norden von Trenton. Im Verlauf unserer Rundfahrt hatten wir Trenton zum größten Teil und Burg zur Gänze abgegrast.

»Ich habe keinen Bock mehr«, sagte Lula. »Ich habe Hunger auf Brathähnchen. Am liebsten hätte ich die frittierten Schenkel von Cluck in the Bucket, superscharf, superfettig. Dazu Brötchen und Krautsalat und einen von den superdickflüssigen Shakes, bei denen man sich zu Tode saugt, damit sie durch den Strohhalm passen.«

Cluck in the Bucket ist nur ein paar Straßen vom Büro entfernt. Davor, auf einem hohen Mast, der aus dem schotterbelegten Parkplatz emporragt, dreht sich ein überdimensionales, fettes Huhn. Cluck in the Bucket ist ein Schnellimbiss, der ausgezeichnete Brathähnchen anbietet.

Lula und ich kauften uns eine Portion und setzten uns an einen Tisch.

»Also«, sagte Lula, »nur zur Klärung: Eddie DeChooch fährt nach Richmond und holt Zigaretten ab. Während DeChooch in Richmond ist, beißt Louie D. ins Gras, und irgendwas läuft dabei schief. Wir wissen nur nicht was.«

Ich suchte mir ein gebratenes Schenkelstück aus und nickte. Ja.

»Choochy kommt mit den Zigaretten zurück nach Trenton, liefert einige bei Dougie ab und wird beim Versuch, die übrigen Zigaretten nach New York zu schaffen, verhaftet.«

Wieder nickte ich.

»Als Nächstes beißt Loretta Ricci ins Gras, und Chooch läuft vor uns weg.«

»Genau. Dann wird auf einmal Dougie vermisst. Benny und Ziggy suchen Chooch. Chooch sucht nach etwas, aber wieder wissen wir nicht, was es ist. Und: Jemand stiehlt Dougies Schmorbraten.«

»Und jetzt wird auch noch Mooner vermisst«, sagte Lula. »Chooch dachte, Mooner hätte jenes Etwas, und du rufst Chooch an und sagst ihm, du hättest dieses Etwas. Chooch bietet dir dafür Geld an, Mooner will er dir dafür nicht geben.«

»Genau.«

»Das ist die dämlichste Geschichte, die ich je gehört habe«, sagte Lula und biss herzhaft in einen Hähnchenschenkel. Dann hörte sie auf zu reden und zu kauen und riss die Augen weit auf. »Ungh!«, stieß sie hervor. Zuerst winkte sie mit den Armen, dann legte sie die Hände um den Hals.

»Was hast du?«, fragte ich.

Sie packte noch fester zu.

»Sie müssen ihr auf den Rücken klopfen«, bot uns jemand vom Nachbartisch seine Hilfe an.

»Das funktioniert nicht«, sagte jemand anders. »Man muss den Heimlichgriff anwenden.«

Ich lief um den Tisch herum und versuchte, Lula von hinten zu umfassen, aber meine Arme reichten dazu nicht aus.

Ein Riese kam jetzt von der Theke herüber, verschränkte seine Pranken im Klammergriff um Lula und drückte fest zu.

Plopp!, machte es, und ein Stück Hähnchenfleisch flog aus ihrem Mund und traf zwei Tische weiter ein Kind am Kopf.

»Du musst unbedingt abnehmen«, sagte ich zu Lula.

»Ich habe eben schwere Knochen«, sagte sie.

Die Aufregung legte sich wieder, und Lula nuckelte an ihrem Milchshake.

»Gerade eben, als ich beinahe gestorben bin, ist mir eine Idee gekommen«, sagte Lula. »Ist doch ganz klar, was du als Nächstes machen musst. Du sagst DeChooch, du hättest dich entschlossen, das Geschäft gegen Bares abzuwickeln. Wenn er sich dann das gewisse Etwas abholt, schnappen wir ihn uns, und dann bringen wir ihn zum Reden.«

»Bisher hatten wir nur Pech, wenn wir ihn uns schnappen wollten.«

»Ja, aber was hast du denn schon zu verlieren? Gar nichts. Du hast das, wonach er sucht, doch gar nicht.«

Stimmte auch wieder.

»Ruf Mary Maggie an, die Schlammwrestlerin, und sag ihr, wir würden uns auf das Geschäft einlassen«, befahl Lula.

Ich holte mein Handy und wählte Mary Maggies Nummer, aber es ging niemand ran. Ich hinterließ Namen und Telefonnummer und bat um Rückruf.

Gerade verstaute ich mein Handy wieder in der Umhängetasche, da stürmte Joyce ins Restaurant.

»Ich habe euren Wagen draußen auf dem Parkplatz gesehen«, sagte sie. »Glaubt ihr vielleicht, ihr könntet DeChooch hier gemütlich beim Hähnchenessen erwischen?«

»Er ist gerade gegangen«, sagte Lula. »Wir hätten ihn festnehmen können, aber das wäre uns zu einfach gewesen. Wir lieben eben die Herausforderung.«

»Ihr zwei könntet doch mit einer echten Herausforderung gar nichts anfangen«, sagte Joyce. »Ihr seid Versager. Fettsack und Schmalbrust. Ihr zwei seid bemitleidenswert.«

»Ich kenn welche, die sind noch viel bemitleidenswerter. Zum Beispiel Menschen, die sich mit Krabbenkotz-Chop-Suey herumschlagen müssen«, sagte Lula.

Das überraschte Joyce denn doch. Sie war unsicher, ob Lula in die niederträchtige Aktion eingeweiht war, oder ob sie einfach provozieren wollte.

In dem Moment ertönte Joyce' Piepser. Sie sah auf die Anzeige und schürzte die Lippen zu einem Lächeln. »Ich muss gehen. Eine heiße Spur. Es geht um DeChooch. Bedauernswert, dass ihr beiden Püppchen nichts anderes zu tun habt, als hier zu hocken und euch den Magen voll zu schlagen. Aber wenn man euch so ansieht, muss man annehmen, dass ihr das noch am besten könnt.«

»Ja, und wenn man dich so ansieht, muss man annehmen, dass du am besten Stöckchen holen und den Mond anjaulen kannst«, sagte Lula.

»Leck mich doch«, sagte Joyce und rauschte ab zu ihrem Auto.

»Hm«, sagte Lula. »Eine originellere Antwort hätte ich schon von ihr erwartet. Muss heute nicht in Höchstform sein, die Arme.«

»Weißt du, was wir machen sollten?«, sagte ich. »Wir sollten ihr hinterherfahren.«

Lula packte schon das Essen zusammen. »Du kannst Gedanken lesen«, sagte sie.

Als wir zur Tür raus waren und in den CR-V kletterten, fuhr Joyce gerade vom Parkplatz. Lula stellte die Tüte mit den Hähnchenschenkeln und den Brötchen auf den Schoß, die Shakes deponierten wir in den Getränkehaltern, und los ging's.

»Das war bestimmt nur eine faustdicke Lüge«, sagte Lula. »Wetten, dass sie gar keine Spur hat? Wahrscheinlich fährt sie zum Einkaufszentrum.«

Ich blieb ein paar Wagen hinter ihr, damit sie mich nicht sah, und Lula und ich ließen die Stoßstange von Joyce' Jeep nicht aus den Augen. Im Heckfenster waren zwei Köpfe zu erkennen. Es saß noch jemand auf dem Beifahrersitz neben Joyce.

»Sie fährt nicht zum Einkaufszentrum«, sagte ich. »Sie fährt in die entgegengesetzte Richtung. In die Innenstadt.«

Zehn Minuten später schwante mir Böses, was Joyce' Ziel anging.

»Ich weiß, wohin sie fährt«, sagte ich zu Lula. »Sie will zu Mary Maggie Mason. Jemand hat ihr von dem weißen Cadillac erzählt.«

Ich folgte Joyce in die Tiefgarage, allerdings in gebührendem Abstand, parkte zwei Reihen weiter, und Lula und ich blieben gespannt sitzen und hielten die Augen offen.

»Da geht sie hin«, sagte Lula. »Sie und ihr Lakai. Sich Mary Maggie oben vorzuknöpfen.«

Scheiße. Ich kenne Joyce. Ich durfte miterleben, wie sie vorgeht. Die stürmt die Bude mit gezückter Pistole, durchsucht ein Zimmer nach dem anderen, überzeugt von ihrer

Sache. Genau das Verhalten, das Kopfgeldjäger in Verruf bringt. Aber was noch viel schlimmer ist: Manchmal führt es zu Ergebnissen. Sollte Eddie DeChooch sich unter Mary Maggies Bett verstecken, Joyce würde ihn aufstöbern.

Ihren Partner konnte ich aus der Entfernung nicht erkennen. Die beiden trugen schwarze Cargohosen und schwarze T-Shirts mit dem signalgelben Aufdruck KAUTIONSDETEKTIV auf dem Rücken.

»Junge, Junge«, sagte Lula. »Die haben ja Uniformen. Wieso haben wir eigentlich keine Uniformen?«

»Weil wir nicht wie zwei Hampelmänner aussehen wollen.«

»Stimmt. Die Antwort habe ich gesucht.«

Ich sprang aus dem Auto und rief: »He, Joyce! Warte mal. Ich will mit dir reden.«

Joyce drehte sich überrascht um. Sie kniff die Augen zusammen, als sie mich erkannte, und sagte etwas zu ihrem Partner, aber ich konnte den Wortwechsel nicht verstehen. Joyce drückte den Aufwärtsknopf, die Aufzugtüren öffneten sich, und Joyce und ihr Partner verschwanden.

Sekunden nachdem sich die Türen geschlossen hatten, standen Lula und ich vor dem Aufzug. Wir drückten auf den Knopf und warteten ein paar Minuten.

»Weißt du, was ich glaube?«, sagte Lula. »Ich glaube, dieser Aufzug kommt gar nicht mehr. Ich glaube, Joyce hat ihn blockiert.«

Wir gingen die Treppe hoch, zuerst schnell, dann immer langsamer.

»Irgendwas ist mit meinen Beinen«, sagte Lula im vierten Stock. »Die fühlen sich an wie Gummi. Sie wollen nicht mehr laufen.«

»Einfach weitergehen!«

»Du hast gut reden. Du hast ja nur Haut und Knochen zu tragen. Guck dir an, was ich mit mir herumschleppen muss.«

Ich hatte überhaupt nicht gut reden. Ich schwitzte, und ich konnte kaum atmen. »Wir müssen wieder in Form kommen«, sagte ich zu Lula. »In ein Fitnessstudio gehen oder so.«

»Lieber verbrenne ich mich selbst.«

Lula sprach mir aus der Seele.

Im sechsten Stock taumelten wir von der Treppe in den Hausflur. Mary Maggies Wohnungstür stand offen, und Mary Maggie und Joyce brüllten sich an.

»Wenn Sie nicht sofort verschwinden, rufe ich die Polizei«, schrie Mary Maggie.

»Ich *bin* von der Polizei«, schrie Joyce zurück.

»Ach ja? Und wo ist Ihre Marke?«

»Die hängt hier an dieser Halskette.«

»Die ist gefälscht. Die haben Sie aus dem Versandhaus. Sie können mir viel erzählen. Ich rufe jetzt die Polizei und sage, Sie würden sich als Bulle ausgeben.«

»Ich gebe mich als gar nichts aus«, sagt Joyce. »Ich habe nicht gesagt, ich sei von der Polizei in *Trenton*. Ich bin von der *Kautions*polizei.«

»Du bist von der *Kamel*polizei«, sagte Lula keuchend.

Jetzt, aus der Nähe, erkannte ich auch Joyce' Partner. Es war Janice Molnari. Mit Janice war ich zusammen zur Schule gegangen. Eigentlich war sie ganz in Ordnung, ich fragte mich nur, wie sie an Joyce geraten war.

»Hallo, Stephanie«, sagte Janice. »Lange nicht gesehen.«

»Seit Loretta Beebers Polterabend.«

»Wie geht's?«

»Ganz gut. Und selbst?«

»Ganz gut. Meine Kinder gehen jetzt zur Schule, deswegen habe ich mir gedacht, ich versuch's mal mit einem Halbtagsjob.«

»Wie lange arbeitest du schon für Joyce?«

»Seit zwei Stunden«, sagte Janice. »Das ist mein erster Job.«

Joyce trug eine an den Oberschenkel geschnallte Seitenwaffe, und sie hielt bereits die Hand darauf. »Was hast du denn hier verloren, Plum? Spionierst du mir etwa nach, um dir anzugucken, wie es gemacht wird?«

»Jetzt reicht's«, sagte Mary Maggie. »Raus hier. Allesamt. *Sofort.*«

Joyce schubste Lula zur Tür. »Hast du nicht gehört? Beweg dich!«

»He«, sagte Lula und schlug ihr mit der Hand auf die Schulter. »Mach mich nicht an.«

»Du sollst dich bewegen, Jauchefass«, sagte Joyce.

»Lieber Jauchefass als Krabbenkotz-Chop-Suey und Hundescheiße«, sagte Lula.

Joyce schnappte nach Luft. »Woher weißt du das? Das habe ich dir doch gar nicht erzählt.« Ihre Augen weiteten sich. »Ach so! Du warst das! Du hast das gemacht!« Außer der Pistole trug Joyce noch einen Allzweckgürtel, bestückt mit Handschellen, Pfefferspray, Elektroschocker und Schlagstock. Sie zog den Elektroschocker und schaltete ihn ein. »Dafür wirst du büßen. Ich werde dich so lange hiermit traktieren, bis die Batterie alle ist und du nur noch ein Eimer Flüssigfett bist.«

Lula sah hinunter auf ihre Hände. Keine Handtasche, weder in der einen noch in der anderen Hand, unsere Handtaschen hatten wir im Auto liegen lassen. Sie tastete ihre Hosentaschen ab, auch da keine Waffen. »Oh«, sagte Lula nur.

Joyce stürzte sich auf sie, Lula stieß einen Schrei aus, vollführte eine Drehung und lief den Hausflur entlang zur Treppe. Joyce nahm sofort die Verfolgung auf, und wir anderen rannten hinter Lula und Joyce her. Ich zuerst, dann Mary Maggie, dann Janice. Lula war kein Held im Treppensteigen, aber wenn sie beim Hinabsteigen einmal in Fahrt gekommen war, war sie nicht zu schlagen. Sie erinnerte an einen Güterzug, den nichts zum Anhalten bewegen konnte.

Lula gelangte zur Tiefgarage und rannte durch die Tür. Sie war schon auf halbem Weg zum Auto, als Joyce sie erwischte und mit ausgestrecktem Arm den Elektroschocker ansetzte. Lula blieb wie angewurzelt stehen, schwankte ein bisschen und sackte dann wie ein nasser Zementsack zusammen. Joyce bückte sich, um ihr noch einen Stoß zu verpassen, aber ich griff sie von hinten an. Der Elektroschocker flog ihr aus der Hand, und Joyce und ich stürzten zu Boden. In dem Moment fuhr Eddie DeChooch mit Mary Maggies weißem Cadillac in die Tiefgarage ein.

Janice sah ihn als Erste. »Ist das nicht der alte Knacker in dem weißen Cadillac?«, fragte sie.

Joyce und ich hoben die Köpfe und sahen hin. DeChooch bewegte sich im Schritttempo, suchte nach einem Parkplatz.

»Fahr wieder raus!«, schrie Mary Maggie in seine Richtung. »Fahr aus der Garage raus!«

Joyce rappelte sich auf und rannte los, direkt auf DeChooch zu. »Schnapp ihn dir!«, schrie sie Janice hinterher. »Lass ihn nicht aus der Garage entwischen!«

»Ich soll ihn mir schnappen?«, fragte Janice, die neben Lula stand. »Ist die verrückt geworden? Wie soll ich das denn anstellen?«

»Wehe, meinem Auto passiert was«, rief Mary Maggie mir und Joyce zu. »Das Auto hat meinem Onkel Ted gehört.«

Lula saß auf ihren vier Buchstaben und sabberte. »Was?«, sagte sie. »Wer?«

Janice und ich halfen ihr auf. Mary Maggie rief immer noch nach DeChooch, und DeChooch hatte sie immer noch nicht gesehen.

Ich ließ Lula mit Janice allein und lief zu meinem Honda. Schnell haute ich den Gang rein, riss das Steuer herum und raste hinter DeChooch her. Keine Ahnung, wie ich ihn einfangen wollte, aber es schien das Naheliegendste.

Joyce stellte sich plötzlich DeChooch in den Weg, mit gezogener Pistole, und brüllte, er solle anhalten. DeChooch drückte aufs Gaspedal und raste auf sie zu. Joyce brachte sich rückwärts taumelnd in Sicherheit und drückte ab, verfehlte DeChooch und traf eines der hinteren Fenster.

DeChooch bog nach links ab und fuhr an einer Reihe parkender Autos entlang. Ich raste hinter ihm her, legte mich auf zwei Rädern in die Kurve, während DeChooch in blinder Panik herumkurvte. Wir fuhren Schleifen, weil DeChooch die Ausfahrt nicht fand.

Mary Maggie rief immer noch nach ihm, Lula stand mittlerweile wieder sicher auf den Beinen und winkte mit den Armen.

»Warte auf mich!«, schrie sie, als wollte sie gleich loslaufen, wüsste aber nicht, in welche Richtung.

Ich legte eine Ehrenrunde ein, vorbei an Lula, die ins Auto sprang. Die hintere Tür wurde aufgerissen, und Janice warf sich mit einem Hechtsprung auf den Rücksitz.

Joyce war zu ihrem eigenen Wagen zurückgelaufen und hatte ihn längs vor die Ausfahrt gestellt. Die Fahrertür war sperrangelweit offen, und Joyce stand schießbereit dahinter.

DeChooch fand endlich die richtige Spur und raste auf die Ausfahrt zu, Joyce im Visier. Sie feuerte einen Schuss ab, der voll danebenging, dann warf sie sich zur Seite, während DeChooch vorbeidröhnte und die Tür von Joyce' Wagen aus den Angeln riss, die durch den Aufprall in hohem Boden durch die Luft geschleudert wurde.

Ich knallte durch die Ausfahrt, gleich hinter DeChooch. Der vordere rechte Kotflügel des Cadillac hatte einigen Schaden genommen, aber Choochy machte das nicht im Geringsten etwas aus. Er bog links in die Spring Street, ich dicht an seinem Stoßdämpfer. Bis zur Broad blieb er auf der Spring Street, und plötzlich standen wir im Stau.

»Jetzt haben wir ihn«, kreischte Lula. »Alle aussteigen!«

Lula, Janice und ich stürzten aus dem Auto und rannten los, um DeChooch festzunehmen. DeChooch haute den Rückwärtsgang rein und rammte den CR-V, der ein gutes Stück zurückhüpfte, in das Auto dahinter. Dann riss er das Steuerrad herum, setzte aus der Lücke und streifte dabei die Stoßstange des vorderen Wagens.

Lula schrie die ganze Zeit: »Wir haben das *Etwas*, das Sie suchen. Und wir nehmen das Geld. Wir haben uns entschlossen, das Geld zu nehmen!«

DeChooch blickte nicht zu uns her. Er machte kehrt, fuhr davon, und ließ uns in einer Staubwolke zurück.

Lula, Janice und ich sahen ihm hinterher, wie er die Straße entlangbrauste, dann begutachteten wir den CR-V. Er war zusammengedrückt wie eine Quetschkommode.

»Er hat meinen Shake verschüttet, obwohl ich dafür viel Kohle bezahlt habe«, sagte Lula. »Das macht mich echt stinkig.«

»Habe ich das richtig verstanden?«, fragte Vinnie. »DeChooch hat deinen Wagen demoliert und Joyce Barnhardt das Bein gebrochen?«

»Eigentlich ist die Autotür schuld an Joyce' gebrochenem Bein«, sagte ich. »Als sie von der Karosse abflog, hat sie sich in der Luft überschlagen und ist genau auf Joyce' Bein gesegelt.«

»Wir hätten gar nichts davon erfahren, wenn der Krankenwagen auf dem Weg zum Krankenhaus sich nicht an uns hätte vorbeiquetschen müssen. Unser Auto sollte gerade abgeschleppt werden, da kam der Krankenwagen, und drinnen war Joyce, festgeschnallt«, sagte Lula.

»Wo steckt DeChooch jetzt?«, wollte Vinnie wissen.

»Auf diese Frage haben wir leider auch keine Antwort«, sagte Lula. »Und da wir im Moment auch nicht über einen fahrbaren Untersatz verfügen, haben wir keine Möglichkeit, es herauszufinden.«

»Was ist mit deinem Auto?«, fragte Vinnie Lula.

»In der Werkstatt. Es wird in seine Einzelteile zerlegt, und es erhält eine Speziallackierung. Es ist erst nächste Woche fertig.«

Er wandte sich an mich. »Und dein Buick? Du fährst doch immer den Buick, wenn es Probleme mit deinem Wagen gibt.«

»Den Buick fährt meine Schwester.«

10

»Hinten steht noch ein Motorrad rum, das kannst du haben«, sagte Vinnie. »Ich habe es als Kautionssicherheit genommen. Der Typ war knapp bei Kasse, deswegen hat er mir das Motorrad dagelassen. Meine Garage steht voll mit Krempel. Da ist für ein Motorrad kein Platz mehr.«

Es gab Kunden, die entrümpelten ihre Häuser, um eine Kaution zu erwerben. Vinnie hatte schon Stereoanlagen, Fernsehgeräte, Nerzmäntel, Computer und Fitnessgeräte angenommen. Einmal hat er Madam Zaretzky eine Kaution gestellt und erhielt ihre Peitsche und ihren dressierten Hund als Pfand.

Unter anderen Umständen hätte ich die Gelegenheit Motorrad zu fahren wahrgenommen. Vor ein paar Jahren, als ich mit einem Mann befreundet gewesen war, der einen Motorradhandel besaß, hatte ich meinen Führerschein gemacht. Ab und zu hatte ich mir Motorräder angesehen, aber mir fehlte immer das Geld, eins zu kaufen. Das einzige Problem war nur, dass Motorräder nicht gerade das geeignete Fahrzeug für Kopfgeldjäger sind.

»Ich will kein Motorrad«, sagte ich. »Was soll ich mit einem Motorrad? Ich kann einen NVGler doch nicht auf einem Motorrad zum Gericht kutschieren.«

»Genau. Und was soll ich erst sagen?«, gab Lula zu bedenken. »Wie soll eine ausgewachsene Frau wie ich auf so einem

Ding Platz nehmen? Und dann erst meine Frisur. Man muss doch einen Helm beim Fahren tragen, der würde meine Frisur glatt ruinieren.«

»Ganz wie ihr wollt«, sagte Vinnie.

Ich seufzte und verdrehte die Augen. »Gehören auch Helme zu dem Motorrad?«

»Die liegen hinten im Zimmer.«

Lula und ich taperten los, um das Motorrad wenigstens mal in Augenschein zu nehmen.

»Das wird die reinste Blamage«, sagte Lula und machte die Tür zum Hintereingang auf. »Das wird die reinste... Moment mal. Was haben wir denn da? Ach du liebes bisschen! Das ist ja gar kein blöder Roller. Das ist ja ein echter *Hobel.*«

Es war eine Harley Davidson FXDL Dyna Low Rider, schwarz, mit aufgemalten grünen Flammen und speziell angefertigten Auspuffrohren. Lula hatte Recht. Das hier war kein blöder Roller, das hier war ein feuchter Traum.

»Kannst du auf so was fahren?«, fragte Lula.

Ich lachte. »O ja«, sagte ich. »Und ob ich das kann.«

Lula und ich setzten die Helme auf, stiegen auf den Sattel, ich steckte den Schlüssel in den Anlasser, ließ den Motor an, und die Harley unter uns heulte auf. »Houston, we have lift-off«, sagte ich. Dann hatte ich einen kleinen Orgasmus.

Ich fuhr ein paar Mal die Zufahrtsstraße hinter Vinnies Büro auf und ab, um ein Gefühl für die Maschine zu kriegen, danach schlug ich den Weg zu Mary Maggies Apartmenthaus ein. Ich wollte noch mal einen Versuch unternehmen, mit ihr ins Gespräch zu kommen.

»Sieht nicht so aus, als ob sie da wäre«, sagte Lula nach der ersten Runde durch die Tiefgarage. »Ihren Porsche kann ich jedenfalls nicht entdecken.«

Das erstaunte mich nicht. Wahrscheinlich steckte sie gerade irgendwo, um den Schaden an ihrem Cadillac zu inspizieren.

»Sie hat heute Abend einen Wrestlingkampf«, sagte ich zu Lula. »Da können wir sie sprechen.«

Als ich nach Hause kam, überprüfte ich erst mal alle Wagen auf dem Mieterparkplatz. Kein weißer Cadillac, keine schwarze Limousine, keine Ziggy- und Benny-Kutsche, kein MMM-YUM-Porsche, kein schweineteurer und vermutlich gestohlener Ranger-Schlitten. Nur Joes Truck stand da.

Joe fläzte mit einem Bier in der Hand vor dem Fernseher, als ich die Wohnung betrat.

»Ich habe gehört, du hättest deinen Wagen zu Schrott gefahren«, sagte er.

»Ja, aber mir ist nichts passiert.«

»Das habe ich auch gehört.«

»DeChooch hat eine Vollmeise. Schießt wild auf Leute. Fährt sie absichtlich über den Haufen. Was ist los mit dem? Das ist doch nicht normal. Nicht mal für einen eingefleischten Kriminellen. Ich weiß ja, dass er unter Depressionen leidet, aber, meine Güte ...« Ich ging in die Küche und gab Rex ein Stück Brötchen, das ich mir vom Mittagessen aufgehoben hatte.

Morelli folgte mir in die Küche. »Wie bist du jetzt nach Hause gekommen?«

»Vinnie hat mir ein Motorrad geliehen.«

»Ein Motorrad? Was denn für eins?«

»Eine Harley. Eine Dyna Low Rider.«

Die Augen leuchteten, der Mund verzog sich zu einem Grinsen. »Du fährst einen Harley-Hobel?«

»Ja. Und ich hatte auch schon mein erstes sexuelles Erlebnis auf der Maschine.«

»Ganz allein?«

»Ja.«

Morelli lachte schallend und trat auf mich zu, drückte mich gegen den Küchentresen, umschlang mit seinen Händen meinen Brustkorb, streifte mit seinen Lippen mein Ohr, meinen Hals. »Wetten, dass ich das noch steigern kann?«

Die Sonne war untergegangen, und es war dunkel in meinem Zimmer. Morelli schlief fest neben mir. Selbst im Schlaf strahlte er konzentrierte Energie aus. Sein Körper war schlank und straff, sein Mund weich und sinnlich. Die Gesichtszüge waren mit zunehmendem Alter kantiger geworden, die Augen müder. Er hatte viel mit ansehen müssen als Polizist, vielleicht zu viel.

Ich warf einen Blick auf die Uhr. Acht. Acht? Verdammt noch mal. Ich musste ebenfalls eingeschlafen sein. Eben noch hatten wir es miteinander getrieben, und auf einmal war es acht Uhr.

Ich rüttelte Morelli wach.

»Es ist acht Uhr!«, sagte ich.

»Hä?«

»Bob! Wo ist Bob?«

Morelli schoss aus dem Bett hoch. »Scheiße! Ich bin gleich von der Arbeit hierher gekommen. Bob hat noch nichts zu fressen gekriegt.«

Dass Bob mittlerweile bestimmt alles verputzt hatte, das Sofa, den Fernseher, die Fußleisten, blieb unerwähnt.

»Zieh dir was an«, sagte Morelli. »Bob kriegt sein Futter, und wir gehen Pizza essen. Und heute Abend kommst du zu mir nach Hause.«

»Heute Abend muss ich arbeiten. Lula und ich haben Mary Maggie gestern nicht mehr erwischt, deswegen gehe ich nachher ins Snake Pit. Ihr Wrestlingkampf beginnt um zehn.«

»Ich habe keine Zeit zu streiten«, sagte Morelli. »Bob hat sich mittlerweile sicher durch eine ganze Wand gefressen. Komm vorbei, wenn du im Snake Pit fertig bist.« Er packte mich, gab mir einen Kuss und lief raus in den Flur.

»In Ordnung«, sagte ich, aber Morelli war schon weg.

Ich hatte keine Ahnung, was man für Klamotten im Snake Pit trug, aber eine schlampige Frisur schien mir angebracht. Das Haar in Locken legen und toupieren musste reichen. Es optimierte meine Körpergröße von einssiebzig auf einssiebenundsiebzig. Dazu takelte ich mich noch mit haufenweise Make-up auf, schlüpfte in einen knappen schwarzen Stretchrock und zehn Zentimeter hohe Stöckelschuhe. Jetzt konnte ich einen draufmachen. Ich schnappte mir meine Lederjacke und nahm die Autoschlüssel vom Küchentresen. Stopp! Das sind keine Autoschlüssel. Das sind Motorradschlüssel. Mist. Meine Frisur würde doch nie unter den Helm passen.

Bloß keine Panik, sagte ich mir. Kurz überlegen. Wo kriegst du jetzt ein Auto her? Valerie. Valerie hat den Buick. Ich rufe sie an und sage ihr, dass ich zu einem Laden fahre, in dem halb nackte Mädels rumspringen. Ich meine, so was gucken sich Lesben doch gerne an, oder nicht?

Zehn Minuten später holte mich Valerie unten auf dem Parkplatz ab. Ihr Haar war immer noch glatt hinters Ohr gekämmt und sie trug keine Spur von Make-up, mit Ausnahme eines blutroten Lippenstifts. Sie hatte schwarze Cowboystiefel an, einen anthrazitfarbenen Nadelstreifenanzug und ein weißes Hemd, der Kragenknopf stand offen. Ich widerstand der Versuchung nachzugucken, ob schon die ersten Brusthaare sprossen.

»Wie ist es dir heute ergangen?«, fragte ich sie.

»Guck mal! Ich habe mir neue Schuhe gekauft. Sind die nicht klasse? Ich finde, das sind die idealen Schuhe für Lesben.«

Das musste man Valerie lassen: Sie machte keine halben Sachen. »Ich meinte eigentlich, wie das Vorstellungsgespräch gelaufen ist.«

»Das mit dem Job hat nicht geklappt. Das war wohl zu erwarten. Wenn man beim ersten Mal keinen Erfolg hat …« Sie klemmte sich hinters Lenkrad und kurvte den Buick um eine Ecke. »Allerdings habe ich die Mädchen in der Schule angemeldet. Immerhin etwas Positives.«

Lula wartete schon am Straßenrand, als wir vor ihrem Haus anhielten.

»Darf ich vorstellen«, sagte ich. »Meine Schwester Valerie. Sie kommt mit, weil sie gerade das Auto hat.«

»Kauft die immer in der Herrenabteilung ein?«

»Nur so, zur Probe.«

»Soll mir recht sein«, sagte Lula.

Der Parkplatz vorm Snake Pit war gerammelt voll, deswegen stellten wir den Wagen einige hundert Meter weiter an der Straße ab. Als wir endlich vorm Eingang standen, taten mir die Füße höllisch weh, und ich fand schon, dass man als Lesbe einige Vorteile genoss. Valeries Schuhe sahen gut und bequem aus.

Wir fanden einen freien Tisch im hinteren Teil des Raums und bestellten was zu trinken.

»Wie sollen wir mit Mary Maggie ins Gespräch kommen?«, fragte Lula. »Von hier aus können wir sie ja nicht mal richtig sehen.«

»Ich habe den Laden vorher ausgekundschaftet. Es gibt nur zwei Türen, wenn Mary Maggie also mit ihrer Schlammorgie fertig ist und geht, besetzen wir einfach jeder eine Tür und passen sie ab.«

»Hört sich logisch an«, sagte Lula, kippte ihren Drink und bestellte gleich den nächsten.

Ein paar Frauen waren in Begleitung, aber in der Mehrzahl bestand das Publikum aus Männern, die ernst blickten und darauf hofften, dass einer der Frauen im Schlamm ein Minislip vom Leib gerissen wurde, was im Football vermutlich dem Rausschmiss eines Quarterbacks gleichkommt.

Valerie saß mit großen Augen da. Schwer einzuschätzen, ob vor Aufregung oder Hysterie.

Lula und ich schauten uns um. Wir konnten keine Lesben erkennen, jedenfalls keine, die so aussahen wie Valerie.

»Man weiß nie, wann Lesben aufkreuzen und wann nicht«, sagte Lula. »Trink lieber noch ein Glas. Du siehst blass aus.« Bei der nächsten Bestellung bat ich den Kellner, Mary Maggie einen Zettel von mir zukommen zu lassen. Darauf teilte ich ihr meine Tischnummer mit und dass ich DeChooch gerne etwas ausrichten lassen würde.

Eine halbe Stunde später hatte ich immer noch nichts von Mary Maggie gehört. Lula hatte sich vier Cosmopolitans hinter die Binde gegossen und wirkte absolut nüchtern, Valerie hatte zwei Gläser Chablis gesüffelt und war überaus glückselig.

In dem grubenartigen Ring wurde heftig gekämpft. Ab und zu wurde irgendein bedauernswerter betrunkener Mann in den Modder gezerrt, der wild um sich fuchtelte, bis er literweise von dem Zeug geschluckt hatte und von dem Rausschmeißer an die Luft befördert wurde. Die Frauen zogen sich an den Haaren, schlugen keifend aufeinander ein und suhlten sich. Schlamm ist nun mal glitschig. Bis jetzt war noch niemandem der Minislip entrissen worden, aber es gab einige nackte, schlammbespritzte Brüste zu sehen, bis zum Platzen voll mit Implantaten. Alles in allem war das Ganze nicht sonderlich attraktiv, und ich konnte froh sein, dass ich einen Job hatte, bei dem nur auf mich geschossen wurde. Immer noch besser, als sich halb nackt im Schlamm zu wälzen.

Mary Maggies Kampf wurde angesagt, und Mary Maggie trat in einem silbernen Bikini auf. Da steckte offenbar Methode hinter: silberner Porsche, silberner Bikini. Es gab viel Vorapplaus. Mary Maggie ist berühmt. Dann kam die andere Frau. Sie nannte sich Animal, und, ganz unter uns, es sah nicht gut aus für Mary Maggie. Animals Augen funkelten rot, und ich glaube sogar, sie hatte Schlangen im Haar.

Der Ansager läutete die Glocke, erst tänzelten die beiden Frauen umeinander herum, dann stürzten sie aufeinander los. Das ging eine ganze Weile lang so, ohne Erfolg, bis Mary Maggie ausrutschte und Animal auf ihr herumsprang.

Der ganze Saal erhob sich, Lula, Valerie und mich eingeschlossen. Wir schrien aus Leibeskräften, Mary Maggie sollte ihrer Gegnerin Animal die Eingeweide herausreißen. Natürlich war Mary Maggie viel zu anständig, um Animal die Eingeweide herauszureißen, deswegen prügelten sich die beiden nur noch ein bisschen im Schlamm und fingen dann an, das Publikum anzumachen, forderten für sich auch einen bedauernswerten betrunkenen Mann als Tribut.

»Sie da«, sagte Mary und zeigte in meine Richtung.

Ich drehte mich um, weil ich hoffte, ein sexbesessener Mann würde hinter mir stehen und mit einem Zwanzigdollarschein winken.

Mary Maggie nahm sich das Mikrofon. »Wir haben heute Abend einen Ehrengast. Die Kopfgeldjägerin. Auch bekannt als die Cadillac-Ramme oder als die Penetrante.«

Ach, du Scheiße.

»Sie wollten mit mir reden, Kopfgeldjägerin?«, fragte Mary Maggie. »Dann kommen Sie her.«

»Lieber später«, sagte ich. Mary Maggies Bühnenpräsenz hatte so gar nichts mit dem Bücherwurm gemein, den ich vorher kennen gelernt hatte. »Wir unterhalten uns nach der Show«, sagte ich zu ihr. »Ich will nicht Ihre wertvolle Zeit auf der Bühne vergeuden.«

Plötzlich wurde ich von zwei großen Kerlen hochgehoben, im Stuhl, zwei Meter über den Boden, und nach vorne getragen.

»Hilfe!«, schrie ich. »Hilfe!«

Ich schwebte hoch über dem Ring. Mary Maggie lockte mich mit einem Hexenfinger zu sich, und Animal knurrte und schwenkte den Kopf hin und her. Auf einmal kippte der Stuhl nach vorne, und ich plumpste im freien Fall in den Schlamm.

Animal zog mich an den Haaren hoch und stellte mich auf die Beine. »Ganz ruhig«, sagte sie. »Es tut nicht weh.«

Dann riss sie mir die Bluse runter. Nur gut, dass ich meinen hübschen Spitzen-BH von Victoria's Secret trug.

Im nächsten Moment wälzten wir uns als kreischender Pulk auf dem Boden: Mary Maggie Mason, Animal und ich. Dann kam Lula angewatet.

»He«, sagte sie. »Wir sind nur hergekommen, um mit Ihnen zu reden. Und Sie? Was machen Sie? Sie ruinieren meiner Freundin die Bluse. Das gibt eine saftige Rechnung von der Reinigung.«

»Ach ja? Dann können Sie das hier gleich mit auf die Rechnung setzen«, sagte Animal und zog mit einem Ruck an Lulas Füßen, sodass sie auf dem Hintern im Matsch landete.

»Jetzt bin ich aber echt sauer«, sagte Lula. »Ich wollte Ihnen nur was erklären, aber jetzt bin ich echt sauer.«

Mir war es gelungen, wieder auf die Beine zu kommen, während Lula sich mit Animal kabbelte. Ich konnte mir gerade mal den Schlamm aus den Augen wischen, da war Mary Maggie Mason schon mit einem Hechtsprung bei mir und drückte mich erneut mit dem Gesicht zuerst in den Schlamm. »Hilfe!«, schrie ich. *»Hilfe!«*

»Hören Sie auf, ständig auf meiner zart besaiteten Freundin herumzuhacken«, sagte Lula. Sie packte Mary Maggie Mason an den Haaren und pfefferte sie mit Schwung aus dem Ring. *Rumms!* Eine Bruchlandung auf einem Tisch, direkt am Rand der Arena.

Von der Seite kamen zwei weitere Wrestlerinnen und warfen sich in den Ring. Die eine katapultierte Lula gleich wieder raus, dann setzte sie sich gemütlich auf die andere. Jetzt ließ sich Animal von den Seiten abprallen, knallte gegen Lula, die einen markerschütternden Schrei ausstieß und mit Animal im Schlamm landete.

Mary Maggie stand wieder im Ring, die andere Wrestlerin ebenfalls, und ein Betrunkener kletterte hinein. Jetzt waren wir zu siebt, wälzten uns ineinander verknäult am Boden. Ich hielt mich an allem fest, dessen ich habhaft werden konnte, gab mir alle Mühe, nicht zu ersticken, und bekam Animals Slip zu fassen. Plötzlich jubelten alle und johlten, und die Rausschmeißer sprangen in den Ring und trennten uns.

»He«, sagte Lula, immer noch Schwinger austeilend. »Ich habe einen Schuh verloren. Wenn nicht bald jemand meinen Schuh findet, komme ich nie wieder her.«

Der Inspizient hielt Lula am Arm fest. »Keine Sorge. Wir kümmern uns darum. Hier geht es lang. Ab durch die Tür.«

Bevor uns klar wurde, was geschah, standen wir draußen auf der Straße, Lula mit nur einem Schuh, ich ohne Bluse. Erneut öffnete sich die Tür, und Valerie wurde hinausgeworfen, zusammen mit unseren Jacken und Handtaschen.

»Irgendwas stimmte nicht mit dieser Animal«, sagte Valerie. »Als du ihr den Slip runtergerissen hast, konnte man sehen, dass sie untenrum *kahl* ist!«

Valerie setzte mich vor Morellis Haus ab und winkte zum Abschied.

Morelli machte mir auf und sagte das Naheliegendste: »Du bist ja voller Schlamm.«

»Es ist nicht so gelaufen, wie ich es mir vorgestellt hatte.«

»Gefällt mir, der Look ohne Bluse. Könnte ich mich daran gewöhnen.«

Im Flur zog ich mich aus, und Morelli stopfte meine Kleider gleich in die Waschmaschine. Als er zurückkam, stand ich noch immer da, mit nichts am Leib außer den Stöckelschuhen und Schlammspritzern.

»Ich würde gerne duschen«, sagte ich zu ihm, »aber wenn ich keine Schlammspuren auf deiner Treppe hinterlassen soll, dann schütte doch lieber im Garten einen Eimer Wasser über mich.«

»Ich weiß, es ist irgendwie pervers«, sagte Morelli, »aber ich kriege einen Ständer.«

Morelli wohnt in einem Reihenhaus in der Slater Street, nicht weit entfernt von Burg. Er hat es von seiner Tante Rose geerbt und daraus ein gemütliches Heim geschaffen. Wer hätte das gedacht. Die Welt steckt voller Rätsel. Das Haus ähnelt in vielem dem Haus meiner Eltern, es ist eng und bietet nur spärlichen Luxus, aber es ist angefüllt mit vertrauten Gerüchen und Erinnerungen. Bei Morelli setzten sich die Gerüche zusammen aus Pizza, frischer Farbe und Hund. Morelli renovierte Stück für Stück die Fensterrahmen.

Wir saßen um seinen Küchentisch, ich, Morelli und Bob. Morelli aß eine Scheibe Rosinenzimttoast und trank Kaffee, Bob und ich machten uns über den restlichen Inhalt des Kühlschranks her. Nach einem Abend aufreibender Schlammwrestlingkämpfe geht doch nichts über ein üppiges Frühstück.

Ich trug ein T-Shirt von Morelli, eine geliehene Trainingshose, und ich lief barfuß, weil meine Schuhe immer noch feucht waren, wahrscheinlich würden die Dinger sowieso im Müll landen.

Morelli trug die üblichen Klamotten für seine Arbeit als Zivilpolizist.

»Ich verstehe das nicht«, sagte ich zu ihm. »Dieser Kerl fährt in einem weißen Cadillac herum, und die Polizei nimmt ihn nicht fest. Wie kommt das?«

»Vermutlich fährt er nicht so häufig. Er wurde einige Male gesehen, aber immer waren die Kollegen gerade nicht in der Lage, die Verfolgung aufzunehmen. Einmal war es Mickey Greene auf einer Fahrradstreife. Ein andermal stand der Polizeiwagen im Stau. Außerdem genießt die Sache keine Priorität. Wir haben niemanden, der nur dazu abkommandiert ist, ihn aufzustöbern.«

»Der Mann ist ein Mörder. Hat das keine Priorität?«

»Er wird nicht unbedingt wegen Mordes gesucht. Loretta Ricci ist an Herzversagen gestorben. Im Moment wird er nur gesucht, weil wir ihn vernehmen wollen.«

»Ich glaube, er hat einen Schmorbraten aus Dougies Tiefkühlfach gestohlen.«

»Das erhöht den Einsatz natürlich. Das bringt ihn sicher ganz nach oben auf die Prioritätenliste.«

»Findest du das nicht auch seltsam, dass so einer einen Schmorbraten klaut?«

»Wenn man so lange als Polizist gearbeitet hat wie ich, kommt einem gar nichts mehr seltsam vor.«

Morelli trank seinen Kaffee, wusch die Tasse aus und stellte sie in die Spülmaschine. »Ich muss los. Willst du noch hier bleiben?«

»Nein. Du kannst mich nach Hause bringen. Die Arbeit ruft. Termine, Termine!« Und ich brauchte ein Paar Schuhe.

Morelli setzte mich vor meiner Haustür ab. Ich ging barfuß nach oben, Morellis Kleidung am Leib, meine eigene unterm Arm. In der Eingangshalle traf ich auf Mr. Morganstern.

»Das muss ja eine Nacht gewesen sein«, sagte er. »Sie kriegen zehn Dollar, wenn Sie mir die Einzelheiten verraten.«

»Kommt gar nicht in Frage. Dafür sind Sie viel zu jung.«

»Und wenn ich mein Angebot auf zwanzig erhöhe? Nur müssten Sie dann bis zum Ersten des nächsten Monats warten, dann kriege ich meine Sozialhilfe.«

Zehn Minuten später war ich umgezogen und wieder zur Tür hinaus. Erst wollte ich noch bei Melvin Baylor vorbeifahren, bevor er zur Arbeit ging. Zu Ehren meiner Harley zog ich mir Boots, Jeans, T-Shirt und die Lederjacke von Schotts an. Ich röhrte vom Parkplatz und erwischte Melvin noch, der gerade sein Auto aufschließen wollte. Das Türschloss war verrostet, und der Schlüssel ließ sich kaum umdrehen. Warum Melvin die Mühle überhaupt abgeschlossen hatte, war nicht nachvollziehbar. An so einem Auto hätte sich niemand vergriffen. Melvin trug Anzug und Krawatte, und mit Ausnahme der schwarzen Ringe unter den Augen sah er schon viel manierlicher aus.

»Entschuldigen Sie die Störung«, sagte ich, »aber Sie müssen zum Gericht und einen neuen Termin vereinbaren.«

»Und meine Arbeit? Ich muss jetzt zur Arbeit.«

Melvin Baylor war eigentlich ein liebenswerter Trottel. Woher er den Schneid genommen hatte, auf den Hochzeitskuchen zu pinkeln, bleibt ein Geheimnis.

»Dann verspäten Sie sich eben mal. Ich rufe Vinnie an, der soll am Rathaus auf uns warten, dann dauert es auch hoffentlich nicht lang.«

»Ich kriege mein Auto nicht auf.«

»Dann sind Sie herzlich eingeladen, auf meinem Motorrad mitzufahren.«

»Ich hasse dieses Auto«, sagte Melvin. Er holte aus und trat gegen die Autotür, woraufhin ein großes Stück verrostetes Metall abfiel. Er packte den Seitenspiegel, riss ihn ab und warf ihn zu Boden. »Verdammte Karre«, sagte er und stieß mit dem Fuß gegen den Spiegel, dass er über die Straße flog.

»Nicht schlecht«, sagte ich. »Aber vielleicht sollten wir jetzt lieber losfahren.«

»Ich bin noch nicht fertig«, sagte Melvin, der versuchte, den Kofferraum mit dem Schlüssel zu öffnen, ohne Erfolg. »Scheiße!«, schrie er. Er kletterte über die Stoßstange auf den Kofferraum und hüpfte auf und ab, dann erklomm er das Dach, und noch mehr Gehüpfe.

»Melvin«, sagte ich, »haben Sie die Beherrschung verloren?«

»Ich hasse mein Leben. Ich hasse mein Auto. Ich hasse meinen Anzug.« Halb stürzte, halb sprang er vom Dach herunter und probierte noch mal das Kofferraumschloss.

Diesmal bekam er es auf. Er wühlte ein bisschen herum und tauchte mit einem Baseballschläger wieder auf. »Aha!«, sagte er.

O Mann.

Melvin holte Schwung und schlug mit Wucht auf das Auto ein, immer und immer wieder, bis er schweißgebadet war. Er zerdepperte ein Seitenfenster, Glassplitter flogen durch die Gegend. Er trat zurück und sah sich seine Hand an. Sie hatte eine tiefe Schnittwunde, überall war Blut.

Mist. Ich stieg vom Motorrad herunter und geleitete Melvin zur Bordsteinkante, wo er sich hinsetzte. Alle Hausfrauen aus dem Umkreis standen auf der Straße und glotzten. »Ich brauche ein Handtuch«, sagte ich. Dann rief ich Valerie an, sie solle mit dem Buick zu Melvins Hütte kommen.

Ein paar Minuten später war Valerie da. Um Melvins Hand war ein Tuch gebunden, aber der Anzug und die Schuhe waren blutbefleckt. Valerie stieg aus dem Auto, warf einen Blick auf Melvin und kippte um. Rumms, fiel sie hin, auf Seligs Rasen. Ich ließ sie liegen und brachte als Erstes Melvin ins Krankenhaus, meldete ihn an und fuhr zurück zum Haus der Seligs. Mir blieb keine Zeit, so lange zu warten, bis sie Melvin zusammengeflickt hatten. Wenn er nicht gleich einen Schock erlitt, würde es sowieso Stunden dauern, bis ein Arzt kam.

Valerie stand am Straßenrand, leicht verwirrt.

»Ich wusste nicht, was ich machen sollte«, sagte sie. »Ich kann nicht Motorrad fahren.«

»Kein Problem. Du kannst den Buick wiederhaben.«

»Was war los mit Melvin?«

»Ein Wutanfall. Er kommt wieder auf die Beine.«

Als Nächstes stand ein Abstecher ins Büro auf meiner Liste. Ich dachte ja schon, ich sei angemessen gekleidet, aber gegen Lula sah ich aus wie ein Amateur. Sie trug Boots aus dem Harley-Laden, Lederhose, Lederweste, und die Schlüssel – eingehakt in eine Gürtelschnalle – baumelten an einer Kette. Über der Stuhllehne hing eine Lederjacke, die Ärmel fransenbesetzt, und auf dem Rücken prangte das Harley-Emblem.

»Für den Fall, dass wir mit dem Motorrad fahren müssen«, sagte sie.

So eine Furcht erregende schwarze Motorradbraut in Ledermontur würde das reinste Chaos auf dem Highway anrichten. Allein die Gaffer würden kilometerlange Staus verursachen.

»Such dir erst mal einen Platz zum Sitzen, ehe ich dir erzähle, was ich über DeChooch herausgefunden habe«, sagte Connie zu mir.

Ich sah hinüber zu Lula. »Weißt du es schon?«

Lula brach in Lachen aus. »Ja. Connie hat es mir heute Morgen erzählt, als ich ins Büro kam. Sie hat Recht, setz dich erst mal hin.«

»Nur die Familie ist eingeweiht«, sagte Connie. »Man hat nichts darüber verlauten lassen, du musst es also unbedingt für dich behalten.«

»Von welcher Familie ist hier eigentlich die Rede?«

»Von der Mafiafamilie natürlich.«

»Kapiert.«

»Also Folgendes ...«

Lula gluckste bereits, sie konnte nicht mehr an sich halten. »Entschuldige«, sagte sie. »Es ist echt zum Piepen. Du fällst vom Hocker.«

»Eddie DeChooch wollte einen Handel mit Schmuggelzigaretten abwickeln«, sagte Connie. »Er dachte, es sei nur eine kleine Operation, und er könnte sie allein durchziehen. Er mietet sich also einen LKW und fährt nach Richmond, um die Zigaretten abzuholen. Während er da unten ist, erleidet Louie D. einen tödlichen Herzinfarkt. Louie D. kommt aus Jersey, wie du weißt, er hat sein ganzes Leben in Jersey verbracht, aber vor einigen Jahren seinen Standort nach Richmond verlegt, um eine geschäftliche Unternehmung zu leiten. Als Louie D. nun plötzlich abnippelt, hängt sich DeChooch ans Telefon und sagt der Mafia in Jersey Bescheid.

Der Erste, den er anruft, ist natürlich Anthony Testament.« Connie machte eine Pause, beugte sich vor und senkte die Stimme. »Du weißt, um wen es sich bei Anthony Testament handelt, oder?«

Ich nickte. Anthony Testament kontrolliert die Stadt Trenton – eine fragwürdige Ehre, denn Trenton ist hinsichtlich krimineller Aktivitäten nicht gerade der Nabel der Welt. Sein richtiger Name lautet Anthony Testamentari, aber er wird für gewöhnlich nur Anthony Testament genannt. Da Testamentari kein weit verbreiteter Name in Italien ist, kann ich nur vermuten, dass man ihn sich in Ellis Island ausgedacht hat und er hängen geblieben ist, so wie auch der ursprüngliche Name meines Großvaters, Plumerri, von einem überarbeiteten Einwanderungsbeamten zu Plum verkürzt worden war.

Connie fuhr nach meinem Kopfnicken fort. »Anthony Testament hatte nie viel übrig für Louie D., aber Louie D. ist um tausend Ecken verwandt, und Anthony weiß, dass sich das Familiengrab in Trenton befindet. Anthony Testament als Oberhaupt der Mafiafamilie tut das, was sich gehört, und bittet DeChooch, Louie D. zur Beerdigung nach

Hause zu überführen. Allerdings sagt Anthony Testament, der nicht gerade für seine Redegewandtheit bekannt ist, zu DeChooch, der wiederum nur die Hälfte versteht: Bring mir den alten Saftsack und mach nicht so 'n Terz. Wortwörtlich. Anthony Testament sagt zu Eddie DeChooch: Bring mir den alten Saftsack und mach nicht so 'n Terz.

DeChooch weiß, dass Louie D. und Anthony Testament sich nicht gerade sonderlich nahe standen, und er glaubt, es sei irgend so eine Vendettageschichte und Anthony Testament hätte gesagt, bring mir sein Herz.«

Mir fiel die Kinnlade runter. »Was?«

Connie grinste, und Lula kullerten vor Lachen die Tränen übers Gesicht.

»Das ist die schönste Stelle«, sagte Lula. »Die schönste Stelle in der ganzen Geschichte.«

»Ich schwöre dir«, sagte Connie, »DeChooch hat gedacht, Anthony wollte das Herz von Louie D. haben. Also bricht DeChooch nachts in die Leichenhalle ein, schlitzt Louie D. fein säuberlich auf und entfernt sein Herz, musste dazu allerdings ein paar Rippen brechen. Der Bestattungsunternehmer hat uns gesagt...« Connie musste sich erst wieder einkriegen. »Der Bestattungsunternehmer hat uns gesagt, er hätte noch nie dermaßen professionelle Arbeit gesehen.«

Lula und Connie schüttelten sich so vor Lachen, dass sie sich mit beiden Händen an Connies Schreibtisch abstützen mussten, um nicht umzukippen.

Ich hielt die Hände vor den Mund. Sollte ich in ihr Lachen einfallen oder mir lieber treu bleiben und mich übergeben?

Connie putzte sich die Nase und wischte sich die Tränen mit einem frischen Papierhandtuch ab. »DeChooch legt also das Herz zusammen mit ein paar Eiswürfeln in eine Kühltasche und bricht auf nach Trenton, mit den Zigaretten und dem Herz. Er übergibt Anthony Testament die Kühltasche, stolz wie sonst was, und sagt, er hätte Louies Herz mitgebracht.

Anthony ist natürlich stinksauer und befiehlt DeChooch, das blöde Herz schleunigst wieder nach Richmond zu bringen, der Bestattungsunternehmer soll es Louie D. wieder einpflanzen.

Alle haben sich auf Stillschweigen geeinigt, weil es nicht nur furchtbar peinlich für die Beteiligten ist, sondern auch gefährlich. Es zeugt von mangelndem Respekt zwischen zwei Fraktionen der Mafiafamilie, die in guten Zeiten nicht miteinander auskommen. Darüber hinaus ist die Frau von Louie D., die ein tief religiöser Mensch ist, schier ausgeflippt, weil ihr geliebter Louie geschändet wurde. Sophia DeStephano hat sich zur Beschützerin von Louies unsterblicher Seele aufgeschwungen und setzt alles daran, Louie heil unter die Erde zu bringen. Sie hat DeChooch ein Ultimatum gestellt: Entweder sorgt er dafür, dass Louies Herz wieder in die Leiche zurückgelegt wird, oder DeChooch wird zu Hamburger verarbeitet.«

»Hamburger?«

»Eins von Louies Unternehmungen war eine Fleisch verarbeitende Fabrik.«

Unwillkürlich erschauderte ich.

»Aber jetzt kommt das Seltsame: Irgendwo unterwegs verliert DeChooch das Herz.«

Es klang so abstrus, dass ich nicht einmal wusste, ob Connie die Wahrheit sagte oder ob das Ganze ein schlechter Scherz sein sollte. »Er hat das Herz verloren«, wiederholte ich. »Wie kann man bloß ein Herz verlieren?«

Connie hielt fragend beide Hände hoch, als könnte sie es

selbst kaum glauben. »Ich habe die Geschichte von Tante Flo erfahren, sie hatte auch nicht mehr Informationen.«

»Kein Wunder, dass DeChooch unter Depressionen leidet.«

»Kannst du wohl sagen«, meinte Lula.

»Und welche Rolle spielt nun Loretta Ricci?«

Wieder hielt Connie fragend beide Hände hoch. »Das weiß ich nicht.«

»Und Mooner und Dougie?«

»Weiß ich auch nicht«, sagte Connie.

»DeChooch sucht also jetzt das Herz von Louie D.«

Connie lachte immer noch. An so was hatte sie ihren Spaß. »Offenbar.«

Ich überlegte eine Minute. »Irgendwann muss DeChooch zu dem Schluss gekommen sein, dass Dougie das Herz hat. Und danach, dass Mooner das Herz hat.«

»Genau«, sagte Lula, »und jetzt glaubt er, dass es bei *dir* ist.«

Schwarze Pünktchen tanzten vor meinen Augen, und Glöckchen schrillten in meinem Kopf.

»Oh«, stellte Lula fest, »du siehst aber gar nicht gut aus.«

Ich klemmte den Kopf zwischen die Beine und versuchte tief durchzuatmen. »Er glaubt, ich hätte das Herz von Louie D.!«, sagte ich. »Er glaubt, ich würde mit einem fremden Herz rumspazieren. Was muss das bloß für ein Mensch sein, der mit dem Herz eines Toten durch die Gegend läuft?

Ich dachte, es ging um Drogen. Koks gegen Mooner. Kann mir mal einer sagen, wie ich dazu komme, ein Herz einzutauschen?«

»Darum brauchst du dir keine Sorgen zu machen«, sagte Lula, »da weder Mooner noch Dougie bei DeChooch sind.«

Ich erzählte Connie und Lula von der Limousine, in die Mooner eingestiegen sein soll.

»Einwandfrei«, sagte Lula. »Irgendeine alte Dame hat Mooner entführt. Vielleicht war es Louies Frau, die sich Louies Herz zurückholen wollte.«

»Wir können nur hoffen, dass es nicht Louies Frau war«, sagte Connie. »Morellis Oma ist gegen sie ein Waisenkind. Es wird die Geschichte erzählt, eine Nachbarin hätte ihr nicht den nötigen Respekt entgegengebracht. Tags darauf wurde sie tot aufgefunden, mit herausgeschnittener Zunge.«

»Hat sie Louie wirklich angestiftet, die Frau zu töten?«

»Nein«, stellte Connie klar. »Louie war zu dem Zeitpunkt gar nicht zu Hause. Er war geschäftlich unterwegs.«

»Schreck lass nach!«

»Jedenfalls glaube ich nicht, dass es Sophia war, ich habe nämlich gehört, dass sie sich zu Hause eingesperrt hat, Kerzen anzündet, betet und DeChooch verflucht.« Connie überlegte eine Minute. »Weißt du, wer Mooner noch entführt haben könnte? Estelle Colucci, Louies Schwester.«

Es war ein Kinderspiel, Mooner zu entführen. Man brauchte ihm nur einen Joint anzubieten, und er wäre einem überglücklich bis ans Ende der Welt gefolgt.

»Wir sollten uns Estelle Colucci mal vornehmen«, sagte ich zu Lula.

»Geritzt«, erwiderte sie.

Benny und Estelle Colucci wohnen in einem gepflegten Zweifamilienhaus in Burg. So gesehen ist jedes Haus in Burg gepflegt. Es ist absolut notwendig, um hier zu überleben. Einrichtungsgeschmäcker dürfen sich unterscheiden, aber wehe, die Fenster sind nicht geputzt.

Ich stellte das Motorrad vor dem Haus der Coluccis ab, ging zur Tür und klopfte. Keine Reaktion. Lula drückte sich in die Büsche unter den Vorderfenstern und schaute hinein.

»Ich kann niemanden sehen«, sagte Lula. »Es brennt kein Licht. Der Fernseher läuft auch nicht.«

Als Nächstes versuchten wir es im Freizeitklub. Auch hier kein Benny. Ich fuhr zwei Straßen weiter zur Hamilton und sah Bennys Wagen an der Ecke Grand vor dem Tipp Top Sandwich Shop geparkt. Lula und ich blinzelten durchs Schaufenster. Drinnen saßen Benny und Ziggy und nahmen ihr zweites Frühstück ein.

Das Tipp Top ist ein schmaler, in die Häuserzeile gequetschter Imbiss, der selbst gemachte Speisen zu annehmbaren Preisen anbietet. Das schwarz-grüne Linoleum auf dem Boden hat Risse, die Deckenbeleuchtung ist von dem vielen Fett schummrig, die kunststoffbezogenen Bänke in den Sitzecken sind übersät mit Klebebandstreifen. Mickey Spritz war während des Koreakriegs Koch bei der Armee. Als er vor dreißig Jahren aus dem Dienst ausschied, eröffnete er das Tipp Top, und seitdem hat sich nichts verändert. Weder am Bodenbelag noch an den Sitzen, noch an der Speisekarte. Mickey und seine Frau besorgen die Küche, und ein geistig zurückgebliebener Mann, Pookie Potter, bedient an den Tischen und wäscht ab.

Benny und Ziggy konzentrierten sich ganz auf ihre Eier, als Lula und ich uns ihrem Tisch näherten.

»Meine Güte«, sagte Benny, schaute von seiner Eierspeise auf und glotzte Lula in ihrer Ledermontur an. »Wo wachsen denn solche Leute?«

»Wir sind bei Ihnen zu Hause vorbeigefahren«, wandte ich mich an Benny. »Es war keiner da.«

»Stimmt. Weil ich hier bin.«

»Und Estelle? Estelle war auch nicht zu Hause.«

»Wir hatten einen Todesfall in der Familie«, sagte Benny. »Estelle ist für ein paar Tage weggefahren.«

»Sie meinen bestimmt Louie D.«, sagte ich. »Und den Patzer.«

Sofort hatte ich ihre Aufmerksamkeit.

»Sie wissen von dem Patzer?«, fragte Benny.

»Ja, die Sache mit dem Herz.«

»Gott im Himmel«, sagte Benny. »Ich dachte, Sie würden bluffen.«

»Wo ist Mooner?«

»Ich habe Ihnen doch schon gesagt, dass ich es nicht weiß, aber meine Frau macht mir wegen dieser Herzgeschichte die Hölle heiß. Bring mir das Herz, bring mir das Herz! Was anderes kriege ich nicht mehr zu hören… dass ich unbedingt das Herz finden soll. Ich bin auch nur ein Mensch. Verstehen Sie? Ich halte das nicht mehr aus.«

»Benny ist selbst gesundheitlich nicht ganz auf der Höhe«, sagte Ziggy. »Er ist krank. Geben Sie ihm das Herz, damit er endlich zur Ruhe kommt. Es wäre nur recht.«

»Denken Sie doch nur, der arme Louie D., wie er da ohne Herz im Bauch in der Leichenhalle liegt«, sagte Benny. »So was ist doch kein schöner Anblick. Man sollte schon mit seinem Herz im Körper unter die Erde kommen.«

»Wann ist Estelle nach Richmond gefahren?«

»Am Montag.«

»Der Tag, an dem Mooner verschwand«, sagte ich.

Benny beugte sich vor. »Was wollen Sie damit andeuten?«

»Dass Estelle Mooner entführt hat.«

Benny und Ziggy sahen sich an. Diese Möglichkeit hatten sie noch gar nicht in Betracht gezogen.

»So was würde Estelle nie machen«, stellte Benny klar.

»Wie ist sie nach Richmond gekommen? Hat sie sich eine Limousine gemietet?«

»Nein. Sie ist mit ihrem Auto gefahren. Sie wollte nach

Richmond, um Sophia zu besuchen, Louies Frau, danach wollte sie weiter nach Norfolk. Dort wohnt eine Tochter von uns.«

»Sie haben nicht zufällig ein Foto von Estelle dabei, oder?«

Benny zog sein Portemonnaie hervor und zeigte mir ein Bild von Estelle. Sie sah alles andere als übergeschnappt aus, und ihr Haar war auch nicht braun. Sie war eine hübsche Frau mit einem runden Gesicht und kurzen grauen Haaren.

»Also, ich habe das Herz, jetzt brauchen Sie nur noch herauszufinden, wo Mooner steckt«, sagte ich zu Benny.

Mit diesen Worten zogen Lula und ich Leine.

»Ich halt's nicht aus«, sagte Lula, als wir wieder auf dem Motorrad saßen. »Du warst ja ganz schön cool da drin. Ich habe dir tatsächlich abgenommen, dass du wüsstest, was du tust. Ich meine, dass du das Herz wirklich hast.«

Wir fuhren zurück zum Büro, und als ich durch die Tür ging, klingelte mein Handy.

»Ist Grandma bei dir?«, wollte meine Mutter wissen. »Sie ist heute Morgen zum Bäcker gegangen, Brötchen holen, seitdem ist sie nicht wiedergekommen.«

»Ich habe sie nicht gesehen.«

»Dein Vater hat sie schon überall gesucht, aber er hat sie nicht gefunden. Ihre Freundinnen habe ich auch alle gefragt. Sie ist seit Stunden verschwunden.«

»Wie lange ist das her?«

»Ich weiß es nicht genau. Ein paar Stunden. Es sieht ihr gar nicht ähnlich. Sie ist immer gleich nach Hause gekommen vom Bäcker.«

»Okay«, sagte ich. »Ich mache mich auf die Suche. Ruf an, wenn sie wieder auftaucht.«

Ich unterbrach die Verbindung, und gleich danach klingelte das Telefon erneut.

Es war Eddie DeChooch. »Haben Sie das Herz noch?«, fragte er.

»Ja.«

»Ich hätte etwas zum Tausch anzubieten.«

Ich hatte ein mulmiges Gefühl im Magen. »Mooner?«

»Zweiter Versuch.«

Man hörte ein Poltern, dann kam Grandma an den Hörer.

»Was soll diese Geschichte mit dem Herz?«, wollte Grandma wissen.

»Das ist jetzt zu kompliziert zu erklären. Geht es dir gut?«

»Ich habe etwas Gelenkschmerzen im Knie.«

»Ich meine, behandelt DeChooch dich gut?«

Im Hintergrund hörte ich DeChooch Grandma die Worte in den Mund legen. »Sagen Sie ihr, ich hätte Sie entführt. Sagen Sie ihr, ich würde Sie kaltmachen, wenn sie mir nicht das Herz gibt.«

»Das werde ich ihr nicht sagen«, erwiderte Grandma. »Wie würde sich das denn anhören. Und bilden Sie sich ja nichts ein. Nur weil Sie mich gekidnappt haben, heißt das nicht, dass ich leicht zu haben bin. Ich mache nicht mit Ihnen rum, wenn Sie keine Vorkehrungen treffen. Ich will kein Risiko eingehen und mir irgend so eine Krankheit einfangen.«

DeChooch meldete sich wieder. »Passen Sie auf. Hier ist mein Angebot. Sie kommen mit Ihrem Handy und Louies Herz zur Quaker Bridge Mall, ich rufe Sie da um sieben Uhr an. Wenn Sie die Bullen einschalten, ist Ihre Granny tot.«

11

»Was sollte das denn?«, wollte Lula wissen.

»Das war DeChooch. Er hält Grandma Mazur fest. Er will sie gegen das Herz eintauschen. Ich soll das Herz zur Quaker Bridge Mall bringen, und er wird mich um sieben Uhr dort anrufen, um mir weitere Instruktionen zu geben. Er hat gesagt, wenn ich die Polizei einschalte, würde er Grandma umbringen.«

»Das sagen Entführer immer«, meinte Lula. »Das steht in jedem Kidnapperhandbuch.«

»Was hast du vor?«, fragte Connie. »Hast du eine Ahnung, wer das Herz haben könnte?«

»Warte mal«, sagte Lula. »Louie D. hat doch nicht sein Monogramm in sein Herz eingebrannt, oder? Wieso besorgen wir uns nicht einfach ein anderes? Woher soll Eddie DeChooch wissen, ob es Louies Herz ist oder nicht? Wetten, dass wir ihm das Herz einer Kuh unterjubeln könnten, und er würde es nicht merken? Wir gehen einfach zu einem Metzger und sagen ihm, wir brauchten ein Kuhherz. Nicht zu einem Metzger in Burg, das würde sich herumsprechen. Lieber zu einem anderen Metzger. Ich kenne einige in der Stark Street. Wir können es auch bei Price Chopper probieren, die haben eine richtig gute Fleischabteilung.

Erstaunlich, dass DeChooch nicht auch darauf gekommen ist. Außer ihm selbst hat doch noch keiner Louies Herz mit eigenen Augen gesehen. Dabei kann DeChooch so gut wie nichts mehr erkennen. Wahrscheinlich hat DeChooch den Schmorbraten in Dougies Kühlschrank nur geklaut, weil er dachte, es wäre das Herz.«

»Das ist keine schlechte Idee, Lula, finde ich«, sagte Connie. »Es könnte klappen.«

Ich hob den Kopf hoch, den ich zwischen den Beinen gehalten hatte. »Das ist doch makaber!«

»Genau«, sagte Lula. »Das ist ja gerade das Schöne.« Sie sah auf die Wanduhr. »Mittagessenszeit. Komm, wir essen erst einen Burger, dann kaufen wir uns ein Herz.«

Ich rief meine Mutter von Connies Apparat aus an.

»Mach dir keine Sorgen wegen Grandma«, sagte ich. »Ich weiß, wo sie ist, und ich hole sie später ab.« Ich legte auf, bevor meine Mutter irgendwelche Fragen stellen konnte.

Nach dem Mittagessen gingen Lula und ich zu Price Chopper.

»Wir hätten gern ein Herz«, sagte Lula zu dem Metzger. »Aber es muss noch frisch sein.«

»Tut mir Leid«, sagte der Metzger, »wir haben keine Herzen. Wir wär's mit anderem Organfleisch? Leber, zum Beispiel. Wir haben gerade leckere Kalbsleber da.«

»Es muss ein Herz sein«, sagte Lula. »Wissen Sie, wo wir ein Herz herkriegen können?«

»Soweit ich weiß, gehen die alle an die Hundefutterfabrik in Arkansas.«

»Erst nach Arkansas zu fahren, dazu haben wir keine Zeit«, sagte Lula. »Trotzdem, vielen Dank.«

Auf dem Weg zum Ausgang blieben wir an einem Stand für Picknickbedarf stehen und kauften eine kleine rot-weiße Kühlbox.

»Perfekt«, sagte Lula. »Jetzt brauchen wir nur noch ein Herz.«

»Vielleicht haben wir ja auf der Stark Street mehr Glück.«

»Ich kenne da einige Metzger, die verkaufen Zeug, von dem man lieber nicht allzu genau wissen will, woher es kommt«, sagte Lula. »Und wenn sie selbst keine Herzen im Angebot haben, können sie dir eins besorgen, keine Frage.«

In der Stark Street gab es Abschnitte, dagegen war Bosnien gar nichts. Lula war hier auf den Strich gegangen, als sie noch als Nutte arbeitete. Es war eine lange Straße voller trister Geschäfte, trister Wohnhäuser und trister Menschen.

Wir brauchten annähernd eine halbe Stunde, um zur Stark Street zu gelangen, dröhnten durch die Innenstadt, hatten unseren Spaß an den Auspuffrohren und dem Aufsehen, den ein Harley-Hobel erregt.

Eigentlich war es ein sonniger Apriltag, aber die Stark Street sah grau aus. Zeitungspapier trudelte die Straße entlang und sammelte sich an Bordsteinkanten und Betontreppen maroder Häuser. Auf die Backsteinfassaden waren Bandenslogans gesprüht, hier und da Gebäude niedergebrannt und ausgeräumt, die Fenster geschwärzt oder verbarrikadiert. Zwischen den Reihenhäusern drängten sich kleine Läden. Andy's Bar & Grill, Stark-Street-Garage, Stan's Haushaltswaren, Omar's Fleischmarkt.

»Den meinte ich«, sagte Lula. »Omar's Fleischmarkt. Fleisch, das zu Hundefutter verarbeitet wird, verkauft Omar als Suppenfleisch. Wir müssen nur darauf achten, dass das Herz nicht mehr schlägt, wenn wir eins kriegen.«

»Kann man das Motorrad hier gefahrlos am Straßenrand abstellen?«

»Auf keinen Fall. Stell es auf dem Bürgersteig ab, direkt vorm Schaufenster, damit wir es im Auge behalten können.«

Hinter der Fleischtheke stand ein großer schwarzer Mann. Er hatte einen Igelschnitt, hier und da graue Strähnen. Seine weiße Metzgerschürze war blutverschmiert. Um den Hals trug er eine dicke Goldkette, an einem Ohr einen Diamantstecker. Er grinste wie ein Honigkuchenpferd, als er uns erblickte.

»Lula! Gut schaust du aus. Man sieht dich ja gar nicht mehr, seit du aufgehört hast anzuschaffen. Deine Ledermontur ist klasse.«

»Darf ich vorstellen: Omar«, sagte Lula zu mir. »Der Kerl ist so reich wie Bill Gates. Er hat diese Metzgerei nur, weil er seine Hände gern in gerupfte Hühnchen steckt.«

Omar warf den Kopf zurück und lachte, was sich anhörte wie der von den Häuserwänden der Stark Street zurückgeworfene Lärm der Harley.

»Was kann ich für euch tun?«, fragte Omar.

»Ich brauche ein Herz.«

Omar verzog keine Miene. Wahrscheinlich wurden hier andauernd Herzen verlangt. »Ah ja«, sagte er. »Was für ein Herz darf es denn sein? Was willst du damit machen? Brauchst du es für eine Suppe? Willst du es in Scheiben schneiden und braten?«

»Ein menschliches Herz hast du nicht zufällig da, oder?«

»Heute nicht. Nur auf Bestellung.«

»Was kommt einem menschlichen Herz denn am nächsten?«

»Ein Schweineherz. Der Unterschied ist kaum zu erkennen.«

»Also gut«, sagte Lula. »Dann nehme ich so eins.«

Omar ging zu seiner Vitrine und wühlte in einem Bottich voller Organe. Er zog eins hervor und legte es, ein Wachspapier darunter, auf eine Waage. »Wie wär's damit?«

Lula und ich spähten um die Ecke auf die Waagschale.

»Ich kenne mich mit Herzen nicht so aus«, sagte Lula zu Omar. »Kannst du uns vielleicht weiterhelfen? Wir suchen ein Herz, das zu einem hundert Kilo schweren *Schwein* passen könnte, das gerade an einem Herzinfarkt gestorben ist.«

»Wie alt war das Schwein?«

»Ende sechzig, vielleicht siebzig.«

»Ein ziemlich altes Schwein«, stellte Omar fest. Er ging zurück und suchte ein anderes Herz heraus. »Das hier liegt schon eine Zeit lang im Bottich. Ich weiß nicht, ob das Schwein einen Herzinfarkt hatte oder nicht, aber richtig gesund sieht das Herz nicht mehr aus.« Er stach mit dem Finger hinein. »Es fehlen keine Einzelteile, so ist es nicht, es hat nur schon einige Jahre auf dem Buckel. Ihr wisst schon.«

»Wie teuer ist es?«, fragte Lula.

»Du hast Glück. Ein Sonderangebot. Ich kann es dir zum halben Preis überlassen.«

Lula und ich verständigten uns kurz.

»Gut, wir nehmen es«, sagte ich.

Omar schaute über die Theke hinweg auf die Kühltasche in Lulas Hand. »Wollt ihr das Schweinchen in Papier eingewickelt oder lieber auf Eis gelegt?«

Auf der Fahrt zum Büro musste ich vor einer Ampel stehen bleiben, und ein Typ auf einer Harley Fat Boy schloss auf.

»Geile Maschine«, sagte er. »Was haben Sie in Ihrer Kühlbox?«

»Ein Schweineherz«, sagte Lula.

Die Ampel sprang auf Grün, und wir beide schossen davon.

Fünf Minuten später liefen wir im Büro ein und präsentierten Connie das Herz.

»Mann, das sieht ja richtig echt aus«, sagte Connie.

Lula und ich sahen Connie voller Neugier an.

»Ihr müsst nicht denken, ich wüsste, wie ein echtes Herz aussieht.«

»Es wird schon klappen«, sagte Lula. »Jetzt brauchen wir es nur noch gegen Granny einzutauschen.«

Dumpfe Angstgefühle breiteten sich vom Magen her in mir aus, ein nervöses Flattern, das mir die Luft nahm. Ich wollte nicht, dass meiner Oma etwas Schlimmes zustieß.

Als Kinder haben Valerie und ich uns ständig gezankt. Ich hatte immer die verrücktesten Ideen, und Valerie verpetzte mich regelmäßig bei unserer Mutter. Stephanie ist aufs Garagendach geklettert und versucht zu fliegen, lief Valerie schreiend zu meiner Mutter in die Küche: Oder: Stephanie ist im Hof und versucht wie ein Junge im Stehen zu pinkeln. Wenn meine Mutter mich ausgeschimpft hatte und gerade niemand guckte, knallte ich Valerie ordentlich eine an den Kopf. Zack! Dann zankten wir uns, dann schimpfte mich meine Mutter wieder aus, und dann lief ich von zu Hause weg.

Immer lief ich zu Grandma Mazurs Haus. Grandma Mazur verurteilte einen niemals. Sie rückte ihre vier Küchenstühle ins Wohnzimmer, stellte sie zu einem Rechteck auf und breitete ein Bettlaken darüber. Sie gab mir ein Kissen, einige Bücher zum Schmökern und schickte mich in das kleine Zelt, das sie für mich aufgeschlagen hatte. Nach einigen Minuten wurde ein Teller mit Plätzchen oder ein Sandwich unter dem Laken hindurchgereicht.

Irgendwann im Laufe des Nachmittags, bevor mein Großvater von der Arbeit nach Hause kam, holte mich meine Mutter ab, und alles war wieder gut.

Und jetzt war Grandma in den Händen des verrückten

DeChooch, und um sieben Uhr würde ich sie gegen ein Schweineherz eintauschen. »Hm!«, sagte ich.

Lula und Connie sahen zu mir herüber.

»Ich habe nur laut gedacht«, entschuldigte ich mich. »Vielleicht ist es besser, wenn wir uns Joe oder Ranger zur Unterstützung holen.«

»Joe ist von der Polizei«, sagte Lula. »Und DeChooch hat gesagt, keine Polizei.«

»DeChooch würde gar nicht erfahren, dass Joe dabei ist.«

»Glaubst du, dass er dem Plan zustimmen würde?«

Das war das Problem. Ich hätte Joe verklickern müssen, dass ich Grandma gegen ein Schweineherz austauschte. Wenn alles überstanden war und prima funktioniert hatte, konnte man so eine Geschichte enthüllen. Im Moment allerdings kam mir unser Plan so vor wie meine Versuche, vom Garagendach zu fliegen.

»Vielleicht hat er ja eine bessere Idee«, sagte ich.

»DeChooch will nur eins«, gab Lula zu bedenken. »Und das hast du da in deiner Kühltasche.«

»In der Kühltasche ist ein *Schweineherz*!«

»Na gut, genau genommen hast du Recht«, sagte Lula.

Ranger war wahrscheinlich der Geeignetere, Ranger passte zu den Ausgeflippten dieser Welt, zu Lula und Grandma und mir.

Auf seinem Handy konnte ich ihn nicht erreichen, deswegen versuchte ich es über seinen Piepser und erhielt zehn Minuten später einen Rückruf.

»Es gibt ein neues Problem im Fall DeChooch«, sagte ich zu Ranger. »Er hat Grandma in seiner Gewalt.«

»Was Gott zusammenfügt, das soll der Mensch nicht trennen«, entgegnete Ranger.

»Ich meine es ernst! Ich habe durchblicken lassen, dass ich

das von DeChooch Gesuchte hätte. Und weil er Mooner nicht gekriegt hat, hat er Grandma entführt, damit er was zum Tausch anbieten kann. Die Übergabe ist für sieben Uhr angesetzt.«

»Und was hast du vor, DeChooch zu geben?«

»Ein Schweineherz.«

»Das ist nur recht und billig«, sagte Ranger.

»Ist eine lange Geschichte.«

»Was soll ich bei der Sache?«

»Ich könnte ein bisschen Hilfe gebrauchen für den Fall, dass etwas schief läuft.« Dann erzählte ich ihm von unserem Plan.

»Lass dich von Vinnie verdrahten«, sagte Ranger. »Ich komme heute Nachmittag im Büro vorbei, um mir den Empfänger abzuholen. Schalte den Sender um halb sechs ein.«

»Ist der Preis der gleiche?«

»Das ist gratis.«

Nachdem ich verdrahtet war, beschlossen Lula und ich, zum Einkaufszentrum zu fahren. Lula brauchte ein Paar Schuhe, und ich brauchte Ablenkung, um nicht immer an Grandma denken zu müssen.

Quaker Bridge ist eine zweistöckige Mall an der Route 1, zwischen Trenton und Princeton. Die unvermeidlichen Markengeschäfte sind alle vertreten, an beiden Enden gibt es einige größere Kaufhäuser und in der Mitte ein Macy's. Ich stellte das Motorrad vor dem Eingang zu Macy's ab, denn dort wurden gerade Sonderangebote bei Schuhen angepriesen.

»Sieh mal einer an«, sagte Lula in der Schuhabteilung zu mir. »Wir sind die Einzigen mit einer Kühlbox hier.«

Ich hielt die Kühltasche wie im Todesgriff umklammert,

mit beiden Händen an die Brust gepresst. Lula hatte immer noch ihre Lederklamotten an, ich, in Boots und Jeans, hatte zwei schwarz umrandete Augen und die Kühlbox. Es krachten schon Leute gegen Schaufenster und Vitrinen, weil sie uns nachglotzten.

Kopfgeldjägerregel Nummer eins: Verhalte dich unauffällig.

Mein Handy klingelte, und beinahe hätte ich die Kühlbox fallen lassen.

Es war Ranger. »Was machst du da, verdammt noch mal? Du erregst so viel Aufsehen, dass du schon von einem Sicherheitsbeamten verfolgt wirst. Wahrscheinlich glaubt er, du hättest eine Bombe in der Kühlbox.«

»Ich bin etwas nervös.«

»Sag bloß?«

Er legte auf.

»Komm«, sagte ich zu Lula, »wir gehen eine Pizza essen und kühlen uns etwas ab, bis es so weit ist.«

»Gute Idee«, sagte Lula. »Ich finde hier sowieso keine Schuhe, die mir gefallen.«

Um halb sieben ließ ich das geschmolzene Wasser aus der Box abfließen und bat den Verkäufer am Pizzatresen um etwas frisches Eis.

Er gab mir eine Tasse voll.

»Eigentlich ist es für die Kühlbox gedacht«, sagte ich. »Ich brauche mehr als eine Tasse.«

Er beugte sich über den Tresen und sah sich die Box an. »Ich glaube, so viel darf ich Ihnen nicht geben.«

»Wenn Sie uns kein Eis geben, verdirbt uns das Herz«, sagte Lula. »Wir müssen es kühl lagern.«

Der Verkäufer sah noch einmal zur Box herüber. »Ihr Herz?«

»Ach, du liebe Scheiße«, sagte der Junge. »Nehmen Sie so viel Eis, wie Sie wollen.«

Wir füllten die Box zur Hälfte, sodass das Herz auf seinem neuen Eisbett wieder schön und frisch aussah. Danach ging ich auf die Damentoilette und schaltete den Sender ein.

»Test, Test«, sagte ich. »Kannst du mich hören?«

Eine Sekunde später klingelte das Handy. »Ich kann dich hören«, sagte Ranger. »Und die Frau in der Nachbarkabine auch.«

Ich ließ Lula an dem Pizzaimbiss allein und postierte mich in der Mitte der Mall vor Macy's, setzte mich mit der Kühlbox auf dem Schoß auf eine Bank, Handy und Jacke griffbereit.

Um Punkt sieben klingelte das Handy.

»Sind Sie bereit für die Instruktionen?«, fragte Eddie DeChooch.

»Ich bin bereit.«

»Fahren Sie bis zur ersten Unterführung Richtung Süden auf der Route 1…«

In diesem Moment tippte mir ein Sicherheitsbeamter auf die Schulter.

»Entschuldigen Sie«, sagte er, »aber ich muss Sie fragen, ob Sie mir bitte den Inhalt der Kühltasche zeigen würden.«

»Wer ist da?«, wollte DeChooch wissen. »Wer ist das?«

»Es ist nichts«, sagte ich zu DeChooch. »Fahren Sie mit Ihrer Wegbeschreibung fort.«

»Ich muss Sie bitten, von der Kühlbox wegzutreten«, sagte der Mann vom Sicherheitsdienst. »Sofort.«

Aus dem Augenwinkel sah ich, wie sich ein zweiter Sicherheitsbeamter näherte.

»Hören Sie«, sagte ich zu DeChooch, »es gibt gerade ein

kleines Problem hier. Könnten Sie mich in zehn Minuten noch mal anrufen?«

»Das passt mir nicht«, sagte DeChooch. »Die Sache ist abgeblasen!«

»Nein! Warten Sie!«

Er legte auf.

Scheiße.

»Was ist los mit Ihnen?«, sagte ich zu dem Wächter. »Sind Sie blind? Haben Sie nicht gesehen, dass ich telefoniert habe? Hätten Sie nicht zwei Minuten warten können, oder ist Ihre Sache so wichtig? Bringt man Ihnen denn in der Ausbildung zum Hilfssheriff gar nichts bei?«

Schon hatte er seine Pistole gezogen. »Treten Sie einfach von der Tasche zurück.«

Ich wusste, dass Ranger uns von irgendwoher aus sicherem Abstand beobachtete und wahrscheinlich alle Mühe hatte, ein Lachen zu unterdrücken.

Ich stellte die Box auf die Bank und trat zurück.

»Strecken Sie jetzt die rechte Hand vor und schieben Sie den Deckel auf, damit ich hineinsehen kann«, sagte der Sicherheitsbeamte.

Ich gehorchte.

Der Wächter beugte sich vor und schaute in die Box. »Was ist das denn?«

»Das ist ein Herz. Haben Sie noch nie ein Herz gesehen? Ist es vielleicht verboten, ein Herz ins Einkaufszentrum mitzunehmen?«

Die beiden sahen sich blöde an, solche Situationen waren im Handbuch für Hilfssheriffs nicht vorgesehen.

»Tut mir Leid, dass wir Sie belästigt haben«, sagte der Wächter. »Es erschien uns verdächtig.«

»Blödmann«, giftete ich zurück.

Ich schob den Deckel wieder zu, nahm meine Tiefkühltasche und rauschte ab, zurück zu Lula am Pizzaimbiss.

»Oh, oh«, sagte Lula. »Wie kommt's, dass du immer noch die Tasche bei dir hast? Eigentlich habe ich dich mit deiner Oma im Schlepptau erwartet.«

»Es ist etwas schief gelaufen.«

Ranger wartete neben meinem Motorrad. »Wenn du jemals Lösegeld für meinen Freikauf übergeben sollst, dann lehn den Job ab«, sagte ich. Er fasste mir unters Hemd und schaltete den Sender ab. »Keine Sorge. Er ruft zurück. Wie könnte er sich ein Schweineherz entgehen lassen?« Ranger sah in die Kühltasche und lachte. »Tatsächlich, ein Schweineherz.«

»Das soll Louies Herz sein«, sagte ich zu Ranger. »DeChooch hat es Louie D. versehentlich entnommen. Und dann ist es ihm auf dem Rückweg von Richmond auch noch abhanden gekommen.«

»Und du wolltest ihm dafür ein Schweineherz andrehen«, sagte Ranger.

»Es war zu kurzfristig«, sagte Lula. »Wir haben versucht, ein richtiges Herz zu bekommen, aber die gibt's nur auf Bestellung.«

»Schönes Motorrad«, sagte Ranger zu mir. »Passt zu dir.«

Damit nahm er wieder Platz in seinem Wagen und war verschwunden.

Lula fächerte sich Luft zu. »Dieser Typ ist einfach *irre heiß*!«

Zurück in meiner Wohnung, rief ich meine Mutter an. »Es ist wegen Grandma«, sagte ich. »Sie bleibt über Nacht weg.«

»Wieso hat sie mich nicht angerufen?«

»Sie hat sich wohl gedacht, es würde reichen, wenn sie es mir sagt.«

»Sehr seltsam. Übernachtet sie bei einem Mann?«

»Ja.«

Ich hörte einen Teller zu Bruch gehen, dann legte meine Mutter auf.

Die Kühltasche stand auf meinem Küchentresen. Ich schaute hinein, kein schöner Anblick. Das Eis schmolz, und das Herz sah auch nicht mehr frisch aus. Es gab nur eine Lösung: ab ins Tiefkühlfach damit.

Vorsichtig hob ich das Herz aus der Tasche und tat es in einen Frischhaltebeutel. Ein paar Mal musste ich würgen, aber es folgte kein Würfelzucker, das fand ich ganz günstig. Dann legte ich das Herz ins Tiefkühlfach.

Zwei Anrufe von Joe waren auf meinem Beantworter. Beide lauteten nur: *Ruf mich an.*

Dazu hatte ich nicht die geringste Lust. Joe würde Fragen stellen, die ich nicht beantworten wollte. Besonders deswegen nicht, weil ich die Schweineherzaktion vergeigt hatte. Eine nervige Stimme flüsterte unentwegt in meinem Kopf: *Wenn die Bullen beteiligt gewesen wären, wäre es besser gelaufen.*

Und Grandma? Grandma war immer noch in der Gewalt von Eddie DeChooch, dem verrückten, deprimierten Eddie DeChooch.

Alles Unsinn. Ich wählte Joes Nummer. »Ich brauche deine Hilfe«, sagte ich. »Aber du darfst nicht als Polizist auftreten.«

»Könntest du mir das bitte mal erklären?«

»Ich werde dir jetzt etwas erzählen, aber du musst mir versprechen, dass es unter uns bleibt und keine offizielle Polizeiangelegenheit wird.«

»Das kann ich nicht.«

»Du *musst.*«

»Um was geht es?«

»Eddie DeChooch hat Grandma entführt.«

»Sei mir nicht böse, aber DeChooch kann von Glück sagen, wenn er das überlebt.«

»Ich könnte Gesellschaft vertragen. Kannst du nicht die Nacht bei mir verbringen?«

Eine halbe Stunde später standen Bob und Joe vor meiner Tür. Bob rannte durch die Wohnung, schnüffelte an den Sitzpolstern, stöberte in Papierkörben, zum Schluss kratzte er mit den Pfoten an der Kühlschranktür.

»Er macht gerade eine Diät«, sagte Morelli. »Wir waren heute wegen einer Schutzimpfung beim Tierarzt, und der hat gesagt, er sei zu dick.« Er schaltete den Fernseher ein und fand den Kanal, der das Spiel der Rangers übertrug. »Willst du mir jetzt erzählen, was los ist?«

Auf der Stelle brach ich in Tränen aus. »Er hat Grandma bei sich, und ich habe alles versaut, und jetzt habe ich Angst. Ich habe nichts mehr von ihm gehört. Was ist, wenn er Grandma getötet hat?« Ich heulte. Konnte nicht aufhören. Tiefe, quälende, blöde Schluchzer. Meine Nase lief, und mein Gesicht wurde fleckig und aufgedunsen.

Morelli legte seine Arme um mich. »Wieso hast du alles versaut?«

»Ich hatte das Herz in der Kühltasche dabei, aber der Sicherheitsdienst hat mich angehalten, und dann hat DeChooch die Sache abgeblasen.«

»Welches Herz?«

Ich wies Richtung Küche. »Es liegt im Tiefkühlfach.«

Morelli löste die Umarmung und ging zum Küchenschrank. Ich hörte, wie die Klappe zum Tiefkühlfach geöffnet wurde. Für einen Moment herrschte Stille. »Du hast Recht«, sagte er. »Da liegt ein Herz drin.« Die Klappe zum Tiefkühlfach schloss sich mit einem Schmatzen.

»Das ist ein Schweineherz«, erklärte ich ihm.

»Da bin ich erleichtert.«

Ich erzählte ihm die ganze Geschichte.

Das Problem bei Morelli ist, dass man ihm manchmal nur schwer etwas anmerkt. Als Kind war er frühreif, als Teenager kaum zu bändigen. Wo Morelli draufstand, war Morelli drin. Solche Männer stehen in dem Ruf, ein hartes Leben hinter sich zu haben. Doch dann, Mitte bis Ende zwanzig, fing er an, besann sich stärker auf sich selbst, sodass sich heute schwer sagen lässt, wo der neue Morelli anfängt und der alte aufhört.

Einerseits konnte ich mir vorstellen, der neue Morelli würde es für reichlich abgefahren halten, Eddie DeChooch ein Schweineherz anzudrehen. Andererseits bestand aber auch der Verdacht, dies würde seine Befürchtung, er sei im Begriff, Lucy Ricardo zur Frau zu nehmen, nur noch verstärken.

»Das war ziemlich klug von dir, es mit einem Schweineherz zu probieren«, sagte Morelli.

Beinahe wäre ich vom Sofa gefallen.

»Hättest du mich angerufen statt Ranger, hätte ich den Ort abgesichert.«

»Hinterher ist man immer schlauer«, sagte ich. »Ich wollte nichts unternehmen, was DeChooch verschrecken könnte.«

Beide sprangen wir auf, als das Telefon klingelte.

»Ich gebe Ihnen eine zweite Chance«, sagte DeChooch. »Vermasseln Sie die auch, ist Ihre Großmutter dran.«

»Geht es ihr gut?«

»Sie macht mich wahnsinnig.«

»Ich möchte mit ihr sprechen.«

»Sie können mit ihr sprechen, wenn Sie das Herz abliefern. Hier ist mein Plan. Packen Sie das Herz und Ihr Handy ein und fahren Sie zu dem Diner in Hamilton Township.«

»Meinen Sie den Silver Dollar Diner?«

»Ja. Ich rufe Sie morgen um sieben Uhr an.«

»Warum können wir die Übergabe nicht früher machen?«

»Ich würde sie liebend gern früher machen, glauben Sie mir, aber ich kann nicht. Ist das Herz noch in gutem Zustand?«

»Ich habe es auf Eis gelegt.«

»Wie viel Eis?«

»Es ist tiefgefroren.«

»Ich habe mir schon gedacht, dass das nötig ist. Passen Sie nur auf, dass Sie nicht versehentlich ein Stück abschneiden. Ich habe es Louie mit größter Behutsamkeit entnommen. Ich will nicht, dass Sie es mir jetzt noch kaputtmachen.«

Er legte auf, und mein Magen revoltierte.

»Bah!«

Morelli legte einen Arm um mich. »Um deine Oma brauchst du dir keine Sorgen zu machen. Die ist wie ein 53er Buick. Unverwüstlich, dass es beängstigend ist. Vielleicht sogar unsterblich.«

Ich schüttelte den Kopf. »Sie ist eine alte Dame, vergiss das nicht.«

»Wenn ich davon überzeugt wäre, würde ich mich wohler fühlen«, sagte Morelli. »Aber wir haben es hier mit einer Generation von Frauen und Automobilen zu tun, die jedem Gesetz der Wissenschaft und der Logik widersprechen.«

»Du denkst dabei wohl an deine eigene Großmutter.«

»Ich habe es noch nie jemandem gestanden, aber manchmal habe ich die Befürchtung, dass sie wirklich den bösen Blick hat. Sie kann mir gehörige Angst einjagen.«

Ich lachte schallend, ich konnte nicht anders. Die Drohungen und Prophezeiungen seiner Großmutter hatten Morelli bis jetzt immer kalt gelassen.

Wir sahen uns das Spiel der Rangers an, führten den Hund aus und krochen ins Bett.

Krach. Kratz. Kratz. *Krach.*

Morelli und ich schauten uns an. Bob rumorte in der Küche, auf der Suche nach Krümeln, und haute dabei Teller vom Tresen.

»Er hat Hunger«, sagte Morelli. »Wir sollten ihn lieber bei uns im Schlafzimmer einsperren, damit er nicht noch einen Sessel verschlingt.«

Morelli stand auf und kam mit dem Hund zurück, er schloss die Tür ab und kroch wieder zu mir. Bob sprang ebenfalls zu uns ins Bett, drehte sich fünf-, sechsmal im Kreis, scharrte mit der Pfote an der Bettdecke, drehte sich wieder um sich selbst und sah uns verwirrt an.

»Er ist süß«, sagte ich zu Morelli. »Irgendwie vorsintflutlich.«

Bob drehte sich noch einige Male im Kreis, dann zwängte er sich zwischen Morelli und mich. Er legte seinen wuchtigen Hundekopf auf eine Ecke von Morellis Kissen, stieß einen Seufzer der Zufriedenheit aus und war umgehend eingeschlafen.

»Du brauchst ein größeres Bett«, sagt Morelli.

Und Gedanken um Verhütung brauchte ich mir auch keine zu machen.

In aller Herrgottsfrühe erhob sich Joe aus dem Bett.

Ich klappte ein Auge auf. »Was machst du da? Es ist ja nicht mal hell draußen.«

»Ich kann nicht schlafen. Bob nimmt meine Seite in Beschlag. Außerdem habe ich dem Tierarzt versprochen, dafür zu sorgen, dass Bob ein bisschen Sport macht. Wir gehen raus, joggen.«

»Schön.«

»Kommst du mit?«, fragte Morelli.

»Auf keinen Fall.«

»Du hast mir diesen Hund aufgedrängt. Deswegen heb gefälligst deinen Hintern aus dem Bett und komm mit joggen.«

»Keine zehn Pferde kriegen mich aus der Koje raus.«

Morelli packte mich an den Fußgelenken und zog mich aus dem Bett. »Muss ich erst noch brutaler werden?«, sagte er.

Wir standen beide da und sahen auf Bob herab. Er war als Einziger noch im Bett. Sein Kopf lag auf dem Kissen, aber sein Blick war besorgt. Bob war kein Frühaufsteher, und für Frühsport war er schon gar nicht zu haben.

»Aufstehen«, kommandierte Morelli.

Bob kniff die Augen fest zu und tat so, als würde er schlafen.

Morelli versuchte, Bob aus dem Bett zu zerren, und Bob gab ein tiefes kehliges Knurren von sich, als meinte er es böse.

»Scheiße«, sagte Morelli. »Wie schaffst du das bloß? Wie bringst du ihn dazu, frühmorgens in Joyce' Vorgarten zu kacken?«

»Woher weißt du das?«

»Gordon Skyer wohnt gegenüber von Joyce. Ich spiele Rakett mit Gordon.«

»Ich locke ihn mit Futter.«

Morelli ging in die Küche und kam mit einem Beutel Möhren wieder. »Guck mal, was ich gefunden habe«, sagte er. »Du hast gesundes Essen in deinem Kühlschrank. Ich bin schwer beeindruckt.«

Ich wollte ihm nicht seine Illusionen nehmen, denn die

Möhren waren eigentlich für Rex gedacht. Ich mag Möhren nur in Butter geschwenkt oder in Fett gebraten oder als Möhrenkuchen mit haufenweise Frischkäse.

Morelli hielt Bob eine Möhre hin, aber Bob sah ihn nur an, als wollte er sagen: Machst du Witze?

Allmählich tat mir Morelli Leid. »Also gut«, sagte ich, »wir ziehen uns einfach an, gehen in die Küche und klappern mit dem Geschirr. Dann wird er schon schwach werden.«

Fünf Minuten später standen wir gestiefelt und gespornt im Flur, und Bob trug sein Halsband und war angeleint.

»Einen Moment noch«, sagte ich. »Wir können nicht einfach so rausgehen und das Herz hier liegen lassen. Es gibt Leute, die brechen regelmäßig in meine Wohnung ein.«

»Welche Leute?«

»Benny und Ziggy, zum Beispiel.«

»Die können doch nicht so ohne weiteres in deine Wohnung spazieren! Das ist verboten. Einbruch ist strafbar.«

»Es ist nicht weiter tragisch«, sagte ich. »Die ersten paar Male hat es mich noch überrascht, aber dann habe ich mich daran gewöhnt.« Ich holte das Herz aus dem Tiefkühlfach. »Ich bringe es Mr. Morganstern. Der steht immer früh auf.«

»Mein Tiefkühlfach ist kaputt«, sagte ich zu Mr. Morganstern, »und ich will nicht, dass es auftaut. Könnten Sie es bis zum Abendessen für mich aufbewahren?«

»Klar«, sagte er. »Sieht aus wie ein Herz.«

»Eine neue Diät. Einmal die Woche soll man ein Herz essen.«

»Im Ernst? Vielleicht sollte ich das auch mal probieren. Ich habe ein bisschen zugelegt in letzter Zeit.«

Morelli wartete bereits auf dem Parkplatz auf mich. Er lief auf der Stelle, und Bob hatte strahlende Augen und lächelte, weil er draußen an der frischen Luft war.

»Hat er sich schon erleichtert?«, fragte ich Morelli.

»Bereits erledigt.«

Morelli und Bob zogen in schnellem Tempo ab, ich trottete hinterher. Ich kann fünf Kilometer in zehn Zentimeter hohen Stöckelschuhen laufen, und im Einkaufszentrum bin ich Morelli haushoch überlegen, aber joggen tue ich nie, höchstens zum Schlussverkauf.

Stück für Stück fiel ich weiter zurück. Als Morelli und Bob um die Ecke bogen und außer Sicht waren, nahm ich eine Abkürzung durch einen Hof und kam an der Bäckerei Ferarro wieder raus. Ich kaufte mir ein Mandelplundergebäck, spazierte gemütlich heimwärts und ließ mir meinen Kuchen schmecken. Fast hatte ich unseren Parkplatz erreicht, als ich Joe und Bob die St. James entlangsprinten sah. Sofort joggte ich auch los und tat so, als wäre ich außer Atem.

»Wo wart ihr die ganze Zeit?«, sagte ich. »Ich habe euch verloren.«

Morelli schüttelte angewidert den Kopf. »Ein Trauerspiel mit dir. Du hast Puderzucker auf deinem Hemd.«

»Muss vom Himmel gefallen sein.«

»Erbärmlich«, sagte Morelli.

Oben im Flur kamen uns Benny und Ziggy entgegen.

»Sie waren wohl joggen?«, sagte Ziggy. »Sehr gesund. Da sollten sich andere ein Beispiel dran nehmen.«

Morelli legte eine Hand auf Ziggys Brust, um ihn aufzuhalten. »Was suchen Sie hier?«

»Wir wollten Ms. Plum besuchen, aber es war keiner zu Hause.«

»Also, hier ist sie. Wollen Sie nicht mit ihr reden?«

»Natürlich«, sagte Ziggy. »Hat Ihnen die Marmelade geschmeckt?«

»Die Marmelade ist köstlich. Vielen Dank.«

»Sie sind doch nicht in ihre Wohnung eingebrochen, oder?«, fragte Morelli.

»So etwas würden wir niemals tun«, sagte Benny. »Dazu achten wir sie viel zu sehr. Stimmt's, Ziggy?«

»Ja«, sagte Ziggy. »Aber ich könnte, wenn ich wollte. Ich hab immer noch ein Händchen dafür.«

»Haben Sie mittlerweile mit Ihrer Frau sprechen können?«, fragte ich Benny. »Ist sie in Richmond?«

»Ich habe gestern Abend mit ihr gesprochen. Sie ist in Norfolk. Sie sagt, es sei alles den Umständen entsprechend. Sie werden sicher verstehen, dass das alle Beteiligten sehr mitgenommen hat.«

»Eine Tragödie. Sonst noch Neuigkeiten aus Richmond?«

»Leider nein.«

Benny und Ziggy zockelten zum Aufzug, Morelli und ich folgten Bob in die Küche.

»Sie waren hier, nicht?«, sagte Morelli.

»Ja. Sie haben das Herz gesucht. Bennys Frau macht ihm so lange Feuer unterm Hintern, bis sie das Herz bekommen hat.«

Morelli maß eine Tasse Hundefutter für Bob ab. Bob verschlang alles und wartete auf mehr.

»Tut mir Leid, Kumpel«, sagte Morelli. »Das kommt davon, wenn man zu dick ist.«

Ich zog den Bauch ein, fühlte mich schuldig wegen des Plundergebäcks. Verglichen mit Morelli war ich eine Kuh. Morelli hatte einen Waschbrettbauch, und er konnte Sit-ups machen, mehrere hintereinander. In meiner Phantasie konnte ich auch Sit-ups machen, mehrere hintereinander. In Wirklichkeit folgten Sit-ups auf meiner Rangliste der Lieblingsbeschäftigungen gleich nach Joggen.

12

Irgendwo musste Eddie DeChooch Grandma versteckt haben. In Burg wahrscheinlich nicht, sonst hätte ich mittlerweile was läuten gehört. Also irgendwo im Großraum Trenton. Beide Vorwahlnummern waren Ortsnummern.

Joe hatte mir versprochen, keinen Bericht zu schreiben, aber ich konnte mir denken, dass er längst verdeckt ermittelte. Er würde Erkundigungen einziehen und Kollegen in die Gegend schicken, die noch intensiver nach Eddie DeChooch suchen würden als ich. Connie, Vinnie und Lula würden ihre Quellen ebenfalls anzapfen. Ich rechnete nicht damit, dass etwas dabei herauskam. Eddie DeChooch war ein Einzelgänger. Vielleicht suchte er ab und zu mal Pater Carolli auf, und gelegentlich mochte er sich zu einer Totenwache hingezogen fühlen. Aber da draußen war er auf sich allein gestellt. Ich war davon überzeugt, dass niemand seinen Unterschlupf kannte. Mit Ausnahme von Mary Maggie Mason möglicherweise.

Vor zwei Tagen hatte DeChooch Mary Maggie besucht, aus welchem Grund auch immer.

Ich holte Lula im Büro ab, und wir brausten zu Mary Maggies Apartmenthaus. Es war Vormittag, und es herrschte wenig Verkehr. Am Himmel über uns ballten sich Wolken zusammen. Für den späteren Verlauf des Tages war Regen angekündigt. In Jersey konnte einem das scheißegal sein. Heute war Donnerstag, da konnte es regnen, so viel es wollte. Uns in Jersey interessiert nur das Wetter am Wochenende.

Der Low Rider donnerte in die Tiefgarage, die Vibrationen wurden von dem Betonboden und der Betondecke zurückgeworfen. Den weißen Cadillac konnten wir nicht entdecken, aber der silberne MMM-YUM-Porsche stand an seinem üblichen Platz. Zwei Reihen weiter stellte ich die Harley ab.

Lula und ich sahen uns an. Wir hatten gar keine Lust, nach oben zu gehen.

»Irgendwie ist mir nicht ganz wohl dabei, Mary Maggie gegenüberzutreten«, sagte ich. »Bei der Schlammschlacht im Snake Pit habe ich mich nicht gerade mit Ruhm bekleckert.«

»Es war doch ihre Schuld. Sie hat angefangen.«

»Ich hätte besser abschneiden können, aber irgendwie fühlte ich mich überrumpelt«, sagte ich.

»Ja«, sagte Lula. »Das habe ich auch gemerkt. Du hast in einem fort ›Hilfe!‹ gerufen. Ich kann nur hoffen, dass Mary mich nicht wegen eines gebrochenen Rückgrats oder so verklagt.«

Wir kamen an Mary Maggies Tür und verstummten. Ich holte einmal tief Luft und klingelte. Mary Maggie machte auf, und kaum hatte sie uns erkannt, versuchte sie, uns die Tür vor der Nase zuzuknallen. Kopfgeldjägerregel Nummer zwei: Wenn sich eine Tür öffnet, sofort den Fuß dazwischenstellen.

»Und?«, sagte Mary und strengte sich an, meinen Fuß wegzudrücken.

»Ich muss mit Ihnen reden.«

»Das haben Sie doch schon getan.«

»Ich muss noch mal mit Ihnen reden. Eddie DeChooch hat meine Großmutter entführt.«

Mary Maggie hörte mit dem Geschubse auf und sah mich entgeistert an. »Wirklich?«

»Ich habe etwas, das er haben will. Und jetzt hat er jemanden, den ich haben will.«

»Ich weiß nicht, was ich darauf sagen soll. Es tut mir Leid.«

»Ich dachte, Sie könnten uns vielleicht weiterhelfen.«

Mary Maggie öffnete die Tür ganz, und Lula und ich traten unaufgefordert ein. Nicht dass ich damit rechnete, Grandma hier irgendwo in einem Schrank versteckt zu finden, aber umschauen tat ich mich trotzdem. Die Wohnung war hübsch, aber nicht so geräumig, wie ich gedacht hatte: Offenes Wohnzimmer, das in Esszimmer und Küche überging, ein Schlafzimmer, mittelgroßes Badezimmer. Sie war geschmackvoll eingerichtet, mit klassischen Möbelstücken. Sanfte Farben. Grau- und Beigetöne. Und natürlich standen überall Bücher.

»Ehrlich, ich weiß nicht, wo Ihre Großmutter ist«, sagte Mary Maggie. »Er hat mich gefragt, ob er sich den Wagen ausleihen kann. Das hat er schon mal gemacht. Wenn der Klubbesitzer dich um dein Auto bittet, ist es ratsam, ihm den Gefallen zu tun. Außerdem ist er ein netter alter Kerl. Nachdem Sie hier waren, bin ich zu seinem Neffen gegangen und habe ihm gesagt, ich hätte gern meinen Wagen wieder. Eddie wollte ihn gerade zurückbringen, als Sie und Ihre Freundin ihm in der Tiefgarage auflauerten. Seitdem habe ich nichts mehr von ihm gehört.«

Ich glaubte ihr. Das war der negative Aspekt. Das Positive daran war, dass Ronald DeChooch in Verbindung mit seinem Onkel stand.

»Tut mir Leid wegen Ihrem Schuh«, sagte Mary Maggie zu Lula. »Wir haben ihn gesucht, aber nicht gefunden.«

»Hm«, sagte Lula.

Lula und ich fingen erst wieder an zu reden, als wir in der Garage waren.

»Was sagst du dazu?«, fragte Lula.

»Ich würde sagen, wir sollten Ronald DeChooch mal einen Besuch abstatten.«

Ich warf meine Harley an, Lula stieg auf den Beifahrersitz, und wir knatterten durch die Garage wie die apokalyptischen Reiter und nahmen Kurs auf Ace Pavers.

»Eigentlich haben wir es ganz gut getroffen mit unseren Jobs«, sagte Lula, als wir vor Ronald DeChoochs Bürogebäude aus Backstein anhielten. »Wir hätten auch in einem Loch wie diesem hier enden können, den ganzen Tag über den Teergeruch in der Nase und immer klebrige schwarze Klumpen unter den Fußsohlen.«

Ich stieg von der Harley und nahm den Helm ab. Der aufdringliche Gestank von heißem Asphalt lag in der Luft, und von den rußigen Dampfwalzen und Teerwagen hinter dem verschlossenen Tor stieg eine flimmernde Hitze auf. Es war keine Menschenseele zu sehen, aber es war deutlich zu erkennen, dass die Maschinen gerade von einer Baustelle zurückgekehrt waren.

»Wir gehen professionell und gezielt vor«, sagte ich zu Lula.

»Soll heißen, wir lassen uns von Ronald DeChooch diesmal keinen Scheiß erzählen.«

Lula und ich redeten uns Mut an und marschierten ohne zu klopfen herein. Von diesen Karten spielenden Idioten wollten wir uns auf keinen Fall verarschen lassen. Diesmal erwarteten wir ein paar Antworten. Diesmal erwarteten wir Respekt.

Wir stiefelten durch die Eingangshalle und gingen schnurstracks ins Büro, wieder ohne anzuklopfen. Wir stießen die Tür auf und standen unmittelbar Ronald DeChooch gegenüber, der gerade mit der Schreibkraft Salamiversenken spielte. Eigentlich standen wir ihm nicht gegenüber, denn er kehrte uns den Rücken zu. Genauer gesagt, er präsentierte uns seinen behaarten Saftarsch, denn er nahm die arme Frau von hinten. Die Hose hing ihm in den Kniekehlen, und die Frau lag über den Spieltisch gebeugt und hielt sich krampfhaft fest.

Für einen Moment herrschte gespannte Ruhe, dann fing Lula an zu lachen.

»Sie sollten sich Ihren Arsch enthaaren lassen«, sagte sie zu DeChooch. »Ich habe noch nie so einen hässlichen Hintern gesehen.«

»Liebe Güte«, sagte DeChooch und zog sich die Hose hoch. »Kann man als Mann nicht mal in seinem eigenen Büro Verkehr haben?«

Die Frau richtete sich auf, brachte ihren Rock in Ordnung und versuchte, ihre Brüste wieder in den BH zu stopfen. Sie schämte sich zu Tode, trippelte davon, mit ihrem Höschen in der Hand. Hoffentlich wurde sie wenigstens angemessen entlohnt.

»Was nun?«, sagte DeChooch. »Sind Sie in einer bestimmten Absicht hergekommen, oder wollten Sie sich nur amüsieren?«

»Ihr Onkel hat meine Großmutter entführt.«

»Was?«

»Er hat sie gestern Abend gekidnappt. Er will sie gegen das Herz eintauschen.«

Die Verwunderung in seinem Blick stieg um zwei Grad an. »Sie kennen die Geschichte mit dem Herz?«

Lula und ich sahen uns kurz an.

»Ich … äh, ich habe das Herz«, sagte ich.

»Ach, du lieber Himmel. Wie sind Sie denn daran gekommen, verdammt noch mal?«

»Das tut hier nichts zur Sache, wie sie daran gekommen ist«, sagte Lula.

»Genau«, bestätigte ich. »Die Hauptsache ist, dass wir uns einigen. Zunächst einmal will ich, dass meine Großmutter nach Hause kommt. Und dann sind Mooner und Dougie fällig.«

»Das mit Ihrer Großmutter könnte ich in die Wege leiten«, sagte Ronald. »Ich weiß nicht, wo sich mein Onkel Eddie versteckt hält, aber ich rede ab und zu mit ihm. Er hat ein Handy. Was die beiden anderen betrifft – das dürfte schwieriger sein. Ich weiß nichts über die Brüder. Soweit mir bekannt ist, weiß *keiner* was über die beiden.«

»Eddie wird mich heute Abend um sieben Uhr anrufen. Ich will nicht, dass etwas schief läuft. Ich übergebe ihm das Herz, und dafür will ich meine Großmutter wiederhaben. Sollte meiner Großmutter irgendwas Schlimmes zustoßen oder sollte der Tausch gegen das Herz nicht zu Stande kommen, werde ich ungemütlich.«

»Verstanden.«

Lula und ich zogen ab. Wir ließen Türen hinter uns knallen, schwangen uns auf die Harley und brausten los. Zwei Straßen weiter fuhr ich an den Rand, weil wir so wahnsinnig lachen mussten, dass ich Angst hatte, wir würden aus dem Sattel kippen.

»Besser geht's nicht«, sagte Lula. »Wenn du willst, dass dir ein Mann gehört, brauchst du ihn nur mit heruntergelassenen Hosen erwischen.«

»Ich habe noch nie richtig gesehen, wie es andere miteinander *treiben*!«, sagte ich zu Lula. Mir war ganz heiß im Gesicht von dem vielen Lachen. »Ich habe auch noch nie in den Spiegel dabei geguckt.«

»Das sollte man sowieso lieber lassen«, sagte Lula. »Männer lieben Spiegel. Sie gucken sich beim Pimpern an und halten sich für den reinsten Wunderhengst. Wenn Frauen sich im Spiegel begucken, fällt ihnen ein, dass sie unbedingt ihren Mitgliedsausweis fürs Fitnessstudio verlängern müssen.«

Ich versuchte, mich wieder einigermaßen einzukriegen, da rief meine Mutter an.

»Ich habe so ein komisches Gefühl«, sagte sie. »Wo ist deine Großmutter? Warum ist sie noch nicht nach Hause gekommen?«

»Sie kommt heute Abend.«

»Das hast du gestern Abend auch schon gesagt. Wer ist dieser Mann, bei dem sie sich aufhält? Was sollen die Leute denken?«

»Keine Sorge. Grandma ist sehr diskret. Sie musste das einfach – durchziehen.« Mehr fiel mir dazu nicht ein, deswegen imitierte ich einfach statische Geräusche. »Oh«, rief ich ins Handy, »mir geht der Saft aus. Ich muss aufhören.«

Lula glotzte mir über die Schulter. »Ich kann die ganze Straße überblicken«, sagte sie, »und von dem Parkplatz der Straßenbaufirma fährt gerade ein großes schwarzes Auto herunter. Aus dem Eingang kommen drei Männer, und ich könnte schwören, die zeigen auf uns.«

Ich schaute hinter mich, um nachzusehen, was da passierte. Aus dieser Entfernung ließen sich unmöglich Einzelheiten erkennen, aber es konnte sein, dass einer der Männer tatsächlich in unsere Richtung wies. Sie stiegen in den Wagen, und der Wagen kam auf uns zu.

»Vielleicht hat Ronald nur etwas vergessen, was er uns sagen wollte«, meinte Lula.

Mir zog sich die Brust zusammen. »Das hätte er uns auch telefonisch mitteilen können.«

»Wenn ich's mir recht überlege, hättest du ihm vielleicht lieber nicht sagen sollen, dass du das Herz hast.«

Scheiße.

Lula und ich sprangen aufs Motorrad, aber mittlerweile war das Auto nur noch einen Häuserblock weit entfernt und holte auf.

»Halt dich fest«, rief ich. Wir schossen los. An der Ecke gab ich Gas und nahm die Kurve weit. Ich war noch nicht wieder ganz sicher im Sattel und wollte kein Risiko eingehen.

»Yo«, brüllte Lula mir ins Ohr, »sie hängen dir gleich am Auspuff.«

In meinem Blickfeld sah ich gerade noch, dass sich der Wagen seitlich heranschob. Es war eine zweispurige Straße, von der Broad Street trennten uns noch zwei Querstraßen. Diese Seitenstraßen waren frei, aber die Broad war zu dieser Tageszeit sehr belebt. Wenn ich es bis zur Broad packte, konnte ich den Wagen abwimmeln. Jetzt überholte er, schaffte Abstand und stellte sich dann quer und blockierte. Die Türen des Lincoln öffneten sich, alle vier Männer sprangen heraus, und ich kam mit quietschenden Reifen zum Stehen. Ich spürte Lulas Hand auf meiner Schulter, und aus dem Augenwinkel erhaschte ich einen Blick auf ihre Glock.

Alles kam zum Erliegen.

Einer der Männer trat schließlich vor. »Ronnie meint, ich sollte Ihnen seine Visitenkarte geben, für den Fall, dass Sie sich mit ihm in Verbindung setzen wollen. Seine Handynummer steht auch drauf.«

»Danke«, sagte ich und nahm die Karte entgegen. »Das war sehr klug von Ronnie, dass er daran gedacht hat.«

»Ja. Ronnie ist ein schlaues Kerlchen.«

Danach kletterten sie alle wieder in den Wagen und fuhren davon.

Lula legte die Abzugssicherung an ihrer Pistole wieder vor. »Ich glaube, ich habe mir in die Hose gemacht«, sagte sie.

Ranger saß gerade im Büro, als wir eintrudelten.

»Heute Abend, sieben Uhr«, sagte ich zu ihm. »Im Silver Dollar Diner. Morelli weiß Bescheid, aber er hat versprochen, die Polizei werde nicht eingreifen.«

Ranger betrachtete mich. »Brauchst du mich dann noch?«

»Könnte nicht schaden.«

Er stand auf. »Steck den Sender wieder ein. Und stell ihn auf halb sieben ein.«

»Was ist mit mir?«, fragte Lula. »Bin ich mit von der Partie?«

»Du bist meine Sozia«, sagte ich. »Ich brauche jemanden, der die Kühltasche trägt.«

Der Silver Dollar Diner ist in Hamilton Township, in der Nähe von Burg, sogar in unmittelbarer Nähe von meiner Wohnung. Er hat durchgehend geöffnet, und allein um die Speisekarte vorzulesen, bräuchte man einen halben Tag. Frühstück wird zu jeder Tages- und Nachtzeit serviert, um zwei Uhr morgens ein leckerer, fetttriefender, mit Käse überbackener Toast. Der Silver Dollar Diner ist umzingelt von der ganzen Hässlichkeit, die Jersey so großartig macht: Zweigstellen von Banken, Kaufhäuser, Videotheken, Ladenzeilen und Reinigungen, dazu Neonreklame und Ampeln so weit das Auge reicht.

Lula und ich waren um halb sieben da, das Herz polterte in der Kühlbox, und der Sender unter meinem Baumwollhemd war unbequem zu tragen und juckte auf der Haut. Wir ließen uns in einer Sitzecke nieder, bestellten Cheeseburger und Pommes und sahen aus dem Fenster dem vorbeirauschenden Verkehr zu.

Ich probierte den Sender aus und erhielt zur Bestätigung prompt den Rückruf von Ranger. Er war irgendwo – irgendwo da draußen, und er beobachtete den Diner und war unsichtbar. Joe steckte auch irgendwo da draußen. Wahrscheinlich hatten sie sich abgesprochen. Ich hatte schon mal erlebt, wie die beiden in einem anderen Fall zusammengearbeitet hatten. Es gibt Regeln, die Männer wie Joe und Ranger anwenden, um sich ihrer Rollen gewiss zu sein. Regeln, die ich nie begreifen werde. Regeln, die zwei Alphamännchen erlauben, zum Wohl der Allgemeinheit zu koexistieren.

Der Diner war immer noch voll besetzt mit den Essensgästen der zweiten Schicht. Die erste Schicht waren die Rentner, die wegen des Sonderangebots für Frühesser kamen. Gegen sieben würden sich die Reihen lichten. Wir waren hier nicht in Manhattan, wo es schick war, spät zu essen, gegen acht oder neun. In Trenton wurde hart gearbeitet, und um zehn schlief die halbe Stadt bereits.

Um sieben Uhr klingelte mein Handy, und mir hüpfte das Herz vor Freude, als ich DeChoochs Stimme hörte.

»Haben Sie das Herz dabei?«, fragte er.

»Ja. Es steht neben mir in einer Kühltasche. Wie geht es Grandma? Ich möchte mit ihr sprechen.«

Man hörte Handgemenge und Gemurmel im Hintergrund, dann war Grandma in der Leitung.

»Hallöchen«, sagte sie.

»Geht es dir gut?«

»Mir geht's saugut.«

Sie hörte sich beschwipst an. »Hast du was getrunken?«

»Eddie und ich haben uns ein paar Cocktails vor dem Abendessen genehmigt, aber keine Sorge, ich bin noch hellwach.«

Lula saß mir gegenüber am Tisch, und sie grinste und schüttelte den Kopf. Ich konnte mir denken, dass Ranger wahrscheinlich das Gleiche tat.

Eddie meldete sich wieder. »Sind Sie bereit für die Instruktionen?«

»Ja.«

»Wissen Sie, wie man zum Nottingham Way kommt?«

»Ja.«

»Gut. Fahren Sie auf dem Nottingham zur Mulberry Street und biegen Sie rechts in die Cherry.«

»Moment. Ihr Neffe Ronald wohnt doch in der Cherry Street.«

»Ja. Bringen Sie das Herz dorthin. Er wird dafür sorgen, dass es nach Richmond überführt wird.«

Verdammt. Ich bekam zwar Grandma zurück, aber Eddie DeChooch würde ich nicht kriegen. Ich hatte gehofft, Ranger und Joe würden ihn am Ort der Übergabe schnappen.

»Und was ist mit Grandma?«

»Die lasse ich laufen, sobald ich einen Anruf von Ronald erhalten habe.«

Ich steckte das Handy zurück in meine Jackentasche und teilte Ranger und Joe den Plan mit.

»Ganz schön gerissen für so einen alten Mann«, sagte Lula. »Kein schlechter Plan.«

Das Essen war schon bezahlt, ich legte daher nur etwas Trinkgeld auf den Tisch, und Lula und ich brachen auf. Das

Grün-Schwarz um meine Augen herum war in ein Gelb übergegangen, und das Gelb war verborgen hinter dunklen Brillengläsern. Lula hatte heute keine Ledermontur an, sie trug Boots, Jeans und ein T-Shirt mit vielen Kühen und einer Werbung für Ben & Jerry-Eiskrem darauf. Wir beide waren zwei ganz normale Frauen, die zum Abendessen ein paar Burger im Diner zu uns nahmen. Sogar die Tiefkühltasche erregte kein Aufsehen. Es gab keinen Grund für den Verdacht, sie könnte ein Herz enthalten, um meine Großmutter damit freizukaufen.

Und die anderen Gäste, die Pommes und Krautsalat hinunterschlangen und Reispudding zum Nachtisch bestellten? Was hatten sie für Geheimnisse? Wer sagte mir, dass sie keine Spione, Schläger oder Diebe waren? Ich schaute mich um. Wer sagte mir, dass sie überhaupt Menschen waren?

Ich nahm mir Zeit auf der Fahrt zur Cherry Street. Ich machte mir Sorgen um Grandma, und ich war unruhig, weil ich Ronald gleich ein Schweineherz übergeben sollte. Deswegen fuhr ich besonders vorsichtig. Ein Unfall mit dem Motorrad würde alle meine Rettungsbemühungen verbocken. Immerhin war es ein wunderschöner Abend für eine Ausfahrt mit der Harley. Keine Mücken, kein Regen. Hinter mir spürte ich Lula, die unsere Kühltasche fest hielt.

Ronald hatte das Verandalicht an seinem Haus angemacht, wahrscheinlich erwartete er mich. Hoffentlich fand sich in seinem Tiefkühlfach noch ein freies Plätzchen für ein Organ. Lula blieb mit der Glock in der Hand auf der Harley sitzen, und ich ging mit der Kühltasche zur Haustür und klingelte.

Ronald öffnete und sah erst zu mir, dann zu Lula. »Schlafen Sie beide jetzt auch zusammen?«

»Nein«, sagte ich. »Ich schlafe mit Joe Morelli.«

Ronald blickte ein wenig finster drein, weil Joe verdeckter Ermittler und Ronald verdeckter Lieferant war.

»Ich möchte, dass Sie zuerst anrufen, damit Grandma freikommt, bevor ich Ihnen das hier übergebe«, sagte ich.

»In Ordnung. Kommen Sie rein.«

Ronald zuckte die Achseln. »Wie Sie wollen. Zeigen Sie mir das Herz.«

Ich schob den Deckel beiseite, und Ronald schaute hinein.

»Ach, du Schreck«, sagte er. »Das ist ja tiefgefroren.«

Ich schaute ebenfalls in die Tasche und sah einen etwas matschigen, kastanienbraunen, in Plastik eingeschweißten Klumpen Eis.

»Ja«, sagte ich. »Es sah schon ein bisschen pervers aus. So ein Herz kann man nicht ewig lange mit sich rumschleppen. Deswegen habe ich es tiefgefroren.«

»Sie haben es doch gesehen, als es noch nicht gefroren war. Und da war es noch in Ordnung, oder?«

»Ich bin kein Experte auf diesem Gebiet.«

Ronald verschwand und kam mit einem schnurlosen Telefon wieder. »Hier«, sagte er und reichte mir den Hörer. »Ihre Granny ist dran.«

»Ich bin mit Eddie in Quaker Bridge«, sagte Grandma. »Bei Macy's habe ich eine Jacke gesehen, die mir gefällt, aber dazu muss ich erst noch auf die nächste Rente warten.«

Eddie übernahm das Gespräch. »Ich setze sie hier in dem Pizzarestaurant ab. Sie können sie jederzeit abholen.«

Ich wiederholte das Gesagte für Ranger. »Nur, damit ich Sie richtig verstanden habe: Sie setzen Grandma in dem Pizzarestaurant in der Quaker Bridge Mall ab.«

»Ja«, sagte Eddie. »Was ist? Tragen Sie einen Sender am Körper?«

»Ich doch nicht.«

Ich reichte Ronald den Hörer und übergab ihm die Tiefkühltasche. »An Ihrer Stelle würde ich das Herz fürs Erste ins Tiefkühlfach legen und es dann für die Fahrt nach Richmond auf eine Schicht Trockeneis betten.«

Er nickte. »Wird gemacht. Wir wollen doch dem guten Louie D. kein Herz voller Maden einpflanzen.«

»Was ich Sie fragen wollte, nur so, aus purer Neugier«, sagte ich, »war das Ihre Idee, dass ich das Herz hierher bringen sollte?«

»Sie sagten doch, ich soll nichts vermasseln.«

Wieder zurück am Motorrad, holte ich mein Handy hervor und rief Ranger an.

»Schon unterwegs«, sagte er. »Ich bin zehn Minuten von der Quaker Bridge Mall entfernt. Ich rufe zurück, wenn Grandma bei mir ist.«

Ich nickte mit dem Kopf und kappte die Verbindung, unfähig zu sprechen. Manchmal ist das Leben einfach überwältigend.

Lula wohnt in einem winzigen Apartment in einer Ecke des Ghettos, die noch einigermaßen erträglich ist, was Ghettos betrifft. Ich fuhr die Brunswick Avenue entlang, kurvte ein bisschen durch die Gegend, überquerte die Bahngleise und fand schließlich Lulas Viertel. Die Straßen waren eng, die Häuser klein, ursprünglich wahrscheinlich für Einwanderer errichtet, die für die Arbeit in den Porzellanfabriken und Stahlwerken hergeholt worden waren. Lula wohnte genau in der Mitte des Häuserblocks, im zweiten Stock.

Gerade hatte ich den Motor abgestellt, da klingelte das Handy.

»Deine Großmutter ist bei mir«, sagte Ranger. »Ich bringe

sie nach Hause. Soll ich unterwegs eine Pizza für dich holen?«

»Mit Pepperoni und einer doppelten Portion Käse.«

»Die doppelte Portion Käse ist der Fettmacher«, sagte Ranger und legte auf.

Lula stieg vom Motorrad und sah mich an. »Alles in Ordnung?«

»Ja. Ich komme schon zurecht.«

Sie beugte sich vor und umarmte mich. »Du bist ein guter Mensch.«

Ich erwiderte ihr Lächeln, blinzelte heftig und wischte mir die Nase mit dem Ärmel ab.

»Oh«, sagte Lula. »Du weinst doch nicht etwa?«

»Nein. Ich glaube, ich habe nur unterwegs einen Mückenschwarm verschluckt.«

Bis ich zum Haus meiner Eltern gelangte, dauerte es noch einmal zehn Minuten. Ich stellte die Maschine vor dem Nachbarhaus ab und schaltete den Scheinwerfer aus. Ich wollte das Haus auf keinen Fall vor Grandma betreten. Meine Mutter war bestimmt schon halb wahnsinnig vor Angst. Dass Grandma entführt worden war, würde ich ihr besser erst erzählen, wenn Grandma leibhaftig vor uns stand.

Ich setzte mich auf die Bordsteinkante und nutzte die Wartezeit, um Morelli anzurufen. Ich erwischte ihn auf seinem Handy.

»Grandma ist in Sicherheit«, sagte ich zu ihm. »Ranger ist bei ihr. Er hat sie im Einkaufszentrum abgeholt, und jetzt bringt er sie nach Hause.«

»Schon gehört. Ich war in deiner Nähe, als du bei Ronald warst. Ich bin so lange geblieben, bis Ranger mir Bescheid gegeben hat, dass deine Großmutter bei ihm ist. Ich bin jetzt auf dem Heimweg.«

Morelli bat mich, die Nacht bei ihm zu verbringen, aber ich sagte ab. Ich musste noch einiges erledigen. Grandma hatte ich wieder, Mooner und Dougie dagegen steckten immer noch irgendwo da draußen.

Nach einigen Minuten tauchten Scheinwerfer am Ende der Straße auf, und Rangers glänzend schwarzer Mercedes kam sanft vor dem Haus meiner Eltern zum Stehen. Ranger half Grandma aus dem Wagen und lachte mich an. »Deine Großmutter hat deine Pizza gegessen. Als Geisel muss man ganz schön Appetit bekommen.«

»Kommst du mit rein?«

»Da müsstest du mich erst umbringen.«

»Ich muss dich unbedingt sprechen. Es dauert nicht lange. Kannst du hier auf mich warten?«

Unsere Blicke trafen sich, und zwischen uns entstand Schweigen.

Im Geist leckte ich mir die Lippen und fächelte mir Luft zu. Ja. Er würde warten.

Ich kehrte ihm den Rücken zu, um ins Haus zu gehen, da zog er mich zurück. Seine Hand glitt unter mein Hemd, mir stockte der Atem.

»Der Sender«, sagte er. Er löste das Klebeband ab, seine Fingerspitzen glitten warm über meine Haut, streiften meine Brüste, die durch keinen BH bedeckt waren.

Grandma war bereits im Haus, als ich sie einholte.

»Ich kann's kaum erwarten, morgen in den Schönheitssalon zu gehen und allen davon zu erzählen.«

Mein Vater blickte von der Zeitung auf, und meine Mutter schüttelte sich unwillkürlich.

»Wer ist gerade aufgebahrt?«, fragte Grandma meinen Vater. »Ich habe tagelang keine Zeitung zu Gesicht bekommen. Habe ich was verpasst?«

Meine Mutter sah sie misstrauisch an. »Wo warst du so lange?«

»Das wüsste ich selbst gern«, sagte Grandma. »Mir wurde beim Rein- und Rausgehen eine Tüte über den Kopf gestülpt.«

»Sie wurde entführt«, erklärte ich meiner Mutter.

»Entführt? Was soll das heißen?«

»Ich hatte zufällig etwas in meinem Besitz, das Eddie DeChooch haben wollte, deswegen hat er Grandma entführt und mich damit erpresst.«

»Gott sei Dank«, sagte meine Mutter. »Ich dachte schon, sie wäre zu einem Mann gezogen.«

Mein Vater widmete sich wieder der Zeitungslektüre. Ein ganz normaler Tag im Leben der Familie Plum.

»Hast du irgendwas von Choochy erfahren?«, fragte ich sie. »Weißt du, wo Mooner und Dougie hin sind?«

»Eddie hat keine Ahnung. Er wüsste auch gern, wo die beiden stecken. Dougie sei derjenige, der mit allem angefangen hätte. Dougie hätte ihm das Herz gestohlen. Aber diese ganze Herzgeschichte habe ich sowieso nie kapiert.«

»Und du weißt bestimmt nicht, wo man dich gefangen gehalten hat?«

»Er hat mir eine Tüte über den Kopf gestülpt, immer wenn wir rein- oder rausgegangen sind. Zuerst war mir gar nicht klar, dass es sich um eine Entführung handelte. Ich dachte, es ginge um irgendwie abgedrehten Sex oder so. Ich weiß nur, dass wir erst eine Weile in der Gegend herumgekurvt und dann in eine Garage gefahren sind. Das weiß ich deswegen, weil ich gehört habe, dass das Garagentor geöffnet und wieder geschlossen wurde. Danach sind wir in den unteren Teil des Hauses gegangen. Die Garage ging anscheinend über in den Keller, aber der Keller war ganz normal eingerichtet. Es gab einen Fernsehraum, zwei Schlafzimmer und eine kleine Küche da unten, und dann noch einen Raum mit der Heizung und einer Waschmaschine und einem Trockner. Ich konnte auch nicht nach draußen gucken, weil die Kellerfenster ganz klein und von außen mit Fensterläden verschlossen waren.« Grandma gähnte. »Also, ich muss ins Bett. Ich bin erledigt, und morgen ist ein anstrengender Tag. Diese Geschichte muss ich voll auskosten.«

»Sag nur keinen Ton über das Herz«, bat ich Grandma. »Die Geschichte mit dem Herz ist ein Geheimnis.«

»In Ordnung. Ich wüsste sowieso nichts dazu zu sagen.«

»Willst du ihn verklagen?«

Grandma sah mich verwundert an. »Choochy verklagen? Niemals. Was sollen die Leute denken?«

Ranger lehnte an seinem Wagen und wartete auf mich. Er war ganz in Schwarz gekleidet. Schwarze Hose, teure schwarze Halbschuhe, schwarzes T-Shirt, schwarzes Kaschmirjackett. Das Jackett trug er nicht, weil es kalt war, das Jackett verdeckte seine Waffe. Es machte keinen Unterschied, das Jackett stand ihm auch so gut.

»Wahrscheinlich bringt Ronald das Herz morgen nach Richmond«, sagte ich zu Ranger. »Ich habe Angst, sie werden feststellen, dass das Herz nicht Louie D. gehört.«

»Und?«

»Und ich habe Angst, dass sie mir das zu verstehen geben wollen und Mooner und Dougie dafür etwas Schreckliches antun werden.«

»Und?«

»Und ich glaube, dass Mooner und Dougie in Richmond sind. Ich glaube, Louies Frau und seine Schwester arbeiten insgeheim zusammen. Und ich glaube, sie haben Mooner und Dougie verschleppt.«

»Und jetzt würdest du die beiden gerne retten.«

»Genau.«

Ranger lachte. »Könnte Spaß machen.«

Ranger hat einen seltsamen Sinn für Spaß.

»Connie hat mir Louies Heimatadresse gegeben. Seine Frau soll sich seit Louies Tod in dem Haus eingeschlossen haben. Louies Schwester, Estelle Colucci, soll sich auch da aufhalten. Sie ist am gleichen Tag nach Richmond gefahren, an dem Mooner verschwunden ist. Ich glaube ja, dass die beiden Frauen Mooner entführt und ihn nach Richmond gebracht haben. Und ich gehe jede Wette ein, dass auch Dougie in Richmond ist. Estelle und Sophia hatten wahrscheinlich die Schnauze voll von Bennys und Ziggys Schusseligkeit und haben beschlossen, die Sache selbst in die Hand zu nehmen.« Von da an wurde meine Theorie leider immer verwirrter. Ein Grund für die Konfusion war die Tatsache, dass Estelle Colucci nicht auf Mooners Beschreibung der Frau mit dem unheimlichen Blick passte. Sie passte nicht einmal auf die Beschreibung der Frau in der Limousine.

»Willst du erst noch zu Hause vorbeifahren, um was zu holen oder so?«, fragte Ranger. »Oder willst du gleich los?«

Ich blickte mich um, zum Motorrad. Irgendwo musste ich die Maschine unterstellen. Meiner Mutter sagen, dass ich mit Ranger nach Richmond fuhr, war bestimmt keine gute Idee. Und bei dem Gedanken, das Motorrad einfach auf unseren Mieterparkplatz zu stellen, war mir auch nicht ganz wohl. Die Rentner in unserem Haus neigen dazu, kleinere Gegenstände als Cadillacs schon mal zu überfahren. Bei Morelli wollte ich es auf gar keinen Fall lassen. Er würde darauf bestehen, mit nach Richmond zu kommen. Morelli war für solche Aktionen genauso befähigt wie Ranger, wahrscheinlich war er sogar fähiger als Ranger, weil er nicht so durchgeknallt war. Das Problem war nur, dass es sich hierbei nicht um eine Polizeiaktion handelte. Das hier war Kopfgeldjagd.

»Ich muss das Motorrad irgendwo unterstellen«, sagte ich zu Ranger. »Ich will es nicht hier stehen lassen.«

»Mach dir deswegen keine Sorgen. Ich sage Tank, er soll sich darum kümmern, bis wir wieder zurück sind.«

»Er braucht den Schlüssel.«

Ranger sah mich an, als wäre ich nicht ganz bei Trost.

»Ach, ja«, sagte ich. »Wo habe ich nur meine Gedanken.« Tank brauchte nie einen Schlüssel. Tank war einer von Rangers Handlangern, und Rangers Handlanger hatten geschicktere Finger als Ziggy.

Wir ließen Burg hinter uns und fuhren Richtung Süden, in Bordentown auf den Turnpike. Wenige Minuten später setzte Regen ein, zuerst ein feiner Nieselregen, der im Verlauf der Fahrt immer stärker wurde. Der Mercedes schnurrte dahin, folgte dem Straßenrand. Die Nacht umhüllte uns, nur die Leuchtanzeigen auf dem Armaturenbrett drangen durch die Finsternis.

Die Annehmlichkeiten eines Mutterleibs, gepaart mit der Technik eines Düsenjets. Ranger drückte einen Knopf des CD-Players, und klassische Musik erfüllte das Wageninnere. Eine Sinfonie. Nicht Godsmack, aber trotzdem ganz hübsch.

Nach meiner Berechnung würde die Fahrt etwa fünf Stunden dauern. Ranger war nicht der Typ für Smalltalk. Ranger lebte für sich und behielt seine Gedanken für sich. Ich stellte den Sitz zurück und schloss die Augen. »Sag Bescheid, wenn du müde bist und ich fahren soll«, sagte ich.

Ich kuschelte mich in meinen Sitz und dachte über Ranger nach. Als wir uns kennen lernten, markierte er den Muskelprotz und Großkotz. Er ging und redete wie alle Latinos in seinem Ghetto gingen und redeten, trug Arbeitskleidung und die schwarzen Klamotten der S. W. A. T.-Einheit. Jetzt auf einmal lief er in Kaschmir herum, hörte klassische Musik und redete wie ein Harvard-Jurist und nicht wie Coolio.

»Du hast nicht zufällig einen Zwillingsbruder, oder?«, fragte ich.

»Nein«, sagte er leise. »Mich gibt's nur einmal.«

13

Ich wachte erst wieder auf, als der Wagen anhielt. Der Regen hatte aufgehört, aber es war sehr dunkel. Ich sah auf die Digitaluhr am Armaturenbrett, kurz vor drei. Ranger beobachtete das große Backsteinhaus im Kolonialstil auf der gegenüberliegenden Straßenseite.

»Ist das Louies Haus?«, fragte ich.

Ranger nickte.

Ein großes Haus auf einem kleinen Grundstück. Die Nachbarhäuser waren ähnlich. Alle relativ neu. Keine ausgewachsenen Bäume oder Sträucher. In zwanzig Jahren würde dies mal ein hübsches Viertel sein. Im Moment war alles noch zu neu, zu kahl. In Louies Haus brannte Licht. Am Straßenrand parkten keine Autos. Hier standen die Autos in Garagen oder in Einfahrten.

»Bleib sitzen«, sagte Ranger. »Ich schaue mich mal um.«

Ich sah ihm hinterher, als er die Straße überquerte und im Schatten des Hauses untertauchte. Dann kurbelte ich das Fenster herunter, konnte aber keinen Laut hören. Ranger war in seinem früheren Leben bei irgendwelchen Sondereinheiten der Armee beschäftigt gewesen und hatte keine seiner dort erlernten Fähigkeiten eingebüßt. Er bewegte sich wie eine gefährliche Raubkatze. Ich dagegen bewege mich wie ein Wasserbüffel. Deswegen musste ich vermutlich auch im Wagen warten.

Er tauchte auf der anderen Seite des Hauses wieder auf und schlenderte zurück zum Auto. Er glitt hinters Steuer und ließ den Motor an.

»Das Haus ist verriegelt und verrammelt«, sagte er. »Die Alarmanlage ist eingeschaltet, und die meisten Fenster sind mit schweren Gardinen verhängt. Nicht viel zu erkennen. Wenn ich mich besser mit dem Haus auskennen würde, wäre es ein Leichtes reinzukommen und sich umzuschauen. Es widerstrebt mir, das zu tun, weil ich nicht weiß, wie viele Personen sich derzeit im Haus aufhalten.« Der Wagen setzte sich in Bewegung und rollte die Straße hinunter. »Eine Viertelstunde von hier befindet sich ein Geschäftsviertel. Laut Computer soll es dort eine Ladenzeile, einige Fastfoodrestaurants und ein Motel geben. Ich habe Tank gesagt, er soll uns Zimmer reservieren. Du kannst ein paar Stunden schlafen und dich frisch machen. Ich würde vorschlagen, dass wir um neun Uhr an Mrs. D.s Tür klopfen und uns schlau machen über das Haus.«

»Ist mir recht.«

Die Zimmer, die Tank uns besorgt hatte, befanden sich in einem traditionellen zweigeschossigen Haus einer Hotelkette. Kein Luxus, aber auch nicht heruntergekommen. Beide Zimmer lagen im Obergeschoss. Ranger öffnete die Tür zu meinem Zimmer, drückte auf den Lichtschalter und überflog mit einem Blick den Raum. Es schien alles in Ordnung zu sein, kein Vergewaltiger lauerte in einer Ecke.

»Ich hole dich um halb neun ab«, sagte er. »Wir frühstücken erst und sagen dann den Ladys Guten Tag.«

»Ich werde da sein.«

Er zog mich an sich, brachte seinen Mund auf gleiche Höhe wie meinen und küsste mich. Es war ein langer und intensiver Kuss. Seine Hände lagen fest auf meinem Rücken.

Ich krallte mich in sein Hemd und lehnte mich gegen ihn. Ich spürte, wie sein Körper darauf reagierte.

Plötzlich hatte ich das Bild von mir im Hochzeitskleid vor Augen. »Scheiße!«, sagte ich.

»Eigentlich nicht die übliche Reaktion, wenn ich eine Frau küsse«, sagte Ranger.

»Na gut, ich will dir die Wahrheit sagen. Ich würde wirklich schrecklich gerne mit dir schlafen, aber ich habe dieses blöde Hochzeitskleid ...«

Ranger wischte mit seinen Lippen an meinem Kinn entlang bis zum Ohr. »Ich könnte dafür sorgen, dass du das Kleid vergisst.«

»Das glaube ich. Aber das würde alles nur noch komplizierter machen.«

»Du befindest dich sozusagen in einem moralischen Dilemma.«

»Du hast es erfasst.«

Wieder küsste er mich, diesmal flüchtig. Er trat einen Schritt zurück, und ein freudloses Lächeln zuckte um seine Mundwinkel. »Ich will dich in deinem moralischen Dilemma nicht unter Druck setzen, aber du kannst nur hoffen, dass du Eddie DeChooch allein zu fassen kriegst, denn wenn ich dir helfe, hole ich mir meinen Lohn ab.«

Er schloss die Tür, und ich hörte ihn ein Stück den Gang entlanggehen und sein Zimmer betreten.

Herrje!

Ich legte mich aufs Bett, die Kleider am Leib, das Licht an, die Augen weit aufgerissen. Als mein Herz aufhörte, wild in der Brust zu hämmern, und meine Brustwarzen sich entspannten, stand ich auf und spritzte mir Wasser ins Gesicht. Den Wecker stellte ich auf acht Uhr. Hurra, noch vier Stunden Schlaf. Ich schaltete das Licht aus und kroch ins Bett, konnte nicht einschlafen – zu viele Klamotten. Ich stand auf, zog mich bis auf die Unterhose aus und kroch wieder ins Bett. Nein, so konnte ich auch nicht einschlafen – nicht genug Klamotten. Ich zog das Hemd wieder an, schlüpfte unter die Decke und versank umgehend ins Land der Träume.

Als Ranger um halb neun an meine Zimmertür klopfte, war ich so startklar, wie man nur sein kann. Ich hatte geduscht und mir die beste Mühe mit den Haaren gegeben, ohne Gel wohlgemerkt. Ich schleppe jede Menge Zeug mit mir rum, aber wer hätte gedacht, dass ich Gel brauchen würde?

Ranger bestellte sich Obst, ein Vollkornbagel und Kaffee zum Frühstück, ich aß einen EggMcMuffin und Frühstückspommes und trank einen Schokoladenshake dazu. Ranger lud mich ein, deswegen gab's noch eine Disney-Actionfigur gratis dazu.

In Richmond war es wärmer als in Jersey. Manche Bäume und die ersten Azaleen blühten bereits. Der Himmel war klar und wollte noch blau werden. Der Tag war bestens geeignet, um ein paar alte Damen zu schikanieren.

Auf den Hauptstraßen herrschte reger Verkehr, der aber versiegte, sobald wir in Louies Viertel kamen. Schulbusse fuhren vor und wieder ab, und die erwachsenen Bewohner brachen zu Yogakursen, Feinkostgeschäften, Tennisvereinen, Sportstudios und zur Arbeit auf. Heute Morgen strahlte das Viertel eine belebte Atmosphäre aus: aufstehen und zur Arbeit gehen. Mit Ausnahme von Louies Haus. Louies Haus sah genauso aus, wie es um drei Uhr morgens ausgesehen hatte, finster und abweisend.

Ranger rief Tank an und wurde davon in Kenntnis gesetzt, dass Ronald um acht mit der Kühltasche von zu Hause aufgebrochen war. Tank war ihm bis nach Whitehorse gefolgt und erst dann zurückgekehrt, als er sicher sein konnte, dass Ronald tatsächlich nach Richmond unterwegs war.

»Na, was hältst du von dem Haus?«, fragte ich Ranger.

»Es sieht aus, als würde es ein Geheimnis bergen.«

Wir stiegen aus dem Auto und gingen zum Eingang. Ranger klingelte. Es dauerte nur einen kurzen Moment, und die Tür wurde von einer Frau Anfang sechzig geöffnet. Ihr braunes Haar war kurz geschnitten und rahmte ein langes schmales Gesicht ein, das von buschigen Augenbrauen beherrscht wurde. Die kleine, sehnige Figur war in Schwarz gekleidet, schwarzes Hemdblusenkleid, schwarzer Strickpullover, schwarze Halbschuhe und schwarze Strümpfe. Sie trug weder Make-up noch Schmuck, außer einem schlichten silbernen Kreuz an einer Kette um den Hals. Die Augen waren dunkel und blickten dumpf, als hätte sie seit langer Zeit nicht mehr geschlafen.

»Ja?«, sagte sie tonlos. Kein Lächeln auf ihren dünnen farblosen Lippen.

»Ich möchte zu Estelle Colucci«, sagte ich.

»Estelle ist nicht da.«

»Ihr Mann hat mir gesagt, sie sei auf Besuch hier.«

»Ihr Mann hat sich geirrt.«

Ranger trat vor, und die Frau stellte sich ihm in den Weg.

»Sind Sie Mrs. DeStefano?«, fragte Ranger.

»Ich bin Christina Gallone. Sophia DeStefanos Schwester.«

»Wir möchten gerne Mrs. DeStefano sprechen«, sagte Ranger.

»Sie empfängt keinen Besuch.«

Ranger drängte sie weiter in den Raum. »Ich glaube doch.«

»Nein!«, sagte Christina und zerrte an Ranger. »Sie fühlt sich nicht wohl. Sie müssen gehen!«

Aus der Küche trat jetzt eine Frau in den Flur. Sie war älter als Christina, aber die Ähnlichkeit war vorhanden. Sie trug das gleiche schwarze Kleid, die gleichen Schuhe und das schlichte silberne Kreuz. Sie war die Größere von beiden, das kurze braune Haar hatte graue Strähnen. Ihr Gesicht schien lebendiger als das ihrer Schwester, aber ihr Blick war leer, beängstigend, saugte Licht auf und strahlte keins aus. Mein erster Eindruck war, dass sie unter Medikamenten stand. Die zweite Möglichkeit war, dass sie verrückt war. Ich war mir ziemlich sicher, dass die Frau mit den unheimlichen Augen vor mir stand, die auf Mooner geschossen hatte.

»Was ist hier los?«, polterte sie.

»Mrs. DeStefano?«, fragte Ranger.

»Ja.«

»Wir würden uns mit Ihnen gern über das Verschwinden von zwei jungen Männern unterhalten.«

Die beiden Schwestern sahen sich an, und ich spürte ein Prickeln im Nacken. Links von mir lag das Wohnzimmer, es war dunkel und grauenhaft eingerichtet, mit repräsentativen polierten Mahagonitischen und schweren, brokatgepolsterten Sesseln. Die Vorhänge waren zugezogen, kein Sonnenstrahl drang ins Innere vor. Zu meiner Rechten befand sich ein kleines Arbeitszimmer. Die Tür war angelehnt und gab den Blick auf einen voll bepackten Schreibtisch frei. Auch in diesem Raum waren die Vorhänge zugezogen.

»Was möchten Sie gerne wissen?«, sagte Sophie.

»Die beiden Männer heißen Walter Dunphy und Douglas Kruper, und wir möchten gerne von Ihnen wissen, ob Sie die beiden gesehen haben.«

»Ich kenne die beiden nicht.«

»Douglas Kruper hat seine Kautionsvereinbarung gebrochen«, sagte Ranger. »Wir haben Grund zu der Annahme, dass er sich hier in diesem Haus befindet, und als Kautionsdetektive des Büros Vincent Plum haben wir die Erlaubnis, eine Durchsuchung durchzuführen.«

»So was kommt gar nicht in Frage. Sie verlassen umgehend das Haus, oder ich rufe die Polizei.«

»Wenn Sie sich in Anwesenheit der Polizei wohler fühlen, während wir unsere Durchsuchung machen – bitte, tun Sie sich keinen Zwang an, rufen Sie die Polizei.«

Wieder der stille Austausch von Kommunikation zwischen den beiden Schwestern. Christina zwirbelte jetzt einen Rockzipfel.

»Ich schätze es nicht, so bedrängt zu werden«, sagte Sophia. »Es ist respektlos.«

Oh là là, dachte ich. Meine Rede.

Ranger trat zur Seite und öffnete die Tür des Garderobenschranks. Er hatte die Waffe in der Hand, seitlich baumelnd.

»Lassen Sie das«, sagte Sophia. »Sie haben kein Recht, das Haus zu durchsuchen. Wissen Sie überhaupt, mit wem Sie es zu tun haben? Ist Ihnen klar, dass ich die Frau von Louie DeStefano bin?«

Ranger machte die nächste Tür auf. Damentoilette.

»Ich befehle Ihnen aufzuhören, oder Sie tragen die Konsequenzen«, sagte Sophia.

Ranger stieß die Tür zum Arbeitszimmer ganz auf und schaltete das Licht ein, behielt während der Durchsuchung des Hauses die Frauen im Auge.

Ich machte es Ranger nach, schritt durch Wohnzimmer und Esszimmer und schaltete das Licht ein. Danach kam die Küche dran. Neben der Küche, im Flur, befand sich eine verschlossene Tür. Wahrscheinlich Speisekammer oder Keller. Es widerstrebte mir nachzusehen, ich hatte keine Waffe.

Selbst wenn ich eine gehabt hätte – ich verstand nicht gut damit umzugehen.

Plötzlich ging Sophia in der Küche auf mich los. »Raus hier!«, schrie sie, packte mich am Handgelenk und zerrte mich hinaus. »Raus aus meiner Küche!« Ich befreite mich, und mit einer Bewegung, die ich nur als reptilienartig bezeichnen kann, griff sie in eine Küchenschublade und holte eine Pistole hervor. Sie drehte sich um, zielte und schoss auf Ranger. Dann wandte sie sich mir zu.

Ohne zu überlegen, aus blinder Angst, stürzte ich mich auf sie und stieß sie zu Boden. Die Waffe schlidderte weg, und ich hechtete hinterher. Ranger bekam sie zu fassen, eher als ich. Seelenruhig hob er sie auf und steckte sie in die Tasche.

Wieder auf den Beinen, wusste ich nicht, was ich machen sollte. Der Ärmel von Rangers Kaschmirjackett war blutdurchtränkt. »Soll ich Hilfe holen?«, fragte ich ihn.

Er schüttelte das Jackett ab und sah sich seinen Arm an. »Es ist nicht so schlimm«, sagte er. »Gib mir ein Handtuch, das muss fürs Erste reichen.« Er fasste nach hinten und kam mit Handschellen wieder hervor. »Bind sie zusammen.«

»Rühren Sie mich nicht an«, sagte Sophia. »Ich bringe Sie um, wenn Sie mich anrühren. Ich kratze Ihnen die Augen aus.«

Ich legte eine der Handschellen um Christinas Gelenk und zog sie rüber zu ihrer Schwester. »Geben Sie mir Ihre Hand«, sagte ich zu Sophia.

»Niemals«, sagte sie und spuckte mir ins Gesicht.

Ranger trat näher. »Halten Sie Ihre Hand hoch, oder ich erschieße Ihre Schwester.«

»Louie? Kannst du mich hören, Louie?«, rief Sophia, schaute dabei nach oben, offenbar über die Decke hinaus.

»Siehst du, was hier vorgeht? Diese Demütigung? Gott im Himmel«, jammerte sie. »Herrgott im Himmel.«

»Wo sind sie?«, fragte Ranger. »Wo sind die beiden Männer?«

»Die gehören mir«, sagte Sophia. »Die gebe ich nicht her. Erst wenn ich das kriege, was ich haben will. DeChooch, dieser Trottel, schickt seinen Hehler vor, der mir das Herz bringen soll. Selbst ist er zu faul und schämt sich. Und wissen Sie, was mir dieser kleine Stinker gebracht hat? Eine leere Tiefkühltasche. Er meinte wohl, damit käme er durch. Er und sein Freund.«

»Wo sind die beiden?«, fragte Ranger erneut.

»Sie sind da, wo sie hingehören. In der Hölle. Und da bleiben sie so lange, bis sie mir sagen, was sie mit dem Herz angestellt haben. Ich will wissen, wer das Herz hat.«

»Das Herz ist bei Ronald DeChooch«, sagte ich. »Er ist unterwegs hierher.«

Sophia sah mich misstrauisch an. »Ronald DeChooch.« Sie spuckte auf den Küchenboden. »Jetzt wissen Sie, was ich von Ronald DeChooch halte. Dass er Louies Herz hat, glaube ich erst, wenn ich mich mit eigenen Augen davon überzeugt habe.«

Offenbar hatte man ihr meine Beteiligung an der Sache verschwiegen.

»Meine Schwester müssen Sie losbinden«, bat Christina. »Sie sehen doch, dass es ihr nicht gut geht.«

»Hast du Handschellen dabei?«, fragte Ranger mich.

Ich kramte in meiner Tasche und holte die Handschellen heraus.

»Fessel sie an den Kühlschrank«, sagte Ranger, »und dann guck nach, ob du irgendwo einen Erste-Hilfe-Kasten findest.«

Wir hatten beide Erfahrung mit Schusswunden, deswegen beherrschten wir die Kunst des Verbindens routiniert. Im oberen Badezimmer entdeckte ich Verbandszeug, legte eine sterile Kompresse auf Rangers Arm und befestigte sie mit einem Mullverband und Klebestreifen.

Danach versuchte Ranger, die verschlossene Tür neben der Küche zu öffnen.

»Wo ist der Schlüssel?«, fragte er.

»Von mir aus können Sie in der Hölle schmoren«, sagte Sophia und giftete uns aus ihren Schlangenaugen an.

Ranger stemmte einmal den Fuß gegen die Tür, und diese sprang krachend auf. Vor uns lag ein Treppenabsatz, dahinter Stufen, die zum Keller führten. Es war pechschwarz. Ranger schaltete das Licht ein und stieg mit gezogener Waffe die Treppe hinunter. Es war kein vollständiges Untergeschoss, und es fanden sich die üblichen Ansammlungen von Kisten und Werkzeug sowie Gegenständen, die zu gut erhalten waren, um weggeschmissen zu werden, aber keinerlei praktischen Nutzen hatten; einige Terrassenmöbel, teilweise mit zerschlissenen Laken bedeckt. Eine Ecke des Kellers war der Heizung, die andere schmutziger Wäsche vorbehalten, und eine dritte war vom Boden bis zur Decke mit Schlackensteinen abgetrennt und bildete einen in sich geschlossenen Raum, etwa drei mal drei Meter. Die Tür war aus Metall und hatte ein Vorhängeschloss.

Ich sah Ranger an. »Luftschutzbunker? Kartoffelkeller? Vorratskeller?«

»Scheiß drauf«, sagte Ranger. Er bedeutete mir zurückzutreten und zertrümmerte mit zwei Schüssen das Schloss.

Wir zogen die Tür auf und taumelten zurück, von dem Gestank nach Angst und Exkrementen schier erschlagen. Der kleine Raum war unbeleuchtet, aber aus der gegenüberliegenden Ecke schauten uns zwei Augenpaare an. Mooner und Dougie hockten aneinander gekauert auf der Erde. Sie waren nackt und schmutzig, die Haare verfilzt, die Arme übersät mit offenen Entzündungen. Die beiden waren mit Handschellen an einen Metalltisch gekettet, der fest an der Wand montiert war, auf dem Boden lagen verstreut Wasserflaschen aus Plastik und leere Brottüten.

»Ej, Mann, ej«, sagte Mooner.

Ich spürte, wie meine Beine nachgaben und ich in die Knie ging.

Ranger zog mich mit einem Griff unter die Achsel wieder hoch. »Heb dir das für später auf«, sagte er. »Hol die Laken von den Terrassenmöbeln.«

Noch ein paar Schüsse, und Ranger hatte sie von den Fesseln befreit.

Mooner war in einer besseren Verfassung als Dougie. Dougie war länger eingesperrt gewesen. Er hatte an Gewicht verloren, und seine Arme trugen die Narben von Brandwunden.

»Ich dachte schon, ich müsste hier sterben«, sagte Dougie.

Ranger und ich sahen uns nur an. Wenn wir nicht eingegriffen hätten, wäre es sicher so weit gekommen. Sophia hätte die beiden nach der Entführung und der Folter nicht einfach so laufen lassen.

Wir hängten ihnen die Laken um und brachten sie nach oben. Ich ging in die Küche, um die Polizei zu benachrichtigen, und traute meinen Augen nicht: Am Türgriff des Kühlschranks baumelte ein Paar Handschellen. Die Tür war blutverschmiert. Die beiden Frauen waren verschwunden.

Ranger stand hinter mir. »Die muss sich die Hand abgebissen haben«, sagte er.

Ich wählte die Notrufnummer, und zehn Minuten später

fuhr ein Streifenwagen vor, gefolgt von einem zweiten Wagen und dem Notarzt.

Erst am frühen Abend konnten wir Richmond wieder verlassen. Mooner und Dougie wurden mit Flüssigkeit und Antibiotika voll gepumpt, Rangers Wunde am Arm genäht und verbunden. Viel Zeit ging uns durch die Polizei verloren. Einige Teile der Geschichte waren nicht einfach zu vermitteln. Dass ein Schweineherz von Trenton nach Richmond unterwegs war, verschwiegen wir lieber. Und Grandmas Entführung zu erwähnen hätte die Dinge nur noch verworrener gemacht.

Als wir das Krankenhaus verließen, übergab Ranger mir die Schlüssel für den Mercedes. »Keine Auffälligkeiten bitte«, sagte er. »Ich möchte nicht, dass die Polizei den Wagen allzu genau unter die Lupe nimmt.«

Dougie und Mooner, sauber gewaschen und erleichtert, endlich aus dem Kellerloch raus zu sein, hatten neue Jogginghosen und Turnschuhe an und setzten sich auf den Rücksitz.

Die Rückfahrt verlief friedlich. Dougie und Mooner schliefen sofort ein, Ranger versank in seine eigene Welt. Wenn ich wacher gewesen wäre, hätte ich mal gründlich über mein Leben nachdenken können, aber so musste ich mich stark aufs Fahren konzentrieren und mir Mühe geben, nicht auf den Autopiloten umzuschalten.

Als ich Stunden später meine Wohnungstür aufschloss, geschah das fast in der Erwartung, Ziggy und Benny dort sitzen zu sehen. Stattdessen war alles ruhig. Himmlisch ruhig. Ich schloss die Tür hinter mir ab und ließ mich aufs Sofa fallen.

Drei Stunden später wachte ich wieder auf und torkelte in die Küche. Ich steckte Rex einen Keks und eine Rosine zu und entschuldigte mich bei ihm. Ich war nicht nur eine Schlampe, die gleichzeitig zwei Männer begehrte, obendrein war ich auch noch eine schlechte Hamstermutter.

Mein Anrufbeantworter blinkte wie wild. Die meisten Nachrichten kamen von meiner Mutter, zwei von Morelli, eine von Tinas Brautmoden, mein Brautkleid sei angekommen. Eine Nachricht war von Ranger, Tank habe das Motorrad auf meinen Mieterparkplatz gestellt, und er riet mir aufzupassen – Sophia und Christina würden mir irgendwo da draußen auflauern.

Die letzte Nachricht kam von Vinnie. »Glückwunsch, dass du deine Oma gefunden hast. Und jetzt, höre ich, hast du auch Mooner und Dougie wieder gefunden. Weißt du, wer noch fehlt? Eddie DeChooch. Schon vergessen? Das ist der Kerl, den *ich* wiederhaben will. Das ist der Kerl, der mich in den Ruin treibt, wenn du ihn nicht schleunigst ins Gefängnis zurückbringst. Der Mann ist steinalt, verdammt noch mal. Er ist blind. Er kann nicht hören. Der kann nicht mal ohne fremde Hilfe pissen. Und den Kerl kriegst du nicht zu fassen. Was ist los?«

Mist. Eddie DeChooch. Den hätte ich tatsächlich ganz vergessen. Er hielt sich irgendwo in einem Haus auf, einem Haus mit einer Garage, die in einen Keller überging. Aus der Anzahl der Räume zu schließen, von denen Grandma gesprochen hatte, musste es ein ziemlich großes Haus sein. Keins, das sich in Burg befinden würde, und auch keins aus Ronalds Viertel. Was blieb da noch übrig? Nichts. Ich hatte keine Ahnung, wo ich Eddie DeChooch aufspüren sollte. Um ehrlich zu sein, hatte ich überhaupt keine Lust, Eddie DeChooch aufzuspüren.

Es war vier Uhr morgens, und ich war erschöpft. Ich schaltete das Telefon stumm, schlurfte ins Schlafzimmer, kroch unter die Decke und wachte um zwei Uhr nachmittags wieder auf.

Ich hatte einen Film in den Videorecorder eingelegt, auf meinem Schoß eine Schüssel Popcorn, da hörte ich meinen Piepser.

»Wo bist du?«, fragte Vinnie. »Ich habe bei dir zu Hause angerufen, aber es ist keiner rangegangen.«

»Ich habe mein Telefon stumm geschaltet. Ich brauche einen Tag Urlaub.«

»Dein Urlaubstag ist vorbei. Gerade habe ich den Polizeifunk abgehört«, sagte Vinnie. »Am Bahnübergang in der Deeter Street hat ein Güterzug aus Philly einen Cadillac gerammt. Ist erst vor wenigen Minuten passiert. Der Wagen ist nur noch eine einzige Knautschzone. Ich will, dass du da hinfährst, aber pronto. Wenn wir Glück haben, ist vielleicht noch etwas übrig geblieben von dem, was früher mal Eddie DeChooch hieß.«

Ich sah auf die Küchenuhr, fast sieben. Vor vierundzwanzig Stunden war ich in Richmond gewesen, hatte mich auf die Rückfahrt vorbereitet. Es war wie in einem Traum. Kaum zu glauben.

Ich schnappte mir meine Tasche und die Motorradschlüssel und stopfte mir das restliche Sandwich zwischen die Kiefer. DeChooch ist nicht mein bester Freund, aber von einem Zug überfahren zu werden, das wünschte ich ihm nun auch nicht. Andererseits würde es vieles in meinem Leben erleichtern. Ich verdrehte die Augen zum Himmel, während ich durch die Eingangshalle lief. Für so einen schlimmen Gedanken kam ich bestimmt in die Hölle.

Ich brauchte zwanzig Minuten bis zur Deeter Street. Die meisten Zufahrtsstraßen zur Unfallstelle waren von Polizei-

und Krankenwagen blockiert. Ich parkte drei Häuserblocks entfernt und ging zu Fuß weiter. Ein Absperrband der Polizei tat sich vor mir auf. Es sollte nicht so sehr den Unfallort schützen als die Gaffer zurückhalten. Ich überflog die Menge nach einem bekannten Gesicht, jemand, der mir Zutritt verschaffen konnte. Ich entdeckte Joe Juniak und Carl Costanza, die in einer Gruppe uniformierter Polizisten standen. Sie hatten auf den Notruf reagiert und waren den Gaffern einen Schritt voraus, sahen sich das Wrack an und schüttelten den Kopf.

Ich bahnte mir einen Weg durch die Menge zu Carl und Juniak und versuchte dabei nicht zu dem zerquetschten Auto hinüberzugucken, ich wollte keine abgetrennten menschlichen Körperteile herumliegen sehen.

»He«, begrüßte mich Carl. »Ich habe dich schon erwartet. Es ist ein weißer Cadillac. Besser gesagt, es war einer.«

»Ist der Wagen schon identifiziert?«

»Nein. Die Kennzeichen sind unleserlich.«

»Hat jemand im Wagen gesessen?«

»Schwer zu sagen. Die Karosserie ist nur noch knapp einen halben Meter hoch. Der Wagen hat sich überschlagen und wurde platt gedrückt. Die Feuerwehr hat ihren Infrarotscanner mitgebracht, um festzustellen, ob irgendwo im Wrack noch menschliche Körperwärme abgestrahlt wird.«

Unwillkürlich schüttelte es mich. »Ihh!«

»Ja, geht mir genauso. Ich war als Zweiter am Unfallort. Ich habe nur einen Blick auf den Cadillac geworfen, und mir sind die Eier eingefroren.«

Von der Stelle aus, wo wir standen, konnte ich nicht viel von dem Cadillac sehen, was mir jetzt, da ich das Ausmaß des Schadens kannte, durchaus recht war. Das Auto war von einem Güterzug gerammt worden, und die Lok sah nicht so aus, als hätte sie irgendwelche Schrammen abbekommen. So weit ich erkennen konnte, war sie auch nicht aus den Gleisen gesprungen.

»Hat schon jemand Mary Maggie Mason Bescheid gesagt?«, fragte ich in die Runde. »Wenn das der Wagen ist, den Eddie DeChooch gefahren hat, dann ist Mary Maggie die Besitzerin.«

»Ich möchte bezweifeln, dass jemand ihr Bescheid gesagt hat«, meinte Juniak. »Ich glaube, wir haben noch gar keinen rechten Überblick hier.«

Irgendwo in meinen Sachen musste ich die Adresse und Telefonnummer von Mary Maggie haben. Ich wühlte zwischen Kleingeld, Kaugummipapier, Nagelfeile, Pfefferminzbonbons und anderem Kleinkram, der sich regelmäßig auf dem Boden meiner Tasche ansammelt, und fand schließlich, wonach ich suchte.

Mary Maggie ging nach dem zweiten Läuten ran.

»Hier ist Stephanie Plum«, sagte ich. »Haben Sie Ihren Wagen schon zurückerhalten?«

»Nein.«

»Es gab einen Zugunfall, in den ein weißer Cadillac verwickelt ist. Ich habe mir gedacht, dass Sie vielleicht herkommen und den Wagen identifizieren wollen.«

»Wurde jemand verletzt?«

»Das lässt sich nicht sagen, dazu ist es noch zu früh. Man ist noch mit der Bergung des Wracks beschäftigt.«

Ich beschrieb ihr die Stelle und sagte, ich würde auf sie warten.

»Du sollst jetzt eine Kollegin von Mary Maggie sein, habe ich gehört«, sagte Costanza. »Wälzt ihr euch zusammen im Schlamm?«

»Ja«, sagte ich. »Ich überlege, ob ich nicht meinen Beruf wechseln soll.«

»Das solltest du dir wirklich gut überlegen. Das Snake Pit soll nämlich dichtmachen. Angeblich schreibt der Laden seit zwei Jahren rote Zahlen.«

»Das kann ich mir kaum vorstellen. Die Show war rammelvoll.«

»In solchen Läden wird der Umsatz mit dem Alkohol gemacht, aber die Gäste trinken nicht so viel. Sie kommen rein, bestellen das Gedeck, und damit hat es sich. Sie wissen genau, dass sie einen Strafzettel verpasst bekommen und möglicherweise ihren Führerschein verlieren, wenn sie zu viel trinken. Deswegen ist Pinwheel Soba ausgestiegen. Er hat einen Laden in South Beach aufgemacht, wo es viel Laufkundschaft gibt. Dave Vincent kann das alles egal sein. Er hat nur aus Jux mitgemacht. Er verdient seine Brötchen mit anderen krummen Dingern.«

»Eddie DeChoochs Investition zahlt sich also nicht aus.«

»Das weiß ich nicht. Die beiden schöpfen den Rahm ab, aber ich vermute, dass für DeChooch da nicht viel übrig bleibt.«

Tom Bell war der leitende Untersuchungsbeamte im Fall Loretta Ricci, und wie mir schien, übernahm er auch diese Sache hier. Er war einer der vielen Zivilpolizisten, die um das Auto und die Lok herumwimmelten. Er wandte sich ab und kam auf uns zu.

»Ist jemand in dem Wagen?«, fragte ich.

»Kann ich nicht sagen. Die Lokomotive strahlt eine solche Hitze ab, dass der Wärmedetektor keine verlässlichen Daten liefert. Wir müssen warten, bis sie sich abgekühlt hat, oder wir heben das Wrack von dem Gleis und öffnen es. Das kann aber lange dauern. Ein Teil steckt unter der Lokomotive. Wir warten auf das Räumungsgerät. Jedenfalls ist kein Lebender mehr in dem Wagen, das lässt sich mit Sicherheit sagen. Und um deiner nächsten Frage gleich zuvorzukommen: Das Kennzeichen haben wir auch noch nicht lesen können. Wir wissen also nicht, ob es sich um den Wagen handelt, den DeChooch gefahren hat.«

Mit Morelli befreundet zu sein zahlt sich eben manchmal aus. Mir werden gewisse Vergünstigungen eingeräumt, zum Beispiel werden manchmal meine Fragen beantwortet.

An dem Bahnübergang in der Deeter Street gibt es Schranken und ein Warnsignal. Wir standen ungefähr zweihundert Meter davon entfernt, so weit hatte der Zug das Auto vor sich hergeschoben. Der Zug war lang und erstreckte sich über die Kreuzung Deeter Street hinaus. Die Schranken waren immer noch geschlossen. Möglich, dass sie defekt waren und sich erst nach dem Unfall gesenkt hatten. Meine Vermutung war jedoch, dass der Wagen absichtlich auf den Gleisen gehalten und auf den Zug gewartet hatte, damit dieser ihn rammte.

Ich erhaschte einen Blick von Mary Maggie auf der gegenüberliegenden Straßenseite, und ich winkte ihr zu. Sie schlängelte sich zwischen den Neugierigen hindurch und trat neben mich. Von hier aus sah sie zum ersten Mal flüchtig zu dem Wagen hinüber, und sie wurde kreideweiß im Gesicht.

»Ach, du liebe Güte«, sagte sie, die Augen weit aufgerissen, der Schreck stand ihr ins Gesicht geschrieben.

Ich stellte sie Tom Bell vor und erklärte ihm, dass Mary Maggie möglicherweise die Besitzerin des Wagens sei.

»Könnten Sie uns wohl sagen, ob es sich um Ihren Wagen

handelt, wenn wir Sie näher an den Unfallort heranbringen?«, fragte Tom.

»Ist jemand in dem Wagen drin?«

»Das wissen wir nicht. Jedenfalls können wir niemanden erkennen. Möglich, dass er leer ist. Aber das lässt sich einfach noch nicht sagen.«

»Mir wird schlecht«, sagte Mary Maggie.

Jeder rührte sich. Wasser, Kohletabletten, Papiertüten wurden bereitgehalten. Es war mir ein Rätsel, woher das ganze Zeug plötzlich auftauchte. Kaum wird es einer Schlammwrestlerin übel, schon spuren die Polizisten.

Nachdem Mary Maggie sich wieder eingekriegt hatte und die Farbe in ihr Gesicht zurückgekehrt war, führte Bell sie an das Auto heran. Costanza und ich folgten ein paar Schritte hinter ihnen. Ich war nicht unbedingt scharf auf den Anblick, andererseits wollte ich auch nichts verpassen.

Ungefähr drei Meter vor dem Unfallwagen blieben wir stehen. Die Lokomotive war still, aber die Maschine strahlte eine unglaubliche Hitze aus, Bell hatte Recht. Die pure Masse der Lok schüchterte sogar im Stillstand ein.

Mary Maggie starrte auf die Überreste des Cadillacs und schwankte hin und her. »Ich glaube, es ist mein Auto«, sagte sie schließlich.

»Woran sehen Sie das?«, fragte Bell.

»Ich kann etwas von der Polsterung erkennen. Mein Onkel hatte blaue Sitzpolster einbauen lassen. Es war nicht die Standardausstattung.«

»Sonst noch etwas?«

Mary Maggie schüttelte den Kopf. »Ich glaube nicht. Ist ja nicht mehr viel übrig geblieben, was man erkennen könnte.«

Wir gingen zurück und gesellten uns wieder zu den anderen. Lastwagen rückten jetzt mit schwerem Räumgerät an und machten sich an die Arbeit. Ein Klauengreifer stand bereit, aber um den Cadillac von der Lokomotive zu trennen, wurde ein Schneidbrenner eingesetzt. Es wurde allmählich dunkel, tragbare Scheinwerfer waren aufgestellt worden, um die Szenerie auszuleuchten, was dem Ganzen etwas seltsam Filmartiges verlieh.

Ich merkte, wie jemand an meinem Ärmel zupfte, drehte mich um und sah mich Grandma Mazur gegenüber, die versuchte, auf Zehenspitzen einen besseren Blick auf den Unfallort zu erhaschen. Sie war in Begleitung von Mabel Pritchet.

»Hast du jemals so etwas gesehen?«, sagte Grandma. »Ich habe im Radio gehört, dass ein Zug einen weißen Cadillac gerammt hat, und dann habe ich Mabel überredet herzufahren. Ist das der Wagen von DeChooch?«

»Wir wissen es noch nicht mit letzter Sicherheit, aber es ist anzunehmen.«

Ich machte Grandma mit Mary Maggie bekannt.

»Sehr erfreut«, sagte Grandma. »Ich bin ein großer Wrestlingfan.« Sie sah wieder hinüber zu dem Cadillac. »Wäre traurig, wenn DeChooch da drin wäre. So ein süßer Kerl.« Grandma beugte sich vor zu Mary Maggie. »Wissen Sie schon, dass ich entführt worden bin? Mit 'ner Tüte überm Kopf und allem Drum und Dran.«

»Das muss ja schrecklich gewesen sein«, sagte Mary Maggie.

»Zuerst dachte ich, DeChooch wollte irgendwas Abartiges von mir. Er hat Probleme mit seinem Penis, müssen Sie wissen. Er kriegt ihn nicht mehr richtig hoch, hängt ihm einfach schlaff runter wie ein Toter. Aber dann stellte sich heraus, dass ich entführt werden sollte. Ist das nicht ungeheuerlich? Erst sind wir ein bisschen herumgefahren. Dann habe ich mitbekommen, dass wir in eine Garage hineingerollt sind, die ein Automatiktor hatte. Und die Garage ging über in einen ausgebauten Keller mit einigen Schlafzimmern und einem Fernsehzimmer. Und in dem Fernsehzimmer standen Sessel, die Polster hatten ein Leopardenmuster.«

»Das Haus kenne ich«, sagte Mary Maggie. »Da war ich mal zu einer Party eingeladen. Eine Küche gibt's da unten im Keller auch, stimmt's? Und auf den Tapeten in den Schlafzimmern sind tropische Vögel.«

»Genau«, sagte Grandma. »Überall diese Dschungelmotive. Chooch sagte, Elvis hätte auch so ein Dschungelzimmer gehabt.«

War das die Möglichkeit? Mary Maggie kannte DeChoochs Geheimversteck. Und das erfuhr ich erst jetzt, wo die Information mir gar nichts mehr nützte.

»Wem gehört das Haus?«, fragte ich.

»Pinwheel Soba.«

»Ich dachte, der wäre nach Florida umgezogen?«

»Ist er auch, aber das Haus hat er behalten. Er hat Verwandtschaft hier, deswegen verbringt er nur einen Teil des Jahres in Florida, den anderen hier in Trenton.«

Man hörte ein metallisches Kreischen, der Cadillac wurde von dem Güterzug abgetrennt. Gespannt schauten wir einige Minuten lang zu, während das Verdeck nach hinten aufgezogen wurde. Tom Bell stand dicht daneben. Einen Moment später drehte er sich zu uns um und formulierte mit den Lippen das Wort *leer*.

»Er ist nicht drin«, sagte ich. Wir mussten alle schlucken, Tränen der Erleichterung. Ich weiß auch nicht warum. Eddie DeChooch war kein großartiger Mensch. Aber wahrscheinlich ist kein Mensch so böse, dass er es verdient hätte, von einem Zug zu Pizzateig platt gewalzt zu werden.

Als ich wieder zu Hause war, rief ich Morelli an. »Hast du das mit DeChooch schon gehört?«

»Ja. Tom Bell hat angerufen.«

»Komisch, das Ganze. Ich glaube, DeChooch hat das Auto einfach da abgestellt, damit es überrollt wird.«

»Der Ansicht ist Tom auch.«

»Wieso sollte DeChooch so etwas machen?«

»Vielleicht weil er verrückt ist.«

Ich glaubte nicht, dass DeChooch verrückt war. Wer einen Verrückten erleben wollte, der brauchte sich nur Sophia anzusehen. DeChooch hatte Probleme, physische und psychische. Er hatte sein Leben nicht mehr im Griff. Einiges war schief gelaufen, und er hatte versucht, es in Ordnung zu bringen, aber es wurde alles nur noch schlimmer. Ich sah jetzt auch, wie alle Teile zusammenhingen, nur Loretta Ricci und der Cadillac auf den Zuggleisen passten noch nicht ins Bild.

»Immerhin ist auch etwas Gutes dabei herausgekommen«, sagte ich. »Grandma ist aufgetaucht und hat sich mit Mary Maggie unterhalten und ihr von der Entführung erzählt. Sie hat das Haus beschrieben, in das DeChooch sie verschleppt hat. Mary Maggie meinte, das könnte gut auf Pinwheel Sobas Haus passen.«

»Soba hat in Ewing gewohnt, in einer Seitenstraße der Olden Avenue. Es gibt eine Akte über ihn bei uns.«

»Das ist doch was. DeChooch habe ich auch schon mal in dem Viertel angetroffen. Ich habe immer gedacht, Ronald sei der Grund, aber vielleicht war er ja auf dem Weg zu Soba. Kannst du mir die Adresse geben?«

»Nein.«

»Nein? Wieso nicht?«

»Ich will nicht, dass du da hinfährst und rumschnüffelst. DeChooch ist unberechenbar.«

»Das gehört zu meinem Job.«

»Muss ich dir erst wieder eine Predigt über deinen Job halten?«

»Als wir uns kennen lernten, fandest du meinen Job gar nicht so schlimm.«

»Das war was anderes. Da war ja auch noch nicht vorgesehen, dass du die Mutter meiner Kinder werden sollst.«

»Ich weiß nicht einmal, ob ich überhaupt Kinder haben will.«

»Wehe«, sagte Morelli. »Lass das bloß meine Mutter oder meine Großmutter nicht hören. Die setzen einen Killer auf dich an.«

»Du willst also die Adresse wirklich nicht rausrücken?«

»Nein.«

»Dann beschaffe ich sie mir eben woanders.«

»Gut«, sagte Morelli. »Damit will ich nichts zu tun haben.«

»Verrätst du mich jetzt an Tom Bell?«

»Ja. Überlass die Sache der Polizei.«

»Das ist eine Kriegserklärung«, sagte ich zu Morelli.

»Mann«, sagte er. »Schon wieder Krieg.«

14

Ich unterbrach das Gespräch mit Morelli und besorgte mir die Adresse von Mary Maggie. Jetzt stand ich vor einem Problem: Ich hatte keinen Partner dabei. Es war Freitagabend, und Lula hatte eine Verabredung. Ranger würde bestimmt auf meine Bitte reagieren, aber nach der Schussverletzung wollte ich ihn nicht gleich wieder bedrängen. Außerdem hatte er seinen Preis, und ich bekam schon Herzrasen, wenn ich nur daran dachte. Dicht neben ihm stehend, bei funktionierender Körperchemie, begehrte ich ihn sehr. Aus der Ferne dagegen machte mir die Möglichkeit, mit Ranger zu schlafen, höllische Angst.

Wenn ich bis morgen wartete, hinkte ich der Polizei hinterher. Es blieb nur noch eine Person übrig, aber bei dem Gedanken, einen Fall mit ihr zusammen zu bearbeiten, brach mir der kalte Schweiß aus. Diese Person war Vinnie. Als Vinnie die Agentur gründete, hatte er alle Festnahmen noch selbst vorgenommen. Mit Anwachsen des Betriebs hatte er Mitarbeiter eingestellt, er selbst saß von nun an nur noch hinterm Schreibtisch. Gelegentlich macht er noch eine Festnahme, aber seine Lieblingsbeschäftigung ist es nicht. Vinnie ist ein guter Kautionsdetektiv, aber es geht das Gerücht, er sei nicht gerade der zimperlichste Kopfgeldjäger.

Ich sah auf die Uhr. Die Entscheidung musste bald fallen.

Ich wollte sie nicht so lange hinauszögern, dass ich Vinnie erst aus dem Bett scheuchen musste.

Ich holte tief Luft und wählte seine Nummer.

»Ich habe eine Spur, die uns zu DeChooch führt«, sagte ich zu Vinnie. »Ich würde ihr gerne nachgehen, aber ich habe niemanden zur Unterstützung.«

»Wir treffen uns in einer halben Stunde im Büro.«

Ich stellte das Motorrad hinterm Haus ab, neben Vinnies nachtblauem Cadillac. Im Büro brannte Licht, und die Hintertür stand offen. Als ich hereinschlenderte, schnallte sich Vinnie gerade eine Waffe ans Bein. Er trug das unvermeidliche Schwarz der Kopfgeldjäger, inklusive schusssicherer Kevlar-Weste. Ich dagegen hatte Jeans und ein olive-beiges T-Shirt an, dazu ein blaues Baumwollhemd, das ich über der Hose trug. Meine Pistole lag zu Hause in der Keksdose. Hoffentlich fragte mich Vinnie nicht, ob ich sie dabei hatte. Ich hasse die Waffe.

Er warf mir eine Weste zu, und ich schlüpfte hinein.

»Eins verstehe ich nicht«, sagte er und schaute mich dabei an, »wie gelingen dir bloß immer die Festnahmen?«

»Glück«, sagte ich.

Ich nannte ihm die Adresse und folgte ihm nach draußen zum Wagen. Noch nie war ich mit Vinnie losgezogen, es war ein komisches Gefühl. Unser Verhältnis war schon immer ein eher friedliches gewesen. Wir wussten zu viel voneinander, um je Freunde zu werden, und beiden war klar, dass der andere, in Bedrängnis geraten, dieses Wissen rücksichtslos ausnutzen würde. Ich gestehe, in Wahrheit bin ich nicht ganz so rücksichtslos wie Vinnie, aber drohen kann ich auch ganz gut. Wahrscheinlich gilt für Vinnie das Gleiche.

Sobas Haus befand sich in einem Viertel, das vermutlich

aus den Siebzigerjahren stammte. Die Grundstücke waren groß und die Bäume einige Jahre alt, die Häuser die klassischen Halbgeschösser mit Doppelgarage und eingezäunten Gärten auf der Rückseite, um Kinder und Hund einzusperren. In den meisten Häusern brannte Licht, die Erwachsenen waren wahrscheinlich vor den Fernsehgeräten eingeschlafen, und die Kinder hielten sich in ihren Zimmern auf und machten Hausaufgaben oder surften im Internet.

Vinnie glitt an Sobas Haus vorbei.

»Bist du ganz sicher, dass es hier sein soll?«, fragte er.

»Mary Maggie sagte, sie sei hier mal auf einer Party gewesen, und es passte auf die Beschreibung von Grandma.«

»Mann o Mann«, sagte Vinnie. »Ich soll also auf die bloße Vermutung einer Schlammwrestlerin in ein Haus einbrechen, nicht irgendein Haus, nein, das Haus von Pinwheel Soba.« Er umfuhr den Block zur Hälfte und stellte den Wagen ab. Wir stiegen aus und gingen zu Fuß zurück. Auf dem Bürgersteig blieben wir einen Moment stehen und horchten, ob jemand in der Nähe war.

»An den kleinen Fenstern im Erdgeschoss sind schwarze Fensterläden angebracht«, sagte ich. »Sie befinden sich auf der Außenseite, und sie sind geschlossen, genau wie Grandma beschrieben hat.«

»Also gut«, meinte Vinnie, »wenn wir reingehen, gibt es folgende Möglichkeiten: Es kann sein, dass wir das falsche Haus erwischt haben. In dem Fall sitzen wir ganz schön in der Scheiße, weil wir igendeine blöde Kleinfamilie aufgescheucht haben. Es kann aber auch sein, dass wir das richtige Haus erwischt haben und dass das Arschloch DeChooch auf uns schießt.«

»Vielen Dank für die Belehrung. Jetzt habe ich gleich ein viel besseres Gefühl.«

»Hast du einen Plan?«, wollte Vinnie wissen.

»Ja. Du schellst an der Tür und guckst, ob jemand zu Hause ist. Ich warte hier und gebe dir Schutz.«

»Ich habe eine bessere Idee. Du bückst dich, und ich zeige dir *meinen* Plan.«

»In dem Haus brennt kein Licht«, sagte ich. »Ich glaube nicht, dass jemand da ist.«

»Vielleicht schlafen sie nur.«

»Vielleicht sind sie tot.«

»Das wäre gar nicht so schlecht«, sagte Vinnie. »Tote schießen wenigstens nicht.«

Ich durchquerte den Vorgarten. »Mal sehen, ob hinten auch kein Licht brennt.«

»In Zukunft werde ich alten Männern keine Kaution mehr ausstellen. Auf alte Männer ist einfach kein Verlass. Die ticken nicht ganz normal. Die brauchen nur mal eine Portion Tabletten zu vergessen, und schon kommen sie auf die Idee, Leichen im Schuppen zu stapeln und alte Frauen zu entführen.«

»Auf der Rückseite brennt auch kein Licht«, sagte ich. »Was nun? Bist du geschickt im Einbrechen?«

Vinnie zog zwei Paar Einweghandschuhe aus Gummi aus der Tasche, und wir streiften sie über.

»Ich habe einige Erfahrung im Einbrechen«, sagte er. Er ging zum Hintereingang und probierte den Türknauf. Abgeschlossen. Er drehte sich um, sah mich an und lächelte. »Kinderspiel.«

»Kannst du das Schloss knacken?«

»Nein. Aber ich kann meine Hand durch das Loch stecken, wo früher eine Glasscheibe war.«

Ich trat dicht hinter Vinnie. Tatsächlich, eine der kleinen Butzenscheiben war aus dem Türrahmen entfernt worden.

»DeChooch hat wahrscheinlich den Hausschlüssel verloren«, sagte Vinnie.

»Ja. Wenn er ihn je gehabt hat. Ziemlich gerissen von ihm, Sobas leer stehendes Haus zu benutzen.«

Vinnie drehte von der Innenseite am Knauf, und die Tür öffnete sich. »Vorhang auf!«, flüsterte er.

Ich knipste meine Taschenlampe an. Mein Herz pochte schneller als normal, noch kein Herzrasen, aber auf jeden Fall Herzjogging.

Die obere Etage durchsuchten wir nur flüchtig mit einer kleinen Leuchte und kamen zu dem Schluss, dass DeChooch sie nicht bewohnt hatte. Die Küche war ungenutzt, der Kühlschrank abgeschaltet, und die Tür stand offen. Schlafzimmer, Wohnzimmer und Esszimmer waren unberührt, jedes Kissen an seinem Platz, die Kristallvasen auf den Tischen warteten auf Blumen. Pinwheel Soba lebte nicht schlecht.

Bei den Fensterläden außen und den schweren Vorhängen innen konnten wir unten getrost das Licht andrehen. Es war alles genauso, wie Grandma und Maggie es beschrieben hatten: Tarzanland, mit Tiger- und Zebrafellimitat-Polstermöbeln, aber dann, einigermaßen verwirrend, eine Tapete mit Vögeln, die nur in Süd- und Mittelamerika beheimatet sind.

Der Kühlschrank hier unten war geschlossen und leer, aber innen immer noch kalt. Kleiderschränke und Schubladen waren ebenfalls leer. Der Schwamm im Geschirrabtropfer, abgestellt unter der Spüle, war noch feucht.

»Wir müssen ihn gerade verpasst haben«, sagte Vinnie. »Er ist weg, und wie es aussieht, kommt er auch nicht wieder.«

Gerade als wir das Licht ausknipsen und gehen wollten, hob sich das automatische Garagentor. Wir befanden uns in dem ausgebauten Teil des Kellers. Von der Garage trennte uns ein kurzer Flur und ein Absatz, von dem aus eine Treppe nach oben führte. Die Tür zur Garage war geschlossen. Ein Lichtspalt erschien unter der Tür.

»Verdammte Scheiße!«, flüsterte Vinnie.

Die Tür zur Garage öffnete sich, und DeChoochs Umrisse hoben sich scharf gegen das Licht ab. DeChooch trat vor in den Flur, betätigte den Lichtschalter am Fuß der Treppe und sah uns mit großen Augen an. Wir standen wie gebannt da, Rehe im Scheinwerferlicht. Es dauerte einige Sekunden, dann knipste er das Licht aus und rannte die Treppe hoch. Ich dachte, er würde zur Haustür laufen, aber er ließ sie links liegen und raste zur Küche, ziemlich flott für einen alten Mann.

Vinnie und ich stürzten hinter ihm her die Treppe hoch, prallten aber bei der Dunkelheit erst einmal zusammen. Wir gelangten ans Ende der Treppe, da sah ich zu meiner Rechten Mündungsfeuer, DeChooch gab einen Schuss auf uns ab. Ich schrie auf, warf mich zu Boden und robbte rückwärts in Deckung.

»Wir sind Kautionsagenten«, rief Vinnie. »Werfen Sie die Waffe weg, DeChooch, Sie blöder Scheißkerl!«

DeChoochs Antwort war ein zweiter Schuss. Ich hörte, wie etwas zu Bruch ging, und Vinnie schimpfte noch mehr. Dann eröffnete er das Feuer.

Ich war hinterm Sofa, die Hände überm Kopf. Vinnie und DeChooch machten Übungsschießen für Blinde. Vinnie hatte eine Glock, vierzehn Schuss. Was DeChooch in Händen hielt, weiß ich nicht, aber im Vergleich zur Glock hörte es sich wie eine Maschinenpistole an. Es folgte eine Pause, dann hörte ich, wie Vinnies Magazin zu Boden fiel und ein neues einrastete. Jedenfalls dachte ich, es sei Vinnie. Schwer zu sagen, da ich immer noch hinterm Sofa kauerte.

Die Stille war noch ohrenbetäubender als der Schusswechsel. Ich streckte den Kopf hervor und blinzelte in die qualmige Finsternis. »Hallo?«

»Ich habe DeChooch aus den Augen verloren«, flüsterte Vinnie.

»Vielleicht hast du ihn getötet.«

»Ruhig! Was ist das für ein Geräusch?«

Es war das automatische Garagentor, das sich öffnete.

»Scheiße!«, schrie Vinnie. Er lief zur Treppe, rutschte in der Dunkelheit auf der ersten Stufe aus und landete kopfüber auf dem Absatz. Er rappelte sich wieder hoch, stieß die Haustür auf und zielte. Ich hörte nur quietschende Reifen, Vinnie knallte die Tür wieder zu. »Scheiße! Verdammt! Kacke! Verdammt!« Er stampfte mit den Füßen auf und stapfte dann nach oben. »Nicht zu fassen, dass der Scheißkerl entwischt ist! Hat sich an mir vorbeigeschlichen, als ich gerade nachlud. Scheiße! Scheiße! Scheiße!«

Das dreimalige Scheiße wurde mit solchem Nachdruck herausgebrüllt, dass ich schon befürchtete, seine Halsschlagader würde platzen.

Er machte Licht, und wir beide sahen uns um. Einige Lampenschirme waren zertrümmert, Wände und Decken mit Löchern übersät, Polster von Einschüssen zerfetzt.

»Du lieber Himmel«, sagte Vinnie. »Sieht ja aus wie nach einem Krieg.«

In der Ferne waren Sirenen zu hören. Polizei.

»Nichts wie weg«, sagte Vinnie.

»Halte ich nicht für ratsam, vor der Polizei davonzulaufen.«

»Vor der Polizei laufe ich nicht davon«, sagte Vinnie, zwei

Stufen auf einmal nehmend. »Ich laufe vor Pinwheel Soba davon. Es wäre ratsamer, wenn wir das hier für uns behielten.«

Das war ein Argument.

Wir huschten durch den dunkelsten Teil des Hinterhofs und kürzten über das Grundstück hinter Sobas Haus ab. Zu beiden Seiten im ganzen Block leuchteten Verandalampen auf, Hunde bellten. Vinnie und ich japsten nach Luft, sprinteten zwischen Sträuchern hindurch. Als der Wagen nur noch einen Vorgarten weit entfernt war, traten wir aus dem Schatten hervor und gingen den Rest des Wegs seelenruhig weiter. Die ganze Aufregung spielte sich auf der anderen Seite des Blocks ab, vor Sobas Haus.

»Deswegen stellt man seinen Wagen nie vor dem Haus ab, in das man einbrechen will«, sagte Vinnie.

Das sollte man sich merken.

Wir stiegen ins Auto, Vinnie ließ den Motor an, und wir fuhren davon wie zwei ehrbare, unbescholtene Bürger. Wir kamen an die Kreuzung, und Vinnie schaute an sich herunter.

»Ach, du liebe Güte«, sagte er. »Ich habe einen Ständer.«

Zwischen meinen beiden Schlafzimmervorhängen lugte die Sonne hervor, und ich überlegte gerade, ob ich aufstehen sollte oder nicht, da klopfte es an die Tür. Es verging eine Minute, bis ich meine Kleider zusammengeklaubt hatte, und das Klopfen war mittlerweile in ein Rufen übergegangen.

»He, Steph, bist du da? Wir sind's. Mooner und Dougie.«

Ich machte die Tür auf. Mit ihren grinsenden Gesichtern und ihrer trotteligen Zähigkeit erinnerten mich die beiden an Bob.

»Wir haben Doughnuts mitgebracht«, sagte Dougie und

überreichte mir eine große weiße Tüte. »Und wir müssen dir etwas sagen.«

»Ja«, sagte Mooner. »Es ist kaum zu glauben. Echt cool. Dougie und ich haben uns unterhalten, und irgendwie sind wir dabei darauf gekommen, was mit dem Herz passiert ist.«

Ich stellte die Tüte mit Doughnuts auf die Küchenablage, und wir griffen zu.

»Es war der Hund«, sagte Mooner. »Mrs. Belskis Hund Spotty hat Louies Herz gefressen.«

Ich erstarrte, den Doughnut auf halbem Weg zum Mund.

»DeChooch hatte mit Dougster ausgemacht, dass er das Herz nach Richmond bringt«, erklärte Mooner. »Aber er hatte Dougster nichts Näheres gesagt, außer, dass er die Tiefkühltasche bei Mrs. D. abliefern soll. Dougster stellte also die Tasche schon mal auf den Beifahrersitz vom Batmobil, weil er am nächsten Morgen gleich früh aufbrechen wollte. Jetzt hatten aber Huey und ich, das war so gegen Mitternacht, noch Hunger auf Cherry-Garcia-Eiskrem von Ben & Jerry's, und dafür haben wir uns das Batmobil ausgeliehen. Und weil das Batmobil nur zwei Sitze hat, habe ich die Tiefkühltasche auf der hinteren Veranda abgestellt.«

Dougie grinste breit. »Wirklich der Wahnsinn«, sagte er.

»Huey und ich haben den Wagen am nächsten Morgen ganz früh zurückgebracht, weil Huey zur Arbeit ins Shoppers Warehouse musste. Ich setzte Huey ab, und als ich den Wagen in Dougies Hof abstellte, war die Tiefkühltasche umgekippt, und Spotty kaute auf irgendwas herum. Ich habe mir nichts dabei gedacht. Spotty durchwühlt andauernd den Abfall. Ich stellte die Tasche zurück in den Wagen und bin nach Hause gegangen, weil ich noch fernsehen wollte. Ich finde Katie Couric so süß.«

»Und ich bin mit der leeren Tasche nach Richmond gefahren«, sagte Dougie.

»Spotty hat Louies Herz aufgefressen«, wiederholte ich.

»Genau«, sagte Mooner. Er aß seinen Doughnut auf und wischte sich die Hände am Hemdsärmel ab. »Wir müssen jetzt los. Gibt viel zu erledigen.«

»Danke für die Doughnuts.«

»No problemo.«

Ich stand geschlagene zehn Minuten lang in der Küche und versuchte, die neue Information zu verdauen, fragte mich, ob es irgendwas für den Lauf der Welt zu bedeuten hatte. Passieren solche Dinge, wenn man sein Karma irreparabel versaut hat? Wird das eigene Herz dann von einem Hund gefressen? Ich kam zu keinem Ergebnis, deswegen ging ich erst mal unter die Dusche, vielleicht half das ja.

Ich schloss die Wohnungstür ab und schlurfte Richtung Badezimmer. Ich kam nur bis zum Wohnzimmer, als es erneut klopfte, aber noch bevor ich an der Tür war, wurde sie mit solcher Gewalt aufgestoßen, dass die Vorlegekette erst einrastete und dann aus ihrer Fassung sprang. Dem folgte ein Gefluche, das ich als typisch für Morelli erkannte.

»Guten Morgen«, sagte ich, mit einem traurigen Blick auf die Kette, die nutzlos am Rahmen baumelte.

»Das kann man nun beim besten Willen nicht als guten Morgen bezeichnen«, fauchte Morelli. Seine Augen blickten finster und verkniffen, der Mund war schmallippig. »Du bist gestern Abend nicht zufällig in Pinwheel Sobas Haus gewesen, oder?«

»Nein«, sagte ich kopfschüttelnd. »Ich doch nicht.«

»Gut. Das habe ich mir schon gedacht … weil nämlich irgendein Idiot da war und alles verwüstet hat. Wie wild um sich geschossen hat. Wir haben sogar den Verdacht, dass zwei

Leute da die Ballerei des Jahrhunderts ausgetragen haben. Und ich weiß ja, dass du so blöd nie sein würdest.«

»Ganz genau«, sagte ich.

»Lieber Himmel, Stephanie«, brüllte er mich an, »was hast du dir dabei gedacht? Was ist in dem Haus passiert, verdammt noch mal?«

»Schon vergessen? Ich war's nicht.«

»Ach ja, richtig. Das hatte ich schon wieder vergessen. Na gut, dann frage ich dich eben, was diejenigen, die drin waren, wohl in Sobas Haus gesucht haben könnten.«

»Ich könnte mir vorstellen, dass sie DeChooch gesucht haben. Vielleicht haben sie ihn gefunden, und es ist zu einer Auseinandersetzung gekommen.«

»Und DeChooch ist geflüchtet.«

»Das wäre meine Vermutung.«

»Nur gut, dass keine Fingerabdrücke gefunden wurden, außer von DeChooch, denn sonst bekäme derjenige, der so saublöd war, in Sobas Haus rumzuballern, nicht nur Ärger mit der Polizei, er müsste auch mit Sobas Rache rechnen.«

Langsam wurde ich sauer, dass er mich immer noch so anbrüllte. »Gut«, sagte ich mit meiner postmenstrualen Stimme. »Sonst noch was?«

»Ja, noch was. Auf dem Parkplatz bin ich Dougie und Mooner begegnet. Sie haben mir gesagt, sie wären von dir und Ranger gerettet worden.«

»Na und?«

»In Richmond.«

»Na und?«

»Ranger soll verwundet worden sein.«

»Es war nur eine Fleischwunde.«

Morelli presste die Lippen zusammen. »Meine Fresse.«

»Ich hatte Angst, man würde entdecken, dass es ein

Schweineherz ist, und Mooner und Dougie würden die Rache abkriegen.«

»Sehr ehrenwert, aber beruhigen tut mich das noch lange nicht. Scheiße, ich kriege noch ein Magengeschwür. Wegen dir kippe ich flaschenweise Malox in mich rein. Das kotzt mich an. Es kotzt mich an, mir den ganzen Tag Sorgen machen zu müssen, auf was für eine haarsträubende Aktion du dich schon wieder eingelassen hast, wer jetzt schon wieder auf dich geschossen hat.«

»Das ist doch die pure Heuchelei. Du bist schließlich Polizist.«

»Auf mich wird nie geschossen. Nur wenn ich mit dir zusammen bin, muss ich befürchten, dass auf mich geschossen wird.«

»Was willst du damit sagen?«

»Damit will ich sagen, dass du dich zwischen deinem Job und mir entscheiden musst.«

»Dann will ich dir auch mal was sagen: Ich habe keine Lust, den Rest meines Lebens mit jemandem zu verbringen, der mich vor ein Ultimatum stellt.«

»Gut.«

»Gut.«

Er ging, knallte die Tür hinter sich zu. Eigentlich halte ich mich für einen ziemlich ausgeglichenen Menschen, aber das war zu viel. Ich weinte so lange, bis ich mich ganz ausgeweint hatte, danach aß ich drei Doughnuts und duschte. Ich trocknete mich ab und fühlte mich immer noch niedergeschlagen, deswegen beschloss ich, mein Haar blond zu färben. Veränderung tut gut.

»Ich möchte blondes Haar«, sagte ich zu Mr. Arnold. »Platinblond. Ich will aussehen wie Marilyn.«

»Darling«, sagte Arnold, »bei deinem Haar kannst du gar nicht aussehen wie Marilyn. Du siehst hinterher aus wie Art Garfunkel.«

»Machen Sie nur.«

In der Eingangshalle begegnete ich Mr. Morganstern. »Mein lieber Mann«, sagte er, »Sie sehen aus wie diese eine Sängerin… wie heißt die doch gleich?«

»Meinen Sie Art Garfunkel?«

»Nein. Die Sängerin mit den Brüsten wie Eistüten.«

»Madonna?«

»Ja. Genau die.«

Ich schloss die Wohnungstür auf, ging schnurstracks ins Badezimmer und sah mir meine Frisur im Spiegel an. Sie gefiel mir. Sie war anders. Klassisch, auf nuttige Art.

Auf dem Küchentresen lag seit Tagen ein Stapel Briefe, die ich nicht beachtet hatte. Ich holte mir ein Bier, um meine neue Frisur zu begießen, und kramte in der Post. Rechnungen, Rechnungen, Rechnungen. Ich sah mir meinen Kontoauszug an. Es reichte hinten und vorne nicht. Ich musste DeChooch unbedingt schnappen.

DeChooch hatte vermutlich auch Geldsorgen: Er nahm kein Lösegeld mehr ein, durch das Fiasko mit den Zigaretten war ihm ebenfalls Geld durch die Lappen gegangen, und das Snake Pit warf wenig oder gar kein Geld ab. Jetzt hatte er nicht einmal mehr ein Auto oder ein Haus zum Wohnen, genauer gesagt, er hatte den Cadillac nicht mehr. Er war ja mit irgendwas davongefahren, ich hatte nur nicht gut erkennen können, womit.

Vier Nachrichten waren auf meinem Anrufbeantworter. Aus Angst, sie wären alle von Joe, hatte ich sie nicht abgehört. Ich vermute, dass wir in Wahrheit beide nicht zur Ehe bereit sind, und statt uns diesem Thema zu stellen, fügen wir unserer Beziehung Schaden zu. Über wichtige Dinge – Kinderwunsch, unsere Arbeit – reden wir nicht. Wir nehmen beide einen Standpunkt ein und brüllen uns an.

Vielleicht ist es einfach nicht der richtige Zeitpunkt zum Heiraten. Bestimmt will ich nicht bis zum Ende meiner Tage als Kopfgeldjägerin arbeiten, aber Nur-Hausfrau will ich im Moment auch nicht sein. Und mit jemandem verheiratet sein, der mir ein Ultimatum stellt, will ich schon gar nicht.

Joe müsste sich fragen, was für eine Frau er haben will. Er ist in einer traditionsbewussten italienischen Familie aufgewachsen, mit einer Mutter, die zu Hause blieb, und einem tyrannischen Vater. Wenn er eine Frau sucht, die in dieses Schema passt, dann bin ich nicht die Richtige für ihn. Vielleicht kann ich irgendwann mal Hausfrau und Mutter spielen, aber ich werde immer versuchen, vom Garagendach zu fliegen. So bin ich eben gestrickt.

Also, bitte etwas mehr Mut, Blondie, redete ich mir zu. Hier kommt die neue und geläuterte Stephanie. Hör gefälligst deine Nachrichten auf dem Beantworter ab. Lebe angstfrei.

Ich hörte die erste Nachricht ab, sie war von meiner Mutter.

»Stephanie? Hier ist deine Mutter. Heute Abend gibt's einen leckeren Schmorbraten und zum Nachtisch Napfkuchen. Mit Streuseln. Die Mädchen essen für ihr Leben gern Napfkuchen.«

Der zweite Anruf kam von Tinas Brautmoden, man teilte mir noch mal mit, dass mein Brautkleid eingetroffen sei.

Der dritte Anruf war von Ranger, mit dem Neuesten von Sophia und Christina. Christina war in einem Krankenhaus aufgetaucht, sie hatte sich alle Knochen der Hand gebrochen, die man sich nur brechen kann. Ihre Schwester hatte die Hand mit einem Fleischklopfer zertrümmert, damit sie durch die Handschelle passte. Als sie den Schmerz nicht länger aushielt, war sie ins Krankenhaus gegangen, Sophia war noch auf der Flucht.

Die vierte Nachricht kam von Vinnie. Die Anzeige gegen Melvin Baylor war fallen gelassen worden, und Melvin hatte sich ein einfaches Ticket nach Arizona gekauft. Angeblich hat seine Exfrau Melvins Wahnsinnsattacke auf sein Auto beobachtet und Angst gekriegt. Wenn er das seinem Auto antat, was würde er dann erst seinen Mitmenschen antun? Deswegen zog sie die Anzeige zurück und willigte in eine Geldabfindung ein. Manchmal zahlt sich Wahnsinn aus.

Das waren alle Nachrichten. Keine von Morelli. Komisch, wie der weibliche Verstand funktioniert. Jetzt war ich gefrustet, weil Morelli sich nicht gemeldet hatte.

Ich sagte meiner Mutter Bescheid, ich würde zum Essen kommen. Danach rief ich Tina an, ich hätte mich entschieden, das Kleid nicht zu nehmen. Ich legte einfach auf und fühlte mich gleich um zehn Kilo leichter. Mooner und Dougie ging es so weit gut, Grandma ging es ebenfalls gut. Ich hatte blonde Haare, und ich hatte kein Hochzeitskleid gekauft. Abgesehen von meinen Problemen mit Morelli konnte mein Leben nicht besser verlaufen.

Bevor ich zu meinen Eltern aufbrach, hielt ich ein kurzes Nickerchen. Als ich aufwachte, machte meine Frisur seltsame Dinge, deswegen stellte ich mich unter die Dusche. Nachdem ich meine Haare abgetrocknet und geföhnt hatte, sah ich aus wie Art Garfunkel. Schlimmer noch, ich sah aus, als wäre mein Haar explodiert.

»Mir doch egal!«, sagte ich zu meinem Spiegelbild. »Ich bin die neue, geläuterte Stephanie.« Das war natürlich eine

Lüge, ich komme aus Jersey, und Jersey-Mädels ist so etwas ganz und gar nicht egal.

Ich zog mir eine neue schwarze Jeans an, schwarze Boots und einen kurzärmeligen gerippten roten Pullover. Als ich ins Wohnzimmer ging, hockten Benny und Ziggy auf meinem Sofa.

»Wir haben gehört, dass die Dusche lief, da wollten wir Sie nicht stören«, sagte Benny.

»Genau«, sagte Ziggy. »Außerdem sollten Sie mal Ihre Vorlegekette reparieren lassen. Da könnte ja jeder hereinspazieren.«

»Wir kommen gerade von Louies Beerdigung, und wir haben gehört, dass Sie die kleine Schwuchtel und ihren Freund gefunden haben. Wirklich schrecklich, was Sophia da gemacht hat.«

»Die war schon so verrückt drauf, als Louie noch lebte«, sagte Ziggy. »Der kehrt man ungern den Rücken zu. Die tickt nicht ganz richtig.«

»Ranger richten Sie bitte unsere besten Genesungswünsche aus. Hoffentlich ist sein Arm nicht allzu schlimm verletzt.«

»Ist Louie D. denn nun zusammen mit seinem Herz beerdigt worden?«

»Ronald hat es gleich zu dem Bestattungsunternehmer gebracht, der hat es Louie eingesetzt und ihn für immer zugenäht. Dann ist er dem Leichenwagen bis hierher nach Trenton für die Beerdigung heute gefolgt.«

»Ohne Sophia?«

»Auf dem Grab liegen Blumen von ihr, aber sie selbst war nicht bei der Feier.« Er schüttelte den Kopf. »War zu viel Polizei anwesend. Hat die Atmosphäre gestört.«

»Choochy suchen Sie wohl immer noch, oder?«, sagte

Benny. »Bei dem muss man aufpassen. Der hat eine …« Benny machte eine kreisende Bewegung mit dem Zeigefinger am Kopf, um »Schraube locker« zu demonstrieren. »Aber nicht so wie Sophia. Chooch ist im Grunde seines Herzens ein feiner Mensch.«

»Das kommt von dem Infarkt und dem Stress«, sagte Ziggy. »Stress darf man nicht unterschätzen. Rufen Sie uns an, wenn Sie Hilfe bei der Suche nach Choochy brauchen. Vielleicht lässt sich da was machen.«

Benny nickte. Ich sollte auf ihr Angebot zurückkommen.

»Ihr Haar sieht hübsch aus«, sagte Ziggy. »Sie haben sich eine Dauerwelle machen lassen, stimmt's?«

Die beiden standen auf, und Benny übergab mir eine Schachtel. »Ich habe hier etwas Erdnusskrokant für Sie. Das hat Estelle aus Virginia mitgebracht.«

»Erdnusskrokant aus Virginia kriegt man hier nicht«, sagte Ziggy.

Ich bedankte mich und brachte sie zur Tür. Nachdem ich ihnen fünf Minuten gewährt hatte, um das Haus zu verlassen, schnappte ich mir meine schwarze Lederjacke, meine Tasche und verließ die Wohnung.

Meine Mutter blickte über mich hinweg, als sie an die Haustür kam. »Wo ist Joe? Wo ist dein Auto?«

»Ich habe mein Auto gegen das Motorrad eingetauscht.«

»Gegen das Ding da am Straßenrand?«

Ich nickte zur Bestätigung.

»Sieht aus wie die Motorräder von den Hells Angels.«

»Es ist eine Harley.«

In dem Moment bemerkte sie meine Frisur. Sie riss die Augen weit auf, und die Kinnlade fiel ihr herunter. »Was hast du denn mit deinem Haar gemacht?«, flüsterte sie.

»Ich wollte mal was Neues ausprobieren.«

»Meine Güte, du siehst aus wie dieser eine Sänger.«

»Madonna?«

»Art Garfunkel.«

Ich legte Helm, Jacke und Tasche im Garderobenschrank ab und nahm meinen Platz am Esstisch ein.

»Du bist gerade rechtzeitig gekommen«, sagte Grandma. »Ach du dickes Ei! Was ist denn mit dir los? Du siehst aus wie dieser eine Sänger.«

»Ich weiß«, blaffte ich. *»Ich weiß.«*

»Wo ist Joseph?«, fragte mich meine Mutter. »Der kommt doch sonst immer samstags zum Abendessen.«

»Wir haben uns irgendwie – getrennt.«

Alle hörten auf zu essen, außer mein Vater. Mein Vater nutzte die Gelegenheit, um sich eine zweite Portion Kartoffeln aufzutun.

»Das geht nicht«, sagte meine Mutter. »Du hast doch schon ein Hochzeitskleid.«

»Das Kleid habe ich abbestellt.«

»Weiß Joseph das?«

»Ja.« Ich versuchte, so beiläufig wie möglich zu klingen, widmete mich meinem Essen und bat Valerie, mir die Bohnen zu reichen. Ich muss das hier durchstehen, dachte ich, und ich werde es durchstehen. Ich bin eine Blondine. Ich kann alles.

»Es liegt an der Frisur, oder?«, fragte meine Mutter. »Er hat die Hochzeit wegen der Frisur abgesagt.«

»Ich selbst habe die Hochzeit abgesagt, und ich will nicht darüber reden.«

Es schellte, und Valerie sprang auf. »Das ist für mich. Meine Verabredung.«

»Eine Verabredung!«, sagte meine Mutter. »Das ist ja wunderbar! Du bist erst seit ein paar Tagen hier und hast schon eine Verabredung.«

Im Geist verdrehte ich die Augen. Meine Schwester ist ahnungslos. Das kommt dabei heraus, wenn man als braves Mädchen aufwächst. Nie lernt man den Wert von Lüge und Täuschung zu schätzen. Ich habe die Jungs, mit denen ich verabredet war, *nie* mit zu uns nach Hause genommen. Mit Jungs verabredete man sich im Einkaufszentrum, damit die Eltern keinen Schlaganfall bekamen, wenn der neue Freund mit Tattoos und gepiercter Zunge zu Hause erschien. Oder wenn es sich, wie in diesem Fall, um eine Lesbe handelte.

»Das ist Janeane«, stellte uns Valerie eine kleine, schwarzhaarige Frau vor. »Ich habe sie bei dem Vorstellungsgespräch in der Bank kennen gelernt. Den Job habe ich nicht gekriegt, aber Janeane hat mich gefragt, ob ich mit ihr ausgehe.«

»Das ist ja eine Frau«, stellte meine Mutter fest.

»Ja, wir sind lesbisch!«, sagte Valerie.

Rumms! Meine Mutter fiel in Ohnmacht. Platt auf den Boden.

Alle sprangen auf und liefen zu ihr.

Sie machte die Augen auf, aber eine halbe Minute lang bewegte sie keinen Muskel. Dann schrie sie: »Eine Lesbe! Heilige Maria! Frank, deine Tochter ist lesbisch!«

Mein Vater sah Valerie blinzelnd an. »Hast du da eine von meinen Krawatten umgebunden?«

»Du hast vielleicht Nerven«, schimpfte meine Mutter, die immer noch rücklings auf dem Boden lag. »Die ganzen Jahre über, in denen du normal und mit einem Mann verheiratet warst, hast du in Kalifornien gelebt. Und kaum bist du hier, wirst du lesbisch. Reicht es nicht, wenn deine Schwester auf andere Menschen schießt? Was habe ich bloß für eine Familie!«

»Ich schieße so gut wie nie auf andere Menschen«, sagte ich.

»Ich möchte wetten, dass man als Lesbe einige Vorteile hat«, konstatierte Grandma. »Wenn man eine Lesbe heiratet, ist man wenigstens die Sorge los, jemand könnte den Klodeckel aufgeklappt lassen.«

Ich fasste meine Mutter unter einen Arm, Valerie fasste sie unter den anderen, und gemeinsam stellten wir sie auf die Beine.

»Siehst du«, plapperte Valerie vergnügt. »Geht's dir schon besser?«

»Besser?«, sagte meine Mutter. »Besser?«

»Wir müssen jetzt los«, sagte Valerie und verzog sich in den Flur. »Ihr braucht nicht auf mich zu warten. Ich habe einen Hausschlüssel.«

Meine Mutter entschuldigte sich, spazierte in die Küche und warf einen Teller zu Boden.

»Ich habe noch nie erlebt, dass sie Geschirr auf den Boden schmeißt«, sagte ich zu Grandma.

»Die Messer schließe ich heute Abend lieber ein«, sagte Grandma. »Zur Sicherheit.«

Ich folgte meiner Mutter in die Küche und half ihr beim Scherbenauflesen.

»Ist mir aus der Hand gerutscht«, entschuldigte sich meine Mutter.

»Habe ich mir fast gedacht.«

Im Haus meiner Eltern scheint sich nie irgendwas zu verändern. Die Küche sieht immer noch so aus wie früher, als ich noch ein kleines Mädchen war. Ab und zu werden die Wände gestrichen, die Gardinen ausgewechselt. Vergangenes Jahr wurde ein neuer Linoleumboden verlegt. Haushaltsgeräte werden weggeworfen, wenn sie nicht mehr zu reparieren sind. Das ist auch schon das ganze Ausmaß der Küchenrenovierungen. Die Kartoffeln werden von meiner Mutter seit fünfunddreißig Jahren in demselben Topf gekocht. Die Gerüche sind auch die gleichen: Kohl, Apfelsoße, Schokoladenpudding, Schmorbraten. Auch die Rituale sind die gleichen. Zum Mittagessen wird sich an den kleinen Tisch in der Küche gesetzt.

An diesem Küchentisch, unter den wachsamen Augen meiner Mutter, haben Valerie und ich unsere Schulaufgaben gemacht. Und jetzt, vermute ich, leisten Angie und Mary Alice meiner Mutter in der Küche Gesellschaft.

Es ist gar nicht so einfach, sich erwachsen zu fühlen, wenn sich in der Küche der Mutter nichts verändert. Es ist, als würde die Zeit stillstehen. Ich komme in die Küche, und noch immer will ich mein Sandwich in Dreiecke geschnitten haben.

»Hast du das Leben nicht manchmal satt?«, fragte ich meine Mutter. »Ich meine, hat es je einen Zeitpunkt gegeben, an dem du gerne etwas Neues angefangen hättest?«

»Meinst du, ins Auto steigen und so lange fahren, bis man an den Pazifischen Ozean kommt? Oder eine Abrissbirne gegen diese Küche schwingen? Oder sich von deinem Vater scheiden lassen und Tom Jones heiraten? Nein. Über solche Dinge denke ich nie nach.« Sie hob den Deckel von der Kuchenplatte und sah sich ihre Napfkuchen an. Halb schokoladenbraun mit weißem Zuckerguss, halb sandfarben mit Schokoladenguss und auf der beigen Seite bunte Streusel. Sie murmelte irgendwas, was sich anhörte wie »Scheiß-Napfkuchen«.

»Was?«, fragte ich nach. »Ich habe dich nicht verstanden.«

»Ich habe nichts gesagt. Geh rein und setz dich hin.«

»Ob du mich heute Abend wohl mit dem Auto zum Beerdigungsinstitut bringen könntest?«, sagte Grandma zu mir. »Rusty Kuharchek wird bei Stiva aufgebahrt. Mit Rusty bin ich zusammen zur Schule gegangen. Das wird bestimmt eine sehr schöne Totenfeier.«

Ich hatte ohnehin nichts Besonderes vor. »Klar«, sagte ich, »mache ich. Du musst nur eine Hose anziehen. Ich fahre mit der Harley.«

»Eine Harley? Seit wann hast du denn eine Harley?«, wollte Grandma wissen.

»Ich hatte Ärger mit meinem Wagen, deswegen hat Vinnie mir ein Motorrad geliehen.«

»Du wirst deine Großmutter *nicht* auf der Harley mitnehmen«, sagte meine Mutter. »Sie fällt runter und bricht sich alle Knochen.«

Mein Vater hielt wohlweislich den Mund.

»Das wird schon gehen«, sagte ich. »Ich habe einen zweiten Helm dabei.«

»Du trägst die Verantwortung«, sagte meine Mutter. »Wenn etwas passiert, dann musst *du* sie auch später im Pflegeheim besuchen.«

»Vielleicht sollte ich mir lieber selbst ein Motorrad zulegen«, sagte Grandma. »Darf man auch kein Motorrad mehr fahren, wenn einem der Führerschein entzogen wurde?«

»Nein!«, kam es wie aus einem Mund. Keiner in der Familie wollte Grandma wieder auf den Straßenverkehr loslassen.

Mary Alice hatte aufgegessen, mit dem Gesicht über den Teller gebeugt, weil Pferde nicht mit Messer und Gabel essen. Als sie den Kopf hob, war ihr Mund mit Kartoffelpüree und Soße verschmiert. »Was ist eine Lesbe?«, fragte sie.

Wir erstarrten.

»Das sind Mädchen, die Freundinnen haben statt Freunde«, sagte Grandma.

Angie nahm ihre Milch. »Homosexualität soll das Resultat einer Chromosomenaberration sein.«

»Das hätte ich als Nächstes gesagt«, meinte Grandma.

»Und wie ist das bei Pferden?«, fragte Mary Alice. »Gibt es lesbische Pferde?«

Wir sahen uns an. Darauf hatten wir keine Antwort.

Ich stand von meinem Platz auf. »Wer will Napfkuchen?«

15

Meistens machte sich Grandma für die Aufbahrungen im Beerdigungsinstitut Stiva extra fein. Sie hat eine Vorliebe für schwarze Lackpumps und weite, faltenreiche Röcke für den Fall, dass knackige Kerle unter den Gästen sind. Als Zugeständnis an das Motorrad trug sie diesmal eine Hose und Sportschuhe.

»Ich brauche unbedingt passende Motorradkleidung«, sagte sie. »Heute kommt meine Rente, da werde ich morgen gleich als Erstes welche kaufen, jetzt, wo ich weiß, dass du eine Harley hast.«

Ich bestieg das Motorrad, und mein Vater half Grandma auf den Beifahrersitz hinter mir. Ich steckte den Schlüssel in den Anlasser, brachte den Motor auf Touren, und der Auspuff röhrte.

»Alles klar?«, rief ich Grandma zu.

»Alles klar!«, rief sie zurück.

Ich fuhr auf der Roosevelt Street bis zur Hamilton Avenue, und schon kurze Zeit später rollten wir bei Stiva auf den Parkplatz.

Ich half Grandma beim Absteigen und nahm ihr den Helm ab. Sie trat einen Schritt zurück und glättete ihre Kleidung. »Jetzt weiß ich, warum die Leute so auf Harleys abfahren«, sagte sie. »Die rütteln einen ordentlich wach *untenrum*, findest du nicht?«

Rusty Kuharchek war in »Schlummerraum« Nummer drei aufgebahrt, was darauf hindeutete, dass sich seine Angehörigen bei der Auswahl des Sarges mit der Billigvariante zufrieden gegeben hatten. Die Personen, die durch ein schreckliches Unglück zu Tode gekommen waren, und diejenigen mit den teuersten handgeschnitzten, bleiverlöteten, für die Ewigkeit geschaffenen Behältnissen bekamen »Schlummerraum« Nummer eins zugewiesen.

Ich ließ Grandma mit Rusty allein und sagte ihr, ich würde sie in einer Stunde an dem Tisch mit den Plätzchen abholen.

Es war ein schöner Abend, und ich wollte mir die Beine vertreten. Ich schlenderte die Hamilton hinunter und bog nach Burg ab. Noch war es nicht ganz dunkel. In vier Wochen würden die Menschen zu dieser Tageszeit draußen auf ihrer Veranda sitzen. Ich redete mir ein, ich wollte nur spazieren gehen, mich entspannen, vielleicht ein wenig nachdenken. Ehe ich mich's versah, stand ich vor Eddie DeChoochs Haus, und ich war alles andere als entspannt. Genervt war ich, weil ich DeChooch immer noch nicht festgenommen hatte.

Die Haushälfte von DeChooch sah total verlassen aus; aus der anderen Hälfte, der von den Marguchis, tönte brüllend laut der Fernseher. Ich marschierte auf die Haustür zu und klopfte.

»Na, so eine Überraschung«, sagte Mrs. Marguchi. »Ich habe mich schon gefragt, wie es Ihnen mit DeChooch ergangen ist.«

»Er läuft immer noch frei herum«, sagte ich.

»Ts, ts«, machte Angela. »Das ist ein ganz gerissener Bursche.«

»Haben Sie ihn in letzter Zeit gesehen? Haben Sie irgendwas nebenan rumoren hören?«

»Wie vom Erdboden verschluckt, der Mann. Nicht mal sein Telefon habe ich in letzter Zeit läuten hören.«

»Ich sehe mich mal ein bisschen um.«

Ich ging einmal ums Haus, schaute in die Garage, blieb vor dem Schuppen stehen. Ich hatte DeChoochs Hausschlüssel dabei, und ich schloss auf. Kein Anzeichen, dass DeChooch da gewesen war. Auf dem Küchentresen lag hingefächert ein Stapel ungeöffneter Briefe.

Zum zweiten Mal klopfte ich an Angelas Tür. »Holen Sie DeChoochs Post rein?«

»Ja. Ich bringe jeden Tag die Post rein und schaue nach, ob sonst alles in Ordnung ist. Was soll ich machen? Ich dachte erst, Ronald wäre mal vorbeigekommen, um die Post reinzuholen, aber den habe ich hier noch nicht gesehen.«

Wieder zurück im Beerdigungsinstitut, fand ich Grandma wie erwartet neben dem Tisch mit den Plätzchen, in ein Gespräch mit Mooner und Dougie vertieft.

»Ej, Mann, ej«, sagte Mooner.

»Habt ihr euch hier mit jemandem verabredet?«, fragte ich.

»Negativ. Wir sind nur wegen der Plätzchen gekommen.«

»Die Stunde ist wie im Flug vergangen«, sagte Grandma. »Es sind viele Leute da, mit denen ich noch nicht gesprochen habe. Hast du es eilig?«, fragte sie mich.

»Wir können Sie nach Hause bringen«, bot Dougie Grandma an. »Wir gehen nie vor neun Uhr, weil Stiva erst dann die Plätzchen mit der Schokoladenfüllung auslegt.«

Ich war hin und her gerissen. Eigentlich wollte ich nicht mehr bleiben, andererseits war ich mir unsicher, ob ich Dougie und Mooner Grandma anvertrauen konnte.

Ich nahm Dougie beiseite. »Ich will nicht, dass ihr was raucht.«

»Kein Pot, versprochen«, sagte Dougie.

»Ich will auch nicht, dass ihr mit Grandma in Stripperlokale geht.«

»Kein Stripperlokal, versprochen.«

»Ich will nicht, dass sie in irgendwelche Entführungsgeschichten verwickelt wird.«

»Mann, ej, ich bin geheilt«, sagte Dougie.

»Na gut«, sagte ich. »Ich verlasse mich auf euch.«

Um zehn Uhr rief meine Mutter an.

»Wo ist deine Großmutter?«, fragte sie. »Und warum bist du nicht bei ihr?«

»Freunde von mir wollten sie nach Hause bringen.«

»Was für Freunde? Hast du deine Großmutter schon wieder verloren?«

Mist. »Ich melde mich wieder.«

Ich legte auf, und der nächste Anruf kam. Es war Grandma.

»Ich habe ihn!«, sagte sie.

»Wen?«

»Eddie DeChooch. Im Bestattungsinstitut hatte ich plötzlich einen Einfall, und ich wusste, wo sich DeChooch heute Abend aufhält.«

»Wo?«

»Er holt seine Rente ab. In Burg kriegen alle ihre Rente am selben Tag, und heute ist es wieder so weit. Ich habe mir gedacht, er wird warten, bis es dunkel ist, und dann fährt er los und holt sich seine Rente ab. Und genauso war's.«

»Wo steckt er jetzt?«

»Das ist etwas kompliziert. Er ist ins Haus gegangen, um seine Post abzuholen, und als wir versucht haben, ihn festzunehmen, zog er eine Pistole, da haben wir Angst gekriegt und sind weggelaufen. Mooner hat es nicht so schnell geschafft, und jetzt hält DeChooch ihn fest.«

Ich knallte den Kopf gegen den Küchentresen. Am liebsten hätte ich so weitergemacht, den Kopf immerzu aufgeschlagen. *Bumm. Bumm. Bumm.* Auf den Küchentresen.

»Hast du die Polizei gerufen?«, fragte ich.

»Das wäre vielleicht nicht vernünftig, haben wir uns gedacht, weil Mooner möglicherweise eine verbotene Substanz bei sich hat. Dougie sprach von irgendeinem Päckchen in Mooners Schuh.«

Großartig. »Ich komme sofort«, sagte ich. »Unternehmt *nichts*, bevor ich nicht da bin.«

Ich schnappte mir meine Tasche, lief durch den Flur, die Treppe hinunter, durch die Eingangstür nach draußen und sprang aufs Motorrad. In Angela Marguchis Einfahrt kam ich zum Stehen und sah mich nach Grandma um. Ich entdeckte sie und Dougie, geduckt hinter einem Auto auf der anderen Straßenseite. Sie trugen Superman-Anzüge und hatten Badetücher um die Schultern geschlungen, das sollte das Cape sein.

»Gibt dem Anzug eine gewisse Note, das Badetuch«, sagte ich.

»Wir kämpfen gegen das Verbrechen«, stellte Grandma klar.

»Sind die beiden immer noch im Haus von DeChooch?«, fragte ich.

»Ja. Ich habe über Dougies Handy mit DeChooch gesprochen«, sagte Grandma. »Er sagt, er würde Mooner nur freilassen, wenn ich ihm einen Hubschrauber besorge und in Newark ein Flugzeug bereitstünde, das ihn nach Südamerika bringt. Ich glaube, er hat was getrunken.«

Ich wählte seine Nummer auf meinem Handy.

»Ich möchte mit Ihnen reden«, sagte ich.

»Ich rede erst mit Ihnen, wenn ich einen Hubschrauber kriege.«

»Mit Mooner als Geisel kriegen Sie niemals einen Hubschrauber. Wenn Sie Mooner erschießen, kümmert es keinen. Lassen Sie ihn laufen und nehmen Sie mich an seiner Stelle. Mich kann man besser als Geisel gegen einen Hubschrauber austauschen.«

»Okay«, sagte DeChooch. »Das ergibt Sinn.«

Als ob irgendwas hier Sinn ergäbe.

Mooner, im Superman-Anzug und mit Badetuch um den Rücken, kam aus dem Haus. DeChooch hielt so lange eine Pistole an seinen Kopf, bis ich die Veranda betrat.

»Das ist mir jetzt aber echt peinlich«, sagte Mooner. »Wie sieht das denn aus, sich als Superheld im Kampf gegen das Verbrechen von so einem alten Kerl reinlegen zu lassen.« Er sah DeChooch an. »Nichts für ungut, Mann.«

»Bring Grandma nach Hause«, sagte ich zu Mooner. »Meine Mutter macht sich Sorgen um sie.«

»Meinst du jetzt sofort?«

»Ja. Jetzt sofort.«

Grandma war immer noch auf der gegenüberliegenden Straßenseite, und weil ich nicht zu ihr herüberbrüllen wollte, rief ich sie übers Handy an. »Ich regle die Sache mit Eddie«, sagte ich. »Du, Mooner und Dougie, ihr geht besser nach Hause.«

»Das halte ich für keine sonderlich gute Idee«, sagte Grandma. »Ich bleibe besser da.«

»Danke für das Angebot, aber es ist leichter, wenn ich alleine vorgehe.«

»Soll ich die Polizei rufen?«

Ich musterte DeChooch. Er sah keineswegs verrückt oder

wütend aus, nur übermüdet. Gäbe ich jetzt der Polizei Bescheid, würde er sich vielleicht in die Defensive gedrängt fühlen und eine Dummheit begehen, mich zum Beispiel erschießen. Wenn wir die nötige Ruhe fänden, ließe er sich vielleicht dazu überreden, freiwillig mitzukommen. »Negativ«, sagte ich nur.

Ich legte auf, DeChooch und ich blieben auf der Veranda stehen, Grandma, Mooner und Dougie gingen.

»Ruft sie jetzt die Polizei?«, fragte DeChooch.

»Nein.«

»Glauben Sie, Sie könnten allein mit mir fertig werden?«

»Ich will nicht, dass irgendjemand verletzt wird. Mich eingeschlossen.« Ich folgte ihm ins Haus. »Sie erwarten doch nicht im Ernst, dass ich Ihnen einen Hubschrauber besorge, oder?«

Er machte eine angewiderte Handbewegung und schlurfte in die Küche. »Das habe ich nur gesagt, um Edna zu beeindrucken. Irgendwas musste ich ja sagen. Sie hält mich für einen flüchtigen Topgangster.« Er machte den Kühlschrank auf. »Nichts zu essen da. Als meine Frau noch lebte, hatten wir immer was zu essen im Haus.«

Ich füllte Wasser in die Kaffeemaschine und löffelte Kaffeepulver in den Filter. Dann suchte ich in den Regalen und fand eine Schachtel mit Keksen. Ich legte einige Kekse auf einen Teller, stellte ihn auf den Küchentisch und setzte mich neben Eddie DeChooch.

»Sie sehen müde aus«, sagte ich.

Er nickte mit dem Kopf. Ja. »Gestern Abend wusste ich nicht, wo ich schlafen sollte. Und heute Abend wollte ich meine Rente abholen und mir irgendwo ein Hotelzimmer nehmen, aber dann tauchten Edna und die beiden Witzbolde auf. Mir gelingt aber auch gar nichts mehr.« Er nahm sich ein Plätzchen. »Nicht mal einen guten Selbstmord krieg ich hin. Scheißprostata. Ich habe mich mit dem Cadillac quer auf die Gleise gestellt. Dann bin ich sitzen geblieben und habe auf den Tod gewartet. Und was passiert? Ich muss pinkeln. Ständig muss ich pinkeln. Ich stehe also auf und gehe zu einem Strauch, um mein Wasser abzuschlagen, und in dem Moment kommt der Zug. Ausgerechnet! Jedenfalls wusste ich nicht, was ich machen sollte, und ich habe mich verdrückt. Bin wie ein Feigling weggelaufen.«

»Es war ein unglaublicher Zusammenstoß.«

»Ja, ich habe es gesehen. Mann o Mann, der Zug muss den Cadillac hunderte von Metern vor sich hergeschoben haben.«

»Wo haben Sie den neuen Wagen her?«

»Kurzgeschlossen.«

»Ein paar Dinge können Sie also doch noch.«

»Die einzigen Gliedmaßen an meinem Körper, die noch funktionieren, sind meine Finger. Ich kann nicht sehen. Ich kann nicht hören. Ich kann nicht pinkeln.«

»So was lässt sich beheben.«

Er spielte mit dem Plätzchen. »Es gibt Dinge, die lassen sich nicht beheben.«

»Das hat mir Grandma erzählt.«

Er schaute irritiert auf. »Das hat sie Ihnen erzählt? Meine Güte. Ihr Frauen könnt einfach euer Maul nicht halten.«

Ich schenkte zwei Tassen Kaffee ein und reichte DeChooch eine. »Waren Sie deswegen schon mal bei einem Arzt?«

»Mit Ärzten rede ich nicht. Bevor man sich's versieht, schnippeln sie schon an einem rum und schwatzen einem ein Implantat auf. Ich will so ein blödes Penisimplantat nicht.« Er schüttelte den Kopf. »Dass ich mit Ihnen darüber rede – ich fasse es nicht. Wieso rede ich mit Ihnen darüber?«

Ich lächelte ihn an. »Mit mir kann man über alles reden.« Außerdem hatte er hundertprozentig was intus. DeChooch konnte ordentlich was vertragen. »Wo wir schon mal so nett beisammensitzen, könnten Sie mir doch auch von Loretta Ricci erzählen.«

»Meine Fresse, das war eine heiße Nummer. Sie lieferte das Essen auf Rädern aus und ist über mich hergefallen. Ich habe ihr gesagt, ich würde dazu nicht mehr taugen, aber sie wollte nicht auf mich hören. Sie sagte, sie könnte noch jeden dazu bringen … na, Sie wissen schon … es zu treiben. Da habe ich mir gedacht, was soll's, was habe ich schon groß zu verlieren? Stimmt doch, oder? Und schon fummelt sie unten an mir rum, und tatsächlich, sie hat Glück, es bewegt sich was. Und gerade als ich denke, jetzt geht's los, da kippt sie um und stirbt. Wahrscheinlich Herzinfarkt, von der schweren Arbeit. Ich habe versucht, sie wieder zu beleben, aber sie war mausetot. Ich war so stinksauer, dass ich sie erschossen habe.«

»Sie sollten sich mal eine Wutbewältigungsstrategie überlegen«, sagte ich.

»Ja, das haben mir andere auch schon geraten.«

»Man hat gar kein Blut gefunden. Keine Schusswunden.«

»Sehe ich vielleicht aus wie ein Amateur?« Sein Gesicht bekam Falten, und eine Träne rollte ihm die Wange hinunter. »Ich bin wirklich deprimiert«, sagte er.

»Wetten, dass ich Sie aufheitern kann?«

Er sah mich ungläubig an.

»Es geht um Louies Herz.«

»Was ist damit?«

»Es war nicht sein Herz.«

»Wollen Sie mich verarschen?«

»Ich schwör's Ihnen.«

»Wessen Herz war es dann?«

»Es war ein Schweineherz. Ich habe es bei einem Metzger gekauft.«

DeChooch lächelte. »Man hat Louie D. also mit einem Schweineherz in der Brust beerdigt?«

Ich nickte mit dem Kopf.

Er fing an in sich hineinzulachen. »Wo ist denn Louies richtiges Herz geblieben?«

»Das hat ein Hund gefressen.«

Jetzt lachte DeChooch schallend. Er lachte, bis er einen Hustenanfall bekam. Als er sich wieder in der Gewalt hatte und das Husten und Lachen aufhörte, sah er an sich herab. »Herrgott noch mal! Ich habe eine Erektion.«

Männer kriegen in den unmöglichsten Momenten Erektionen.

»Sehen Sie doch nur«, sagte er. »*Sehen Sie sich das an!* Wunderschön! Steif wie ein Brett.«

Ich sah sie mir an. Es war eine ziemlich standhafte Erektion.

»Na, so was!«, sagte ich. »Wer hätte das gedacht.«

DeChooch strahlte. »Dann kann ich ja wohl doch noch nicht so alt sein.«

Er kommt ins Gefängnis. Er kann nicht sehen, nicht hören, und kein Gang aufs Klo geht unter einer Viertelstunde ab. Aber er hat eine Erektion, und alle anderen Probleme sind nichts dagegen. Das nächste Mal komme ich als Mann auf die Welt. Die Prioritäten sind klar definiert. Das Leben kann so einfach sein.

DeChoochs Kühlschrank fiel mir auf. »Haben Sie zufällig einen Schmorbraten aus Dougies Tiefkühlfach mitgehen lassen?«

»Ja. Zuerst dachte ich, es sei das Herz. Es war in Plastikfolie eingeschweißt, und in der Küche gab es kein Licht. Dann habe ich gemerkt, dass es zu groß für ein Herz war, und als ich es mir noch genauer anschaute, sah ich, dass es ein Schmorbraten war. Das fällt sowieso nicht auf, wenn ich es mitnehme, habe ich mir gedacht, und es wäre doch ganz lecker, so ein Schmorbraten. Aber ich bin nie dazu gekommen, ihn zuzubereiten.«

»Ich schneide das Thema nur ungern an«, sagte ich zu DeChooch, »aber Sie sollten mir die Möglichkeit geben, Sie dem Gericht zuzuführen.«

»Das kann ich nicht«, sagte DeChooch. »Überlegen Sie doch. Wie würde das aussehen? Eddie DeChooch, von einem Mädchen vorgeführt.«

»Kommt alle naselang vor.«

»In meiner Branche nicht. Das würde ich nicht überleben. Ich hätte meine Ehre verloren. Ich bin ein Mann. Ich müsste dem Gericht von einem harten Kerl zugeführt werden, von so einem wie Ranger.«

»Nein. Nicht von Ranger. Der steht nicht zur Verfügung. Dem geht es im Moment nicht so gut.«

»Ich möchte es aber. Ich will Ranger. Ohne Ranger lasse ich mich nicht festnehmen.«

»Bevor Sie Ihre Erektion hatten, fand ich Sie netter.«

DeChooch lächelte. »Tja, Schätzchen, ich sitze wieder fest im Sattel.«

»Und wenn Sie sich selbst bei Gericht melden?«

»Männer wie ich tun so etwas nicht. Vielleicht die Jungen heute. Aber in meiner Generation hält man sich noch an Regeln. Wir haben einen Ehrenkodex.« Vor ihm, auf dem Tisch, lag eine Waffe. Er nahm sie zur Hand und drehte die Trommel. »Wollen Sie für meinen Selbstmord verantwortlich sein?«

Ach, du liebe Güte!

Im Wohnzimmer brannte eine Tischlampe, und in der Küche war das Deckenlicht angeschaltet. Im übrigen Haus war es dunkel. DeChooch saß mit dem Rücken zu einem Türdurchgang, der zum dunklen Esszimmer führte. Wie ein Geist aus einer grauenvollen Vergangenheit, begleitet von einem leisen Rascheln der Kleidung, tauchte plötzlich Sophia im Türrahmen auf. Sie blieb einen Moment stehen, schaukelte leicht hin und her, und ich dachte schon, es sei nur eine Erscheinung, ein Produkt meiner hyperaktiven Fantasie. Sie hielt eine Waffe in der Hand, in Höhe der Taille. Sie starrte mich unverwandt an, zielte, und bevor ich reagieren konnte, drückte sie ab. *Peng!*

DeChooch flog die Waffe aus der Hand, seitlich aus seinem Kopf spritzte Blut, und er sackte zu Boden.

Jemand kreischte. Ich glaube, das war ich.

Sophia lachte leise, die Pupillen auf Stecknadelkopfgröße geschrumpft. »Hab Sie beide ganz schön erschreckt, was? Durchs Fenster habe ich Sie beobachtet, Sie und DeChooch, beim Plaudern und Keksefuttern.«

Ich schwieg. Wenn ich den Mund aufmachte, so meine Befürchtung, würde ich stottern oder sabbern oder nur debile gutturale Laute von mir geben.

»Heute haben sie Louie unter die Erde gebracht«, sagte Sophia. »Und wegen Ihnen konnte ich nicht an seinem Grab stehen. Sie haben alles kaputtgemacht. Sie und DeChooch. Er hat damit angefangen, und er wird dafür bezahlen. Ich konnte mich nicht um ihn kümmern, solange ich das Herz nicht hatte, aber jetzt ist es so weit. Auge um Auge.« Wieder lachte sie leise. »Und Sie, meine Schöne, werden mir dabei helfen. Wenn Sie Ihre Arbeit gut machen, lasse ich Sie vielleicht sogar laufen. Gefällt Ihnen mein Angebot?«

Womöglich habe ich genickt, ich weiß es nicht genau. Niemals würde sie mich laufen lassen. Das war uns beiden klar.

»Auge um Auge«, sagte Sophia. »Das Wort Gottes.«

Mir drehte sich der Magen um.

Sie lachte. »Ich kann an Ihrer Miene ablesen, dass Sie genau wissen, was getan werden muss. Es ist die einzige Möglichkeit. Wenn wir es nicht tun, werden wir für immer und ewig verdammt sein, für immer und ewig Schande mit uns herumtragen.«

»Sie brauchen einen Arzt«, flüsterte ich. »Sie standen unter großem Stress in letzter Zeit. Sie können nicht mehr klar denken.«

»Was wissen Sie schon, was klar denken bedeutet. Reden Sie mit Gott? Werden Sie von seinen Worten gelenkt?«

Ich starrte sie an, spürte deutlich meinen Puls an der Halsschlagader und an den Schläfen.

»Ich rede mit Gott«, sagte sie. »Ich tue das, was er mir befiehlt. Ich bin sein Werkzeug.«

»Mag ja sein, aber Gott gehört zu den Guten«, sagte ich. »Er will bestimmt nicht, dass Sie schlimme Dinge tun.«

»Ich tue das, was richtig ist«, sagte Sophia. »Ich rotte das Böse aus, mit Stumpf und Stiel. Ich habe die Seele eines Racheengels.«

»Woher wissen Sie das?«

»Das hat Gott mir gesagt.«

Ein grässlicher Gedanke kam mir. »Wusste Louie, dass Sie mit Gott reden? Dass Sie Gottes Werkzeug sind?«

Sophia erstarrte.

»Der Raum im Keller, der Betonfußboden, wo Sie Mooner und Dougie eingesperrt hatten – hat Louie Sie jemals in dem Raum eingesperrt?«

Die Waffe in ihrer Hand zitterte, und ihre Augen funkelten in dem Licht. »Für die Getreuen ist es immer schwierig. Die Märtyrer. Die Heiligen. Sie versuchen mich abzulenken, aber das wird nicht gelingen. Ich weiß, was ich zu tun habe. Und Sie werden mir jetzt dabei helfen. Ich möchte, dass Sie sich hinknien und sein Hemd aufknöpfen.«

»Auf keinen Fall!«

»Doch! Sie knien sich hin, oder ich werde Sie erschießen. Zuerst schieße ich Ihnen in den einen Fuß, dann in den anderen. Dann schieße ich Ihnen ins Knie. Und so werde ich weitermachen, bis Sie tun, was ich Ihnen sage, oder bis Sie tot sind.«

Sie legte an, und mir war klar, dass sie es ernst meinte. Sie würde ohne das geringste Bedauern auf mich schießen. Und sie würde so weitermachen, bis ich tot war. Ich stand auf, stützte mich dabei auf dem Tisch ab. Mit wackligen Beinen schritt ich hinüber zu DeChooch und kniete mich neben ihn.

»Nun machen Sie schon«, sagte sie. »Knöpfen Sie sein Hemd auf.«

Ich legte meine Hand auf seine Brust und spürte seine Körperwärme, spürte, dass er flach atmete. »Er lebt noch!«

»Umso besser«, sagte Sophia.

Mir schauderte unwillkürlich, und ich fing an, ihm das Hemd aufzuknöpfen. Zuerst ein Knopf. Ganz langsam, um Zeit zu schinden. Ich hatte das Gefühl, meine Finger wären taub und ungeschickt, kaum in der Lage, die Handlung auszuführen.

Als ich das Hemd aufgeknöpft hatte, fasste Sophia hinter sich und zog ein Schlachtermesser aus dem Holzblock auf dem Küchentresen. Sie warf das Messer auf den Boden neben DeChooch. »Schneiden Sie sein Unterhemd auf.«

Ich nahm das Messer zur Hand, spürte sein Gewicht. Im Film hätte ich es mit einer einzigen raschen Bewegung Sophia in den Leib gestoßen. Aber das hier war Wirklichkeit, und ich wusste nicht, wie man mit Messern umging oder sich schneller als eine Pistolenkugel bewegte.

Ich setzte das Messer an dem weißen Unterhemd an. Mein Verstand raste, meine Hände zitterten, und unter den Achseln und auf der Stirn kribbelte die Haut vor Schweiß. Einmal kurz angeritzt, dann fuhr ich mit dem Messer der Länge nach das Hemd hoch, legte DeChoochs knochige Brust frei. Meine eigene Brust war glühend heiß und zog sich schmerzhaft zusammen.

»Schneiden Sie ihm jetzt das Herz heraus«, sagte Sophia. Ihre Stimme klang ruhig und fest.

Ich sah zu ihr auf, ihre Miene war gelassen, ausgenommen die unheimlichen Augen. Sie war davon überzeugt, dass sie das Richtige tat. Wahrscheinlich hörte sie Stimmen im Kopf, die ihr das versicherten, sogar noch, als ich mich jetzt über DeChooch beugte.

Tropfen fielen auf DeChoochs Brust. Entweder sabberte ich, oder meine Nase lief. Ich hatte viel zu viel Angst, um zu erkennen, was es war. »Ich weiß nicht, wie man so etwas macht«, sagte ich. »Ich weiß nicht, wie man an das Herz kommt.«

»Ihnen wird schon was einfallen.«

»Ich kann nicht.«

»Sie *müssen*!«

Ich schüttelte den Kopf. Nein.

»Möchten Sie beten, bevor Sie sterben?«, fragte sie.

»Der Raum im Keller … hat er Sie oft eingesperrt da unten? Haben Sie da auch gebetet?«

Ihre Gelassenheit wich. »Er hat gesagt, ich sei verrückt,

aber *er* war derjenige, der verrückt war. Ihm fehlte der Glaube. Zu *ihm* hat Gott nicht gesprochen.«

»Er hätte Sie nicht da unten einsperren dürfen.« Mit einem Mal verspürte ich ungeheure Wut auf diesen Mann, der seine schizophrene Frau in einen Keller sperrte, statt ihr medizinische Hilfe zukommen zu lassen.

»Es wird Zeit«, sagte Sophia und richtete die Waffe auf mich.

Ich warf einen Blick hinunter auf DeChooch. Würde ich ihn töten können, um mich selbst zu retten? Wie stark war mein Überlebenswille? »Mir kommt gerade eine Idee«, sagte ich. »DeChooch hat unten im Keller einige schwere Werkzeuge. Mit einer Motorsäge käme ich vielleicht durch seine Rippen.«

»Lächerlich.«

Ich sprang auf. »Nein. Es ist genau das, was ich brauche. So was habe ich mal im Fernsehen gesehen. In irgendeiner Krankenhausserie. Ich bin gleich wieder da.«

»Stehen bleiben!«

Ich war bereits an der Kellertür. »Es dauert nur eine Minute.« Ich machte die Tür auf, schaltete das Licht ein und trat auf die erste Stufe.

Sie war einige Schritte hinter mir, die Waffe in der Hand. »Nicht so schnell«, sagte sie. »Ich komme mit Ihnen nach unten.«

Gemeinsam schritten wir vorsichtig die Stufen hinunter. Ich durchquerte den Keller und hob eine Motorsäge hoch, die auf DeChoochs Werkbank lag. Frauen wollen Kinder, Männer wollen Motorsägen.

»Gehen wir wieder hoch«, sagte sie, ganz aufgeregt, weil sie sich im Keller befand und ihn so schnell wie möglich wieder verlassen wollte.

Langsam stieg ich die Treppe hoch, schleppend, Sophia nervös hinter mir. Ich spürte die Waffe in meinem Rücken, Sophia war zu dicht an mir dran, riskierte einiges, weil sie unbedingt aus dem Keller herauswollte. Ich gelangte an die oberste Stufe, drehte mich mit einem Schwung um und traf sie in Höhe der Brust mit der Motorsäge.

Sie schrie kurz auf, ein Schuss wurde abgefeuert, schlug irgendwo ein, dann stürzte sie kopfüber die Treppe hinunter. Ich wartete nicht länger, sondern hechtete durch die Tür, schloss sie hinter mir ab und lief aus dem Haus, durch die Haustür, die ich unvorsichtigerweise offen gelassen hatte, als ich DeChooch in die Küche gefolgt war.

Dann trommelte ich gegen Angela Marguchis Tür, schrie, sie solle aufmachen. Die Tür öffnete sich, und beinahe hätte ich Angela umgestoßen in meiner Eile, ins Haus zu gelangen. »Schließen Sie die Tür ab«, sagte ich. »Schließen Sie alle Türen ab und geben Sie mir das Gewehr Ihrer Mutter.« Dann lief ich zum Telefon und rief Polizei und Notarzt.

Die Polizei kam, noch ehe ich mich so weit gefangen hatte, dass ich das Haus wieder betreten konnte. Es hatte keinen Sinn, meine Hände zitterten so schlimm, dass ich das Gewehr gar nicht ruhig halten konnte.

Zwei Beamte drangen in DeChoochs Haus ein, wenige Minuten später gaben sie Entwarnung, und der Notarzt konnte herein. Sophia war immer noch im Keller. Eine Hüfte war gebrochen, und wahrscheinlich hatte sie sich einige Rippen angeknackst. Die angeknacksten Rippen fand ich besonders makaber.

Ich folgte den Rettungssanitätern ins Haus und blieb wie angewurzelt stehen, als ich in die Küche kam. DeChooch lag nicht mehr auf dem Boden.

Billy Kwiatkowski war der erste Polizeibeamte, der das

Haus betreten hatte. »Wo ist DeChooch?«, fragte ich ihn. »Er hat eben noch hier neben dem Tisch auf dem Boden gelegen.«

»Die Küche war leer, als ich reinkam«, sagte er.

Wir sahen uns beide die Blutspur an, die zum Hintereingang führte. Kwiatkowski schaltete seine Taschenlampe ein und ging in den Hof. Wenig später kehrte er zurück.

»Bei der Dunkelheit kann man die Blutspur auf dem Rasen kaum erkennen, aber auf der Zufahrtsstraße hinter der Garage habe ich einige Tropfen gefunden. Es sieht so aus, als hätte er da sein Auto abgestellt und wäre damit abgehauen.«

Unglaublich. Einfach unglaublich. Der Mann war wie ein Kakerlak, kaum hatte man das Licht angemacht, war er auch schon verschwunden.

Ich gab meine Aussage zu Protokoll und stahl mich davon. Ich machte mir Sorgen wegen Grandma. Ich musste sofort klären, ob sie zu Hause war, in Sicherheit, und ich wollte bei meiner Mutter in der Küche sitzen. Aber am liebsten wollte ich jetzt Kuchen.

Zu Hause bei meinen Eltern war alles hell erleuchtet, als ich vorfuhr. Die ganze Familie war im Wohnzimmer versammelt und guckte die Nachrichten. Und wie ich meine Familie kannte, warteten alle auf Valerie.

Grandma sprang vom Sofa auf, als ich ins Zimmer kam. »Hast du ihn gekriegt? Hast du DeChooch geschnappt?«

Ich schüttelte den Kopf. »Er ist mir entwischt.« Weitere Details wollte ich nicht preisgeben.

»Ein toller Hecht«, sagte Grandma und versank wieder im Sofa.

Ich ging in die Küche, um mir einen Napfkuchen zu holen. Die Haustür öffnete sich und wurde wieder geschlossen. Valerie kam in die Küche geschlendert und ließ sich auf einen Stuhl fallen. Ihr Haar war streng hinters Ohr gekämmt und nur oben ein bisschen toupiert: eine blonde, lesbische Imitatorin von Elvis.

Ich stellte den Teller mit den Napfkuchen vor ihr auf den Tisch und setzte mich zu ihr. »Und? Wie ist es gelaufen?«

»Die reinste Katastrophe. Sie ist nicht mein Typ.«

»Was ist denn dein Typ?«

»Frauen jedenfalls nicht.« Sie pellte die Papierkrause von dem Schokoladenkuchen ab. »Janeane hat mich geküsst, und nichts ist passiert. Dann hat sie mich noch mal geküsst, und sie war irgendwie – leidenschaftlich.«

»Richtig leidenschaftlich?«

Valerie lief rot an. »Sie hat's mir französisch gemacht!«

»Und?«

»Komisch. Es war echt komisch.«

»Dann bist du also doch nicht lesbisch.«

»Das nehme ich mal an.«

»Wenigstens hast du es versucht. Wer nicht wagt, der nicht gewinnt«, sagte ich.

»Ich habe mir gedacht, dass man vielleicht erst mit der Zeit auf den Geschmack kommt. Als Kinder haben wir auch nicht gern Spargel gegessen. Und heute esse ich für mein Leben gern Spargel.«

»Dann musst du eben dranbleiben. Schließlich hat es ja auch zwanzig Jahre gedauert, bis du Spargel mochtest.«

Valerie dachte darüber nach, während sie ihren Kuchen verzehrte.

Grandma kam herein. »Was ist los? Habe ich was verpasst?«

»Wir essen Napfkuchen«, sagte ich.

Grandma nahm sich ein Stück und setzte sich. »Hast du schon auf Stephanies Motorrad gesessen?«, fragte sie Valerie. »Ich bin heute Abend damit gefahren, und in meinen Schamteilen hat es ganz schön gekribbelt.«

Valerie hätte sich beinahe an ihrem Kuchen verschluckt.

»Vielleicht solltest du dein Vorhaben, lesbisch zu werden, aufgeben und dir lieber eine Harley zulegen«, schlug ich Valerie vor.

Meine Mutter kam in die Küche. Sie warf einen Blick auf den Teller mit den Napfkuchen und seufzte. »Die waren eigentlich für die Mädchen gedacht.«

»Wir sind Mädchen«, sagte Grandma.

Meine Mutter setzte sich und nahm sich einen. Sie entschied sich für einen Vanillenapfkuchen mit bunten Streuseln. Wir waren geschockt. Meine Mutter aß sonst nie einen hellen Napfkuchen mit Streuseln. Meine Mutter aß immer die halben Reststücke oder die Napfkuchen mit gebrochenem Zuckerguss. Meine Mutter aß die zerbröselten Plätzchen und die Pfannkuchen, die auf einer Seite angebrannt waren.

»Wow«, sagte ich zu ihr. »Du isst ja einen ganzen Napfkuchen.«

»Den habe ich mir verdient«, sagte meine Mutter.

»Du hast bestimmt wieder die Oprah-Winfrey-Show gesehen«, sagte Grandma zu meiner Mutter. »Das merke ich immer, wenn du Oprah geguckt hast.«

Meine Mutter knibbelte an der Papierkrause. »Ich muss euch noch etwas sagen …«

Wir hörten alle auf zu kauen und starrten meine Mutter an.

»Ich gehe wieder aufs College«, sagte sie. »Ich habe mich in Trenton beworben, und gerade habe ich die Nachricht erhalten, dass ich angenommen bin. Es ist Teilzeit. Sie geben auch abends Seminare.«

Ich stieß einen Seufzer der Erleichterung aus. Ich hatte schon befürchtet, jetzt käme die Ankündigung, sie würde sich die Zunge piercen oder ein Tattoo machen lassen. Oder sie würde von zu Hause weglaufen und sich einem Zirkus anschließen. »Das ist ja toll«, sagte ich. »Für was hast du dich denn eingeschrieben?«

»Erst mal nur ganz allgemein«, antwortete meine Mutter. »Aber irgendwann möchte ich mal Krankenschwester werden. Ich fand immer, dass ich bestimmt eine gute Krankenschwester abgeben würde.«

Gegen Mitternacht kam ich zurück in meine Wohnung. Der hohe Adrenalinspiegel hatte sich gesenkt, Erschöpfung war an seine Stelle getreten. Ich war bis obenhin abgefüllt mit Napfkuchen und Milch, und ich wollte nur noch unter die Bettdecke kriechen und eine Woche lang ausschlafen. Ich fuhr mit dem Aufzug, und als sich die Tür auf meiner Etage öffnete, blieb ich erst mal wie angewurzelt stehen, mochte meinen Augen kaum trauen. Am Ende des Gangs, vor meiner Wohnungstür, stand Eddie DeChooch.

Auf dem Kopf trug er einen riesigen Handtuchturban, festgebunden mit einem Gürtel, die Schnalle in Höhe der Schläfe schräg aufliegend. Er blickte hoch, als ich auf ihn zuging, aber er stand nicht auf, er lachte nicht, er zielte nicht auf mich, er begrüßte mich auch nicht. Er saß nur da und stierte vor sich hin.

»Sie müssen rasende Kopfschmerzen haben«, sagte ich.

»Ein Aspirin wäre nicht schlecht.«

»Warum sind Sie nicht einfach reingegangen? Alle anderen machen das auch.«

»Ich habe mein Werkzeug nicht dabei. Für so was braucht man Werkzeug.«

Ich zog ihn hoch und führte ihn in meine Wohnung. Ich ließ ihn in meinem bequemsten Wohnzimmersessel Platz nehmen und zog die halb leere Flasche Schnaps hervor, die Grandma in meinem Kleiderschrank stehen gelassen hatte, als sie einmal bei mir übernachtet hatte.

DeChooch kippte drei Fingerbreit und bekam wieder etwas Farbe ins Gesicht.

»Ich dachte schon, Sie würden mich wie eine Weihnachtsgans aufschlitzen«, sagte er.

»Es war knapp. Wann sind Sie zu sich gekommen?«

»Als Sie darüber sprachen, dass Sie meine Rippen durchtrennen müssten. Meine Güte. Bei dem Gedanken schrumpelt mir jetzt noch alles weg.« Er trank einen zweiten Schluck aus der Flasche. »Ich bin sofort abgehauen, als Sie beide die Kellertreppe runtergingen.«

Ich musste lachen. Ich war so schnell durch die Küche gehuscht, dass mir gar nicht aufgefallen war, dass DeChooch nicht mehr auf dem Boden gelegen hatte. »Und wie geht es jetzt weiter?«

Er fläzte sich in den Sessel. »Ich bin eine Zeit lang in der Gegend herumgefahren. Ich wollte abhauen, aber mein Kopf tat weh. Sie hat mir das halbe Ohr weggeschossen. Und ich bin müde. Meine Güte, ich bin wahnsinnig müde. Aber wissen Sie was? Ich bin gar nicht mehr depressiv. Deswegen habe ich mir gedacht, ich lasse es drauf ankommen, mal sehen, was mein Anwalt noch für mich herausschlagen kann.«

»Sie wollen also, dass ich Sie dem Gericht überstelle?«

DeChooch riss die Augen auf. »Um Himmels willen, nein. Ich will, dass Ranger mich überstellt. Ich weiß bloß nicht, wie ich Kontakt mit ihm aufnehmen soll.«

»Und ich soll gar nichts abkriegen? Nach allem, was ich für Sie getan habe?«

»Was soll ich da erst sagen? Ich habe nur noch ein halbes Ohr!«

Ich tat einen schweren Seufzer und rief Ranger an.

»Ich brauche Hilfe«, sagte ich. »Aber das Ganze ist ein bisschen eigenartig.«

»Es ist immer ein bisschen eigenartig.«

»Ich habe Eddie DeChooch bei mir, aber er will nicht von einer Frau überstellt werden.«

Ich hörte Ranger am anderen Ende leise lachen.

»Das finde ich absolut nicht komisch«, sagte ich.

»Wunderbar.«

»Willst du mir nun helfen oder nicht?«

»Wo bist du?«

»In meiner Wohnung.«

Es war nicht die Hilfe, die ich mir erhofft hatte, und ich rechnete nicht damit, dass mein Angebot ernst genommen wurde. Aber bei Ranger wusste man nie. So wie ich mir nicht sicher war, wie ernst es gemeint war, als er mir neulich seinen Preis für eine Hilfeleistung seinerseits genannt hatte.

Zwanzig Minuten später stand Ranger vor der Tür. Er trug schwarze Armeeklamotten, dazu einen voll bepackten Mehrzweckgürtel. Weiß der Himmel, bei welcher Aktion ich ihn gerade gestört hatte. Er sah mich an und grinste. »Blond?«

»Eine von diesen spontanen Geschichten.«

»Noch andere Überraschungen in petto?«

»Die hebe ich mir für später auf.«

Er trat ins Wohnzimmer und sah DeChooch neugierig an.

»Das ist nicht meine Schuld«, sagte ich.

»Ist es sehr schlimm?«

»Ich werd's überleben«, sagte DeChooch, »aber es tut tierisch weh.«

»Sophia tauchte plötzlich auf und schoss ihm ein Ohr weg«, sagte ich zu Ranger.

»Wo ist Sophia jetzt?«

»In Polizeigewahrsam.«

Ranger hakte sich mit einem Arm bei DeChooch unter und zog ihn aus dem Sessel. »Draußen wartet Tank in einem Van. Wir bringen DeChooch erst in die Notaufnahme und lassen ihn über Nacht zur Beobachtung da. Da hat er es bequemer als im Gefängnis, und die Ärzte können ihn durchchecken.«

Es war klug gedacht von DeChooch, sich an Ranger zu halten. Ranger hatte Mittel und Wege, das Unmögliche möglich zu machen.

Ich schloss die Wohnungstür hinter ihm ab, schaltete den Fernseher ein und zappte mich durch die Sender. Weder Wrestling noch Hockey. Kein spannender Film. Fünfundachtzig Kanäle und nichts Interessantes zu sehen.

Mir ging vieles durch den Kopf, aber eigentlich wollte ich an gar nichts denken. Ich streifte durch die Wohnung, verärgert und gleichzeitig erleichtert darüber, dass Morelli nicht angerufen hatte.

Ich brauchte keinen Kautionsflüchtling mehr zu verfolgen, ich hatte alle geschnappt. Es gab keine ungelösten Fälle. Montag würde ich mir bei Vinnie mein Honorar abholen und wäre wieder in der Lage, die Rechnungen eines Monats zu begleichen. Mein CR-V war in der Werkstatt, ein Kostenvoranschlag für die Reparatur lag noch nicht vor. Wenn ich Glück hatte, würde die Versicherung alles bezahlen.

Ich duschte heiß und ausgiebig, und als ich aus der Dusche kam, fragte ich mich beim Blick in den Spiegel, wer diese blonde Frau war. Ich jedenfalls nicht, dachte ich. Kommende Woche würde ich zu dem Frisör in der Mall gehen und meinen Haaren wieder den natürlichen Farbton verpassen lassen. Eine Blondine in der Familie reicht.

Die Luft, die durch das geöffnete Schlafzimmerfenster hereinströmte, roch nach Sommer, deswegen zog ich für die Nacht nur Unterhose und T-Shirt an. Ab jetzt bis November keine Baumwollnachthemden mehr. Ich streifte ein weißes Hemd über und schlüpfte unter die Steppdecke. Dann löschte ich das Licht und lag lange Zeit wach in der Finsternis; ich fühlte mich allein.

Es gibt zwei Männer in meinem Leben, und ich weiß nicht, was ich von beiden halten soll. Seltsam, wie sich die Dinge so entwickeln. Morelli tauchte immer wieder mal in meinem Leben auf, seit ich sechs Jahre alt war. Er ist wie ein Komet, der einmal alle zehn Jahre von meiner Anziehungskraft angezogen wird, mich wie wild umrundet und anschließend wieder in den Weltraum abdüst. Anscheinend sind unsere Bedürfnisse nie vollkommen deckungsgleich.

Ranger ist noch neu in meinem Leben. Er ist eine unbekannte Größe, hat angefangen als mein Mentor und ist aufgestiegen zu – ja, was eigentlich? Schwer einzuschätzen, was Ranger von mir will. Oder was ich von ihm will. Sexuelle Befriedigung. Und alles, was darüber hinaus geht … da bin ich mir nicht sicher. Bei dem Gedanken an ein sexuelles Abenteuer mit Ranger lief es mir unwillkürlich eiskalt den Rücken herunter. Ich wusste kaum etwas über ihn, es wäre fast so wie Sex mit verbundenen Augen, die reine Empfindung, eine Erforschung des Körpers. Und Vertrauen spielte eine Rolle. Ranger hatte etwas an sich, das Vertrauen einflößte.

Die blauen Ziffern auf meiner Digitaluhr schwebten durch die Finsternis des Raums. Es war ein Uhr. Ich konnte nicht schlafen. Sophia stand plötzlich als Bild vor mir. Ich schloss die Augen, um dagegen anzukämpfen, und strengte mich an, es loszuwerden. Weitere schlaflose Minuten zogen vorüber. Die blauen Ziffern zeigten auf halb zwei.

Plötzlich vernahm ich in der ansonsten stillen Wohnung das ferne Klicken eines Schlüssels in einem Schloss, danach das leise Rattern meiner kaputten Vorlegekette, die an dem Holzblatt meiner Wohnungstür hin und her schwang. Mir blieb das Herz stehen. Als es wieder anfing zu schlagen, pochte es so kräftig gegen meinen Brustkorb, dass ich alles nur noch verschwommen erkennen konnte. Es war jemand in meiner Wohnung.

Die Schritte waren leise. Nicht bedächtig. Die Person hielt zwischendurch nicht inne, um zu lauschen. Ich versuchte meine Atmung zu kontrollieren und meinen Herzschlag zu beruhigen. Ich glaubte zu wissen, wer der Eindringling war, aber das linderte meine Panik keineswegs.

Er tauchte in der Tür zu meinem Schlafzimmer auf und klopfte behutsam an den Rahmen. »Bist du wach?«

»Jetzt ja. Du hast mich zu Tode erschreckt.«

Es war Ranger.

»Ich wollte dich wieder sehen«, sagte er. »Hast du irgendwo ein Nachtlicht?«

»Im Badezimmer.«

Er holte das Nachtlämpchen aus dem Badezimmer und steckte es in eine Dose an der Fußleiste. Es spendete nicht gerade viel Licht, aber es reichte, um ihn deutlich zu sehen.

»Und?«, sagte ich, im Geist mit den Fingern knackend. »Was ist los? Geht es DeChooch wieder besser?«

Ranger löste seinen Pistolengürtel und ließ ihn zu Boden gleiten. »DeChooch geht es gut, aber wir zwei beide haben noch etwas zu erledigen.«